MIRA®

Der Preis dieses Bandes versteht sich einschließlich der
gesetzlichen Mehrwertsteuer.

Umwelthinweis:
Dieses Buch wurde auf chlor- und säurefreiem Papier gedruckt.

Susan Andersen

Verküsst & zugenäht!

Roman

Aus dem Amerikanischen von
Tess Martin

MIRA®

MIRA® TASCHENBUCH
Band 25675
1. Auflage: Juli 2013

MIRA® TASCHENBÜCHER
erscheinen in der Harlequin Enterprises GmbH,
Valentinskamp 24, 20354 Hamburg
Geschäftsführer: Thomas Beckmann

Titel der nordamerikanischen Originalausgabe:
That Thing Called Love

erschienen bei: HQN Books, Toronto

Published by arrangement with
HARLEQUIN ENTERPRISES II B.V./S.àr.l

Konzeption/Reihengestaltung: fredebold&partner gmbh, Köln
Umschlaggestaltung: pecher und soiron, Köln
Redaktion: Daniela Peter
Titelabbildung: Thinkstock/Getty Images, München
Autorenfoto: © Harlequin Enterprises S.A., Schweiz
Satz: GGP Media GmbH, Pößneck
Druck und Bindearbeiten: CPI – Ebner & Spiegel, Ulm
Printed in Germany
Dieses Buch wurde auf FSC®-zertifiziertem Papier gedruckt.
ISBN 978-3-86278-735-7

www.mira-taschenbuch.de

Liebe Leserin,

ich bin sehr glücklich über meine neue Buchserie. In diesem ersten Razor-Bay-Band geht es um Jake Bradshaw, einen Mann, der in seinem Leben viele Fehler gemacht hat. Und um die starke und selbstbewusste Jenny Salazar, von der er einfach nicht lassen kann. Ihre Geschichte spielt in der fiktiven Stadt Razor Bay am Hood Canal, einer Gegend, mit der ich die schönsten Erinnerungen meines Lebens verbinde.

Die meisten Menschen denken bei dem Wort *Canal* an einen künstlichen Wasserlauf, doch bei diesem Kanal handelt es sich um einen natürlichen, 105 Kilometer langen Salzwasserfjord im Westen Washingtons. Ich war noch ein kleines Kind, als meine Eltern diese Gegend entdeckten. Jeden Sommer waren wir zwei Wochen dort, ich schwamm mit meinen Brüdern, Cousins und Cousinen in dem herrlichen frischen Wasser, bis meine Finger und Zehen schrumpelig waren, spielte am Strand, bis die Sonne hinter den majestätischen Olympic Mountains unterging, und röstete Marshmallows und Hotdogs überm prasselnden Lagerfeuer. Als ich neun war, kauften meine Eltern ein Grundstück am Strand und bauten dort ein kleines Häuschen. Noch immer ist dies für mich der schönste und friedlichste Ort der Welt.

Sicher ahnen Sie inzwischen schon, dass ich Razor Bay als eigenständigen Charakter betrachte. Ich wünsche mir aus tiefstem Herzen, dass Sie in dieser Kleinstadt ebenfalls viel Spaß haben werden – zusammen mit Jake und Jenny und den anderen Bewohnern von Razor Bay.

Susan

Dieses Buch ist mit Liebe meinen Freunden aus der Branche gewidmet, den alten und neuen.

Jen Heaton, die, obwohl sie selbst wahnsinnig viel zu tun hat, immer Zeit für mich freischaufelt, mich immer wieder auf den richtigen Weg bringt und meine Arbeit besser macht – die einfach eine richtig gute Freundin ist.

Den M&Ms – Meg Ruley und Margo Lipschultz –, den wunderbaren, fantastischen, weltbesten Agenten und Lektoren.

Robyn Carr, Kristan Higgins und Jill Shalvis für ihre täglichen Postings, Gelächter und gemeinsam vergossene Tränen

und

meinen Lesern, ohne die ich dies alles einfach nur für mich selbst schreiben würde. Danke für Ihre Treue, die wunderschönen E-Mails und die Facebook-Freundschaften.

Mein spezieller Dank geht an

Robin Franzen, eine hervorragende Krankenschwester, die mir einen Tipp gab, wie ich eine Krankheit in die Geschichte einbinden kann, die dank der modernen Medizin fast ausgerottet ist.

PROLOG

23. Februar, Razor Bay, Washington

„Himmel, Jenny, hauen die eigentlich *irgendwann* mal wieder ab?“

Jenny Salazar zuckte ein wenig zusammen, als sie hinter sich die halb ärgerlich, halb flehend klingende Frage hörte. Draußen peitschte ein scharfer Wind den Regen über das Wasser und pfiff um die altehrwürdige Villa auf den Klippen. Jenny gönnte sich gerade eine kurze Pause, um den Regentropfen dabei zuzusehen, wie sie sich an dem Bleiglasfenster zu Prismen formten.

Sie drehte sich um. Der dreizehnjährige Austin stand leicht gekrümmt in der Tür zwischen Küche und Esszimmer, seine in dem schwarzen Jackett breit wirkenden Schultern passten so gar nicht zum Rest des schlaksigen Körpers.

Sie zog ihn an sich, ohne sich allzu weit von ihrem Posten wegzubewegen, damit bloß niemand sie sah und auf die Idee kam, den Kopf in die Küche zu stecken und nach ihr zu rufen. Austin erwiderte ihre Umarmung.

„Das werden sie“, versicherte sie ihm. „Dem Wetter nach zu urteilen sogar sehr bald.“ Sie trat einen Schritt zurück, um ihn anzulächeln. „Emmett war eine Institution, Kumpel. Die Leute wollen ihm die letzte Ehre erweisen.“

Austin war fast so etwas wie ein Bruder für sie, doch momentan wusste sie nicht so recht mit ihm umzugehen. Es brach ihr fast das Herz, wie er unter dem Verlust seines Großvaters litt, der ihn aufgezogen hatte. Emmett Pierce hatte seine Frau nur um wenige Monate überlebt, diesen doppelten Schlag schien der Junge kaum zu verkraften.

Austin war in letzter Zeit unberechenbar, in der einen Sekunde ein ausgeglichenes Kind, dann wieder unglücklich und wütend. Zwischendurch klopfte er große Sprüche. Emmett und Kathy hatten ihn schamlos verwöhnt – unter anderem hatten sie ihm zum dreizehnten Geburtstag ein brandneues Boot geschenkt, einen Bayliner Bowrider.

„Dem Nächsten, der mich ‚du armer Junge' nennt, knall ich eine, ich schwör's", murrte er. „Und Maggie Watson hat mir in die Wange gekniffen, als wäre ich vier Jahre alt."

Sie wusste nicht, ob sie sich wegen dieses Mangels an Sensibilität ärgern oder über die Empörung in seiner Stimme lachen sollte. „Ich denke, sie wollen einfach ihr Mitgefühl ausdrücken, wissen aber nicht wie."

„Glauben die, ich vielleicht? Ich meine, soll ich sagen, ‚ist schon okay', wenn sie behaupten, dass Opa jetzt an einem besseren Ort ist? Ist er nämlich nicht. Außerdem, welches Genie glaubt eigentlich, dass mir ein ‚du armer Junge' irgendwie hilft – ich meine, die kennen mich doch schon mein Leben lang. Und ich werde mit denen mit Sicherheit nicht darüber sprechen, wie es sich anfühlt, dass er tot ist." Seine Stimme brach, ungehalten räusperte er sich. „Meine Gefühle sind … sie sind …"

„Deine Gefühle gehen niemanden etwas an." Jenny nickte verständnisvoll. Dieses Phänomen war ihr nur zu gut bekannt. Als ihre Welt zusammengebrochen war, war sie nur ein paar Jahre älter gewesen als er.

„Genau", murmelte er.

Jenny rieb sich kläglich lächelnd den Nacken, der zu schmerzen begann, weil sie den Kopf zurücklegen musste, um Austin in die Augen zu sehen. „Ich kann mich immer noch nicht daran gewöhnen, dass du größer bist als ich, geschweige denn so viel größer. Du überragst mich sogar jetzt, obwohl ich Zehn-Zentimeter-Absätze trage."

Zum ersten Mal seit Emmetts Tod in der vergangenen Woche lächelte Austin sie strahlend an, so wie früher – ein gewinnendes Grinsen, das kleine Grübchen neben seine Mundwinkel zauberte.

„Ich sage das ja nur ungern, Jenny, aber selbst Heuschrecken sind größer als du."

„Kleiner Klugscheißer." Sie schlug ihm auf den Arm, ließ sich jedoch nicht vom Thema abbringen. „Wann bist du dermaßen gewachsen? Ich könnte schwören, dass du gestern noch nicht so groß warst." Tatsächlich hatte sie manchmal schon befürchtet, er könnte ähnlich klein ausfallen wie sie. Sie war weiß Gott nicht begeistert von ihrer Größe, gerade mal knapp eins sechzig, die sie auch nur durch eine tadellose Haltung erreichte. Doch für einen Jungen wäre das wesentlich schlimmer.

Nachdem er offenbar über Nacht zehn Zentimeter oder mehr gewachsen war, konnte sie sich künftig über andere Dinge Sorgen machen.

Austins gute Laune war schon wieder verflogen, er zuckte mit den Schultern und sagte: „Was wird jetzt aus mir, Jenny?"

„Nun, da Emmett mir in seinem Testament das vorübergehende Sorgerecht übertragen hat, wirst du weiterhin bei mir im Resort wohnen. Wenn es dir lieber ist, kann ich aber auch …" Sie stockte einen Moment. „Ich schätze, ich könnte auch hier einziehen."

„Oh Gott, nein!" Er schüttelte heftig den Kopf. „Es war schon schwer genug, nach Grandmas Tod hier zu wohnen – und darauf waren wir wenigstens irgendwie vorbereitet."

Richtig. Die alte Frau war ein paar Jahre lang krank gewesen.

„Aber bei Grandpa …" Austin wischte sich verstohlen eine Träne weg und sah Jenny düster an, weil sie es bemerkt hatte. „Immer wenn ich mich umdrehe, habe ich das Gefühl, ihn gleich zu sehen – verstehst du? Also, ich würde lieber bei dir wohnen."

„Dann ist das abgemacht." Jenny wäre selbst gern in Tränen ausgebrochen. Sie vermisste Kathy und Emmett wahnsinnig, sie waren während all der Jahre so gut zu ihr gewesen.

Sie beide so kurz hintereinander zu verlieren war fast nicht auszuhalten, doch sie musste stark sein, für Austin.

„Ich war beim Anwalt, um das dauerhafte Sorgerecht für dich zu beantragen, aber er will noch etwas warten." Nach kurzem Zögern fuhr sie fort: „Er bemüht sich, Kontakt mit deinem Vater aufzunehmen." So gerne sie diese Tatsache für sich behalten hätte, Austin hatte ein Recht, davon zu erfahren.

Er presste die Lippen zusammen, sein Blick wurde hart. „Dem ist das doch scheißegal."

Sie brachte es nicht über sich, ihn wegen seiner Wortwahl zu rügen. Schließlich hatte sein Vater all die Jahre, die sie Austin kannte, tatsächlich nicht das geringste Interesse an ihm gezeigt.

Und doch. „Offenbar ist er irgendwo bei Fotoaufnahmen für den ‚National Explorer'. Wo genau, scheint in der Redaktion niemand zu wissen, aber Mr Verilla hofft, ihn bald aufzuspüren."

„Klar. Ich kann's kaum erwarten, dass er hier auftaucht."

Austins Stimme triefte vor jugendlichem Sarkasmus. Doch der Ausdruck in seinen Augen zeugte von Trauer, wie immer, wenn es um seinen Vater ging.

Einen Moment lang wünschte Jenny sich glühend heiß, diesen Mann, der seinen Sohn so oft enttäuscht hatte, endlich einmal zwischen die Finger zu bekommen. Leider standen die Chancen dafür äußerst schlecht.

Aber zumindest etwas konnte sie tun, nämlich Kate Ziegler unterbrechen, die gerade ihr graues Haupt in die Küche steckte, Austin mit tränengefüllten, blassblauen Augen ansah und begann: „Oh, du armer, armer …"

Jenny trat mit solcher Autorität auf Kate zu, dass die mitten im Satz innehielt und erschrocken zurückwich.

„Mrs Ziegler!", rief Jenny freundlich, packte die Nachbarin am Arm und schob sie zurück in den Gang Richtung Speisezimmer. „Ich wollte Ihnen ein Kompliment für den herrlichen Ambrosia-Salat machen, den Sie mitgebracht haben. Wenn ich mich nicht irre, ist die Schüssel bereits leer."

Während die Frau hastig zurückeilte, um nachzusehen, warf Jenny Austin über die Schulter ein schiefes Lächeln zu.

Es brach ihr fast das Herz, als er zurückzulächeln versuchte, es aber nicht so ganz hinbekam.

1. KAPITEL

Jake Bradshaw tauchte fast zwei Monate später in der Stadt auf, um Viertel vor drei an einem stürmischen, aber sonnigen Aprilnachmittag.

Nicht, dass Jenny dieser Tatsache besondere Aufmerksamkeit geschenkt hätte.

Himmel, sie hatte genug mit ihrem Kram zu tun. Als es an der Tür klingelte, putzte sie gerade das Fenster über der Küchenspüle und dachte darüber nach, dass die Fensterläden vom „Sand Dollar", dem luxuriösen Cottage auf der anderen Seite des Parkplatzes, dringend mal wieder gestrichen werden müssten. Nur zufällig warf sie einen Blick auf die Uhr, um dann seufzend an sich herabzublicken. Ihr T-Shirt hatte schon bessere Zeiten gesehen, die Jeans war zerrissen. Wieso kam eigentlich nie jemand unangekündigt vorbei, wenn sie mal so richtig aufgedonnert war?

Murphy's Law vermutlich. Achselzuckend legte sie das alte Geschirrtuch zur Seite, stellte den iPod ab, zog die Ohrstöpsel heraus und ging zur Haustür. Die Schule war bereits aus. Wahrscheinlich ein Freund von Austin, obwohl der noch nicht zu Hause war.

Als sie die Tür aufzog und den Mann erblickte, setzte ihr Verstand kurz aus. Heiliger Strohsack, wie sehr man sich doch irren konnte. Vor ihr stand nun wirklich kein Schuljunge, sondern ein vollkommen Fremder, und das war etwas, das man zu dieser Jahreszeit im Gegensatz zur Sommersaison in dieser Gegend nur selten zu sehen bekam.

Zudem war der Typ ein Gott.

Okay, nicht wirklich. Aber zumindest beinahe. Sein Haar, das sie auf den ersten Blick für blond gehalten hatte, war in Wahrheit mittelbraun und hatte von der Sonne oder einem Weltklasse-Friseur helle Strähnchen verpasst bekommen.

Sie vermutete Ersteres, da jeder Mann, den sie kannte, sich

lieber kastrieren ließe, als mit einem Dutzend Stanniolpapierstreifen auf dem Kopf gesehen zu werden. Zwar hatte sie bisher noch keinen leibhaftigen metrosexuellen Großstadttypen kennengelernt, war aber ziemlich sicher, dass dieser Prachtkerl nicht zu der Sorte gehörte.

Seine gebräunten Hände waren zu rau, seine Haut wirkte ein wenig zu verwittert. Seine Schultern unter dem schicken grauen Jackett waren muskulös, unter der Jacke trug er ein olivgrünes Kapuzenshirt. Seine Levi's mit geknöpftem Hosenschlitz schien schon einiges durchgemacht zu haben.

Die Augen konnte sie hinter den Gläsern seiner Sonnenbrille nicht erkennen, doch hatte er den herrlichsten Mund, den sie jemals bei einem Mann gesehen hatte, voll, jedoch mit klaren Konturen. Leicht vorstellbar, wie diese Lippen einen küssten.

„Ist deine Mutter da?"

„Im Ernst jetzt?" Schön, das war vielleicht nicht die höflichste Antwort, aber bitte! Sie hatte sich schließlich gerade vorgestellt, was er mit seinen Lippen alles anstellen konnte, während Marvin Gaye in ihrem Kopf dazu leise „Let's Get It On" sang. Dass er sie für ein Kind hielt, hatte auf sie die gleiche Wirkung, als würde man mit einer Nadel über eine Vinyl-Schallplatte kratzen. Ihr kleiner Tagtraum – woher zum Teufel der auch immer gekommen war – zerplatzte wie eine Seifenblase.

Nach einem überraschten Blick musterte er sie genauer. Dann verzog er die Lippen zu einem schiefen Lächeln. „Oh, tut mir leid. Ihre Größe hat mich einen Moment in die Irre geführt. Sie sind kein Kind."

„Ach, meinen Sie?"

Sein Lächeln wurde breiter. „Ich bin wohl nicht der Erste, der diesem Irrtum erliegt."

Okay, reiß dich zusammen, Schwester. Was war denn überhaupt ihr Problem? Normalerweise war sie nicht scharf auf fremde Männer. Und da sie seit ihrem sechzehnten Lebensjahr in der Tourismusbranche arbeitete, neigte sie auch nicht dazu, Leute mit schneidendem Sarkasmus zu begrüßen.

Zumindest keine Leute, die ich nicht kenne.

Innerlich zuckte sie ungeduldig mit den Schultern. Vielleicht handelte es sich bei ihm ja um einen Gast. Zwar war momentan so gut wie nichts los, weshalb sie es gewagt hatte, Abby an der Rezeption allein zu lassen und sich endlich mal einen freien Tag zu gönnen. Abs, wie sie genannt wurde, war noch feucht hinter den Ohren. Vermutlich hatte das Mädchen ohne Bedenken den Weg zu ihrem Haus auf einem der Hotelstadtpläne eingezeichnet, damit dieser Fremde sich auch bloß ja nicht verlief.

Jenny setzte ein freundliches Gesicht auf. „Kann ich Ihnen helfen?"

Er blickte zu ihr hinunter. „Ja. Man sagte mir, ich könnte Jenny Salazar hier finden."

„Sie haben sie gefunden."

„Ich komme wegen Austin Bradshaw, es geht um die Vormundschaft."

Jennys Herz begann schneller zu schlagen, doch sie sagte nur: „Sie sehen nicht aus wie ein Anwalt."

„Bin ich auch nicht. Mr Verilla hat mir erklärt, dass Sie die Person sind, mit der ich sprechen muss."

Seufzend trat sie einen Schritt zurück. „Dann kommen Sie wohl besser herein. Bitte entschuldigen Sie das Durcheinander. Ich habe heute meinen Putztag."

Ihr Cottage war winzig, es dauerte nur ungefähr fünf Sekunden, bis man mitten im Wohnzimmer stand. Sie drehte sich zu ihm um und stellte fest, dass er die Sonnenbrille abgenommen und einen Brillenbügel in den Ausschnitt seines Sweatshirts geklemmt hatte. Als sie den Blick von seinem kräftigen, gebräunten Hals nach oben gleiten ließ, blickten sie sich zum ersten Mal in die Augen.

Ein Zittern lief durch ihren Körper. *Oh Gott!* Sie kannte nur einen einzigen Menschen auf der Welt, der eine derart hellgrüne Iris hatte – die gleiche Farbe wie die Seichtgewässer im Hood Canal.

Austin.

Wut packte sie, schnell und umfassend, und sie richtete sich zu ihrer wenig beeindruckenden vollen Größe auf. „Lassen Sie mich raten", sagte sie mit Eiseskälte in der Stimme. „Sie müssen Jake Bradshaw sein."

Als sie ihn jetzt ansah, konnte sie nichts mehr von gutem Aussehen und Sex-Appeal entdecken. Sie musste vielmehr daran denken, wie oft Austin gehofft hatte, sein Vater würde anrufen oder vorbeikommen, und an die schreckliche Enttäuschung jedes Mal. Verächtlich verzog sie den Mund. „Wirklich toll von Ihnen, dass Sie endlich mal eine Minute Ihrer kostbaren Zeit für Ihr Kind opfern."

Seit über einem Jahrzehnt gehörte es nun schon zu seinem Job, sich mit allen möglichen Leuten herumzuschlagen, und Jake hatte vor langer Zeit gelernt, sich über nichts mehr aufzuregen. Aus irgendeinem Grund ging ihm das Benehmen dieses weiblichen Zwergs trotzdem ziemlich gegen den Strich. Etwas, das er verdammt noch mal überhaupt nicht begreifen konnte.

Die Frau war vielleicht gerade mal eins sechzig groß, ihr glänzendes dunkles Haar trug sie zu zwei mädchenhaften Zöpfen geflochten, aus denen sich ein paar lange Strähnen gelöst hatten – nicht sonderlich erwachsen. Sie hatte kaum Rundungen, eine klare Haut mit einem Stich ins Olivfarbene und braune Augen, so dunkel, dass das Weiß drum herum im Kontrast dazu beinah bläulich wirkte, schön geschwungene dunkle Augenbrauen und eine schmale Nase mit einem leichten Höcker.

Er runzelte die Stirn. „Was zum Teufel glauben Sie eigentlich, wer Sie sind, Lady?"

Okay, das hatte er nicht sagen wollen. Aber wieder in Razor Bay zu sein, wo er einen Großteil seiner Jugend damit verbracht hatte, Fluchtpläne zu schmieden, das machte ihm gehörig zu schaffen. Zudem war er nach der fast zweitägigen Reise von Minahasa über Davao, Manila, Vancouver und Seattle fix und fertig. Ganz zu schweigen von der Anspannung, weil er seinen Sohn nach all diesen Jahren wiedersehen und zum ersten Mal die Verantwortung für ihn übernehmen würde.

Nur zu verständlich also, dass er auf die Ablehnung in ihrem Ton und auf die Tatsache, dass ihm schon wieder jemand wegen Austin Vorhaltungen machte, entsprechend reagierte.

Er schob diese negativen Gefühle beiseite und fragte in einigermaßen freundlichem Ton: „Warum genau glauben Sie, das Recht zu haben, über mich zu urteilen?“ Das hatte er weiß Gott selbst bereits oft genug getan, dafür brauchte es nun wirklich keine kleinwüchsige Fremde.

Er sah, wie sie die Arme vor der Brust verschränkte und angriffslustig das Kinn hob.

„Nun, lassen Sie mich überlegen“, entgegnete sie kühl. „Vielleicht, weil ich die Frau bin, die in den letzten elf Jahren für Austin da gewesen ist, und ich Sie heute zum ersten Mal zu sehen bekomme.“

Jake hätte am liebsten aufgeheult, so unfair war ihr Vorwurf. Allerdings, wirklich falsch lag sie ja nicht. Auf der endlos erscheinenden Reise hierher hatte er genug Zeit zum Nachdenken gehabt. Aber er hatte nicht vor, sich einer vollkommen Fremden gegenüber zu verteidigen.

Zudem wollte er auf keinen Fall das Ansehen von Austins Großeltern beschädigen. Erstens, weil sein eigener Vater sich so verhalten hätte – er hätte nur an sich selbst gedacht und nicht etwa daran, dass sein Sohn diese Leute geliebt hatte – und zweitens war er Emmett und Kathy dankbar dafür, dass sie den Job übernommen hatten, den er nicht hatte übernehmen wollen.

Sie hatten Austin beschützt, leider Gottes auch vor ihm. *Tja, Pech gehabt, find dich damit ab, du Genie.*

Irgendwo über Midway Island war ihm aufgegangen, dass Emmett und Kathy anfangs eigentlich ziemlich nachsichtig mit ihm gewesen waren. Es hatte eine Weile gedauert, bis sie ihn endgültig aus Austins Leben verbannt hatten.

Das war aber gar nicht der Punkt – zumindest nicht in diesem Moment. Der Punkt war, dass er endlich tat, was er schon vor Jahren hätte tun sollen: sich der Verantwortung stellen.

Also los.

Leider änderte sein Entschluss nichts daran, wie sehr das Verhalten dieser Frau vor ihm an seinen Nerven zerrte. Er trat unwillkürlich einen Schritt auf sie zu. „Tatsache ist, dass ich Austins Vater bin und dass ich jetzt hier bin."

Damit hatte sie wohl nicht gerechnet, denn ihre langen, dichten Wimpern senkten sich, die zarten Lider legten sich kurz über ihre mandelförmigen Augen, dann sah sie ihn wieder an.

Das Ganze dauerte nur den Bruchteil einer Sekunde. Hatte sie seine aufgestaute Wut bemerkt? Jake richtete sich langsam auf. *Verdammt.* Sie befürchtete doch nicht etwa, dass er sie schlagen würde.

Er trat einen großen Schritt zurück und stopfte die Hände in die Hosentaschen. In dem Moment flog die Hintertür laut polternd auf – und so, wie die kleine Miss Salazar zusammenzuckte, wusste er genau, wer da gekommen war. Sein Herz begann heftig zu hämmern, während er zur Küchentür starrte.

„Hey, Jenny", hörte er eine jungenhafte Stimme aus der Küche. „Ich bin zu Hause."

Die Kühlschranktür wurde geöffnet und wieder zugeschlagen, dann knallte etwas Blechernes auf einen harten Untergrund.

„Hey, Alter, lass mir noch einen Keks übrig!“

„Tausche einen gegen die Milch“, erklang eine zweite Jungenstimme.

„Ihr solltet lieber Gläser nehmen!“, rief Jenny warnend. „Wenn ihr direkt aus dem Karton trinkt, seid ihr tot!“

Gläser klirrten und eine Schranktür schlug zu. Danach herrschte einen Moment Stille und zwei Jungs kamen ins Zimmer gestapft. Der erste war hoch aufgeschossen, mit dunklen Haaren und – *gütiger Herr im Himmel* – genauso schlaksig wie er selbst in dem Alter.

Oh Gott, oh Gott. Jakes Mund wurde trocken und aus war es mit seiner Fähigkeit, immer alles um sich herum im Auge zu behalten – damit er nicht von einer Schlange gebissen, einem Insekt gestochen oder einem Tier zerfleischt wurde, das viel mehr Gewicht, Kraft und Zähne als er selbst hatte. Der gemütliche kleine Raum und alles darin verschwanden aus seinem Blickfeld, es existierte nichts weiter als sein Sohn.

Mein Sohn.

Von Glück und Panik überwältigt, von Schmerz und Bedauern, starrte Jake ihn an. Ein Gefühl, das er nie zuvor gekannt hatte, drückte auf seine Brust. *Jesus*. Er zitterte. Niemals hätte er gedacht, dass diese Begegnung ihm so viel bedeuten, ihn so tief treffen würde. Fühlte Liebe sich etwa so an?

Bei diesem Gedanken richtete er sich auf. *Zum Teufel, nein.*

Das konnte nicht sein. Erstens: Er war ein Bradshaw und was die Bradshaw-Männer unter Liebe verstanden, war so verdreht, dass es diese Bezeichnung in keiner Weise verdiente. Und zweitens: Ein Mann musste jemanden doch erst mal kennen, bevor er mit dem Wort Liebe herumspielen durfte.

Er holte tief Luft. Wahrscheinlich handelte es sich schlicht um ein Wunder, dass sein Sohn bereits so groß war. Er hatte Bilder von Austin als Zweijährigen und als Vierjährigen vor Augen. Himmel, auch als Sechsjährigen – so alt war er auf dem letzten Foto gewesen, das Kathy ihm geschickt hatte.

Das hier war kein kleines Kind – das war fast schon ein Erwachsener. Nicht, dass er nicht wüsste, wie alt der Junge war, natürlich wusste er das.

Er hatte einfach keine klare Vorstellung von seinem Sohn im Kopf gehabt.

Damals hatte er sich immer wieder gesagt, dass er das Richtige tat – hatte sich eingeredet, dass es Austin bei seinen Großeltern besser ging, die dem Jungen, im Gegensatz zu ihm, ein stabiles, strukturiertes Leben bieten konnten. Und er hatte recht gehabt.

Zu sehen, was er da gleichgültig einfach so weggeworfen hatte, ohne auch nur einen zweiten Gedanken daran zu verschwenden, brach ihm jetzt fast das Herz.

Der Junge, der keine Ahnung von den Schuldgefühlen hatte, die ihn zu übermannen drohten, steuerte direkt auf Jenny zu und beachtete ihn überhaupt nicht.

„Kann ich heute bei Nolan übernachten?“, fragte er. „Seine Mom ist einverstanden.“

Sein Blick streifte Jake desinteressiert, dann wandte er sich wieder an Jenny: „Sie bestellt Pizza bei ‚Bella T's‘. Nolan hat ein neues X-Box-Spiel, das wir ausprobieren wo…“

Auf einmal riss er den Kopf herum, um ihn anzustarren.

„Wer zum Teufel sind Sie?“, fragte er, wobei sein erschütterter Gesichtsausdruck erkennen ließ, dass er es bereits wusste.

Jake schluckte, darum bemüht, trotz des Aufruhrs in ihm ruhig zu bleiben. Beinahe automatisch sagte er: „Dein Dad. Ich …“

Der Junge unterbrach ihn, indem er verächtlich schnaubte.

„Von wegen. Falls Sie es nicht wissen … und ich vermute, Sie wissen es nicht, weil ich Sie heute zum ersten Mal sehe …“ Geringschätzung sprach aus jedem einzelnen seiner Worte. „Ich bin dreizehn. Weder brauche noch will ich einen Dad in meinem Leben.“ Er drehte sich zu Jenny um und durchbohrte sie verärgert mit seinem Blick. „Kann ich jetzt bei Nolan übernachten oder nicht?“

Jake sah, wie sie eine Hand hob, um dem Jungen über die Wange zu streichen, sich dann aber sichtlich zusammenriss und es ließ. Ihr war wohl klar geworden, dass Austin sich für diese Zurschaustellung von Zärtlichkeit schämen würde. Stattdessen nickte sie und sagte: „Sicher.“

Ohne ein weiteres Wort – und ohne auch nur einen Blick in seine Richtung zu werfen – machte der Teenager auf dem Absatz kehrt und verschwand mit seinem Freund aus dem Wohnzimmer. Als er nach höchstens einer Minute zurückkam, steckte eine Zahnbürste in seiner Hosentasche. In einer Hand hielt er eine lange Pyjamahose.

„Braucht ihr Geld für die Pizza?“, fragte Jenny.

„Nö“, antwortete der andere Junge. „Die übernimmt meine Mom.“

Austin steuerte auf die Küche zu, Nolan direkt auf seinen Fersen.

„Hey, warte mal kurz!“ Jake trat vor, doch die beiden Teenager waren bereits zur Hintertür hinausgestürmt. Er wusste nicht, ob er Enttäuschung oder Erleichterung verspürte.

Was immer es auch war, es warf ihn beinahe um. Gott, er hatte sich dieses erste Treffen vermutlich hundert Mal vorgestellt, seit er von Kathys und Emmetts Tod erfahren hatte, und sich mindestens genauso viele Szenarien ausgemalt. So etwas wie gerade war ihm allerdings nicht in den Sinn gekommen. Er hatte sich auf die Wut seines Sohnes eingestellt, darauf, mit zornigen Fragen bombardiert zu werden, die er wahrscheinlich nicht zufriedenstellend beantworten konnte.

Doch niemals hätte er damit gerechnet, einfach so stehen gelassen zu werden. Er sah Jenny an. „Soll das vielleicht ein Witz sein? Sie lassen ihn gehen?“

„Was erwarten Sie denn?“ Ihre Stimme war kalt, ihr Blick sogar noch kälter. „Austin hat gerade den Mann kennengelernt, der nie da gewesen ist, wenn er ihn am nötigsten gebraucht hat. Diese Tatsache muss er erst mal verdauen."

Ja. Wahrscheinlich schon. Der Junge hatte es selbst gesagt, er war dreizehn – und in wenigen Jahren erwachsen. Und er, ein typischer Bradshaw, hatte die Chance vertan, ihm ein Vater zu sein.

Nein. Jake straffte die Schultern. *Zur Hölle damit.* Frühestens in fünf Jahren würde Austin auch nur ansatzweise als Erwachsener durchgehen. Egal, wie viel Zeit er verloren hatte, ab jetzt konnte er der Mann sein, der er längst hätte sein sollen. Der wichtigste Punkt auf der Tagesordnung war, irgendwie eine Beziehung zu seinem Sohn aufzubauen.

Austins Reaktion nach zu schließen würde das nicht leicht werden. Tja, na und? Er hatte harte Arbeit noch nie gescheut.

Und doch. Verdammt schade, dass der Junge zu alt war, um ihm ein Pony zu schenken.

Er richtete seine Aufmerksamkeit wieder auf Jenny. „Ich stimme Ihnen zu, dass er Zeit braucht, das zu verdauen, aber eines möchte ich klarstellen. Ich habe mit meinem Anwalt gesprochen und alles Nötige eingeleitet, um das Sorgerecht für meinen Sohn zu bekommen."

„Nein."

Sie starrte ihn an, als wäre ihm ein zweiter Kopf gewachsen.

„Doch. Mein Anwalt setzt gerade, während wir hier sprechen, die Dokumente auf. Ich muss sie nur noch unterschreiben, wenn ich zurück in Manhattan bin. Und dann wird Austin dort sein, wo er hingehört. Bei mir." Okay, es war wahrscheinlich nicht clever, ihr das so direkt zu sagen – sie schien durchaus in der Lage zu sein, ihn mit aller Gewalt davon abzuhalten und es wie einen Unfall aussehen zu lassen.

In ihren Augen lag jedoch keine Mordlust, sondern etwas anderes. Sie wirkte am Boden zerstört. Kreuzunglücklich.

Da er sehr gut wusste, wie sich das anfühlte, sagte er sanft: „Hören Sie, ich habe nicht vor, Austin einzupacken und mit ihm wegzulaufen." Wobei seine erste Reaktion auf die Nachricht, dass Emmett und Kathy gestorben waren, genauso ausgesehen hatte: nach Hause fahren, Austin auffordern zu packen und ihn dann dahin zu schleifen, wo er für sich ein Leben aufgebaut hatte – zumindest für die paar Monate im Jahr, die er im Land war.

Das würde er natürlich nicht tun, er wollte auf keinen Fall wie sein Vater sein. „Ich bin nicht hier, um ihn einfach so aus seinem gewohnten Umfeld zu reißen. Ich weiß, dass er Zeit braucht, sich an mich zu gewöhnen und mich kennenzulernen."

Sie atmete erleichtert auf und es ärgerte ihn, dass es ihm wichtig war, ihr die Angst zu nehmen. Schließlich war es für alle Beteiligten besser, keine falschen Hoffnungen aufkommen zu lassen.

„Nicht, dass Sie mich missverstehen", fuhr er mit seiner kühlsten Stimme fort. „Mein Leben spielt sich in New York ab und dorthin werden wir auch ziehen. Ich bleibe nur eine Weile hier, damit mein Sohn sich an den Gedanken gewöhnen kann. In der Zwischenzeit werde ich herausfinden, was mit Emmetts Vermögen geschieht." Als ihr Blick misstrauisch wurde, kniff er die Augen zusammen. „Fangen Sie bloß nicht so an. Ich bin nicht hinter Austins Geld her – ich habe selbst mehr als genug."

„Und warum sollte ich Ihnen das glauben?"

Himmel! Am liebsten hätte er einen großen Schritt auf sie zu gemacht und sich drohend vor ihr aufgebaut. Ob sie ihn dann immer noch so geringschätzig behandeln würde?

Im nächsten Moment erschrak er. Wie zur Hölle kam er nur auf eine solche Idee? Nie im Leben hatte er eine Frau grob behandelt.

Als er jetzt in ihr niedliches Gesicht mit der kämpferischen Miene blickte, hätte er beinahe geschnaubt. Diese kleine Maus würde wahrscheinlich die Polizei rufen, sollte er auch nur einen falschen Schritt machen. Zu Recht, wenn man bedachte, dass sie allein mit ihm in ihrem Haus war – mit einem Fremden, dem sie nicht über den Weg traute.

Es wäre wirklich das Tüpfelchen auf dem verdammten i, wenn jetzt auch noch sein Halbbruder Max reingeschneit käme, um ihn festzunehmen. Der Mistkerl würde ihn mit Begeisterung ins Kittchen stecken, soviel stand fest.

Jake atmete tief durch. „Ich verlange nicht, dass Sie mir glauben, aber im Interesse der guten Sache tue ich Ihnen einen Gefallen.“ Er fischte eine Visitenkarte aus seiner Brieftasche und reichte sie ihr. „Das ist die Nummer meiner Assistentin – rufen Sie sie an, dann soll sie Ihnen meine letzten Bankauszüge zufaxen.“ Er sah sie direkt an. „Wir haben hier einige echte Probleme zu lösen. Dass ich meinem Kind Geld stehlen könnte, ist aber keins davon.“ Wieder verschränkte sie die Arme unter ihren kleinen Brüsten.

„Was wollen Sie von mir?“

Ihre Stimme klang ruhig, seine Schultern entspannten sich. „Sie sind Austin offensichtlich sehr wichtig. Ich möchte, dass Sie zwischen uns vermitteln.“

Sie lachte ihm ins Gesicht. „Wie in aller Welt kommen Sie darauf, dass ich das tun würde?“

„Weil ich bereit bin, die nächsten ein oder zwei Monate hierzubleiben, damit er das Schuljahr abschließen kann. Danach werden wir auf jeden Fall nach Manhattan ziehen.“ Er strich sich durchs Haar. „Ich bilde mir nicht ein, dass er sich darüber besonders freuen wird. Aber wenn er Ihnen irgendetwas bedeutet, dann helfen Sie ihm. Sie können natürlich auch weiterhin kratzbürstig sein und es ihm dadurch umso schwerer machen. Ich schätze, das ist Ihre Entscheidung.“

„Na schön, ich werde darüber nachdenken.“

Eine Weile sah sie ihn an, dann senkte sie diese unglaublichen Wimpern über ihre kaffeebraun schimmernden Augen.

„Austin zuliebe“, betonte sie. „Egal wie ich mich entscheide, ich tue das nicht für Sie.“

„Was Sie nicht sagen“, murmelte er und streckte ihr die Hand hin, um den Deal zu besiegeln. Ihre schmalen Finger waren warm, ihr Griff fest.

Auf die Wirkung bei der Berührung, die wie ein Stromschlag durch seinen Körper jagte, war er nicht vorbereitet. Dennoch gelang es ihm, sich nichts anmerken zu lassen und sein eigentlich immer funktionierendes schiefes Lächeln aufzusetzen.

„Glauben Sie mir, ich würde keine Sekunde lang etwas anderes annehmen.“

2. KAPITEL

Nachdem sich Jake Bradshaw verabschiedet hatte, ging Jenny zwischen Couch, Kamin und Panoramafenster auf und ab. Das sowieso schon kleine Wohnzimmer schien von Minute zu Minute zu schrumpfen.

Sie hatte keine Ahnung, wie viel Zeit vergangen war, als ihr rastloses Herumgewandere schließlich vor dem Fenster endete. Blind starrte sie über das Hotelgelände hinweg auf die berühmte Doppelspitze der Olympic Mountains, The Brothers, nach denen das Hotelresort benannt war. „Oh Gott." Sie stieß die Stirn zwei, drei Mal gegen das kalte Glas. „Was zum Teufel soll ich jetzt bloß machen?"

Ihr fiel nichts ein. Schon das war einfach unglaublich – normalerweise hatte sie für alles einen Plan. Zumindest seit ihr Vater damals ins Kittchen gewandert war. Im Moment jedoch war nichts als weißes Rauschen in ihrem Kopf, während es in ihrem Bauch giftig brodelte. Allein würde sie mit diesem Durcheinander nicht zurechtkommen.

Sie brauchte Tasha.

Bereits beim Gedanken an ihre beste Freundin legte sich der Aufruhr in ihrem Magen etwas. Sie stürzte ins Schlafzimmer, riss die Handtasche aus dem oberen Regal des Schranks, wo sie immer lag, und wollte gerade zur Haustür flitzen, da fiel ihr Blick in den Ganzkörperspiegel an der Innenseite der Schranktür.

Heiliger Bimbam. Sie hatte ja noch ihre Putzklamotten an. Ganz zu schweigen davon, dass sie kein Make-up trug und auch nichts, was einer Frisur ähnelte. „Das kann ich bestimmt besser."

Also schleuderte sie die Tasche auf die Kommode, zog die Keds aus und kickte sie in den Schrank. Dann schälte sie sich aus der Jeans und zerrte das T-Shirt herunter.

Sie suchte eine Feincordhose heraus, einen dünnen roten

Pulli und ihre hohen schwarzen Lederstiefel. Nachdem sie sich umgezogen hatte, tupfte sie etwas Lipgloss auf, tuschte sich die Wimpern, zog die Gummibänder aus ihrem Haar und bürstete es ordentlich.

Das musste reichen.

Zwei Minuten später war sie aus der Tür, zog auf dem Weg nach draußen eine Military-Jacke an und eilte zur Uferpromenade, die an der kurvigen Küste entlang in die Stadt führte.

Der Wind zerrte an ihrem Haar, daher nahm sie eine Strickmütze aus der Jackentasche, stülpte sie über und steckte die Strähnen darunter. Es war eher stürmisch als kalt, und das Gute an der böigen Brise war die klare Luft und dass die Wolken fortgeblasen wurden. Majestätisch erhoben sich die Olympics hinter den grünen Gebirgsausläufern auf der anderen Seite des bewegten Wassers, die schneebedeckten Gipfel blendend weiß vor dem klaren blauen Himmel.

Zwei Blocks vom Strand entfernt schnitt die tatsächliche Razor Bay, nach der die Stadt benannt war, einen weiten Halbkreis in das Land. Die Uferpromenade ging in die Harbor Street mit den bunt gestrichenen Hausfassaden über. Als Jenny sich der Bucht näherte, legte sich der Wind, das Wasser wurde ruhiger.

Jemand klopfte an die Scheibe, als sie am „Sunset Café“ vorbeikam, und sie winkte Kathy Tagart und Maggie Watson zu, die an einem Tisch direkt am Fenster saßen. Sie spazierte an der „Razor Bay Jetski & Fahrradvermietung“ vorbei, die unbeleuchtet war, weil der Laden zu dieser Jahreszeit nur an den Wochenenden geöffnet hatte. Das türkis, blau und grün gestrichene Haus daneben war ihr Ziel, das „Bella T's“, die Pizzeria.

Jenny riss die Tür auf und der herrliche Duft von Pizzasoße waberte aus dem Steinofen und wärmte sie wie eine Wolldecke. Es war noch etwas zu früh für den Andrang zum Abendessen, nur ein älteres Paar, das sie nicht kannte, saß am Fenster und eine Gruppe lachender, quatschender Teenager hatte zwei Tische in der Nähe des Raums, in dem die Spiele standen, in Beschlag genommen. Als sie auf die Theke zusteuerte, öffnete und schloss sich die Tür zu diesem Zimmer, aus dem das elektronische Piepen und Dröhnen der Videospiele schallte.

Tasha, die gerade etwas schnippelte, sah auf und begann breit zu grinsen. „Ja hallo, Freundin!“, rief sie. „Ich habe gar nicht mit dir gerechnet. Dachte mir, du würdest deinen freien Tag mit Schoko-Popcorn und einem Liebesroman verbr…“ Ihr Lächeln erstarb und sie senkte die Stimme. „Was ist denn los? Ist was mit Austin?“

„Nein, Austin geht es gut.“ Jenny stieß ein Lachen aus, das sich jederzeit in alles Mögliche verwandeln konnte. „Na ja, gut ist vielleicht etwas übertrieben, wenn man bedenkt, dass sein Vater in der Stadt ist und beschlossen hat, den Jungen mit nach New York zu nehmen.“

„Wie bitte?“ Tasha legte das Messer weg und wischte sich die Hände an der Schürze ab, die sie um ihre schmale Taille gebunden hatte. Dann schüttelte sie den Kopf. „Nein, warte, lass uns an den Tisch dort gehen, wo wir etwas Ruhe haben. Magst du einen Schluck Rotwein?“

„Oh ja, das wäre sooo herrlich.“

„Kommt sofort.“ Sie wählte ein großes Weinglas aus und goss ordentlich von dem Hauswein ein. „So, bitte, Süße.“ Sie schob ihr das Glas hin, während sie sich selbst etwas weniger großzügig einschenkte, dann musterte sie sie kurz von Kopf bis Fuß. „Wann hast du zum letzten Mal was gegessen?“

„Zum Frühstück, schätze ich.“ Jenny wusste es nicht mehr.

Tasha hatte sich schon abgewandt. „Ich mache dir was.“

„Ich bin nicht sicher, ob ich was runterbekomme“, sagte sie, doch ihre Freundin hatte bereits Teig aus dem Kühlschrank genommen, legte ihn auf eine Holzplatte und träufelte Soße darauf.

„Wenn es so schlimm ist, wie es klingt, dann brauchst du

Energie. Kanadischen Schinken und Ananas, so wie du es am liebsten magst, obwohl ich nicht begreifen kann, wie irgendjemand Ananas auf …“ Sie winkte ab. „Bring unsere Gläser schon mal zu unserem Platz, ich komme gleich mit der Pizza nach.“

„Scheiße, Alter!“

Eine ungestüme Jungmännerstimme schallte durch den Raum, das ältere Paar starrte schockiert zum Tisch der Teenager. Jenny drehte sich nicht einmal um. Stattdessen beobachtete sie ihre Freundin dabei, wie die sich die große Pistole schnappte, die sie immer unter der Theke bereitliegen hatte. Tasha zielte und drückte den Abzug.

Der Tischtennisball, der aus dem Lauf schoss, traf den Hinterkopf des fluchenden Teenagers, prallte dort ab und hüpfte über den Linoleumboden.

„Was zum …“

Der Junge presste eine Hand auf die Stelle, schob den Stuhl zurück und wirbelte herum, das Gesicht vor Ärger verzerrt. Kaum hatte er Tasha erblickt, überlegte er es sich anders.

Zum ersten Mal seit Jake Bradshaw aufgetaucht war, verspürte Jenny so etwas wie Belustigung. Tasha hatte diesen Effekt auf den männlichen Chromosomen-Pool. Das hatte sie schon immer interessant gefunden, denn an der Figur ihrer Freundin konnte es nicht liegen. Sie war nicht gerade wie eine Sexgöttin gebaut, sondern groß und schlaksig, hatte normale Brüste und keine nennenswerten Hüften. Mit ihren graublauen Augen, der vollen Oberlippe und den präraffaelitischen rotblonden Locken sah sie eher exotisch als schön aus, wie aus einem Michael-Parks-Gemälde – und haute jeden Mann einfach um. Der Blick, den Tasha dem Jungen zuwarf, hatte nichts von seiner sonstigen Wärme.

„Das hier ist ein Familienrestaurant“, sagte sie ruhig. „Also achte auf deine Wortwahl, sonst fliegst du raus. Und ich warne dich nur einmal.“

Er zögerte, wahrscheinlich wollte er sich mit den üblichen vorhersehbaren Teenager-Macho-Allüren verteidigen, doch dann schluckte er, sein Adamsapfel hüpfte auf und ab. „Ja, Ma'am“, murmelte er. „Tut mir leid.“

„Ja, entschuldige, Tasha“, rief Brandon Teller. „Mein Cousin ist zum ersten Mal hier. Er kennt die Regeln noch nicht.“

„Aber jetzt.“ Tasha warf dem Jungen ein Lächeln zu. „Und da ich Männer klasse finde, die bereit sind, sich zu entschuldigen, kann ich dir versichern, dass du mit der Situation besser umgegangen bist als die meisten. Willkommen im ‚Bella T's‘.“

Als Jenny und sie sich kurz darauf an einem Tisch in der hintersten Ecke setzten, platzte Tasha heraus: „Mal im Ernst, seit wann bin ich eine Ma'am?“ Sie machte eine abwehrende Handbewegung, bevor Jenny überhaupt etwas entgegnen konnte „Egal. Das ist jetzt nicht wichtig. Ich möchte, dass du ein Stück Pizza isst.“

„Ich glaube, ich kann wirklich nicht ...“

„Versuch es.“

Also biss Jenny einen winzigen Happen ab. Sie befürchtete, ihr Magen würde rebellieren, so übel war ihr bei dem Gedanken, dass Austin ans andere Ende des Landes gezerrt werden sollte, doch dann explodierte der herrliche Geschmack auf ihrer Zunge. Die goldene Kruste, die schmackhafte Soße und der geschmolzene Käse – das alles war himmlisch tröstlich.

Für sie war Pizza gleichbedeutend mit Tasha und Tash war seit ihrem zweiten Schultag auf der Razor Bay High ihre beste Freundin. Damals hatte Tasha sie gegen einige Mädchen verteidigt, die sich wegen des landesweiten Skandals, den das aufgeflogene Schneeballsystem ihres Vaters verursacht hatte, über sie lustig machten. Dabei hatte Tasha in der Schule sogar einen schlechteren Stand als sie, in ihrem Fall wegen ihrer Mutter. Die meisten Teenager, die bereits auf der Abschussliste standen, hätten die Klappe gehalten und sich nicht auch noch für ein fremdes Mädchen eingesetzt.

Jenny lächelte. „Habe ich dir in letzter Zeit mal gesagt, wie stolz ich auf dich bin? Du hast es geschafft, Tash. Du machst nicht nur die weltbeste Pizza, sondern dein Laden brummt, selbst wenn nicht Saison ist."

Seit „Bella T's" vor zehn Monaten eröffnet hatte, war es von Anfang an gut angenommen worden. Nicht nur von den Touristen, auch von den Einheimischen.

Tasha grinste schief. „Hab dir schon vor hundert Jahren gesagt, dass ich es schaffe."

Das hatte sie – als sie ihr im Bauwagen ihrer Mutter zum ersten Mal eine selbst gemachte Pizza auftischte. An diesem Abend erzählte sie von ihrem Traum, eines Tages eine eigene Pizzeria zu besitzen.

Damals beschlossen sie gemeinsam, es trotz der widrigen Umstände zu etwas zu bringen. Tasha, die nur sechs Monate älter war, hatte zu der Zeit sogar bereits einen richtigen Businessplan ausgearbeitet, den sie in ihrer Unterwäscheschublade aufbewahrte. Sie, Jenny, hingegen lebte von einem Tag auf den anderen, versuchte, möglichst gute Noten zu schreiben und arbeitete nach der Schule als Zimmermädchen im „The Brothers Inn", damit sie und ihre Mutter nicht auf der Straße landeten.

Jenny bewunderte Tasha für das, was sie erreicht hatte, und freute sich von ganzem Herzen für sie, weil niemand härter für seinen Traum gearbeitet hatte.

In instinktivem Einverständnis plauderten sie während des Essens über alles Mögliche, nur nicht über das, was Jenny hergeführt hatte. Schließlich griff Tasha nach der Weinkaraffe, die sie mit an den Tisch gebracht hatte, und goss nach.

„Jetzt siehst du schon etwas entspannter aus", sagte sie. „Also atme ein paar Mal tief durch und dann erzähl mir alles, ohne dich aufzuregen."

„Leichter gesagt als getan", gestand Jenny. „Ich weiß nicht, ob das überhaupt möglich ist." Sie beruhigte ihre Atmung, wie ihre Freundin empfohlen hatte, und erzählte in allen Details, was vorgefallen war.

„Mist“, sagte Tasha leise. „Was wirst du jetzt tun?“

Jenny stieß die Luft aus. „Ich weiß es nicht. Er hat sich seit dreizehn Jahren nicht um Austin gekümmert – ich wäre niemals auf die Idee gekommen, dass er irgendwann auftauchen könnte. Aber nicht nur das“, fuhr sie wütend fort, „er hat auch gleich noch einen Plan in der Tasche, wie er Austins Leben am besten zerstören kann. Nämlich indem er ihn aus allem rausreißt, was er kennt! Gott, ich würde am liebsten …“ Sie starrte auf ihre Hände, atmete erneut tief durch und öffnete die Fäuste, die sie unbewusst geballt hatte. Dann sah sie ihre Freundin an und lächelte schwach. „Ich würde ja gerne sagen können, dass ich in der Sache völlig selbstlos bin, dass ich mir ausschließlich Sorgen um Austins Wohlbefinden mache, aber, Gott, Tasha, ich dachte wirklich, ich würde das dauerhafte Sorgerecht bekommen. Ich kann den Gedanken nicht ertragen, dass er so weit weg sein wird!“

„Natürlich kannst du das nicht – du bist für ihn da, seit er zwei Jahre alt ist.“

„Erst seit er dreieinhalb ist, sind wir uns so richtig nahe.“

Tasha griff nach ihrer Hand, um sie zu drücken. „Vielleicht wird es ja gar nicht dazu kommen. Du hast gesagt, dass Bradshaw bis zum Schuljahresende hierbleibt, stimmt’s? Vielleicht wird es ihm schnell langweilig, den Daddy zu spielen, und er verschwindet bald wieder.“ Sie verdrehte die Augen. „Okay, es ist ziemlich mies, sich so was zu wünschen.“

„Ich weiß.“ Jenny presste eine Handfläche gegen ihre Stirn, hinter der sich bereits Kopfschmerzen zusammenbrauten. „Ich kann einfach nicht vergessen, wie lange Austin von einem Vater geträumt hat, bis er irgendwann diesen Traum begraben musste.“ Sie seufzte frustriert. „In dieser Situation kann keiner gewinnen. Entweder er oder ich oder wir beide werden verletzt.“ Sie beugte sich über den Tisch. „Aber ich muss wie eine Erwachsene denken, denn so schlimm es auch wäre, Austin zu verlieren, ich fürchte mich noch mehr davor, Bradshaw könnte es schaffen, dass der Junge ihm verzeiht – ihn mag –, nur um sich dann wieder aus dem Staub zu machen. Das würde Austin das Herz brechen."

Kaum hatte sie die Worte ausgesprochen, als ihr einfiel, wie Jake Bradshaws hellgrüne Augen bei Austins Anblick zu strahlen begonnen hatten. Das war überraschend bei einem Mann, der seinen Sohn ein Leben lang ignoriert hatte.

Na und? Sie schüttelte den Gedanken ab und richtete sich auf. „Wenn er die Wahrheit sagt, wird er das Sorgerecht für Austin bekommen."

„Ich wüsste nicht, warum er in dieser Hinsicht lügen sollte, das ist doch leicht nachzuprüfen."

„Das denke ich auch und du kannst sicher sein, dass ich es überprüfen werde, aber wenn es so ist … er sagte, falls mir Austin wirklich etwas bedeutet, müsste ich ihm helfen, mit der Veränderung klarzukommen, und da hat er recht." Am liebsten hätte sie bei diesen Worten aufgeheult.

Tasha nickte. „Tut mir leid, Jen, ich fürchte, das stimmt. Hör zu." Sie lehnte sich über den Tisch. „Heute Abend kannst du sowieso nichts mehr unternehmen, und der Gedanke, wie du allein zu Hause sitzt und vor dich hinbrütest, gefällt mir überhaupt nicht. Du hast doch gesagt, dass Austin bei Nolan übernachtet, oder?"

„Ja. Ich bin froh, dass ich ihm nichts vorspielen muss. Ich würde ja gerne behaupten, dass ich nicht vorhabe, vor mich hinzubrüten, aber du kennst mich einfach zu gut. Jetzt allein zu Hause zu sein wäre schrecklich."

„Also gehst du nicht nach Hause. Nach sieben wird es hier ruhiger. Du bleibst so lange hier oder machst ein paar Besorgungen und kommst dann zurück, wie du willst. Ich sorge dafür, dass Tiff heute den Laden abschließt, und wir vergnügen uns im ‚The Anchor'. Da kann man sich am besten ablenken. Entweder wir betrinken uns, oder wir füttern die Jukebox und spielen Darts. Was sagst du?“

Sie war nicht in der Stimmung, in eine Bar zu gehen, aber das war immer noch besser, als zu Hause nervös auf und ab zu tigern. Außerdem konnte sie sich auf eines verlassen: Mit Tasha zusammen zu sein, half auf jeden Fall. „Abgemacht. Ich glaube, ich hänge hier einfach so lange rum, bis du fertig bist. Das gibt mir genug Zeit zu überlegen, was ich lieber will, Darts spielen oder mich betrinken.“

3. KAPITEL

Jake kam einfach nicht zur Ruhe. Er war durch die Gegend gefahren, um sich wieder mit den Plätzen vertraut zu machen, an die er sich erinnerte, und um zu sehen, was sich alles verändert hatte – überraschenderweise eine Menge. Zurück im Hotel sah er sich in seiner Suite um, was insgesamt höchstens fünf Minuten dauerte, und dann auf dem Hotelgelände seiner ehemaligen Schwiegereltern, was glücklicherweise mehr Zeit in Anspruch nahm.

Jetzt war es erst halb sieben und er begann schon wieder, sich Gedanken zu machen. Der einzige Ausweg war, etwas zu unternehmen.

Er zog einen Kapuzenpullover an, streifte die Jacke über und lief eilig zur Strandpromenade. Er hatte vor, irgendwo in der Stadt die Zeit totzuschlagen.

Die zerklüfteten Berge jenseits des Wassers, bei deren Anblick die Touristen immer ehrfürchtig erschauerten, nahm er kaum wahr. Den Kopf gegen den Wind gesenkt, die Hände in den Jackentaschen, eilte er die Promenade entlang, die es in seiner Jugendzeit noch nicht gegeben hatte.

Kurz darauf erreichte er Razor Bay – nur um festzustellen, dass dort bereits die Bürgersteige hochgeklappt waren.

„Verdammt." Wie hatte er das nur vergessen können? Schließlich war das einer der vielen Gründe gewesen, weshalb er damals unbedingt aus diesem Kaff rauswollte. Außerhalb der Saison lag hier der Hund begraben. Ach was, selbst in der Hochsaison hatte die Stadt nicht sonderlich viel zu bieten.

Das „Sunset Café", die Pizzeria „Bella T's" und ein neuer Vietnamese hatten noch geöffnet – und das wahrscheinlich auch nur, weil Freitagabend war. Im Sommer waren wenigstens die Geschäfte in der Harbor Street und der Eagle Road bis dreiundzwanzig Uhr auf.

Ihm fiel ein, dass Austin etwas von Pizza erzählt hatte, und erwog kurz, ins „Bella T's" zu gehen. Natürlich nur, weil er den Laden nicht kannte und neugierig war – zumindest versuchte er sich das einzureden, aber er konnte sich nichts vormachen. Er wusste verdammt gut, dass er in Wahrheit darauf spekulierte, seinen Sohn dort anzutreffen. Doch selbst wenn Austin genau in diesem Moment in der Pizzeria säße – was an und für sich schon unwahrscheinlich war –, wollte er seinem Kind jetzt wirklich in der Öffentlichkeit über den Weg laufen? Jenny hatte recht, Austin musste sich erst einmal an den Gedanken gewöhnen, dass sein Vater in der Stadt war.

Er brauchte nur an ihren Namen zu denken, sofort sah er wieder das Gesicht dieses kleinen Drachens vor sich. Das glänzende Haar, die großen dunklen Augen und die zarte olivgetönte Haut – alles in hochauflösender Schärfe.

Er blinzelte das Bild weg. Wieso sah er es überhaupt vor sich, verflucht noch mal? Sie war doch gar nicht sein Typ.

Ungeduldig mit den Schultern zuckend suchte er nach einer einleuchtenden Erklärung dafür. Es lag wohl daran, dass er Miss Salazars Hilfe brauchte. Anfangs hatte er das zwar nur so dahingesagt, aber es stimmte.

Er konnte nur hoffen, dass sie ihn unterstützen würde, was angesichts der Tatsache, dass sie nichts von ihm hielt, leider fraglich war.

Da er sich plötzlich ans „The Anchor" erinnerte, bog er auf den schmalen Fußgängerweg zwischen dem Gemischtwarenladen und „Swanson's Eissalon" ein. Die Abkürzung führte auf die Eagle Road, die parallel zur Harbor Street verlief. Als Razor Bays einzige Kneipe – von der Bar in der Hotellobby des „The Brothers" einmal abgesehen – musste sie einfach noch geöffnet haben.

Kurz darauf entdeckte er das vertraute weiß gerahmte Schild. Der Name war aus meerblauen Mosaiksteinen geformt und er konnte sich gut an die beiden Anker erinnern, die in Neongelb und kreischend Blau an den jeweiligen Enden des Schildes blinkten. Auch hätte er schwören können, dass dieselbe Bierwerbung in den Fenstern leuchtete wie früher.

Jetzt war er wirklich neugierig. Als er die Stadt verlassen hatte, war er noch zu jung gewesen, um in eine Bar zu gehen. Zwar hatte er versucht, sich einen gefälschten Ausweis zu besorgen, aber daraus war nichts geworden.

Er schnaubte leise. Zum Teufel, selbst wenn er damals perfekt gefälschte Ausweispapiere aufgetrieben hätte, wäre er damit niemals durchgekommen. Nicht im „The Anchor". In einer derart kleinen Stadt kannte sich so ziemlich jeder.

Er zog die Tür auf und trat ein.

Der schwach beleuchtete Raum hatte einen dunklen, von unzähligen Schuhen zerkratzten Holzboden und dazu passende, wenn auch nicht ganz so abgenutzte Wände, an denen Schwarz-Weiß-Fotografien von Razor Bay aus dem letzten Jahrhundert hingen. Die wollte er sich auf jeden Fall einmal genauer ansehen.

Es gab eine lange Bar mit Hockern, dahinter war auf zwei großen Tafeln mit Kreide eine überraschend vielfältige Auswahl an Biersorten aus Kleinbrauereien aufgelistet. Eine Jukebox, ein Flipperautomat und ein paar Dartsscheiben rechts von ihm. In der Mitte des Raumes standen Tische und Stühle und an einer Wand gab es ein paar Sitznischen.

Er wusste nicht, was er erwartet hatte, aber diese Bar sah aus wie jede andere in Amerika auch. Nun, zumindest konnte er sich hier die Zeit mit einem Bier und den Fotos an den Wänden vertreiben.

„Na sieh mal einer an, was die Katze da reingeschleppt hat!", sagte jemand hinter ihm.

Jake blieb abrupt stehen, und eine Sekunde lang war er wieder der Junge aus der vierten Klasse, der endlich auf dem begehrten Spielplatz für die größeren Kinder spielen durfte. Darüber hatte er damals sogar einen Moment vergessen, dass sein Dad abgehauen war. Es war ein perfekter Augenblick gewesen – bis ein zwei Jahre älterer Jungen ihm einen Stoß versetzte, der ihn beinahe umwarf. Noch heute hatte er dessen Kommentar in den Ohren: Endlich habt ihr bekommen, was ihr verdient. Wenn deine Schlampenmutter nicht ausgerechnet von meinem Dad schwanger geworden wäre, dann hätte er uns niemals verlassen.

Damals hatte er sich gefragt, wie viele verfluchte Familien sein bis vor Kurzem so heiß geliebter Vater eigentlich hatte. Jedenfalls wäre er nie auf die Idee gekommen, gleich am ersten Tag des neuen Schuljahres von seinem Halbruder herumgeschubst zu werden. Einem Halbbruder, den ihr gemeinsamer Vater Charlie Bradshaw all die Jahre vollkommen ignoriert hatte, obwohl sie in derselben Stadt lebten – so wie Charlie nun ihn ignorierte, seit er eine neue Familie hatte.

Diese kurze Erinnerung war genau das – nur eine Erinnerung, die in der nächsten Sekunde schon vergessen war. Deshalb schüttelte er die Mischung aus Verwirrung und Wut ab, die er immer verspürte, sobald es um Max Bradshaw ging, und schlenderte zu ihm hinüber. „Lange her. Wie ich höre, darfst du inzwischen eine Waffe tragen. Wenn das die Leute hier mal nicht zu Tode erschreckt."

„Oh, die meisten brauchen sich keine Sorgen zu machen." Max warf ihm einen vielsagenden Blick zu. „Du hingegen ..."

Sein Halbbruder starrte auf seine Brust, als würde er sich eine Zielscheibe darauf vorstellen. Es war nie leicht zu erkennen, wann er etwas ernst meinte und wann nicht, und deshalb bedachte Jake ihn mit einem kühlen Blick, der in beiden Fällen passte. „Bei der wievielten Frau bist du inzwischen gelandet? Nummer drei oder vier vielleicht? Irgendwelche Nichten und Neffen, von denen ich wissen sollte?"

Kaum hatte er die Worte ausgesprochen, verspürte er dieses alte Bedauern. Er und Max waren sich schließlich gar nicht so unähnlich und nachdem ihr Vater aus der Stadt verschwunden war, hätten sie eigentlich das Kriegsbeil begraben können, und zwar nicht ausgerechnet im Schädel des jeweils anderen. Immerhin waren sie die einzigen Menschen in Razor Bay, die wirklich begriffen, wie sehr die Wunde schmerzte, die Charlie geschlagen hatte. Da wäre jemand gewesen, dem man nichts hätte vormachen müssen, jemand, der wusste, dass Charlie Bradshaw ein großartiger Dad war bis zu dem Tag, an dem er weiterzog und vergaß, dass man überhaupt existierte.

Nur war die Gewohnheit, den jeweils anderen bis aufs Blut zu hassen, damals schon zu tief in ihnen verwurzelt gewesen.

Sogar im gedämpften Licht konnte er sehen, wie sich die tief liegenden Augen seines Halbbruders verdunkelten, doch dann zuckte Max mit den breiten Schultern.

„Keine Frauen, keine Kinder. Du bist es, der früh damit angefangen hat und in die Fußstapfen unseres alten Herrn getreten ist."

Das hast du dir selbst eingebrockt, du Genie, gestand Jake sich ein. Max hatte genau ins Schwarze getroffen.

Sosehr er den Treffer seines Halbbruders gern als solchen ignoriert hätte, es ging nicht. Als Kari im letzten Highschool-Jahr schwanger geworden war, hatte er die besten Absichten gehabt. Er war wild entschlossen gewesen, niemals wie sein Vater zu werden, und eine Zeit lang hatte es auch funktioniert. Nur stellte sich letztendlich eben doch heraus, dass er aus demselben Holz geschnitzt war wie sein alter Herr.

Diese Erkenntnis traf ihn jetzt genauso hart wie in seiner Jugend. Statt also cool zu bleiben und Max' Worte mit einem Schulterzucken abzutun, blaffte er: „Du weißt verdammt noch mal überhaupt nichts über mich, Bruder. Damals nicht, als du neun warst und aus dem Spielplatz eine Kampfzone gemacht hast, und ganz sicher heute nicht. Wann kriegst du es endlich in deinen Schädel, dass meine Mom und ich nichts dafür konnten? Genauso wenig wie diese andere Frau, wegen der er uns verlassen hat. Wenn es um Charlies Ehefrauen und Kinder geht, hat er die Aufmerksamkeitsspanne einer Fruchtfliege."

Sein Halbbruder presste sich die Fingerknöchel auf die Stelle über der Nase, dann ließ er die Hand sinken, spreizte die Finger auf der zerkratzten Tischplatte, sah auf und stieß den Atem aus. „Yeah“, stimmte er zu.

Jake setzte sich ihm gegenüber. „Weißt du was?“, sagte er leise. „Darauf habe ich einfach keine Lust mehr. Ich habe auch so genug Probleme und versuche, alte Fehler wiedergutzumachen. Ich kann nur hoffen, dass ich es irgendwie hinkriege, meinen Sohn kennenzulernen, und habe wirklich nicht genügend Energie, mich mit dir zu streiten.“

Max sah ihn verblüfft an. „Dir ist schon klar, dass du mir gerade eine ganze Wagenladung Munition geliefert hast?“

Jake zuckte die Achseln. „Tu, was du tun musst – ich kann dich sowieso nicht davon abhalten. Ist doch scheißegal.“

„Sicher.“ Max verlagerte sein Gewicht. „Scheißegal. Wir sind schließlich nicht mehr auf der Highschool.“ Er sah ihn direkt an. „Komm bloß nicht auf die Idee, dass wir jemals Kumpel sein könnten, kleiner Bradshaw, aber ich komme damit klar, dir ab und zu über den Weg zu laufen.“

Jake musste bei „kleiner Bradshaw“ ein Grinsen unterdrücken. Der Spruch war gut. Er war eins zweiundachtzig groß, doch Max war eins neunzig und etwa zehn Kilogramm schwerer. „Tja“, sagte er, „ich bin überwältigt. Ich weiß gar nicht, wie ich mit deiner Begeisterung umgehen soll.“ Er schüttelte den Kopf, ihre Blicke trafen sich. „Nicht, dass ich vor Aufregung noch einen Herzinfarkt bekomme.“

„Da kann man nur hoffen.“

Ein Bierdeckel landete vor ihm auf dem Tisch. Als er aufsah, entdeckte er eine fröhliche junge Blondine. Sie schenkte ihm ein strahlendes Lächeln.

„Ja, hallo! Frischblut. Hab dich noch nie hier gesehen. Glaub mir, ich würde mich daran erinnern. Kann ich euch Jungs was bringen?“

„Ihm einen anderen Tisch“, sagte Max.

Jake lächelte die Bedienung an. „Mein Bruder ist so ein Witzbold."

Sie sah zweimal hin. „Das ist nicht wahr, ihr zwei seid Brüder?"

„Halb", erklärte Max. „Halbbrüder."

„Halb, ganz, was ist der Unterschied?" Jake hob eine Schulter. „Blut ist Blut, oder?"

Max starrte ihn düster an. „Lass gut sein, Jake – bevor ich auf die Idee komme, deins zu vergießen."

„Wie du meinst, mein Bruder." Er zwinkerte der Blonden zu. „Bring dem alten Bradshaw hier noch ein Glas, was immer er auch trinkt, und ich nehme ein Fat Tire."

„Ein Bud vom Fass und ein Fat Tire, kommt sofort."

„Budweiser?", fragte Jake. „Im Ernst?"

Max rollte die muskulösen Schultern. „Ist ein gutes amerikanisches Bier und hat keinen bescheuerten Namen. Himmel, ich könnte dir auch kostenlos 'ne dicke Lippe verpassen."

„Das hast du, mehrfach, aber das Bier heißt Fat Tire und nicht Fat Lip, du Banause. Ich schätze, du kommst nicht oft aus diesem Kaff raus."

„Warum sollte ich? Ich hab hier alles, was ich brauche."

Jake erschauerte. Er würde sich die Pulsadern aufschneiden, wenn er auch nur eine Sekunde länger in Razor Bay bleiben müsste, als es dauerte, Austins Vertrauen zu gewinnen.

Die Bedienung kam mit ihrer Bestellung zurück, er fischte seine Geldbörse aus der Hosentasche, bezahlte und legte ein saftiges Trinkgeld auf ihr Tablett.

Max musterte ihn. „Merkt man gleich, dass du in einer Großstadt lebst."

„Wieso? Weil ich anständiges Trinkgeld gebe?"

Sein Halbbruder runzelte die Stirn. „Ich gebe auch anständiges Trinkgeld. Vielleicht nicht gerade fünf Dollar für zwei Bier, aber Trinkgeld. Ich meinte allerdings diese metrosexuelle Ausstrahlung."

„Das ist doch nicht dein Ernst!“ Jake wusste zwar die Vorzüge einer Großstadt zu schätzen, war in seinem Leben jedoch mit Sicherheit noch nie zur Maniküre gegangen oder hatte eine Gesichtsbehandlung vornehmen lassen.

„Und ob das mein Ernst ist.“ Max grinste ihn an. „Du bist ein hübscher Junge.“

„Und ein kerniger Typ.“ Jake schlug sich mit der Faust an die Brust. „Ein männlicher Mann.“ Er zögerte. „Was die Großstadt betrifft, hast du recht. Ich habe eine Wohnung in Soho.“

„Sprechen wir von New York City?“ Max schnitt eine Grimasse, dann wiederholte er unwissentlich das, was Jake kurz zuvor mit anderen Vorzeichen gedacht hatte: „Mann, ich würde mir die Pulsadern aufschneiden, wenn ich dort leben müsste.“

„Woher weißt du das? Warst du jemals da?“

„Nee. Ich habe mir auch nie die Eier rasieren lassen, aber ich kann dir versichern, dass es mir nicht gefallen würde.“

Jake musste lachen, obwohl es ihm ein wenig an die eigenen Eier ging. „Okay, das eine hat nicht viel mit dem anderen zu tun. Bist du überhaupt mal irgendwo gewesen, Max?“

„Sicher.“ Max hob eine Schulter. „Kalifornien. Nordkalifornien. Afghanistan. Irak.“

„Was sonst sollte so ein Gesetzeshüter wie du tun, außer der … wem beizutreten?“ Jake lächelte. „Nein, warte, das zu erraten ist ein Kinderspiel. Ich kann mir dich nur als Marine vorstellen oder vielleicht als Navy Seal oder als so einen Green-Beret-Typ.“

„Also bitte. Als ob ich bei solchen Waschlappen mitmachen würde. Ich war einer der wenigen, einer der Stolzen, mein Junge, ein Marine!“

„Und jetzt bist du Sheriff von Nottingham.“

„Deputy von Nottingham. Der Sheriff ist ungefähr hundert Jahre alt.“

Jake hörte kaum mehr hin, denn hinter ihm erklang gerade ein lautes Frauenlachen und er hob den Kopf. Das konnte doch wohl nicht sein!

Sein Blick ging über die Menschenmenge hinweg, die sich inzwischen in der Bar eingefunden hatte, und entdeckte – zur Hölle! – es konnte nicht nur so sein, sondern es war tatsächlich so. Jenny Salazar stand an der Bar und lachte mit dem Barkeeper und einer Frau um die Wette.

Sie sah anders aus als vorhin. Überhaupt nicht mehr wie das kleine Mädchen, für das er sie zunächst gehalten hatte. Ihre Lippen waren rot und ihr Haar, ohne die Zöpfe länger, als er gedacht hätte, fiel schimmernd und lockig über ihre Schultern.

„Was zum Teufel starrst du da an?“ Max drehte sich in seinem Stuhl um, dann nickte er. „Ah, Tasha. Sie hat diese Wirkung auf Männer. Kapiere nicht ganz, wieso – sie ist ja nicht gerade eine umwerfende Schönheit, doch sie hat wohl irgendwas an sich.“

Jake riss sich von Jennys Anblick los, gab sich in Gedanken eine Ohrfeige, um wieder zu sich zu kommen, verstand aber trotzdem kein Wort von dem, was Max da quatschte. „Wer?“

„Tasha Riordan. Die Rotblonde. Hast du die nicht gerade angestarrt? Wen dann – Jenny?“ Er kniff die Augen leicht zu. „Vergiss sie, Alter.“

Jetzt hatte Max seine volle Aufmerksamkeit. „Ach ja? Ich meine, Blödsinn – sie interessiert mich in anderer Hinsicht.“ Er schüttelte den Kopf. „Aber aus reiner Neugier, warum soll ich sie vergessen? Ist sie mit dir zusammen?“ Er wollte gar nicht so genau wissen, wieso diese Vorstellung ihn mächtig störte. Sein Halbbruder wirkte von der Idee jedoch beinahe empört.

„Nein!“

„Dann ist sie eine Nonne.“

Max warf ihm einen genervten Blick zu. „Ich hab einen

Vorschlag. Hör auf, dich zu einem noch größeren Idioten zu machen, als du sowieso schon bist."

„Ich tappe hier völlig im Dunkeln, Bruder. Ist sie lesbisch?"

„Jesus. Nein. Sie ist einfach ... süß. Loyal. Eine gute Freundin für jeden. Keine Frau, mit der du rummachen solltest."

„Ach ja? Rollt sie sich auch auf den Rücken und wedelt mit dem Schwanz, wenn man sie hinter den Ohren krault?" Max sah ihn düster an, doch diesen Gesichtsausdruck kannte Jake viel zu gut, um sich davon einschüchtern zu lassen. „Was? Ich meine nur, sie ist eine Frau, Big B, und kein alter Hund."

„Du kapierst das nicht."

„Als ich sie heute Nachmittag traf, dachte ich zuerst, sie wäre noch ein Kind, aber diese Vorstellung hat sie mir ziemlich schnell ausgetrieben. Ich nehme an, sie ist alleinstehend, also dürfte es doch kein Problem sein, wenn irgendein Typ – nicht ich, irgendeiner – es bei ihr versucht. Da offenbar nichts von dem stimmt, was ich bereits erwähnt habe, was bleibt dann noch übrig? Eine tödliche Krankheit?" Er schüttelte den Kopf. „Nein, unser Gespräch hat bei mir nicht diesen Eindruck hinterlassen – dazu war sie nicht introvertiert genug. Lepra?" Er genoss es, wie genervt sein Bruder von dem Spielchen war – bis ein plötzlicher Gedanke sein Blut in Eis verwandelte. „Lieber Himmel. Ein Vergewaltigungsopfer?"

„Nein! Wie kommst du nur auf so einen Scheiß?"

Er zuckte die Achseln. „Ich bin Journalist. Solche Dinge passieren."

„Ich dachte, du wärst so ein Starfotograf für den ‚National Explorer'."

„Das bin ich. Also, Fotograf jedenfalls, an der Sache mit dem Star arbeite ich noch. Aber nur weil ich meistens durch ein Objektiv schaue, heißt das nicht, dass ich keine Fragen stelle." Jake blickte erneut zu der Frau hinüber, um die es ging. Sie und ihre Freundin hatten inzwischen an einem Tisch Platz genommen. Die Freundin, die mit dem Gesicht zu ihm saß, hatte wirklich etwas, das musste er zugeben, doch es war Jenny – sie sah er im Profil –, die seine Aufmerksamkeit erregte.

Nun, natürlich. Sie hatte schließlich beträchtlichen Einfluss auf die Beziehung, die er hoffentlich zu Austin aufbauen würde.

Er richtete den Blick wieder auf Max. „Ich habe heute vielleicht insgesamt fünfzehn Minuten mit ihr gesprochen. Also erzähl mir von ihr. Wie ist ihre Beziehung zu Austin?"

„Sie ist wie eine Schwester für ihn."

„Ja, das habe ich ungefähr mitbekommen. Allerdings weiß ich nicht, wie es dazu kam. Sie sind auf jeden Fall nicht miteinander verwandt. Kathy war Einzelkind und Emmett hatte eine ältere Schwester, die nie verheiratet war."

Max hob die Schultern. „Sie kam mit fünfzehn hierher ..." Er zögerte kurz. „Oder sechzehn? Ist ja auch egal. Sie kam jedenfalls als Teenager in die Stadt und da gab es diesen riesigen Skandal."

Jake starrte ihn interessiert an, doch Max hob abwehrend eine seiner kräftigen Hände.

„Es ging nicht um sie, sondern um ihren alten Herrn – es kam überall in den Nachrichten. Irgendein geschäftlicher Schwindel war aufgeflogen und hatte ihn ins Gefängnis gebracht. Jenny kam mit ihrer Mutter hierher." Max' Gesicht wurde hart. „Die, soweit ich das beurteilen kann, ihren dürren Hintern überhaupt nicht mehr aus dem Bett bewegt hat, während ihr minderjähriges Kind nach der Schule als Zimmermädchen im ‚The Brothers' arbeiten musste, damit sie über die Runden kamen."

„Emmett und Kathy haben einfach zwei Fremde mit einer fragwürdigen Vergangenheit bei sich aufgenommen?" So etwas traute er ihnen einerseits tatsächlich zu, andererseits auch wieder nicht, denn die Tragödie mit Kari konnte damals höchstens ein oder zwei Jahre her gewesen sein.

Max schüttelte den Kopf. „Das war einige Zeit später. Zuerst hatte Jennys Mutter diese kleine Hütte der Bakers gemietet."

„Du liebe Güte." Jake rutschte unbehaglich auf seinem Stuhl herum. „Diesen alten Hühnerstall?"

„Genau. Dort hat sich ihre Mutter ins Bett gelegt und ist einfach gestorben. Das meine ich wörtlich. Wie man sich erzählte, konnte diese Frau den gesellschaftlichen Abstieg nicht ertragen und wollte lieber tot sein. Allerdings dauerte das eine Weile. Als es passierte, war Jenny im letzten Schuljahr und hatte schon fast zwei Jahre für Emmett und Kathy gearbeitet."

„Also haben sie quasi Kari durch sie ersetzen wollen?" Noch während er das sagte, war ihm klar, dass er sich eine derartige selbstgerechte Empörung wirklich nicht erlauben konnte. Das änderte jedoch nichts an seinen Gefühlen.

Max warf ihm einen Blick zu, der deutlich machte, dass er dasselbe dachte, allerdings sagte er nur: „Ich bin mal zu ihnen gegangen und wollte Austin besuchen, doch seine Großeltern waren von der Idee nicht gerade begeistert."

Jake musterte ihn. „Du wolltest Austin besuchen?"

„Ich dachte, ich sollte meinen Neffen mal kennenlernen."

Jake starrte Max einen Moment lang schweigend an, dann gestand er: „Ich bin nie auf den Gedanken gekommen, dass du sein Onkel bist, aber das bist du."

„Nun, Emmett und Kathy haben das nicht so gesehen", sagte Max trocken. „Sie meinten, so wie du und ich zueinander stünden, hätte es keinen Sinn, dass ich Zeit mit ihm verbringe, weil ihn das nur verwirren würde." Er zuckte mit den Schultern. „Wahrscheinlich hatten sie recht. Ich meine, wir beide haben uns nie wie Brüder benommen. Warum sollte ich also plötzlich eine Beziehung zu deinem Sohn aufbauen? Und doch frage ich mich, ob ich nicht etwas hartnäckiger hätte sein sollen, mehr hätte tun sollen." Er schüttelte den Kopf. „Aber darum geht es jetzt nicht. Eines jedenfalls weiß ich ganz genau, Emmett und Kathy haben wie verrückt um Kari getrauert. Deswegen glaube ich kaum, dass sie Kari durch Jenny ersetzen wollten. Sie haben wohl einfach dieses hart arbeitende Mädchen gesehen, das so alt war wie ihre Tochter, als sie starb, und wollten ihr helfen. Zum Schluss war Jenny ihnen dann sehr ans Herz gewachsen."

„Und was ist mit ihr? Was hatte sie von dieser Beziehung – vom Offensichtlichen mal abgesehen?"

Max kniff die Augen zusammen. „Mir gefällt nicht, was du da andeutest, Brüderlein."

„Immerhin ist sie aus dem Hühnerstall der Bakers direkt in die todschicke Villa der beiden gezogen."

„Und hat keine Sekunde auf der faulen Haut gelegen." Max sah ihm fest in die Augen. „Du weißt, dass sie das hätte tun können, aber Jenny hat weiterhin im Hotel gearbeitet und nach ihrem Schulabschluss das College besucht. Ohne finanzielle Hilfe von Emmett und Kathy, soweit ich weiß. Sie hat einfach fleißig gearbeitet und ist dann wieder aus dem großen Haus ausgezogen. Das kleine Cottage, in dem sie lebt, hat sie Emmett abgekauft." Max sah ihn düster an. „Wer im Glashaus sitzt, Bruder, sollte nicht mit Steinen werfen."

Jake rieb sich mit einer Hand über das Gesicht. „Ich weiß, ich weiß."

„Hier ist, was ich über ihre Beziehung zu Emmett und Kathy denke. Die zwei waren deutlich älter als ihre eigenen Eltern und ich glaube, sie hat in ihnen so etwas wie Großeltern gesehen. Du weißt ja selbst am besten, wie sehr die beiden Kari ständig verwöhnt haben …"

Jake nickte. Und wie er das wusste.

„Dasselbe haben sie mit Austin gemacht, aber Jenny hat sich eingemischt, wann immer es ging. Somit ist der Junge wahrscheinlich nicht ganz so verzogen wie seine Mutter. Jenny selbst hat sich erfolgreich dagegen gewehrt, sich von ihnen verwöhnen zu lassen."

„Ja, sie ist eine verdammte Heilige“, murrte Jake, während er ihr Profil anstarrte.

„In etwa“, stimmte Max ihm zu.

Inzwischen hatte die Rotblonde an Jennys Tisch bemerkt, dass er sich für ihre Freundin interessierte. Sie beugte sich vor und sagte etwas. Jenny drehte sich um, ein einladendes, freundliches Lächeln im Gesicht, das kalt wurde wie der Nordwind, als sie ihn entdeckte.

„Mist.“

Max blickte über die Schulter, dann sah er ihn wieder an, die Augenbrauen erhoben. „Und du hältst dich für einen Mann von Welt? Himmel, selbst wir Bauern hier draußen starren eine Frau nicht an wie einen saftigen Knochen.“

„Hab ich überhaupt nicht!“

Max stieß einen Finger in seine Richtung. „Hund.“ Dann zeigte er mit dem Finger in Jennys Richtung. „Saftiger Knochen.“ Er schüttelte den Kopf. „Meine Güte, Junge, ist mir echt peinlich, mit dir verwandt zu sein. War nur eine Frage der Zeit, bis du dich total danebenbenimmst.“

4. KAPITEL

Am nächsten Morgen spazierte Jenny wie üblich in das Frühstückszimmer des Hotels, blieb jedoch wie angewurzelt stehen, als sie Jake Bradshaw allein an einem Fenstertisch sitzen sah. Wie stellte er das bloß an? Wie zum Teufel brachte er es fertig, ständig ausgerechnet dort zu sein, wo sie war?

Reichte es denn nicht, dass er ihr schon den Frauenabend mit ihrer Freundin Tasha verdorben hatte? Musste er jetzt auch noch in ihr Frühstücksritual eindringen? Das war ihre Uhrzeit, verflixt, ihr Bereich, ihr Hotel.

Okay, Letzteres stimmte im legalen Sinne nicht so ganz, abgesehen von dem Anteil, den Emmett ihr so großzügig vermacht hatte. Jedenfalls gehörte das „The Brothers" zu ihrem Leben, seit sie mit sechzehn nach Razor Bay gekommen war. Seit Emmett sie zur Geschäftsführerin befördert hatte, kam sie jeden Tag am Ende der Frühschicht in diesen Raum, um in Ruhe die sogenannte wichtigste Mahlzeit des Tages einzunehmen. Im Hotel zu frühstücken war ihr Start in den Tag, hier konnte sie einen Moment für sich allein sein, nachdem sie Austin in die Schule geschickt hatte und bevor ihre Arbeit im Hotel begann.

Beim Durchqueren des Frühstücksraums begrüßte sie lächelnd einige Gäste, an Jakes Tisch blieb sie stehen.

„Was machen Sie hier?" Gut, das war eine ziemlich überflüssige Frage angesichts der Kaffeetasse neben seinem Ellbogen und dem Teller mit verschmierten Eigelbresten, ein paar unberührten Trauben und einer Scheibe Toast. Er las die „Bremerton Sun".

Allerdings war die Frage immer noch besser, als zu sagen: Sie atmen und allein das geht mir auf den Keks – also verschwinden Sie auf der Stelle aus meinem Frühstücksraum.

„Hey." Er sah von der Zeitung auf und ließ ein Millionen-Dollar-Lächeln aufblitzen. „Ich frühstücke. Sie auch?"

Sie verschränkte die Arme vor der Brust und tappte mit einer Spitze ihrer fantastischen Steve-Madden-Pumps – das konnte man ruhig mal erwähnen – auf den Boden. Ein leises Vibrieren ging durch die Holzdielen.

Jakes Lächeln erstarb und er fragte: „Ist es ein Problem für Sie, dass ich hier wohne? Möchten Sie, dass ich ausziehe?"

Ja! Als Austin am Morgen das Haus verlassen hatte, hatte sie sofort mit dem Anwalt der Familie Pierce telefoniert, um herauszufinden, wie ihre Chancen auf das Sorgerecht standen. Blutsverwandte hatten so gut wie immer bessere Karten gegenüber Nichtverwandten, deswegen wäre es das Beste, wenn Jake Bradshaw einfach wieder verschwände – und niemals zurückkehrte.

Dieser Mistkerl hatte ihr aber ziemlich deutlich gemacht, dass sie damit nicht rechnen konnte. Zugleich hatte er leider recht, wenn er sagte, dass sie Austin entweder helfen oder ihm durch ihre Sturheit die ganze Sache nur umso schwerer machen konnte. Seufzend ließ sie die Arme sinken.

„Nein. Wir im ‚The Brothers' schmeißen die Gäste üblicherweise nicht raus, nur weil uns ihr Anblick nicht passt." Sie biss sich auf die Unterlippe. Als ob irgendjemand auf der Welt diesen Typ wegen seines Aussehens rauswerfen würde. „Oder ihre Vergangenheit. Nicht, solange sie sich aktuell nichts zuschulden kommen lassen."

Er hob eine Augenbraue. „Und das ist nur eine Frage der Zeit, meinen Sie?"

„Das haben Sie gesagt, nicht ich."

Er lachte. „Es macht Ihnen Spaß, mich ständig vor den Kopf zu stoßen, stimmt's? Gefällt mir."

Sie schenkte ihm ihr höflichstes Geschäftsführerinnen-Lächeln. „Immer gern zu Diensten."

„Darauf wette ich." Er kickte den Stuhl auf der anderen Seite des Tisches mit einem Fuß nach hinten. „Setzen Sie sich."

Ihr erster Reflex war nun gar nicht mehr geschäftsführerinnenmäßig und außerdem eine anatomische Unmöglichkeit. Austin, rief sie sich streng in Erinnerung. Sie musste in allererster Linie an Austin denken. Sie setzte sich. „Danke. Kann mich nicht erinnern, je zuvor eine so höfliche Einladung bekommen zu haben."

Er grinste. „So höflich ist man in der Großstadt."

Verdammt, sie wollte nichts, aber auch gar nichts an dem Typ gut finden, und doch bewegten sich ihre Mundwinkel wie von allein nach oben. Dann allerdings fiel ihr wieder der Entschluss ein, den sie in der vergangenen schlaflosen Nacht gefasst hatte.

Ihr Lächeln erstarb.

„Ich habe viel über Ihre Bitte nachgedacht", sagte sie. „Und ich bin entschlossen, Austin den Abschied so leicht wie möglich zu machen."

Er richtete sich auf. „Danke!"

„Wie ich schon gestern sagte, tue ich das nicht für Sie. Und vielleicht sollten Sie mir nicht zu dankbar sein, weil Ihnen womöglich nicht gefallen wird, wie ich mit der Sache umzugehen gedenke."

Er zog die Augenbrauen zusammen. „Sie meinen also nicht, dass man ihn nach und nach darauf vorbereiten sollte?"

Ein Teller mit Rührei und Toast und eine Schüssel Joghurt, Blaubeeren und selbst gemachtes Müsli wurden vor ihr auf den Tisch gestellt. Jenny sah auf und lächelte die Bedienung an. „Danke, Brianna."

„Bitte sehr."

Die junge Frau drehte ihre Tasse um und füllte sie mit Kaffee.

„Kann ich Ihnen sonst noch etwas bringen?"

„Nein danke." Als sie sich umsah, stellte sie fest, dass sie und Jake inzwischen die einzigen Gäste waren – nicht, dass zuvor besonders viele da gewesen wären. „Frühstücken Sie jetzt selbst. Und sagen Sie der Mannschaft, dass sie schon mal fürs Mittagessen eindecken sollen, auch wenn wir noch länger hier sitzen."

Das Mädchen grinste ihr zu. „Mache ich."

Sie sah Brianna hinterher, dann wandte sie sich an Jake: „Ich bin absolut der Meinung, dass Austin vorbereitet werden sollte", nahm sie das Thema wieder auf. „Doch falls Sie gleich mit dem Umzug rausrücken, macht er bestimmt so schnell dicht, dass Ihnen schwindlig wird, und es dauert umso länger, sein Vertrauen zu gewinnen. Hören Sie, Sie sind es vielleicht gewöhnt, von einer Sekunde auf die andere Ihre Sachen zu packen und zu verschwinden, aber glauben Sie mir, Austin nicht."

Er musterte sie. „Wie kommen Sie darauf, dass ich das gewöhnt bin?"

„Ach bitte", sagte sie geringschätzig. „Über Sie kann man Unmengen im Internet lesen."

„Sie haben nach mir gesucht?"

„Selbstverständlich." Sie tippte sich an die Stirn. „Und? Halten Sie meine Einschätzung für falsch?"

Er hob eine Schulter. „Nein, sie trifft es ziemlich genau."

„Sie sind es also gewöhnt, wie ein Nomade zu leben, und Sie sind erwachsen. Austin ist noch ein Kind, das sein ganzes Leben an ein und demselben Ort verbracht hat."

„Und bestimmt endlich mal was anderes sehen will."

„So wie Sie in seinem Alter? Darüber sollten Sie irgendwann mal mit ihm sprechen. Außer, dass er sich sein Leben lang nach einem Daddy gesehnt hat, hatte ich nie den Eindruck, dass er hier unglücklich wäre."

Er presste sich eine Hand auf die Brust und sie zog die Augenbrauen zusammen.

„Was tun Sie da?", fragte sie.

„Sie haben mir das Messer so glatt und tief in die Brust gestoßen – ich will nicht verbluten, bevor ich überhaupt mitkriege, dass ich erstochen wurde."

Jenny zuckte mit den Schultern. „Versetzen Sie sich doch mal einen Augenblick in seine Lage, statt nur an sich selbst zu denken. Mit höchster Anstrengung wird Ihnen das vielleicht sogar gelingen …“

Sein bellendes Lachen unterbrach sie. „Himmel, Sie sind mir eine Nummer!“

„Versuchen Sie sich vorzustellen, wie es Ihnen mit dreizehn ging. Wie offen wären Sie einem Mann gegenüber gewesen, den Sie überhaupt nicht kennen und der von Ihnen verlangt, alles hinter sich zu lassen, was Ihnen wichtig ist, um am entgegengesetzten Ende des Landes ein vollkommen neues Leben zu beginnen?“

„Ganz ehrlich?“ Er lächelte sie schief an. „Ich hätte Gummi gegeben und in null Komma nichts meine Koffer gepackt. Aber was die Sache mit Sich-in-seine-Lage-versetzen betrifft: Ich kann mir durchaus vorstellen, dass ein anderer Dreizehnjähriger etwas sauer reagieren könnte.“ Er nickte widerwillig. „Also behalte ich meine Pläne erst mal für mich, bis wir uns besser kennengelernt haben.“

„Und ich werde dafür sorgen, dass er Zeit mit Ihnen verbringt.“

„Danke.“

Achselzuckend nahm sie die Gabel in die Hand. Lieber hätte sie an einem anderen Tisch ganz in Ruhe gefrühstückt, blieb aber, wo sie war. Der Toast und die Eier schmeckten wie Holzspäne mit Kleister.

Während sie alles aufaß, sagte er kein Wort. Zunächst war sie dafür dankbar, doch nach einiger Zeit zerrte das Schweigen an ihren Nerven und sie verspürte das alberne Bedürfnis, die Stille zu füllen.

Mit irgendwas.

Unbehaglich rutschte sie auf ihrem Stuhl herum, legte die Gabel weg und sah Jake an.

Einen Moment lang war sie von seinen Augen wie gebannt.

Lass das, verdammt! Was hatte der Typ bloß an sich? Bisher hatte sie sich noch nie von einem hübschen Gesicht beeindrucken lassen. Bei ihm jedoch – es war beängstigend, was sie alles empfand, wenn sie ihn zu lange oder zu direkt ansah. Obwohl sie nun wirklich keine dieser Frauen war, die sofort sagten: Oh! Was für schöne Augen du hast! Wie ist dein Sternzeichen?

Sie gab sich mental eine Ohrfeige und richtete sich ein wenig auf. „Warum haben Sie nach Emmetts Tod so verdammt lange gebraucht, um herzukommen?"

Beinahe hätte sie sich wegen der Frage selbst applaudiert, beschränkte sich aber stumm auf: *Gutes Mädchen. Bring ihn in Verlegenheit.*

Er sah sie eine Weile mit seinen herrlich grünen Augen an.

„Man hat bei mir zu Hause angerufen und nicht bei meiner Assistentin."

„Vielleicht weil niemand wusste, dass Sie eine Assistentin haben."

Er seufzte. „Hören Sie, ich bekenne hiermit offiziell, dass alles mein Fehler ist."

Jenny riss sich zusammen, denn ihre reflexartigen Reaktionen halfen keinem. „Tut mir leid", sagte sie, bemüht, so zu klingen, als ob sie es ernst meinte, und nickte knapp. „Fahren Sie fort."

„Sagte die Königin zum Bauern", bemerkte er trocken.

Sie bedachte ihn mit ihrem hochnäsigsten Blick und wedelte ungeduldig mit einer Hand, um ihn zum Weitersprechen aufzufordern.

Er lachte. „Es lag einfach an einer Reihe unglücklicher Zufälle. Meine Haushälterin war erst ein paar Wochen bei mir, als ich wieder auf Reisen ging, und als sie schließlich auf die Idee kam, mit Lucinda, das ist meine Assistentin, zu sprechen, waren bereits einige Wochen vergangen. Ich fotografierte gerade den Karangetang-Vulkan im Sangihe-Talaud-Archipel in Nordsulawesi. Das ist ziemlich abgelegen, es war Monsunzeit, was unser Planer hätte wissen müssen, bevor er die verdammte Reise organisierte, und wir hatten nur alle drei Wochen Zugang zu einem Satellitentelefon in Minahasa." Er zuckte mit den Schultern. „Selbst als ich davon erfuhr, musste ich noch weitere sechs Tage arbeiten, bis ich sämtliche Fotos im Kasten hatte. Dann dauerte es, bis ich einen Flug auf die Philippinen bekam, und noch länger, um nach Seattle zu gelangen. Ich arbeite nun mal nicht an den zugänglichsten Orten der Welt."

„Sie wollen also sagen, selbst wenn Sie sofort davon erfahren hätten, hätten Sie nicht schneller hier sein können?"

„Ich hatte einen Vertrag! Würden Sie Ihre Arbeit im Hotel einfach so stehen und liegen lassen?"

„Für Austin würde ich innerhalb von Sekunden nach New York fliegen."

Sein Gesicht wurde ausdruckslos. „Dann verneige ich mich vor Ihrer ausgezeichneten Erziehungskompetenz, aber ich bemühe mich hier wirklich, okay?"

Da sie kurz so etwas wie echten Schmerz in seinem Blick entdeckte, bevor er wieder sein Pokerface aufsetzte, nickte sie. Zum ersten Mal kam ihr in den Sinn, dass er sich tatsächlich bemühte und dass die ganze Sache für ihn vielleicht auch nicht so einfach war, wie er bisher vorgegeben hatte. „Okay. Hauptsache Sie sind jetzt hier, doch Sie müssen damit rechnen, dass es nicht leicht wird."

„Ich weiß", sagte er erschöpft. „Glauben Sie mir, ich weiß genau, dass ich eine Menge gutzumachen habe."

Sie schob den Teller von sich, griff nach der Kaffeetasse und legte ihre kalten Finger darum. Trotz all dieser Lippenbekenntnisse hatte sie insgeheim gehofft, die ganze Sache würde sich in Wohlgefallen auflösen, wenn sie es sich nur genug wünschte. Stattdessen wurde alles von Sekunde zu Sekunde immer realer, konkreter. Sie holte tief Luft und stieß sie unauffällig wieder aus, dann stellte sie die Tasse ab und drückte die Hände mit abgespreizten Fingern auf die kühle Tischplatte, um ihr Zittern zu verbergen.

„Geben Sie Austin etwas Zeit, ziehen Sie mit ihm keine falsche Nummer ab“, sagte sie leise, „dann wird er Sie sicher mögen. Als kleiner Junge war er ganz versessen darauf, einen Daddy zu haben.“

Jake beugte sich vor und ließ eine Hand über die Tischplatte gleiten, als ob er sie berühren wollte, doch als seine Fingerspitzen nur noch ein paar Zentimeter von ihren entfernt waren, hielt er inne.

Es ärgerte sie, dass diese Beinahe-Berührung ihr eine ganze Reihe von Schauern durch den Körper jagte.

„Und Sie helfen mir?“, fragte er.

„Das sagte ich doch, oder?“

Er nickte.

„Dann werde ich das auch tun.“ Selbst wenn es ihr das Herz brach.

„Bradshaw! Hör auf zu träumen und pass auf!“

Beim harschen Ton von Trainer Harstead zuckte Austin zusammen und hob entschuldigend die Hand mit dem Baseballhandschuh. „Tut mir leid, Coach!“

Er atmete tief durch und bemühte sich, sich auf das Mittwochstraining der Junior League zu konzentrieren, aber bei Gott, das war wirklich nicht einfach. Sein sogenannter Vater hatte die letzten eineinhalb Wochen ständig versucht, ihn abzufangen, um mit ihm zu reden und eine Beziehung aufzubauen, wie er es nannte. Er hatte sein Bestes getan, dem Typ aus dem Weg zu gehen, doch ausgerechnet Jenny, von der er das niemals erwartet hätte, fiel ihm immer wieder in den Rücken und schlug vor, dass er Zeit mit Jake verbringen sollte. Sie sagte sogar, er solle – wie hatte sie sich ausgedrückt? – aufgeschlossen sein.

So ein Quatsch. Er schob seine Kappe zurecht, kniff die Augen leicht zusammen und konzentrierte sich auf den Schlagmann. Sein Freund Lee war dran. Der Kerl war Rechtshänder und tendierte somit dazu, den Ball zu ihm in das Feld zu schlagen, in dem er als Shortstop zwischen der zweiten und dritten Base platziert war. „Komm zu Mama“, murmelte er beschwörend.

Selbst während er sich auf den Wurf vorbereitete, fragte er sich, wo sein „Dad“ eigentlich gesteckt hatte, als er einen Vater wirklich brauchte. Im verdammten Nirgendwo. Oder, wenn man seinen Job bedachte, überall.

Überall, außer in Razor Bay.

Das Geräusch des Schlägers zog seine Aufmerksamkeit auf sich, er sah, dass Lees Wurf einen Linksdrall hatte, und brachte sich in Position. Eine Sekunde später spürte er, wie der Ball, ein befriedigend sattes *Klonk* verursachend, seinen Handschuh traf, und gab ihn weiter an den zweiten Baseman Oliver Kidd.

„Gut gemacht, Bradshaw!“, schrie Trainer Harstead, dann rief er den anderen Jungs zu: „Das war das klassische Beispiel eines Zusammenspiels, das oft passiert, wenn man auf den Shortstop zielt. Deswegen arbeiten wir jetzt daran, genau das zu vermeiden, was meint ihr?“

Begeistert von der eigenen Leistung, fiel es Austin nun leichter, sich auf das Training zu konzentrieren. Als es schließlich zu Ende war, fühlte er sich sogar richtig gut. Das war eine schöne Ablenkung von dem ganzen Stress gewesen, den er in der letzten Zeit hatte, genau genommen, seit sein Dad in der Stadt war.

Nolan klopfte ihm auf den Rücken. „Gutes Spiel vorhin mit Lee und Oliver.“

Er grinste. „Yeah, hab’s ausnahmsweise mal gut gemacht. Normalerweise erwischt mich der Coach immer bei meinen schlimmsten Fehlern.“

„Nee. Er weiß, dass du gut bist. Du könntest sogar ein richtiger Star werden …"

„Austin."

Beim Klang von Jakes Stimme versteifte er sich sofort, dann drehte er sich schulterzuckend um. Er wollte cool sein, deswegen bemühte er sich, nicht böse zu gucken, aber was zum Teufel wollte der Kerl von ihm?

Dieser Typ sah vollkommen anders aus als die Väter seiner Freunde. Zunächst einmal war er jünger. Selbst wenn er mit ihm hätte reden wollen, er wüsste gar nicht, worüber. Jake trug eine Kamera um den Hals, die wahrscheinlich Millionen Dollar wert war. Diese mordstollen Fotografien, die er für eine bekannte Zeitschrift machte, und sein Aussehen, nun, das alles zusammen wäre vielleicht ganz schön einschüchternd, vorausgesetzt, er würde sich für solchen Kram interessieren.

Was er nicht tat.

Jake wandte sich an Nolan. „Deine Mutter hat bei Jenny angerufen. Sie musste mit deinem kleinen Bruder zum Arzt. Nichts Schlimmes, keine Sorge, aber weil sie nicht kommen kann, soll ich euch nach Hause fahren."

Mist! Da war leider nichts zu machen, Jake schien die Zustimmung aller Beteiligten zu haben. Also kletterten er und Nolan auf die Rückbank seines Mercedes BlueTec – Gott und die Welt hatten ihn bereits über dieses Auto ausgefragt, als ob ausgerechnet er irgendwas darüber wüsste – und unterhielten sich miteinander. Den Fahrer ignorierten sie vollkommen.

Als Jake vor dem Haus seines Freundes hielt, öffnete Nolan die Tür und sagte: „Danke, Mr Bradshaw."

Austin wollte verdammt sein, wenn er seinem Vater für irgendetwas dankte, daher nickte er nur. „Yeah", sagte er und kletterte hinter Nolan ins Freie. Als er sich über den Sitz beugte, um seinen Rucksack zu schnappen, trafen sich ihre

Blicke im Rückspiegel. „Sag Jenny, dass ich meine Hausaufgaben mit Nolan zusammen mache“, sagte er, knallte die Tür zu und stapfte davon.

Er hatte keine Lust, ein schlechtes Gewissen zu haben, nur weil er so etwas wie Enttäuschung im Gesicht eines Typs gesehen hatte, den hier niemand brauchen konnte.

5. KAPITEL

„Das ist ja ganz toll gelaufen.“ Jake sah den Jungs nach, bis sie im Haus verschwunden waren. Er stieß den Atem aus, legte den Rückwärtsgang ein und fuhr von der Auffahrt. Was sollte er jetzt tun?

Er hatte sich schon etwas mehr erhofft, als nur den Chauffeur für die beiden zu spielen. Wütend murmelte er vor sich hin, um das leere Gefühl in seinem Bauch nicht spüren zu müssen. Sein Sohn hatte ihn rundheraus ignoriert. Ziellos kurvte er kreuz und quer durch Razor Bay.

Das war pure Ironie des Schicksals. Als er von Emmetts Tod erfahren hatte, war ihm sofort klar gewesen, dass dies die letzte Chance war, seine Vaterrolle auszufüllen. Gerne gab er es nicht zu, aber ein Teil von ihm hätte am liebsten das gemacht, was er immer schon gemacht hatte, einfach verdammt noch mal gar nichts, doch das war diesmal keine Alternative. Er hatte die Schuldgefühle satt.

Vielleicht war er ja nicht viel anders als diese Frauen, die nur auf Männer abfuhren, von denen sie schlecht behandelt wurden, denn je mehr sein Sohn ihn ignorierte, desto faszinierter war er von ihm.

Am nördlichen Ende der Stadt fuhr er Richtung Terminal, bog auf den lang gezogenen Parkplatz ab, rollte bis zu der riesigen Schiffsrampe und hielt erst an, als die Reifen fast schon Wasser berührten. Er stellte den Motor ab, trommelte mit den Fingern aufs Lenkrad und starrte hinaus auf den Hood Canal, den kanalförmigen Salzwasserarm vor Razor Bay.

Es war mitten unter der Woche, die meisten Menschen arbeiteten, außerdem war der Tag grau wie ein Eimer alten Fischgedärms, gelbliche Regenwolken verschleierten die Berge. Auf dem Parkplatz stand kein einziger Wagen mit Anhänger, wahrscheinlich würde bei so einem trüben Wetter nicht einmal der unerschrockenste Bootsmann rausfahren.

Er stieg aus und schlenderte zum Strand.

Die letzten eineinhalb Wochen war es sehr windig gewesen, jetzt ging nur eine leichte Brise. Der Himmel sah zwar aus, als ob er jede Minute seine Schleusen öffnen würde, doch noch war es trocken. Er hockte sich hin, suchte ein paar flache Steine aus dem Sand, richtete sich wieder auf und ließ sie über das ruhige Wasser hüpfen. Nach dem vierten oder fünften Hüpfer versanken sie jeweils.

Er hatte gehofft seinem Sohn nach eineinhalb Wochen etwas näher gekommen zu sein, Austin mied ihn jedoch nach wie vor wie die Pest. Wie sollte er ihn jemals besser kennenlernen, wenn der Junge entweder nicht auffindbar war oder sich sofort in Luft auflöste, falls es ihm doch mal gelang, ihn aufzuspüren?

Dass er wie immer in Razor Bay das Gefühl hatte, nicht vernünftig atmen zu können, machte das Ganze auch nicht gerade angenehmer. Wütend sammelte er ein paar ordentliche Steine auf, schwere Brocken mit rasiermesserscharfen Austernschalen daran, und schleuderte sie so weit er konnte hinaus. Jeder Stein klatschte mit einem hübschen lauten Platscher auf die Oberfläche und ließ das Wasser aufspritzen.

Bei Austins Annäherungstempo würde der Junge frühestens mit dreißig so weit sein, nach New York zu ziehen. Er musste die Sache unbedingt etwas vorantreiben.

Der Frust saß tief. Verdammt, er war es gewöhnt, Probleme schnell und kompetent zu lösen. Einen Großteil des Jahres verbrachte er in entlegenen Gegenden, wo es oft zu schwierigen Situationen kam, und doch gelang es ihm normalerweise, irgendwie eine Lösung zu finden.

Bloß bei Austin nicht. Und das Schlimmste war, dass sein Hirn sich immer genau dann in eine karge Mondlandschaft zu verwandeln schien, wenn er mal wieder nach einem Weg suchte, das Eis zu brechen.

Hinter sich hörte er Räder über die Kiefernzapfen knirschen, die den Parkplatz bedeckten, aber es interessierte ihn nicht, wer da kam. War ihm egal, falls noch jemand beschlossen hatte, bei diesem miserablen Wetter aufs Wasser zu blicken. Warum auch nicht, zum Teufel?

Unabhängig davon, dass dieser Tag grässlich war, lag der Kanal zum ersten Mal völlig ruhig da, seit Jake in dieses gottverlassene Kaff gekommen war. Wieder ging er in die Knie und sammelte die größten Steine ein, die er finden konnte. Bei seiner Stimmung hätte er am liebsten ganze Felsblöcke in die Höhe geschleudert, bloß dass es an diesem Strand leider keine gab.

Ein Teil seines desinteressierten Gehirns bemerkte, dass das Fahrzeug gewendet hatte, um rückwärts auf die Rampe zu manövrieren. Eine Autotür schlug zu und als er sich aufrichtete, um den ersten Stein zu werfen, ertönte das Knirschen von Schritten auf sandigem Asphalt. Er schleuderte den Stein, dann den nächsten.

„Touristen zahlen eine Menge Kohle, um Zugang zu diesem Wasser zu haben“, hörte er Max hinter sich sagen. „Deswegen erwarten sie auch, dass es noch da ist, wenn sie das nächste Mal kommen. Wenn du so weitermachst, muss ich dir für den Aufbau einer Felsmauer innerhalb von drei Metern ab der Uferlinie noch ein Bußgeld aufdrücken.“

„Drei Meter?“ Jake drehte sich um. „Also bitte. Ich kann diese Babys im Schlaf mindestens zehn Meter weit werfen.“

Max verzog die Mundwinkel. „Ich schätze mal, Algebra war nicht dein stärkstes Fach.“

„Stimmt.“ Jakes Lippen zuckten ebenfalls. „Betriebswirte brauchen kein langweiliges Algebra.“ Das Studium hatte er nur begonnen, um zu beweisen, dass er im Gegensatz zu seinem Vater finanziell ein Überflieger war. Nicht, dass Charlie Bradshaw seine Familie nicht über Wasser gehalten hätte – um welche es sich im jeweiligen Moment auch immer gerade handelte –, doch war er nie mehr als ein durchschnittlicher

Verkäufer gewesen. Er hingegen hatte ein gutes Händchen für Geld und vor allem das Bedürfnis, erfolgreicher als sein Vater zu sein und besser – in jeder Hinsicht.

Dieser Gedanke wischte ihm das Lächeln vom Gesicht. Man musste sich nur mal ansehen, wie toll das funktioniert hatte. Irgendwas war mit der Verhütung schiefgelaufen, Kari war schwanger geworden und er war abgehauen, statt seine Vaterpflicht zu erfüllen.

Er war kein bisschen besser als sein alter Herr und in mancher Hinsicht sogar schlimmer.

Er beäugte Max. Sein Halbbruder trug ein Kakihemd und eine schwarze Krawatte unter einem schwarzen Wollpullover mit V-Ausschnitt. Schulterbereich, Ellbogen und Unterarme waren wattiert. Schulterklappen links und rechts, die Dienstmarke an die Brust gepinnt. Auf den Oberarmen prangten Aufnäher in den Farben Gold, Schwarz und Grün, darauf ein Adler mit weit gespreizten Flügeln und das Abzeichen des Sheriffs von Razor Bay. Dazu trug er Jeans und einen schwarzen Gürtel mit der Ausrüstung seines Berufsstands – unter anderem eine gefährlich aussehende Pistole. „Verfolgen Sie mich, Kumpel Deputy?"

„Yeah, voller Ehrfurcht über das Wunder, das du darstellst." Diese alberne Aussage hing einen Moment in der Luft, bis Max ein Schnauben von sich gab. „Jetzt krieg dich mal wieder ein. Die Navy macht hier draußen diese Woche ein Manöver und ich komme jeden Tag vorbei, um mir die Show anzusehen." Er musterte sein Gegenüber ausführlich von Kopf bis Fuß. „Und wie lautet deine Entschuldigung?"

Bei der Frage hätte Jake ihn am liebsten angeblafft, doch er bemühte sich, seine schlechte Laune mit einem Schulterzucken abzutun, genauso wie Max' Frage. Ihre Beziehung war nicht annähernd so, dass sich einer dem anderen offenbaren würde. Wobei er zu niemandem in seinem Umfeld ein solches Verhältnis hatte.

Deswegen überraschte es ihn selbst, als er sich sagen hörte: „Ich versuche, meinen Sohn kennenzulernen, aber wenn er es mal nicht geschafft hat, mir aus dem Weg zu gehen, dann schaut er durch mich hindurch, als wäre ich Luft." Er sah Max an. „Wusstest du, dass er als Shortstop in der Junior League spielt?"

„Yeah. Ich habe ihn schon spielen sehen."

Er musste ihn perplex angesehen haben, denn Max fuhr mit kühler Autorität fort: „Ich bin der Deputy – es ist meine Pflicht, die Kids der Stadt im Auge zu haben."

Klar, Mann, dachte Jake. Als ob er seinem Bruder diesen Unsinn abkaufen würde. Bevor er etwas entgegnen konnte, sagte Max: „Er spielt also auf derselben Position wie du damals, hm? Wie ich gehört habe, hast du dadurch ein Stipendium an einer schicken Ostküsten-Uni bekommen." Er schaute auf seine in den Gürtel eingehakten Daumen. „Ist bestimmt nicht leicht, in deine Fußstapfen zu treten."

Jake sah ihn erstaunt an, vergegenwärtigte sich dann aber, dass sie beide wahrscheinlich sehr viel mehr über den jeweils anderen wussten, als sie zugegeben hätten. Auch er hatte früher immer genau verfolgt, was Max tat, um den Feind im Auge zu behalten, wie er sich einredete. In Wahrheit war er unfreiwillig fasziniert von diesem Typ gewesen, der einerseits denselben Vater hatte und auf der andern Seite sein Feind war.

„Ich bezweifle, dass da jemals Vergleiche gezogen werden", sagte er. „Ich war vermutlich schon jahrelang nicht mehr in der Baseballszene, als Austin sein erstes Kindertraining hatte. Jedenfalls war es mit Sicherheit für mich schwieriger, in deine Fußstapfen zu treten, die quasi noch geraucht haben." Er winkte ab. „Wie auch immer, soweit ich das heute sehen konnte, ist er wirklich gut." Er spürte, wie sich Kopfschmerzen in seinen Schläfen zusammenbrauten. „Und auch das hat mit meinem Einfluss nichts zu tun."

Max sah ihn an. „Also, warum bist du abgehauen?"

Jake erstarrte, das Herz hämmerte in seiner Brust. „Interessiert dich das tatsächlich?“ Wer hätte gedacht, dass ausgerechnet Max ihm diese Frage stellen würde? Was, seit er zurück war, noch niemand getan hatte.

„Eigentlich nicht.“ Max begann sich bereits abzuwenden, hielt dann aber inne und ließ ungeduldig die Schultern kreisen. „Nein, das stimmt nicht. Es interessiert mich.“

Jake schwieg einen Moment, dann holte er tief Luft und stieß sie wieder aus. „Solange ich denken kann, wollte ich aus dieser Stadt raus.“ Er blickte hinaus auf das Wasser, das dalag wie Glas. „Kari und ich hatten jede Menge Pläne, wir wollten in die Großstadt. Das komplette erste Jahr am College habe ich überlegt, wie wir das hinbekommen, ohne dass ich bis an mein Lebensende Burger braten muss.“ Er stopfte die Hände in die Hosentaschen. „Die Wahrheit ist, dass ich diese Pläne hatte, schon lange bevor ich sie traf. Auf ein Stipendium hatte ich seit der Mittelstufe hingearbeitet. Als ich es dann bekam, konnten wir endlich abhauen.“ Er sah Max an. „Und dann, kurz vor unserem Abschluss, ist das verdammte Kondom geplatzt.“

„Aber du hast sie geheiratet und wie ich hörte einen Job im Hotel ihrer Eltern übernommen.“

„Weil ich nicht wie unser Vater Charlie Bradshaw werden wollte, verstehst du?“

„Zum Teufel, ja. Das haben wir wohl gemeinsam.“ Max studierte ihn einen Moment. „Du musst sie sehr geliebt haben.“

Jake lachte leise. „Als ob so was jemals lange hält“, sagte er. „Quasi über Nacht wurde aus der lustigen Cheerleaderin eine zänkische, meckernde Frau, die davon überzeugt war, dass ich ihr Leben ruiniert hätte. Nicht, dass ich auch nur einen Deut besser gewesen wäre. Ich fand es schrecklich, an der Rezeption vom ‚The Brothers‘ arbeiten zu müssen, und war verdammt launisch.“

„Und dann ist sie gestorben."

„Yeah." Jake presste die Finger an die Schläfen, in denen der Kopfschmerz jetzt mit ganzer Kraft pochte, und kehrte dem Wasser den Rücken. Er musste an das Entsetzen denken, damals, als er die blutverschmierten Laken gesehen hatte. „Man hatte sie nach der Geburt viel zu früh aus dem Krankenhaus nach Hause geschickt. Wenn sie dort gewesen wäre, hätte die Blutung wahrscheinlich rechtzeitig gestoppt werden können, aber man hatte sie entlassen und innerhalb weniger Stunden war sie einfach ... tot. Und ich hatte die Verantwortung für diese runzelige, schreiende Kreatur. Als Emmett und Kathy mir anboten, sich um das Kind zu kümmern, während ich meinen Abschluss machte, habe ich die Gelegenheit ergriffen."

Von Schuldgefühlen zerfressen, hatte er sich dafür selbst gehasst. Auf einmal war aus ihm genau das geworden, was er niemals hatte werden wollen, ein Abbild seines alten Herrn. Seine Ehefrau war schrecklich jung gestorben – und war er etwa am Boden zerstört gewesen? War er bei seinem Kind geblieben? Aber nein.

Natürlich hätte er Kari nie etwas Schlimmes an den Hals gewünscht, aber sein schmutziges kleines Geheimnis war, dass er sich nach ihrem Tod unglaublich erleichtert gefühlt hatte, weil er nicht länger in dieser verhassten Kleinstadt bei einer Frau bleiben musste, die er längst nicht mehr liebte.

Seinem Halbbruder schien es genauso unangenehm zu sein, diesen ganzen Mist zu hören, wie es ihm unangenehm war, ihn zu erzählen – eindeutig viel zu viele Informationen.

Max sah an ihm vorbei, dann richtete er sich auf. „Hey, weißt du was?", fragte er ein wenig zu beiläufig. „Da sind ein paar Boote. Der Trident ist wahrscheinlich nicht mehr weit weg."

Unendlich dankbar für den Themenwechsel – für alles, das ihn davon abhielt, über Gefühle zu reden – drehte Jake sich zum Wasser um.

Von einigen mittelgroßen Navybooten auf der anderen Uferseite abgesehen konnte er nichts entdecken, doch er ging trotzdem zu seinem Wagen, um die Kamera vom Beifahrersitz zu nehmen. Zurück am Strand beobachtete er gemeinsam mit Max die Boote.

Nichts geschah und vielleicht um das ausgedehnte Schweigen zu brechen, meinte Max auf einmal. „Das mit deiner Mom tut mir leid. Ich habe davon gehört, als ich in Camp Lejeune war."

Jake nickte, die Augen fest aufs Wasser gerichtet. „Danke. Niemand hat damit gerechnet, dass sie einen Herzinfarkt bekommen könnte. Sie war erst sechsundvierzig." Er sah Max an. „Wundert mich, dass irgendjemand hier davon erfahren hat – sie ist schließlich nach Kalifornien gezogen, als ich ans College ging."

Max schnitt eine Grimasse. „Ist halt ein Kaff, kleiner Bradshaw. Deine Mutter hatte Kontakt mit Maureen Gilmore, die mit meiner Mutter befreundet war."

„Lebt deine Mom noch hier?"

„Nein. Sie ist ausgerechnet nach England gegangen."

„Wieso ausgerechnet?"

„Sie hat was gegen Städte, die größer sind als Razor Bay – ganz zu schweigen von richtig großen Städten in einem fremden Land, aber sie hat im Hotel einen Engländer kennengelernt und das war's dann."

Plötzlich tauchte das schwarze Nuklear-U-Boot aus der Tiefe auf. Fast so lang wie zwei Football-Felder, schlank wie ein Hai und leiser als der Tod, eine beeindruckende, bedrohliche Erscheinung. „Bei dem Anblick bekomme ich ehrlich gesagt nicht gerade Lust, den Refrain von ‚Yellow Submarine' zu singen", sagte Jake und hob die Nikon ans Auge.

Max lachte. „Was du nicht sagst. Trotzdem werde ich nie müde, mir das anzusehen. Wie der Darth Vader der U-Boote. Perfekte Abschreckung, würde ich sagen."

Jake ließ die Kamera so weit sinken, dass er seinem Bruder einen boshaften Blick zuwerfen konnte. „Da spricht der wahre Soldatenjunge aus dir."

„Ich war kein Soldat, mein Kleiner, das sagte ich bereits. Ich bin ein Marine."

„Ex."

Max schnaubte. „Es gibt keine Exmarines. Ehemalige, aber auch nur vielleicht, wenn man besonders pingelig sein will."

„Wie auch immer." Jake schoss ein paar Fotos von Max, der ihn sofort düster anstarrte. „Also, erzähl mal. Ich weiß, dass mehrere von diesen U-Booten in Bangor stationiert sind – wieso heißen sie alle Trident?"

Max brach in schallendes Gelächter aus. „Für einen Typ mit Bachelorabschluss in Betriebswirtschaft an einer schicken Uni …"

„Ich habe den Abschluss nie gemacht", unterbrach Jake ihn. „Ich war schon im ersten Jahr Praktikant beim ‚National Explorer' und bekam die einmalige Gelegenheit, für einen der Fotografen einzuspringen, der sich die Ruhr eingefangen hatte. Danach bin ich nicht mehr zurück ans College."

Max nickte. „Das erklärt dann wohl, warum du nicht gerade die hellste Leuchte bist. Keines der U-Boote heißt so. Es gibt acht in Bangor und abgesehen von der USS ‚Henry M. Jackson', die nach dem verstorbenen großartigen Senator Scoop Jackson benannt wurde, haben sie alle den Namen eines Staates. Alaska, Alabama, Nebraska – und was weiß ich noch alles. Tridents heißen die Raketen, die sie transportieren."

„Hm. Wer hätte das gedacht?"

„Du offensichtlich nicht."

Kurz darauf tauchte das U-Boot so leise ab, wie es aufgetaucht war, und umgehend verwandelte Max sich von einem ganz umgänglichen Kerl in einen ausdruckslosen, kühlen Deputy.

„Ich hab noch zu arbeiten", sagte er und zeigte auf Jakes

Wagen, der die Rampe blockierte, die sowieso niemand benutzte. „Fahr den da weg“, meinte er brummig.

Dann, ohne ein weiteres Wort, drehte er sich um und ging zu seinem Auto, während Jake mit einem ihm selbst unerklärlichen Lächeln zurückblieb.

Als er ins Hotel kam, hatte sich seine Laune wieder erheblich verschlechtert. Er steuerte direkt auf Jennys Büro zu. Die Tür stand offen und bevor er eintreten konnte, hörte er bereits ihre Stimme.

„… muss den Personaleinsatz für nächste Woche planen. Außerdem sollten wir uns vor Dienstschluss zusammensetzen, um diese Groupon- und Living-Social-Spezialpreise zu besprechen. Die Flut von Reservierungen wird uns umhauen.“ Dann lachte sie. „Nun, zumindest hoffe ich das. Wann würde es Ihnen passen?“

Er blieb an der Türschwelle stehen. Jenny saß mit dem Gesicht zur Tür, aber leicht abgewandt. Sie blickte zwischen einem Wochenkalender und einer riesigen Tabelle auf ihrem Tisch hin und her, den Telefonhörer mit der Schulter ans Ohr geklemmt. Das Licht aus der Deckenleuchte und das aus der Schreibtischlampe betonten ihre hohen Wangenknochen und ließen ihr dunkles Haar schimmern. Sie strich sich eine lange Strähne hinters Ohr, die daraufhin über ihre mädchenhafte, fast durchsichtige schwarze Bluse fiel und sich auf ihren kleinen Brüsten leicht nach oben kringelte. Er meinte, beinahe die Umrisse des BHs zu erkennen.

Falls er sich richtig anstrengen würde.

„Siebzehn Uhr ist perfekt“, sagte sie. „Bis dann.“ Sie legte auf, beugte sich vor, um etwas in ihren Kalender zu schreiben, und richtete ihre Aufmerksamkeit anschließend auf die Tabelle vor sich.

Er hätte schwören können, dass er kein Geräusch gemacht hatte, und doch riss sie auf einmal den Kopf hoch und sah ihn erschrocken an, die schmalen Finger lagen gespreizt wie ein Seestern auf der riesigen Tabelle. Für einen winzigen Moment verschmolzen ihre Blicke.

Sein Körper schien mit einem Schlag munter zu werden, eine Reaktion, die er nicht kapierte.

Seit seiner Ehe mit Kari war er tief und fest davon überzeugt, dass es so etwas wie wahre Liebe und Verbundenheit nicht gab. Er hatte auch nie Lust verspürt, diese Überzeugung auf die Probe zu stellen. Seit er achtzehn war, hatte er sich nur noch Frauen ausgesucht, die genau wussten, worum es ging, die verstanden, dass er mit ihnen eine schöne Zeit haben wollte, dass es sich aber auf jeden Fall um eine Beziehung mit Verfallsdatum handelte.

Jenny war keine dieser coolen Ich-steh-auf-Gelegenheitssex-Frauen, die er normalerweise bevorzugte. Trotzdem schaffte sie es irgendwie, dass seine Hormone in Wallung gerieten und ihre Aufmerksamkeit auf sie richteten wie wärmegesteuerte Raketen.

Bloß nicht ablenken lassen, Bradshaw! Er schob dieses kurze Aufblitzen von Interesse genau da hin, wo es hingehörte – in die unterirdischen Tiefen seines Bewusstseins –, trat ins Zimmer und wusste einen Moment lang nicht, wie er anfangen sollte.

Sie runzelte die Stirn. „Sind Sie okay? Kann ich etwas für Sie tun?"

Er ging auf ihren Schreibtisch zu, stützte sich mit den Händen auf das Durcheinander und beugte sich vor. „Er wollte nicht mal mit mir sprechen."

„Wer wollte …?" Jenny blinzelte. „Austin?"

Sie stieß den Atem aus, nicht ganz so übertrieben, wie es Frauen immer so gern taten, aber ihr Seufzer war auch nicht von schlechten Eltern.

„Und inwiefern ist das mein Problem?", fragte sie trocken. „Ich habe Ihnen eine Gelegenheit geboten. Was Sie daraus machen, liegt ganz bei Ihnen."

„Ich weiß." Ihr Duft drang in seine Nase, eher eine Ahnung davon, köstlich und unglaublich feminin – worauf er gut hätte verzichten können. Er richtete sich auf und trat einen Schritt zurück. „Ich weiß das. Verdammt." Sich mit einer Hand den Nacken massierend, versuchte er es ihr zu erklären. „Es ist nur … die haben sich auf den Rücksitz gesetzt." Er konnte sehen, dass sie kein Wort verstand. „Austin und Nolan, die haben sich nach hinten gesetzt, als ob ich ein verdammter Chauffeur wäre!"

Ein fröhliches Lachen entschlüpfte ihr und ließ ihr Gesicht aufleuchten wie das eines Mädchens, das ein Prinzessinnenkleid geschenkt bekommen hatte. Obwohl er ihre Fröhlichkeit anziehend fand, obwohl er spürte, wie in seinem Bauch heiße Funken prasselten, zischte er sie an: „Das ist nicht witzig!"

Das Lachen brach ab, ihre Augen blickten wieder ernst. „Doch", sagte sie. „Das ist es. Es ist aufsässig und trotzdem höflich, für mich hat es einen kreativen Charme. Weniger witzig allerdings ist die Tatsache, dass Sie Ihren Sohn dreizehn Jahre lang ignoriert haben und jetzt erwarten, dass er innerhalb einer Woche pariert. Nun, machen Sie mal halblang, Bradshaw." Sie stand auf und kam um den Schreibtisch herum. „Es geht nicht immer nur um Sie. Deswegen folgender Vorschlag. Hören Sie auf zu erwarten, dass ich für Sie die ganze Arbeit erledige, und strengen Sie sich mal selbst an."

Sie klopfte mit der Spitze eines ihrer hochhackigen Schuhe auf den Teppich, die Arme unter ihren kleinen Brüsten verschränkt. Deutlicher hätte sie nicht sagen können, dass er verschwinden sollte, und sein erster Impuls war tatsächlich, sich für die Störung zu entschuldigen, das Zimmer zu verlassen und so zu tun, als ob sie mit ihren Worten keine Wunde getroffen hätte.

Allerdings, was sie sagte, war verdammt noch mal nicht falsch.

Das gab er zwar nur äußerst ungern zu, jedoch die Wahrheit zu ignorieren, würde an den Tatsachen auch nichts ändern.

„Hören Sie, ich bin ja ganz Ihrer Meinung", sagte er deshalb. „Ich habe viel zu schnell viel zu viel erwartet und habe mich viel zu sehr auf Sie verlassen, statt mich selbst um alles zu kümmern. Ihnen muss aber doch klar sein, dass ich hier auf völlig verlorenem Posten kämpfe. Also, wenn ich verspreche, zurück in mein Zimmer zu gehen", allein bei der Vorstellung fühlte er sich unwohl und wie gefangen, „um noch einmal ernsthaft über meine Situation nachzudenken, könnten Sie sich dann unter Umständen vorstellen, mir etwas entgegenzukommen? Wie zum Beispiel …" *Was, du Genie?* Plötzlich wusste er es. *Ja klar.* „Er hat heute beim Training wirklich gut gespielt und ich würde ihm wahnsinnig gern bei einem richtigen Spiel zusehen, aber ich weiß nicht, wann und wo die Spiele stattfinden."

„Ich schreibe Ihnen die Termine auf", sagte sie. „Und ich schätze …" Jetzt zögerte sie. „Ich schätze, es wäre auch okay, wenn Sie beim nächsten Spiel neben Tasha und mir sitzen."

Er grinste. „Das wäre toll! Vielen Dank."

Sie schenkte ihm ein kleines Lächeln und einen Moment lang dachte er, dass sie auf dem besten Weg waren, so etwas wie ein harmonisches Verhältnis zueinander aufzubauen, bis Jenny sich versteifte und sagte: „Na gut. Ich muss jetzt weiterarbeiten. Ich schreibe Ihnen die Termine auf, sobald ich Zeit habe. Bis dahin …" Sie warf ihm einen geschäftsmäßigen Blick zu. „Machen Sie sich gerne weiter Gedanken. Eine einzige gute Idee reicht höchstwahrscheinlich nicht aus."

„Aber natürlich, Ma'am", sagte er. „Ich gehe sofort auf mein Zimmer, um genau das zu tun." Vermutlich wäre es unpassend, sie jetzt zu küssen – auch wenn es nur aus Dankbarkeit geschähe. Er trat einen Schritt zurück. „Vielen Dank noch mal."

Sie zuckte mit den Schultern. „Klar."

Jake verließ das Büro, kam jedoch nur bis in den Flur und blieb dort stehen. Er konnte es einfach nicht ertragen, zurück in sein Zimmer zu gehen.

Na und, kein Ding, geh nach draußen. Oder …

Er schoss in die Höhe, als ihm zwei Ideen kamen. Nicht etwa nur eine, sondern sogar zwei! Schön, die zweite war vom Erfolg der ersten abhängig, und doch umspielte ein erleichtertes Lächeln seine Lippen.

Als er nun in die kleine Hotelhalle zurückeilte, hatte er nach langer Zeit endlich mal wieder das Gefühl, zu wissen, was zu tun war.

6. KAPITEL

Hey, guck dir das mal an."

Jenny blickte hinüber zu Austin, der gerade dabei war, wie jeden Samstagmorgen, das Geschirr zu spülen. Wie üblich klirrten Teller und Tassen laut und er verspritzte Wasser nach allen Seiten. Weit über das Spülbecken gebeugt schaute er aus dem Fenster. Sie hob fragend eine Augenbraue. „Was soll ich mir angucken?"

Er drehte sich zu ihr um. „Blauer Himmel!", jauchzte er und strahlte. „Ich weiß nicht, wo der jetzt herkommt, vor zwei Minuten war es noch völlig bewölkt, aber Wahnsinn, Alter."

„Alte!", entgegnete sie bissig.

Der Junge grinste. „Entschuldige, Jenny. Ich vergesse immer, dass du es nicht magst, wenn ich Alter zu dir sage." Dann lachte er. „Weißt du, was ich fast auch vergessen hatte? Wie ein blauer Himmel aussieht."

„Ist tatsächlich lange her, dass wir die Sonne gesehen haben." Er hatte recht, so ein blauer Himmel hob die Laune ungemein. Sie stieß ihn kumpelhaft mit der Hüfte an. „Ich wette, jetzt hast du beim Spiel eine Menge mehr Spaß."

„Auf jeden Fall! Das wird super."

Sie alberten noch eine Weile herum und als sie mit dem Geschirr fertig waren, drückte Austin den Schwamm aus, um die Überschwemmung aufzuwischen, die er angerichtet hatte. Plötzlich wurde er starr. „Was zum …? Was hat *der* im ‚Sand Dollar' zu suchen?"

„Wie?" Okay, sie hatte ihn klar und deutlich verstanden, hoffte aber unsinnigerweise trotzdem, dass mit „der" nicht die einzige Person gemeint war, die eigentlich nur gemeint sein konnte. Jenny spähte aus dem Fenster, ihr Herz klopfte heftig.

Es hämmerte nur noch schneller, als sie Jakes Wagen auf dem Parkplatz entdeckte, den sie sich mit dem „Sand Dollar", dem elegantesten Cottage auf dem Hotelgrundstück, teilte. Sie betrachtete den Mann selbst, der gerade einen großen Karton aus dem Kofferraum lud und damit zur überdachten Veranda des Cottages ging.

In der nächsten Sekunde stürmte Austin bereits durch die Hintertür hinaus.

„Na großartig“, murmelte sie, schleuderte das Geschirrtuch zur Seite, holte ein paar Mal tief Luft und eilte ihm hinterher.

Sie stieg gerade rechtzeitig die drei Verandastufen beim „Sand Dollar“ hinauf, um Austin schreien zu hören: „Was hast du hier zu suchen?“

Als sie das Wohnzimmer betrat, fand sie den Jungen Nase an Nase mit seinem Vater vor einem Stapel Kisten stehend und sah, wie Jake mit einem Finger an die Brust seines Sohnes stieß und einen Schritt zurückwich, um etwas Abstand zwischen ihnen zu schaffen. Austin wischte den Finger mit weit mehr Kraft fort als nötig, aber Jake reagierte auf diese aggressive Geste nicht. Er blickte zu ihr hinüber, richtete dann seine Aufmerksamkeit wieder auf den Jungen und entgegnete mit ruhiger Stimme: „Ich ziehe hier ein.“

„Mann Alter, das sehe ich auch! Warum ausgerechnet in dieses Cottage?“

„Weil es das größte ist, das freisteht, und ich eine Weile bleiben werde. Ich brauche Platz zum Arbeiten – ich habe Indonesien Knall auf Fall verlassen und muss noch ungefähr tausend Fotos durchsehen und die besten hundert heraussuchen. Und egal, ob ich sie entwickle oder digital als Datei behalte, ich muss sie alle bearbeiten, bevor sie für die Juli-Ausgabe vom ‚National Explorer‘ geeignet sind.“

Austin schnaubte, doch zu ihrer Erleichterung schien die Erklärung seine Wut etwas zu mildern.

„Das kann ja wohl nicht so lange dauern“, sagte der Junge. „Bis dahin sind noch zwei Monate Zeit.“

„Nein, mir bleiben nur knapp drei Wochen. Ich muss sie Anfang Mai abgeben, damit die Redakteure die auswählen können, die sie für die Ausgabe haben wollen. Die genaue Anzahl wird sich mehrfach ändern, während das Layout gemacht wird." Jake deutete zur Decke. „Da oben ist ein kleines Badezimmer, das ich als Dunkelkammer benutzen kann. Ich entwickle inzwischen zwar nicht mehr so viel, aber doch ab und zu etwas. Und der Schlafraum im Obergeschoss lässt sich als Arbeitszimmer verwenden."

„Was auch immer", sagte Austin. „Solange du mir aus dem Weg gehst."

„Tja, was das betrifft." Jake sah seinem Sohn direkt in die Augen. „Daraus wird nichts."

„Wie bitte?"

Austin schien schon wieder zu kochen. Jake hingegen blieb ungeheuer ruhig.

„Ob es dir nun gefällt oder nicht, Austin, ich bin dein Vater."

„Es gefällt mir nicht!"

„Das ändert aber nichts an der Tatsache und auch nichts daran, dass du deine grünen Augen und deine Fähigkeiten beim Baseball von mir und deinem Onkel Max geerbt hast."

„Von wem?"

„Deputy Bradshaw." Als Jake die Verwirrung in Austins Gesicht sah, runzelte er die Stirn. „Ach Mist. Du wusstest nicht, dass er mein Halbbruder ist."

„Oh. Der. Ich weiß, dass er dein Halbbruder ist und alles, aber ich hab noch nie was mit dem Typ zu tun gehabt." Austin verzog die Lippen spöttisch. „Davon abgesehen, dass ich ihn ab und zu bei meinen Spielen gesehen habe, war Deputy Bradshaw genauso wenig mein Onkel wie du mein Dad."

Jake ließ diese Spitze an sich abprallen. „Das ist nur fair. Er und ich hatten nie eine richtige Beziehung zueinander und das eine Mal, als er dich sehen wollte, waren Emmett und Kathy nicht besonders begeistert davon. Weshalb also solltest du ihn als einen Verwandten betrachten?"

„Und wieso du nicht?" Als Jake ihm einen fragenden Blick zuwarf, fügte Austin hinzu: „Warum habt ihr keine richtige Beziehung?"

Zum ersten Mal zeigte sein Sohn Interesse für ihn und Jake schien versucht, sich davon ablenken zu lassen, doch dann schüttelte er den Kopf.

„Hör mal, das ist eine lange und komplizierte Geschichte, die ich dir irgendwann gerne erzählen werde, aber zuerst müssen wir beide uns mal besser kennenlernen."

„Dafür hattest du Jahre Zeit." Austin fauchte seinen Vater an. „Da hat es dich nicht interessiert und jetzt interessiert es mich nicht." Er wandte sich um und sagte an Jenny gewandt: „Ich fahre mit meinem Boot raus."

Sie sah, wie Jake mit den Schultern zuckte und sich durchs Haar strich. Offenbar war er bereit, das Gespräch zunächst zu beenden, und da Austin sowieso schon verärgert genug war, wollte sie nicht mit ihm streiten. „Gut, für eine Stunde, damit du wieder einen klaren Kopf bekommst, aber nicht länger, du hast heute Nachmittag ein Spiel."

Er nickte und hielt auf die Tür zu.

„Ich weiß, dass ich ein schlechter Vater war", sagte Jake. „Aber jetzt bin ich hier und versuche, es besser zu machen. Ich gehe hier nicht weg, Austin."

Austin zögerte kurz, dann murrte er: „Toll", marschierte aus der Tür und knallte sie hinter sich zu.

Jake drehte sich zu ihr um. „Das ist doch gut gelaufen."

Sie stieß nur die Luft aus.

„Hab ich richtig gehört? Er hat ein Boot?" Er trat auf sie zu.

„Ja."

„Sein eigenes?"

Sie nickte.

„Wovon sprechen wir hier? Bitte sagen Sie, dass es sich um einen Kajak handelt oder was ähnlich Kleines."

„Sicher. Wenn Sie einen Fünf-Meter-Bayliner-Bowrider als klein bezeichnen."

„Soll das ein Scherz …" Er schluckte und seine Augen funkelten, als er sagte: „Er ist dreizehn! Das ist doch verrückt."

Jenny zuckte die Achseln, war aber ganz seiner Meinung. Sie hatte wieder und wieder versucht Emmett auszureden, Austin zu seinem dreizehnten Geburtstag ein solches Geschenk zu machen. „Emmett und Kathy haben dazu geneigt, ihn zu verwöhnen."

„Kann ich mir vorstellen. Das haben sie auch schon bei Kari gemacht – und ich kann Ihnen verraten, dass ihr das nicht gerade geholfen hat, auf eigenen Beinen zu stehen. Sie war völlig unvorbereitet auf das wahre Leben. Das kleinste Problem hat sie umgehauen." Er schnitt eine Grimasse. „Nicht, dass eine Teenagerschwangerschaft ein kleines Problem wäre, aber ich habe sie immerhin geheiratet und ihre Eltern haben sie in allem unterstützt – das ist mehr, als die meisten Mädchen in so einer Situation erwarten können."

Einen Moment lang sah Jenny ihn an, wobei ihr der Mund offen stand. Natürlich wusste sie, dass er mit der Tochter von Emmett und Kathy verheiratet gewesen war. Die beiden hatten ihr erzählt, dass er sich nach Karis Tod aus dem Staub gemacht hatte, um ein Stipendium an der Columbia anzunehmen, und nie mehr zurückgekehrt war. Nie hatten sie davon gesprochen, dass er seinen Pflichten nachgekommen war, wenn auch nur am Anfang, und dass er selbst zu dieser Zeit noch ein Teenager gewesen war.

Sie kniff die Lippen zusammen. Selbst wenn mehr an der Geschichte dran war, als sie bisher gedacht hatte, war das noch lange keine Entschuldigung dafür, dass er sich jahrelang nicht um seinen Sohn gekümmert hatte. Aber zumindest schien er nicht das Monster zu sein, für das sie ihn gehalten hatte.

Jake sah sie aus schmalen Augen an. „Was? Ist das nicht ganz die Geschichte, die Sie gehört haben?"

„Ich wusste, dass Sie Kari geheiratet haben."

„Hat irgendjemand erwähnt, dass ich dazu von niemandem gezwungen wurde? Es war einfach das Richtige und deswegen habe ich meinen Traum von Columbia aufgegeben und angefangen, hier an der Rezeption zu arbeiten."

Das wiederum hatte sie nicht gewusst. Garantiert war es ihm nicht leichtgefallen, das Stipendium, für das er offenbar so hart gearbeitet hatte, für einen Job in einem Hotel aufzugeben.

„Nach Karis Tod war es Emmetts Vorschlag, dass ich das Stipendium doch noch annehme."

Das war ihr ebenfalls neu, dennoch ... „War es auch sein Vorschlag, dass Sie niemals zurückkommen, um Ihren Sohn zu holen?"

„Nein." Er schob die Hände in die Taschen und sah weg. „Das war allein meine Entscheidung."

Sie fragte sich, wann aus dem Jungen, der das Richtige tun wollte, ein Mann geworden war, der vollkommen aus dem Leben seines Sohnes verschwand. In dem Moment, in dem seine Frau gestorben war? War er deshalb am Boden zerstört gewesen?

Klug genug, diese Fragen für sich zu behalten, setzte sie ihr Geschäftsführerinnengesicht auf und sah ihn kühl und freundlich an. „Dann lasse ich Sie mal auspacken." Allerdings konnte sie ihr Erstaunen nicht völlig verbergen, als ihr Blick wieder auf all die Kisten und Einkaufstüten auf dem Boden fiel. Statt zu gehen, fragte sie: „Woher kommt dieses ganze Zeug? Waren Sie in Kitsap einkaufen?"

„Nein." Er hob eine große, schwer wirkende Kiste mit Wannen, Flaschen, Dosen und Schalen in die Höhe, es klirrte, als er sie sich auf die Schulter hievte. „In Kitsap und Bremerton gab es das nicht. Ich musste nach Tacoma fahren."

Wie er so dastand in dem kakifarbenen Buschhemd, einen Arm um die Kiste geschlungen, konnte sie ihn sich gut in einem weit entfernten, heißen und staubigen Land vorstellen. „Brauchen Sie das für Ihre Fotografien?"

„Das sind Entwicklerlösungen", sagte er. Mit dem Kinn deutete er auf einen großen Karton. „Da drin ist Zubehör aus meinem Studio zu Hause, das ich nicht neu kaufen wollte ..."

... auf dieser gottverlassenen Halbinsel, flüsterte eine leise Stimme in Jennys Kopf.

„... deswegen habe ich meine Assistentin gebeten, es mir zu schicken."

„Tja, ich bin sicher, dass Sie viel zu tun haben", sagte sie kalt. Womöglich war sie aber doch nicht so gut darin, ihre Empfindungen für sich zu behalten, denn er kam näher, zog die Augenbrauen zusammen, sah sie an und fragte: „Habe ich Sie irgendwie gekränkt?"

„Nein, natürlich nicht." Sie wich zurück und richtete sich auf. Konnte er Gedanken lesen oder was? „Na ja, zumindest ... es ist nichts. Als Sie sagten, dass Sie das Zubehör nicht neu kaufen wollten, habe ich einen Hauch von Verachtung herausgehört, aber das haben Sie wahrscheinlich gar nicht so gemeint." Sie winkte ab. „Und es geht mich auch nichts an. Wie gesagt, ich lasse Sie jetzt in Ruhe auspacken."

Mit einem Mal kam er ihr so nahe, dass sie sich zwischen seinem muskulösen Körper, der Kiste auf seiner Schulter und den anderen Kartons auf dem Boden schrecklich eingeengt fühlte. Wärme und ein kaum wahrnehmbarer Geruch nach Moschus und Salz entströmten seiner Haut.

„Was habe ich nicht so gemeint?"

Sie verzog das Gesicht, doch dann wiederholte sie die Worte, die sie zuvor gedacht hatte: „Auf dieser gottverlassenen Halbinsel."

Er betrachtete sie durchdringend, sagte aber keinen Ton. Als das Schweigen sich ausdehnte, begann Hitze über ihren

Nacken zu kriechen. „Ich sagte ja, dass ich das wahrscheinlich falsch verstanden habe."

„Nein", widersprach er bedächtig. „Sie haben eine beängstigend gute Intuition."

„Ich habe …" Sie schüttelte den Kopf. „Was?"

„Sie haben recht." Er zuckte mit der freien Schulter. „Das ist in ungefähr das, was ich von der Gegend hier halte." Offenbar konnte er ihr die Verärgerung ansehen, denn er fügte hastig hinzu: „Hören Sie, ich verurteile doch nicht Ihr Leben, sondern meines. Ich habe den Großteil meiner Jugend damit verbracht, einen Weg zu finden, aus Razor Bay rauszukommen. Ich halte mich nicht etwa für was Besseres, weil ich die ganze Welt bereist oder in etwas größeren Städten gelebt habe. Mir ist klar, dass das Kleinstadtleben auch viele Vorteile hat, aber eben nicht für mich. Diese Stadt hat mich immer irgendwie nervös gemacht."

Sie atmete durch die Nase ein und löste die Finger, die sie zur Faust geballt hatte. *In Ordnung*. Nicht jeder musste dasselbe mögen.

„Ich kann nicht behaupten, dass ich das verstehe, weil ich in Razor Bay immer das Gefühl hatte, akzeptiert zu werden, anders als in der Großstadt, in der ich vorher lebte." Sie zwang sich zu einem Achselzucken, obwohl sie sich noch immer unerklärlich enttäuscht fühlte, doch das war albern. „Jedem das Seine, schätze ich."

Er sah sie an und strich sich mit der Zunge über die Unterlippe. „Yeah. Einigen wir uns darauf, dass wir uns nicht einig sind."

Verflixt, wieso musste sie bei seinem Anblick an *Sex* zwischen Tür und Angel denken? Es war ja nicht so, dass dieser Typ ohne Hemd herumlief, wogegen sie nichts einzuwenden gehabt hätte, oder wie Gene Simmons von KISS die Zunge herausstreckte und damit obszön herumwackelte, dennoch betätigte er bei ihr immer die richtigen Knöpfe.

War das alles in allem nicht der Gipfel der Ungerechtigkeit?

Sie drückte den Rücken durch und machte einen entschiedenen Schritt nach hinten, genau in eine der vielen Kisten hinein. „Mist!“ Hektisch ruderte sie mit den Armen, um das Gleichgewicht nicht zu verlieren, aber ihre Knie knickten ein und ihr war sofort klar, dass sie auf den Hintern landen würde.

Gar nicht schön.

Da schlang sich ein starker Arm um ihre Hüfte und riss sie zurück. Sie prallte mit voller Wucht gegen Jakes Brust. Ihr blieb fast die Luft weg und die Fläschchen und Wannen in dem Karton auf seiner Schulter klitterten.

Seine Muskeln spannten sich an und sie wurde starr wie eine Maus beim Anblick einer Katze, sämtliche Sinnesorgane schienen völlig überlastet zu sein.

Da war einfach so viel … Mann.

So. Viel. Hitze.

Mehr bekam sie einen Moment lang nicht mit – nur die Hitze, die sein Körper durch das Hemd ausstrahlte, seinen blanken Arm, der ihre Taille berührte und ihren nackten Rücken unter dem kurzen T-Shirt. *Mannomann.*

Jake rührte sich ebenfalls nicht und sie hielt die Luft an, als er sagte: „Das hätte ich nicht besser hinbekommen können. Ist wie ein Sketch von den Three Stooges, oder?“

Ihr Gesicht brannte. *Oh Gott.* War es nicht schon schlimm genug, dass sie sich ausgerechnet zu diesem Mann hingezogen fühlte? Aber nein, sie musste den Wahnsinn sogar noch toppen, indem sie über scharfen Sex auf zerknitterten Laken nachdachte, wohingegen ihm dazu nur eine alberne Slapsticknummer einfiel.

Was, bitte schön, konnte erniedrigender sein? Sie hatte das Gefühl, in sich zusammenzufallen wie ein zerplatzter Luftballon.

Während sie sich vorsichtig von ihm losmachte, setzte sie ein halbherziges Lächeln auf und sagte leichthin: „Frage mich nur, ob ich Curly oder Moe bin." Kaum hatte sie Jake wieder auf sicherem Abstand, zog sie am Saum ihres zu kurzen T-Shirts und sah ihm in die Augen. „Austins Spiel beginnt um vier. Sie sollten früh kommen, wenn Sie bei Tasha und mir sitzen wollen."

Er nickte. „Das mache ich."

Juhu. Einfach … juhu. „Nun, dann bis später."

Jenny nahm all ihren ramponierten Stolz zusammen, verließ das Cottage und schloss leise die Tür hinter sich.

7. KAPITEL

Als Jake an diesem Nachmittag auf den Baseballplatz kam, fühlte er sich wie in einer Zeitschleife gefangen. Er blieb stehen, um die Atmosphäre in sich aufzunehmen, ein Lächeln umspielte seine Lippen. *Verdammt noch mal!* Hier hatte sich überhaupt nichts verändert. Er hätte mit geschlossenen Augen jedes kleinste Detail des Baseballfeldes und der Umgebung beschreiben können.

Auf dieses plötzliche Glücksgefühl war er nicht vorbereitet gewesen. Einige der schönsten Momente seiner Jugend hatten sich genau hier abgespielt. Wenn es zu Hause besonders schlimm gewesen war oder er mal wieder ein unangenehmes Zusammentreffen mit dem damals verhassten Max hinter sich gehabt hatte, konnte er hier auf dem Baseballfeld alles für eine Weile vergessen. Er liebte dieses Spiel, dieses klare und simple Spiel, die Kameradschaft im Team, die Schnelligkeit, die man seinem Körper abringen musste, sobald der Ball in der Luft war, das herrliche Gefühl, wenn der Ball auf den Handschuh prallte, und den Spaß daran, seine Wurftechnik ständig zu verbessern.

Die Gerüche, die zu diesem Spiel gehörten wie Butter zum Toast, schleuderten ihn zurück in die Vergangenheit. Es duftete nach frisch gemähtem Rasen, nach Hotdogs und nach der Kreide, mit der die Base- und die Foul-Linien gezogen worden waren – es roch nach seiner Jugend.

Beide Mannschaften wärmten sich auf, Jake bemerkte die vertrauten Teamfarben Grün und Gold und hielt nach Austin Ausschau. Zwischen der zweiten und dritten Base entdeckte er ihn, wo er gerade einen Ball fing, dann herumwirbelte und ihn zum ersten Baseman warf. Die Sitze füllten sich nach und nach, Jake ging zur Heimtribüne und suchte nach Jenny.

Ihre Freundin sah er zuerst, wahrscheinlich, weil Tasha um einiges größer und somit leichter zu sehen war. Jenny saß bei ihr.

Als er näherkam, stellte er fest, dass die beiden einen Platz neben Tasha freigehalten hatten. Er entschuldigte sich bei den Eltern, über die er hinüberstieg, bis er den Sitz erreicht hatte. „Hey", sagte er. „Danke fürs Reservieren."

„Kein Problem", erwiderte die Rotblonde und klopfte auf die freie Fläche. „Ich bin Tasha. Sie können dafür jetzt meinen Platz freihalten, ich hole mir einen Hotdog und gehe auf die Toilette. Nicht zwangsläufig in dieser Reihenfolge", fügte sie hinzu und stand auf. „Möchtest du auch was?"

Jenny schüttelte den Kopf. „Nö, danke."

Tasha wandte sich an ihn. „Und Sie?"

„Hotdog wäre nicht schlecht", sagte er und verstaute die Kamera unter der Bank. „Und vielleicht eine Cola, wenn Sie das alles tragen können."

„Beachten Sie meine Taschen, Bradshaw. Ich bin eine gut vorbereitete Frau. Während Sie ..." Sie betrachtete ihn von Kopf bis Fuß, dann nickte sie entschieden. „Ja, Sie wirken wie ein Typ, der lieber alles wild gestapelt in den Händen trägt."

„Tja, Ihnen kann man wohl nichts vormachen." Er fischte seine Geldbörse aus der Hosentasche und reichte ihr einen Zwanzigdollarschein. „Ich lade Sie ein."

Sie sah ihn ausdruckslos an. „Hey, wie großzügig."

„Man nennt mich nicht umsonst Gentleman Jake."

Tasha warf Jenny einen Blick zu. „Sicher, dass du nichts willst, jetzt wo Mr Spendabel die Rechnung bezahlt?"

„Was soll's. Dann lange ich eben mal richtig zu. Ich nehme eine Cola light."

Jenny sah ihn zum ersten Mal direkt an und lächelte schief, wodurch ihre hohen Wangenknochen betont wurden.

„Wir wollen ja nicht, dass zu viel Kleingeld in Ihrer Tasche klimpert", fügte sie hinzu.

Er nickte. „Sehr richtig. Möchten Sie dazu nicht vielleicht auch einen Hotdog?"

„Nein. Ich spare mir lieber meinen Hunger für Tashas Pizza nach dem Spiel auf."

Er versuchte, kläglich dreinzublicken. „Bisher hatte ich noch keine Gelegenheit, sie zu probieren."

„Pech für Sie", sagte Jenny.

„Dann sollten Sie sich uns anschließen", meinte Tasha und sah auf ihre Armbanduhr. „Ich beeile mich mal besser, das Spiel fängt gleich an."

Jake lehnte sich zurück, erfreut über die Einladung. Eine klare Andeutung und schon bekam man, was man wollte. Vermutlich sollte es ihm unangenehm sein, dass er sich mehr oder weniger selbst eingeladen hatte, aber Himmel noch mal, er hatte doch keine andere Wahl. Ein Pizzaessen mit der Mannschaft nach dem Spiel war eine einmalige Gelegenheit, Austin endlich näherzukommen.

Oder – viel wahrscheinlicher – eine weitere Gelegenheit für seinen Sohn, ihn links liegen zu lassen. Egal, einen Versuch war es allemal wert.

Er wandte sich Jenny zu, die er absichtlich bisher nicht allzu genau betrachtet hatte, doch jetzt konnte er nicht anders. Sie trug ein rosa-grün gestreiftes T-Shirt oder Oberteil oder wie zum Teufel Frauen so etwas nannten. Er wusste nur, dass der Stoff so dünn war, dass man die Umrisse eines pinkfarbenen BHs darunter erkennen konnte. Zwei Träger aus demselben Material verliefen über Kreuz vom tiefen Dekolleté bis zum großzügigen Rückenausschnitt. Der Saum gab nicht mal ansatzweise vor, den Bund ihrer Jeans erreichen zu wollen.

Letzteres zog besonders seine Aufmerksamkeit auf sich. Er konnte sich noch sehr gut daran erinnern, wie weich ihre Haut war, als er am Morgen den Arm um ihre Taille geschlungen hatte, aber daran wollte er nun wirklich nicht denken.

Er räusperte sich. „Wie machen sich die Bulldogs in der Saison bisher?"

„Zwei Siege, ein Unentschieden", antwortete sie, den Blick

aufs Spielfeld gerichtet. „Sie entwickeln sich zu einem richtig guten Team." Dann riss sie sich von welchem Anblick auch immer los und sah ihn an. „Das Unentschieden war gegen die Warriors, in den letzten zwei Jahren die Topmannschaft."

„Yeah, ich habe das Training der Dogs gesehen. Austin ist richtig gut."

Ihr Gesicht hellte sich auf. „Glauben Sie? Ich meine, ich denke das auch, aber ich weiß nicht, ob ich nicht einfach nur voreingenommen bin."

Ärger stieg in ihm auf. „Meinen Sie vielleicht, ich könnte seinetwegen nicht auch voreingenommen sein?" Seine Frage wischte das Lächeln von ihrem Gesicht.

„Das habe ich nicht behauptet – andererseits, warum sollte ich so was glauben? Sie waren nicht gerade präsent in seinem Leben. Was ich eigentlich meinte, war, dass Sie sich wahrscheinlich besser mit Baseball auskennen als ich. Ich hatte nur ein einziges Mal bei einem Betriebsausflug einen Schläger in der Hand, und das war vor acht Jahren."

So gesehen konnte er ihr keinen Vorwurf machen. Er rutschte unbehaglich auf der Bank hin und her. „Tut mir leid, dass ich so vorschnell war."

Ihr Schulterzucken erinnerte ihn an seinen Sohn. Es bedeutete nichts anderes als: mir doch egal.

Die nächsten Minuten machten sie Small Talk und Jake war erleichtert, als er Tasha mit den Hotdogs und Getränken erblickte. Schnell machte er Platz und erst da fiel ihm auf, wie dicht er Jenny auf den Leib gerückt war.

Was war hier los? Lag wahrscheinlich daran, wieder zurück auf dem Baseballplatz zu sein – er fühlte sich wie ein Schüler, der unbedingt bei einem Mädchen landen wollte.

Tasha, etliche Sitze entfernt, nickte ihm zu. „Rutschen Sie rüber", befahl sie. „Dann muss ich nicht auch noch über Sie klettern."

Keine gute Idee. Gar keine gute Idee! „Ich könnte auf die Bank steigen, damit Sie besser vorbeikommen."

„Ach was. Rutschen Sie einfach." Sie grinste. „Es kommen nicht gerade eine Menge gut aussehender, alleinstehender Männer zu so einem Spiel. Ist nur fair, dass Sie in der Mitte sitzen." Sie sah an ihm vorbei. „Ist doch in Ordnung, Jenny, oder?"

Zwar antwortete Jenny nicht direkt etwas in der Art wie: Nein, du kannst ihn haben, doch der Laut, den sie ausstieß, klang auch nicht gerade freundlich. Zögernd bewegte er sich in ihre Richtung.

Tasha quetschte sich an weiteren Zuschauern vorbei und ließ sich neben ihm auf den Sitz plumpsen. Sie reichte ihm und Jenny jeweils eine Coladose und hielt ihm eine Schachtel hin.

„Das ist Ihrer", sagte sie, dann lehnte sie sich zurück, um die Folie über ihrem Hotdog aufzureißen. Sie stieß den Ellbogen in seine Seite. „Rutschen Sie ein Stück. Ich brauche etwas Platz." Als er es nicht prompt tat, stieß sie ihn mit der Schulter an. „Bewegung, Bradshaw!"

Reflexartig reagierte er, rutschte ein Stück zur Seite und saß dann von Knie bis Schulter eng an Jenny gepresst da.

Von allen möglichen Gefühlen überwältigt, dachte er die ganze Zeit nur: Was soll das hier verdammt noch mal sein? Und täglich grüßt das Murmeltier?

Himmel, jetzt an dieser Frau zu kleben, war nicht in seinem Interesse. Am Morgen erst hätte er am liebsten die Hände unter ihr T-Shirt gleiten lassen – oder gleich auf ihren süßen, runden Hintern. Deswegen, um der ganzen Sache einen Riegel vorzuschieben, hatte er irgendeinen bescheuerten Witz gerissen.

Und nun, noch am selben Tag, blieb ihm schon wieder nichts anderes übrig, als ihren Duft einzuatmen und ihre Wärme zu spüren. Er blickte nach unten.

Nur um zu sehen, dass sein bestes Stück sich zu regen begonnen hatte.

Oh nein. Fehlübermittlung, Kumpel.

Jenny beugte sich um ihn herum. „Tasha, mach mal ein bisschen Platz. Jake sitzt ja praktisch auf meinem Schoß."

„Ups." Tasha rückte zur Seite. „Tut mir leid, Süße."

Er konnte nicht fassen, wie froh er war, endlich etwas Freiraum zu haben. Wenn das mal nicht völlig bekloppt war! Niemand bei klarem Verstand würde es erregend finden, in aller Öffentlichkeit und vollkommen bekleidet an den Körper eines anderen Menschen gedrückt zu sitzen – das war wirklich unterste Schublade. Und kindisch.

Wieso zum Teufel saß er hier mit einer Erektion herum? Die Tatsache, dass es schon eine Weile her war, rechtfertigte so eine Teeniereaktion absolut nicht.

Er kippte mit einem großen Schluck die Hälfte der Cola hinunter. *Schöner Mist.* Wenn es nicht daran lag, dass er schon Monate keinen Sex mehr gehabt hatte, dann wohl an den Erinnerungen an seine Schuljahre und an all die Spiele auf diesem Baseballplatz.

Weshalb das so eine Wirkung auf ihn haben sollte, konnte er allerdings nicht sagen. Die Zeit auf der Highschool war nun wirklich lange her.

Sehr lange. Er hob den Hotdog an die Lippen – und hielt mitten in der Bewegung inne. *Jesus.* Man konnte es drehen und wenden, wie man wollte – er fühlte sich in diesem Moment tatsächlich nicht länger wie ein erwachsener Mann, sondern wie ein Schüler, der seinen Körper an dem eines Mädchens reiben wollte, nur weil es gut duftete.

Man wusste schließlich, wie das für ihn ausgegangen war. Hastig biss er in den Hotdog. Sein Verstand sagte ihm zwar, dass das eine mit dem anderen nichts zu tun hatte, und doch …

Auf keinen Fall würde er ein zweites Mal in diese Falle tappen.

„Good game. Good game. Good game." Austin hätte am liebsten wie ein Verrückter laut aufgelacht, als er und die anderen vom Bulldog-Team an der gegnerischen Mannschaft vorbeigingen, jeden Spieler abklatschten und dabei *Good game* sangen. Es war ein gutes Spiel hoch vier gewesen. Sie hatten den Gegnern ernsthaft in den Hintern getreten und das letzte Inning mit sechs zu zwei gewonnen.

Es machte ihm nicht mal was aus, dass sein alter Herr gekommen war. Okay, vielleicht war er sogar ein klitzekleines bisschen froh darüber. Der Typ war ganz schön ausgerastet. Er kannte sich mit Baseball aus und hatte jeden strategischen Spielzug sofort geschnallt, selbst wenn in dem Moment keine Base erlaufen oder kein Punkt geholt worden war. Mit seinen lauten Jubelschreien hatte er auch die anderen Eltern angesteckt und dann hatte er begonnen zu singen, wenn der Schlagmann sich bereit machte, es klang wie „Hey, batta, batta, batta". Das war wahrscheinlich irgend so ein uraltes Ritual aus den Neunzigern, aber irgendwie cool, wie er sich eingestehen musste.

Womöglich noch cooler war, dass Jake gesungen hatte: „Sling it in there, oh babe, oh babe!" Und zwar immer dann, wenn er, Austin, einen Ball zum Basemann warf. Dann brüllte sein Vater jedes Mal: „Way to go, Austin!" Bei den drei Malen, die er gescheitert war, schrie er: „Guter Versuch!"

Und dann diese Fotogeschichte! Das war noch mal eine ganz andere Nummer.

In der Endphase des dritten Innings war sein alter Herr mit einer beeindruckend aussehenden Kamera um den Hals von der Tribüne geklettert und tauchte dann einfach überall auf, die Kamera offenbar eine Verlängerung seines Auges, mit einer Hand das lange Objektiv haltend. Immer wenn Jake – wie Austin ihn inzwischen für sich nannte, weil er auf keinen Fall jemals Dad zu ihm sagen würde – irgendwo in der Nähe war, hörte man ein konstantes Klick-Klick-Klick.

Der Typ war auch parallel zu den Foullinien auf und ab marschiert und zwischendurch in die Hocke gegangen. Einmal, als Daniels sich im sechsten Inning auf die dritte Base warf, hatte Jake sich sogar auf den Bauch gelegt und sich mit den Ellbogen im Gras abgestützt.

Ein Wunder, dass er nicht auf den verdammten Backstop geklettert war, um ein paar Fotos aus der Vogelperspektive zu schießen.

Seine Freunde fanden das extrem klasse und sagten, dass sie sich gut vorstellen könnten, wie er hinter Tigern und allem Möglichen im Dschungel her war. Unter gewissen Umständen – unter Folter beispielsweise – hätte er eventuell zugegeben, dass er die ganze Sache selbst ziemlich klasse fand.

Eventuell.

Kaum waren sie in den Wagen gestiegen, drehte Jenny sich zu Tasha um und kniff sie in den Arm. „Was zum Teufel sollte das?“

„Hm?“ Tasha blinzelte. „Was sollte was?“

„Dieser ganze Mist von wegen lass ihn uns teilen und in die Mitte setzen?“

„Ich dachte, das wäre …“ Tasha sah sie verblüfft an. „Dann findest du ihn also nicht toll?“

Jenny stieß ungläubig die Luft aus. „Natürlich finde ich ihn toll – ich meine, hast du dir den Typ mal angesehen? Er findet mich aber nicht toll. Und deswegen war diese ganze Sache mit dem Zusammenrücken ziemlich peinlich.“

„Also bitte. Ich habe doch gesehen, wie er dich im ‚The Anchor‘ angestarrt hat – ganz zu schweigen davon, dass er schon praktisch auf deinem Schoß gesessen hat, bevor ich ihn rüberrutschen ließ – er findet dich definitiv gut.“

„Nein, wirklich nicht.“ Auf keinen Fall wollte sie seinen Three-Stooges-Kommentar vom Morgen wiederholen, deswegen sagte sie: „Das denkst du nur. Er findet mich amüsant.“

Entrüstung zeichnete sich auf Tashas Gesicht ab und Jenny fuhr schnell und mit erstaunlich glaubwürdigem Desinteresse in der Stimme fort: „Es gibt nur einen Grund, wieso ich Bradshaw irgendwie heiß finde – davon abgesehen, dass er nun mal wirklich heiß ist. Ich habe eine peinlich lange Trockenperiode hinter mir. Diese Gegend hat nun mal nicht besonders viele interessante Männer zu bieten."

„Zumindest nicht, bis die Sommergäste kommen", stimmte Tasha ihr niedergeschlagen zu und verschränkte die Arme vor der Brust. „Wobei es immerhin Max Bradshaw gibt. Der ist fast so lecker wie Jake, wenn man auf den düsteren Heathcliff-Typ steht, was leider bei mir bisher nicht der Fall ist. Der Kerl ist viel zu selbstbeherrscht. Ich mag meine lieber etwas – nun ja, vielleicht etwas heißblütiger. Wenngleich ich mir vorstellen könnte, dass er in dieser Hinsicht ziemliches Potenzial hat." Tasha warf ihr einen Blick zu, bevor sie sich wieder auf die Straße konzentrierte. „Ich schätze, ich mag es einfach, wenn meine Männer spontan sind."

„Sehe ich auch so. Max hat definitiv Sex-Appeal, aber bei mir kommt der nicht so richtig an."

„Wer bleibt also übrig? Wade Nelson?"

Jenny schüttelte den Kopf. „Nee. Der hofft immer noch, dass Mindy Neff zu ihm zurückkommt."

„Im Ernst, da sollte er mal langsam drüber wegkommen. Sie und Curt feiern bald ihren siebten Hochzeitstag."

„Ich weiß. Guy Wilson ist auch noch nicht so weit. Die Tinte auf seinen Scheidungspapieren ist noch nicht mal ganz trocken."

Tasha trommelte mit den Fingern der rechten Hand auf dem Lenkrad herum. „Was ist mit David Brill?"

„Soll das ein Witz sein?", fragte Jenny entrüstet. „Mr Globetrotter Bradshaw ist vielleicht nicht unbedingt meine Liga, aber zumindest verdiene ich einen Mann, der noch alle Zähne hat!"

„Ach Mist, du hast recht. So tief müssen wir echt nicht sinken. Also bleibt uns nur eins übrig, das ist dir doch klar?"

„Allerdings." Jenny nickte feierlich. „Bei der nächsten Gelegenheit fahren wir nach Kitsap."

„Verdammt richtig. Und suchen dort nach Frischfleisch."

Wie üblich traf man sich nach dem Spiel im „Bella T's". Als Tasha in die Küche eilte, gesellte Jenny sich zu den Eltern der Spieler, um möglichst weit von Jake entfernt einen Platz zu ergattern, was ihm natürlich nicht mal auffiel. Er war viel zu sehr damit beschäftigt, seinen Charme in alle Richtungen zu versprühen.

„Ihre Jungs haben fantastisch gespielt", hörte sie ihn gerade sagen, dann begann er, die einzelnen Spielzüge zu diskutieren. Spielzüge, die sie überhaupt nicht gesehen hatte, im Gegensatz zu Austin und seinen Freunden, deren Väter und Trainer Harstead, die sich begeistert in die Diskussion stürzten.

Während sie sich mit Rebecca Damoth unterhielt, beobachtete sie aus dem Augenwinkel, wie Jake sich an seinen Sohn wandte.

„Du bist ein echt guter Shortstop", sagte er geradeheraus.

Austin war offensichtlich bemüht, unbeeindruckt zu bleiben, doch die Freude war ihm deutlich anzusehen.

„Ja?"

„Auf jeden Fall. Ich hätte da ein paar Ideen, wie du noch besser werden könntest", fuhr Jake fort. „Vielleicht können wir uns bald mal in Ruhe darüber unterhalten."

Der Junge hob die Schultern und ließ sie wieder fallen. „Vielleicht."

Mein Gott. Jake stellte sich viel geschickter an, als sie gedacht hätte. Er hatte sich beim Spiel mächtig engagiert, mehr, als sie ihm zugetraut hätte, und hatte mit seiner unverhohlenen Begeisterung für die Mannschaft die anderen Eltern angesteckt. Das war wirklich eine Leistung, so verrückt, wie die Stadt sowieso schon auf Baseball war.

Sie sollte sich freuen, wie ernsthaft Bradshaw sich um seinen Sohn bemühte, und das tat sie auch. Überwiegend. Wenn die beiden eine echte Bindung zueinander aufbauten, würde ein Umzug nach New York für Austin nicht ganz so traumatisch werden, doch die Vorstellung, dass der Junge, den sie inzwischen wie einen kleinen Bruder liebte, bald am anderen Ende des Kontinents leben würde, war grauenvoll.

Verflucht. Dieser Gedanke war wie ein kalter, schwerer Stein in ihrem Magen, ein nicht endender Schmerz in ihrem Herzen.

Dass sie sich zudem noch sexuell zu Bradshaw hingezogen fühlte, half auch nicht gerade weiter. Es war verdammt unmöglich, ihn nicht zu bemerken. Erst dieses Fiasko am Morgen, dann dieses Knistern zwischen ihnen auf der Tribüne und Jakes Überschwänglichkeit beim Spiel.

Sie seufzte. Es war schwer, ihn nicht zu mögen.

Sie straffte die Schultern. Nun, sie musste ihm einfach so gut es ging aus dem Weg gehen. Schließlich war sie ein großes Mädchen und große Mädchen – nein, erwachsene Frauen – stürzten sich nicht auf Dinge, die nicht gut für sie waren. Vor allem dann nicht, wenn diese Dinge dazu tendierten, ihr Selbstbewusstsein zu Brei zu schlagen, und zwar in null Komma nichts, wie am Morgen, als sie am eigenen Leib erfahren hatte, dass er erstens nichts von ihr wollte und sie zweitens, falls überhaupt, amüsant fand.

Deswegen war es beschlossene Sache, einen möglichst großen Bogen um ihn zu machen.

Leider hatte sie auf diese Weise nun genug Zeit, über den Brief ihres Vaters nachzudenken, den sie kurz vor dem Spiel erhalten hatte. Darin schrieb er, dass es gute Neuigkeiten gäbe und sie ihn früher als geplant besuchen solle.

Ein vertrautes ungutes Gefühl nagte seitdem an ihr, denn sie wusste aus Erfahrung, dass etwas, das er gut fand, nicht unbedingt auch für die Menschen in seinem Umfeld gut war.

Nein. Sie richtete sich noch gerader auf. Sie war kein sechzehnjähriges Mädchen mehr, das man von einem Tag auf den anderen aus ihrem Leben herausreißen konnte – schon lange nicht mehr.

Aus dem Augenwinkel sah sie, wie Jake sich über den Tisch beugte.

„Hey Austin“, sagte er zu seinem Sohn, der zwei Stühle weiter saß. „Jenny sagte, dass dein Boot ein Bayliner Bowrider ist?“

„Das coolste Boot der Welt, Mann!“, warf Austins Freund Nolan ein.

Die Jungen stießen die Fäuste aneinander, bevor Austin antwortete: „Ja, stimmt.“

„Und das hast du zum Geburtstag bekommen?“

„Mhm.“

„Wäre schön, wenn du mich mal mitnehmen würdest.“

Austins Mund klappte auf. „Wie bitte?“

„Das ist ein großes Boot für einen Dreizehnjährigen. Du bist allerdings am Wasser aufgewachsen, deswegen bin ich sicher, dass du es gut im Griff hast. Und auch, dass du verantwortungsvoll damit umgehst.“

Austin Gesicht wurde zu Stein. „Aber?“

Jake sah ihn direkt an. „Aber ich wäre kein verantwortungsvoller Vater, wenn ich dich damit einfach so losfahren ließe, ohne es mir einmal selbst anzusehen. Also, wann würde es dir passen?“

„Wie wäre es mit nie?“

„Jenny wird natürlich mitkommen.“

Was war das? Sie schnellte in die Höhe und Jake warf ihr schuldbewusst ein Grinsen zu, auf das sie mit einem giftigen Blick reagierte – bis ihr klar wurde, dass Austin sie ebenfalls beobachtete. Schnell verzog sie die Lippen zu einem, wie sie hoffte, gelassenen Lächeln. Sie zielte damit auf madonnenartige Heiterkeit ab, aber das bekam sie auf die Schnelle offenbar nicht richtig hin. Um beim Zielen zu bleiben, sie hätte eine Nanosekunde lang nur zu gern auf Jake geschossen. Ohne Blut und Tod und alles natürlich.

„Jenny?“, fragte Austin.

Allmählich wurde sie wieder klar im Kopf, und tatsächlich musste sie nicht erst die zustimmenden Blicke der anderen Eltern sehen, um zu wissen, dass Jakes Vorschlag durchaus sinnvoll war. Ihr Lächeln wurde ehrlicher, wenn auch etwas schief.

„Du musst zugeben, dass Jake recht hat. Es wäre unverantwortlich, wenn er als dein künftiger Erziehungsberechtigter sich nicht darum scherte, ob du auf dem Wasser erfahren genug bist. Also schadet es doch nicht, es ihm zu zeigen, oder?“

„Mannomann.“ Austin stöhnte, nickte aber knapp. „Na gut.“

Sein Vater schenkte ihm ein strahlendes Lächeln.

„Wunderbar. Wann passt es dir?“

Etwas gehetzt warf Austin ihr einen flehenden Blick zu, deshalb sagte sie ruhig: „Wenn wir nach Hause kommen, schauen wir mal nach, wann wir beide Zeit haben, okay?“

Und du, Freundchen, dachte sie düster und schoss, nachdem Austin sich wieder seinen Freunden zugedreht hatte, Todesstrahlen in Jakes Richtung ab, zieh dich warm an. Wir müssen uns mal über Grenzen unterhalten.

8. KAPITEL

Können wir das endlich mal hinter uns bringen?", fragte Austin in aufsässigem Ton.

Jenny, die neben seinem Boot stand, sah ihn an. Die Sonne ging langsam zwischen den Gipfeln der Olympic Mountains unter. Die Arme kämpferisch vor der schmalen Brust verschränkt und die Brauen gerunzelt, strahlte seine Haltung in Breitband und HD-Format aus, wie langweilig und überflüssig er es fand, sein seemännisches Können zu beweisen.

Sie unterdrückte ein Seufzen. Sie selbst war auch nicht gerade begeistert davon, dass Jake sie einfach so in diese Sache hineingezogen hatte, doch in stillschweigendem Einvernehmen hatten sie beide beschlossen, sich wie Erwachsene zu benehmen und Austins schlechte Laune stoisch zu ignorieren. Sie atmete leise ein, dann wieder aus. Irgendjemand sollte dem Jungen so langsam mal gute Manieren beibringen.

Eines musste sie Jake lassen, er hatte sich im Griff, denn er nickte seinem Sohn einfach nur zu und sagte ohne erkennbares Missfallen: „Klar. Zeig mir mal die Sicherheitsvorkehrungen vor dem Start."

„Alter, das ist doch kein Flugzeug." Austin winkte sie an Bord und ging in die Knie, um die Heckleine von der Klampe am Steg zu lösen. Dann wickelte er sie geschickt auf, verstaute sie in einem kleinen Fach und kümmerte sich um die Vorleine.

„Ihr müsst auf jeden Fall eine Schwimmweste anlegen", sagte er. „No vest, no ride. So lautet das Motto." Er warf Jake einen trotzigen Blick zu. „Das hat mir mein Opa beigebracht."

„Ein hervorragendes Motto", entgegnete Jake sanft.

„Ja, das stimmt." Austin entspannte sich ein wenig. „Die sind dort unter dem Sitz."

Nachdem er den Schlüssel in die Zündung gesteckt hatte, drückte er sich an Jake und Jenny vorbei – sie standen noch immer zwischen dem Steuermannssitz und der Rückbank – und zog seine Schwimmweste aus dem Fach. Während er sie überstreifte, betrachtete er seinen Vater kurz, dann deutete er mit einer ausladenden Handbewegung auf die anderen Westen. Zum ersten Mal seit Jake an diesem Nachmittag bei ihnen aufgetaucht war, zeigte Austin so etwas wie Humor, als er sagte: „Die orangegelbe ist in Kindergröße und deswegen für Jenny."

Jenny schnippte mit zwei Fingern an seine Stirn. „Rotzlöffel."

Er lachte, klickte den Verschluss seiner Weste zu und zog den Gurt fest, während Jake ihr ihre Weste zuwarf.

„Er sagt ja nur die Wahrheit, Winzling."

Sie setzten sich, Austin startete den Motor, legte vorsichtig den Rückwärtsgang ein und begann, zurückzusetzen. Emmett hatte ihm ganz offensichtlich beigebracht, wie man vernünftig steuerte, denn er ließ das Tempo gedrosselt, bis sie tieferes Wasser erreicht hatten, dann erst beschleunigte er, bis sie über den Kanal zu fliegen schienen.

Grinsend fasste Jenny ihr wehendes Haar im Nacken zusammen, band es zu einem Knoten und zog die Kapuze hoch. Sie vergaß immer wieder, wie viel Spaß es machte, an einem Tag wie diesem mit dem Boot über das spiegelglatte Wasser des Kanals zu schießen. Als sie sich dem Ufer auf der andern Seite des Fjords näherten, drehte Austin in einem weiten Bogen nach Süden ab. Die schneebedeckten Berggipfel schienen nah genug zu sein, um sie mit den Fingern berühren zu können.

Sie fuhren an der Westküste entlang, dann bog Austin hinter eine Landzunge und drosselte die Geschwindigkeit. Kurz darauf, als sie sich dem Hafen der Tranquil-Anlage näherten, wurde er sogar noch langsamer. Wasser klatschte gegen den

Bootsrumpf, während sie auf den langen Steg mit den engen Anlegeplätzen zuglitten.

Die fest vermieteten Bootsplätze waren belegt, doch die meisten Kurzzeitliegeplätze standen zu dieser Jahreszeit leer. Sobald das Wetter besser wurde, würde wieder mehr los sein. Im Sommer war der Andrang hier, genauso wie im ‚The Brothers', so groß, dass es sogar Wartelisten gab.

„Das ist einer von Jennys Lieblingsplätzen", erklärte Austin seinem Vater. „Macht schon mal die Leinen bereit", ordnete er an, während er den Rückwärtsgang einlegte.

Jenny holte die Leine aus dem Fach und sie und Jake schlangen sie gerade in Achterfiguren um die Klampen, als jemand Austins Namen rief. Sie sah, wie das Gesicht des Jungen aufleuchtete.

„Hey, das ist Mr Ds Boot! Nolans Eltern und sein Bruder und …" Er reckte sich, um über die Windschutzscheibe zu sehen, dann zuckte er mit den Schultern. „Keine Ahnung, wer das Mädchen ist."

Das andere Boot glitt neben sie. „Ahoi", grüßte Mark Damoth sie alle grinsend, dann sagte er zu Austin: „Nolan dachte sich schon, dass das dein Boot ist."

Austin sah seinen Freund an. „Ich wusste nicht, dass ihr heute auch rausfahrt."

„Ich auch nicht", meinte Nolan. „Aber wir wollten Bailey die Gegend zeigen und da fiel mir ein, dass du heute Jenny und deinen Da… ähm … und ihn hier", er nickte in Jakes Richtung, „mitnimmst." Offenbar um schnell das Thema zu wechseln, griff er nach der Hand des Mädchens. „Das ist Bailey."

„Sie ist unsere Cousine", fügte Nolans kleiner Bruder Josh hinzu.

„Genau. Ich glaube, ich habe dir von ihr erzählt? Du weißt schon, die hammergute Baseball-Spielerin."

„Klar, wer könnte das vergessen." Austin schob die Hände in die Taschen und sah das Mädchen an. „Wie geht's?"

„Okay“, murmelte sie.

„Meine Tante Debbie ist krank“, erklärte Nolan. „Deswegen wird Bails den Sommer über bei uns wohnen.“

Jenny sah, wie sich ein Schatten über Baileys blaue Augen legte, allerdings so kurz, dass sie es sich auch nur eingebildet haben konnte. Wahrscheinlich aber nicht, denn immerhin war ihre Mutter krank genug, dass Bailey so knapp vor Schuljahresende die Schule wechseln musste. Der Blick, den sie mit Rebecca Damoth tauschte, bestätigte ihren Verdacht.

„Bailey, das sind Jenny und Jake“, stellte Austin sie vor. „Und du, Josh, kennst Jake glaub ich auch noch nicht. Und Sie, Mr D? Kennen Sie sich?“

In Jakes Kinn begann ein Muskel zu zucken – vermutlich, weil Austin nach wie vor darauf bestand, ihn mit seinem Vornamen anzusprechen, doch dann lächelte er. Das ging so schnell, dass sie nicht sicher war, überhaupt etwas gesehen zu haben.

„Dein Dad erinnert sich vielleicht nicht mehr“, sagte Mark Damoth freundlich, beugte sich vor und streckte die Hand zum Gruß aus. „Aber ich habe mal gemeinsam mit meinem Dad Jakes Team in der Little League trainiert.“

„Wow.“ Jake schüttelte seine Hand. „Nein, ich hätte dich nicht mit dem Jungen von damals zusammengebracht. Ich fand dich wahnsinnig cool.“ Er grinste Mark verschmitzt an. „Du bist alt, Mann.“

Mark warf den Kopf in den Nacken und lachte. „Und vor allem ein paar Kilo schwerer“, stimmte er fröhlich zu und tätschelte liebevoll seinen Bauch.

„Ich hatte gehofft, wir treffen uns beim Pizzaessen, aber dann wurde ich bei der Arbeit aufgehalten. Wir haben vor, zum Café hinaufzugehen und den Kids ein Eis zu spendieren“, sagte Rebecca. „Wollt ihr euch nicht anschließen?“

Austin gefiel die Idee offenbar und Jake nickte.

„Klingt nach einem hervorragenden Plan." Jenny sah keinen Grund abzulehnen.

„Dann werde ich mal festmachen", sagte Mark.

„Juhu!" Austin strahlte übers ganze Gesicht, als er vom Boot sprang und zur Nachbaranlegestelle spazierte. Er fing die Leine auf, die Nolan ihm zuwarf, und die beiden Jungen befestigten das Boot.

Jenny sah, wie Jake einen Moment zögerte, bevor er nach dem flachen, in schlichtes braunes Papier eingewickelten Päckchen griff, das er mitgebracht hatte. Dann stieg er aus, drehte sich um und hielt ihr die freie Hand hin, um ihr auf den Steg zu helfen. Da sie nicht annähernd so lange Beine wie die Bradshaw-Männer hatte, wagte sie es nicht, sein Angebot abzulehnen. Wie eine Zweijährige aus dem Boot zu kraxeln – allerdings mit wesentlich weniger Charme – schien ihr nicht besonders reizvoll, und so legte sie eine Hand in seine.

Kurz darauf stapften sie alle zusammen den schmalen Pfad hinauf bis zur sonnigen Lichtung mit dem Café in der Mitte. Eine Glocke läutete, als sie die Tür öffneten. Austin und seine Freunde nahmen sofort einen kleinen Tisch in Beschlag, die Botschaft war eindeutig: Erwachsene unerwünscht.

Lachend suchte Mark einen etwas größeren Tisch auf der anderen Seite des Raumes aus. Das Café war nicht groß genug, um den Kids wirklich ihre Privatsphäre zu lassen, doch die schienen zufrieden mit dem, was sie erreicht hatten. Josh war unübersehbar glücklich, bei den Älteren am Tisch sitzen zu dürfen.

Dass der Erwachsenentisch nicht ganz so geräumig war wie vermutet, stellte Jenny erst fest, als ihre Beine gegen Jakes stießen. Nach dem zweiten Mal wickelte sie ihre Knöchel um die Stuhlbeine.

Die Damoths waren offenherzig und warm, und sie unterhielten sich bereits angeregt, als eine junge Frau die Eiskarte auf den Tisch legte. Mark deutete zum Kindertisch und sagte: „Setzen Sie alles, was sie bestellen, auf meine Rechnung."

Jake hatte das kleine Päckchen auf den Tisch gelegt, stellte es aber auf den Boden, als kurz darauf der Kaffee und das Eis serviert wurden.

„Was haben Sie denn da?", fragte Mark.

„Nur etwas, das ich für Austin gemacht habe."

Jenny sah, wie Austin den Kopf hob, um seinen Vater anzustarren. Er hatte die Worte offenbar gehört und war nun zwischen Neugier und seinem Entschluss, desinteressiert zu tun, hin und her gerissen. Seine grünen Augen, die denen von Jake so sehr ähnelten, leuchteten auf, als Mark an seiner Stelle fragte: „Ach ja? Was ist es denn?"

Jake wollte gerade antworten, da mischte Jenny sich schnell ein, ohne selbst genau zu wissen, weshalb sie darauf erpicht war, ihm zu helfen. „Bist du als Kind oft angeln gegangen, Jake?", erkundigte sie sich.

Er sah sie perplex an, sagte aber höflich: „Nicht sehr oft. Mein Dad hat mich ein paar Mal mitgenommen, doch er hat meine Mom und mich verlassen, als ich noch ziemlich jung war. Wieso?"

„Weil eine der wichtigsten Regeln beim Angeln folgendermaßen lautet: Wenn man einen Fisch am Haken hat, muss man ihn ein bisschen mit dem Köder spielen lassen, bevor man ihn an Land zieht." Als ob sie eine Ahnung hätte, aber zumindest hatte sie über die Jahre oft genug den Gesprächen der Sportangler gelauscht.

Jake runzelte die Stirn. „Okay."

Mark blickte schneller durch. „Das stimmt. Holt man einen Fisch zu hastig an Land, macht sich das letztlich selten bezahlt." Sein Blick ruhte einen Moment auf dem anderen Tisch, dann sah er bedeutungsvoll Jake an. „Das Ergebnis ist viel zufriedenstellender, wenn man ihn ein bisschen zappeln lässt, bevor man ihn langsam rauszieht."

Jetzt schien es Jake zu dämmern. „Ah", murmelte er. „Klar. Da haben Sie sicher recht."

„Okay, ich habe keinen Schimmer, worüber ihr da redet", sagte Rebecca milde, „aber das Eis schmeckt wirklich gut."

Sie lachten, dann wechselten sie das Thema.

Plötzlich platzte Austin heraus: „Hey, Mann, du hast vielleicht ein Glück." Nolan entgegnete irgendwas und Austin sprang auf, um an ihren Tisch zu kommen. „Nolan und Bailey schauen sich heute Abend den neuen ‚Transformers' auf Blu-Ray an."

„Ich auch!", rief Josh.

„Ja, sogar der Kleine darf", stimmte Austin ihm zu. „Erinnerst du dich an den Film, Jenny? Ich konnte ihn damals in Silverdale nicht sehen, weil mich der Typ im Zimmer nebenan mit dieser bescheuerten Erkältung angesteckt hatte. Der Typ, der …"

„… lieber herumgerannt ist und Bakterien durch die Gegend geschleudert hat, anstatt in seinem Bett zu bleiben", beendete sie Austins oft gehörtes Lamento. Daran konnte sie sich gut erinnern. Wie sollte sie es auch vergessen, wo er doch wochenlang gejammert hatte, weil er den Film nicht sehen konnte, auf den er seit einer „Ewigkeit" gewartet hatte.

Nun kamen auch Nolan und Bailey mit Josh im Schlepptau zu ihrem Tisch.

„Ich habe ihm gesagt, dass er ihn gemeinsam mit uns ansehen kann, Mom", meinte Nolan. „Bailey würde sich ebenfalls freuen, nicht, Bailey?" Das Mädchen nickte höflich und er drehte sich wieder zu seiner Mutter um. „Siehst du? Und ich finde, er sollte gleich mit uns zusammen nach Hause fahren, um Zeit zu sparen. Das ist doch okay, oder?"

Nein, protestierte Jenny insgeheim. Sie hatte überhaupt keine Lust, mit Jake allein zu sein.

„Das wäre es schon", sagte Rebecca. „Davon abgesehen, dass es Jenny und Jake gegenüber unfair ist. Die drei hatten einen gemeinsamen Ausflug geplant, bevor wir aufgetaucht sind."

Gib's ihm, Schwester, dachte Jenny. „Ihr habt morgen Schule“, fügte sie gespielt bedauernd hinzu.

„Haben wir nicht“, verkündete Austin. „Morgen ist Lehrertag, schon vergessen?“

Mist. Das hatte sie allerdings.

„Lehrertag?“, fragte Jake.

„Oder so was.“ Der Junge grinste. „Wen interessiert's, Hauptsache wir haben frei.“

„Mich interessiert's nicht“, grölte Nolan.

„Mich auch nicht“, krähte Josh, der glänzende Augen hatte und Schokoladeneis rund um den Mund.

„Also, was sagst du?“, wandte sich Austin an sie.

„Schau nicht mich an. Das hat dein Vater zu entscheiden.“ Jenny lehnte sich zurück und hätte sich beinahe selbst auf die Schulter geklopft, denn jetzt war der Schwarze Peter bei Jake. Tja, wenn es ihm so wahnsinnig wichtig war, seine Vaterpflichten zu übernehmen, dann konnte er gleich mal damit anfangen. Sie war lange genug diejenige in Austins Leben gewesen, die für ein bisschen Disziplin gesorgt hatte, da durfte zur Abwechslung ruhig mal jemand anders einspringen.

„Okay“, sagte Jake.

Sie wirbelte herum, um ihn anzustarren. „Wie bitte?“

„Na ja, ich halte mich nur an den Rat, den Fisch am Köder etwas zappeln zu lassen.“ Er zuckte mit den Schultern, dann wandte er sich an Rebecca: „Für mich ist das in Ordnung, aber Sie sollten letztendlich entscheiden. Falls Ihnen ein weiteres Kind heute Abend zu viel ist, sagen Sie es ruhig. Wir können das Video auch noch am Wochenende ausleihen.“

„Mann!“, protestierte Austin. „Wir haben kein Blu-Ray.“

„Ich bin sicher, dass wir trotzdem irgendwie zurechtkommen.“ Jake sah seinen Sohn fest an, bis Austin den Blick senkte.

„Schätze mal“, murrte er Richtung Boden.

„Austin kann gern zu uns kommen“, sagte Rebecca. „Wir

packen alle einfach ins Wohnzimmer mit dem Video und einer Schüssel Popcorn – nichts Besonderes."

Die Jungs jubelten und Bailey, die bisher ziemlich ruhig gewesen war, lächelte.

„Wo wir gerade dabei sind, wir sollten besser los", sagte Mark. „Ich geh mal zahlen."

Jake streckte Austin eine Hand hin und krümmte den Zeigefinger. „Ich brauche den Bootsschlüssel."

Austin angelte ein kleines Schlüsselbund aus der Tasche, warf Jake aber einen argwöhnischen Blick zu. „Bist du schon mal Boot gefahren?"

„Nicht oft, aber oft genug, um zu wissen, was ich tue. Wenn du allerdings lieber mit uns kommen möchtest ..."

Austin reichte ihm den Schlüssel.

Jake nahm das in braunes Papier eingewickelte Päckchen und gab es ihm. „Hier. Das ist für dich." Er wandte sich an Rebecca: „Ich gebe Ihnen meine Visitenkarte. Darauf steht meine Handynummer. Austin soll mich nach dem Film anrufen, dann hole ich ihn ab."

„Er kann auch bei uns übernachten", sagte Nolan, biss sich aber auf die Unterlippe, als Jake ihn ansah. „Äh, also ... wir rufen an?"

Rebecca betrachtete ihren Sohn, wie er sich schnell abwandte, und verzog die Lippen zu einem Lächeln. „Diesen Blick müssen Sie mir beibringen", flüsterte sie Jake zu, während sie seine Visitenkarte entgegennahm. „Das haben Sie sehr gut gemacht."

Jenny musste ihr zustimmen. Jake hatte sich gerade, vielleicht zum ersten Mal, wie ein richtiger Vater benommen. Er hatte nicht versucht, der beste Freund seines Sohnes zu sein. Stattdessen hatte er ihn wissen lassen, dass er das Spiel der Jungs durchschaute und dass die Sache an diesem Abend eine Ausnahme und nicht die Regel war.

„Oh Mann."

Die Ehrfurcht in Austins Stimme ließ sie herumwirbeln. Er hielt ein gerahmtes Foto in der Hand, das er fasziniert anstarrte, das braune Packpapier lag zusammengeknüllt auf dem Tisch, doch sofort setzte er ein gelangweiltes Gesicht auf.

„Irre!", schrie Nolan, während Bailey vor atemloser Begeisterung hauchte: „Das. Ist. So. Cool!"

Neugierig geworden gesellte Jenny sich zu ihnen. „Darf ich mal sehen?"

Austin hielt ihr wortlos den Rahmen hin. „Oh!", stieß sie aus und sah zu Jake hinüber, dessen Wangen sich leicht gerötet hatten. Dann richtete sie die Aufmerksamkeit wieder auf das Foto, um es genauer zu betrachten.

Es zeigte Austin, nachdem er den Ball Richtung First Base geworfen hatte. Seine Körperspannung, die Entschlossenheit und die Konzentration in seinem Gesicht waren hervorragend eingefangen.

„Das ist unglaublich", sagte Mark über ihre Schulter hinweg.

Rebecca wand sich zwischen ihnen hindurch. „Spannt mich nicht so auf die Folter, ich will es auch sehen!" Ihr Gesichtsausdruck wurde so ehrfürchtig wie die der anderen. „Wow." Sie sah zu Jake auf. „Wow. Das ist einfach toll."

„Ist ganz gut geworden", sagte Jake ruhig. „Das ist immer ein gutes Gefühl." Er hob eine Schulter. „Ich dachte, Austin würde sich vielleicht darüber freuen."

„Ja, ist ganz okay." Austin versuchte eindeutig, genauso gelassen zu wirken wie sein Vater. „Ähm … danke."

„Kein Problem. Soll ich es für dich mit nach Hause nehmen?"

„Nein, schon gut", sagte der Junge eine Spur zu schnell.

Jake tat so, als würde er nicht bemerken, dass Austin offenbar nicht gewillt war, das Foto wieder aus der Hand zu geben. „Nun, ich schätze, Jenny und ich sollten uns auf den

Weg machen. Ich will das Boot erst mal durchchecken, bevor ich damit fahre. Ruf mich an, wenn ich dich abholen soll."

„Okay."

Sie bedankten sich bei Mark für das Eis, verabschiedeten sich und schlenderten hintereinander den Hügel hinab zum Bootssteg. Jake sprach kein Wort. Kaum auf dem Boot setzte er sich auf den Steuerplatz und studierte die Instrumente.

Jenny holte die Schwimmwesten hervor und beschloss, sich zu entspannen. Himmel, es war doch völlig egal, dass sie beide allein waren. Die Fahrt zur Hafenanlage von „The Brothers" auf der anderen Seite des Kanals war nur kurz, Jake war ganz offensichtlich beschäftigt und sie musste nichts anderes tun, als höchstens eine Viertelstunde still dazusitzen. Sie reichte ihm eine Schwimmweste, löste die Heckleine und stand bereit, um auch die Vorleine einzuholen, wenn er so weit war.

Jake startete den Motor, und kaum hatte sie die letzte Leine gelöst, legte er den Gang ein, fuhr langsam vom Steg weg und hielt auf die Hafenausfahrt zu. Jenny ging zu ihrem Platz zurück in Erwartung, dass er richtig Gas geben würde, sobald sie auf offenem Gewässer waren. Stattdessen sah er zu ihr herüber und behielt das Schneckentempo bei.

„So, hier ist also Ihr Lieblingsplätzchen, hm?"

Sie lächelte ihn schief an. „Ehrlich gesagt ist es Austins Lieblingsplatz, er neigt dazu, es auch zu meinem zu machen."

„Haben Sie heute Abend irgendwas Wichtiges vor?"

„Wie bitte? Nein." *Verdammt noch mal.* Falsche Antwort. Er hatte sie so unvorbereitet erwischt, dass sie ihn einfach nur anstarren konnte, statt ihn nach Strich und Faden zu belügen und zum Beispiel zu behaupten: Ja, allerdings. Was Wichtiges. Seeehr Wichtiges. Wir müssen uns beeilen.

Aus dem Stegreif zu lügen hatte sie noch nie draufgehabt.

„Sehr gut", sagte er ruhig. „Ich möchte nicht gleich nach Hause und es ist ein so schöner Abend. Wir sollten die Gegend erkunden."

Nein, sollten wir nicht. Sie wollte allerdings kein großes Theater deswegen machen, das war es nicht wert. Nach zehn Minuten würde sie ihm erklären, dass sie einen langen Tag gehabt hatte und dass nach wenigen Stunden Schlaf ein noch längerer vor ihr lag.

Als ihre Blicke sich trafen, hatte sie Mühe, das Flattern in ihrem Bauch zu ignorieren. „Schön."

9. KAPITEL

Okay, Jenny war also nicht gerade begeistert, na und? Jakes erster Reflex war, diese Tatsache zu ignorieren und einfach die Freiheit auf dem Wasser zu genießen. Eine Hand lag schon auf dem Gashebel, bereit, ihn nach vorn zu drücken und das Boot über den Kanal fliegen zu lassen, doch dann legte er den Leerlauf ein, drehte sich um und sah sie an. „Sie sind sauer auf mich." Obwohl sie den ganzen Nachmittag außerordentlich höflich gewesen war, hatte er die unterschwellige Reserviertheit deutlich gespürt.

Sie hob die Augenbrauen. „Bin ich das?"

Ihr schimmerndes dunkles Haar, das sie zuvor zu einem festen Knoten zusammengebunden hatte, schmiegte sich jetzt halb gelöst an ihr linkes Ohr. Seidige Strähnen flatterten vor ihrem Gesicht und um ihren Nacken.

Er ignorierte das plötzliche Kribbeln in seinen Fingern. „Ich weiß, ich hatte versprochen, das mit Austin ohne weitere Hilfe von Ihnen hinzukriegen, und ich schwöre bei Gott, das wollte ich auch, doch dann … Verdammt Jenny, natürlich hätte ich die ganze Sache mit dem Boot nicht vor seinen Freunden zur Sprache bringen sollen und ihn damit in eine peinliche Situation, aber ich mache mir einfach Sorgen, wenn er ganz allein mit so einer schnellen Maschine auf dem Wasser ist. Da ist es mir so rausgerutscht." Er warf ihr einen strengen Blick zu. „Sie können mir glauben. Normalerweise überlege ich mir genau, was ich sage."

„Tatsächlich?", fragte sie in trockenem Ton. „Wie schön für Sie."

Er strich sich durchs Haar. „Hören Sie, ich will nicht prahlen, ich bin einfach sonst in dieser Hinsicht sehr vorsichtig. Die Tatsache, dass ich bei diesem Vorschlag vorher keine Sekunde überlegt habe, hat mich selbst überrascht. Ich scheine bei Austin alles falsch zu machen – ganz im Gegensatz zu Ihnen."

„Soll das ein Witz sein? Ich mache natürlich auch Fehler." Ihre Mundwinkel kräuselten sich. „Trotzdem … ich fühle mich geschmeichelt."

Einen Moment lang sahen sie sich schweigend an, dann sagte Jenny: „Wollen Sie meinen wirklichen Lieblingsplatz kennenlernen?"

Es gab eigentlich keinen Grund, sich über ihren Vorschlag derart zu freuen, er tat es dennoch: „Klar."

„Wissen Sie, wo Oak Head ist?"

„Ist das nicht der Strand drüben in der Dabob-Bucht?"

„Ja. Bringen Sie uns hin, und als Gegenleistung erzähle ich Ihnen etwas Schmeichelhaftes zu Ihren Erziehungsmethoden."

„Abgemacht." Er gab Vollgas, das Boot schoss über das Wasser und er grinste, als er ihr Lachen hörte. Er war immer schon gern Boot gefahren, auch wenn er es ewig nicht mehr getan hatte, seit er aus Razor Bay weggezogen war, um genau zu sein. Bis dahin aber hatte er die Sommer mit Boot- und Wasserskifahren und Bodyboarding verbracht und dabei jede Bucht und jeden Badeplatz am Kanal erkundet.

Kurz darauf näherten sie sich Oak Head. Ein paar Meter vom Ufer entfernt stellte Jake den Außenbordmotor ab und hob den Propeller. Der Bayliner kratzte über den steinigen Untergrund an den Strand.

Jenny mühte sich mit Leine und Anker in der Hand ins Heck und er beobachtete, wie ihr Haarknoten noch ein Stückchen weiter nach unten rutschte. Sie sprang an Land und zog an der Leine, um das Boot zu halten, und er richtete seine Aufmerksamkeit wieder auf die eigenen Aufgaben.

Sobald er ebenfalls an Land war, nahm er ihr die Leine ab und zerrte das Boot etwas aus dem Wasser. Nachdem er den Anker in den Sand gebohrt hatte, folgte er Jenny den Strand entlang. Sein Blick blieb länger als er sollte an der hypnotischen Bewegung ihrer Hüften haften. Nur mit Mühe konnte er sich von diesem Anblick losreißen.

Als sie an einem Stapel Treibholz ankamen, der die Sandanschwemmung von den Klippen trennte, setzten sie sich auf einen verwitterten, silbrig glänzenden Baumstamm. Es begann bereits zu dämmern, die Sonne würde bald hinter den Berggipfeln verschwunden sein. Die Füße in den Sand gewühlt saßen sie eine Weile schweigend da und bewunderten das goldene Licht und die hohen Wolken, die aussahen wie auf einem Maxfiel-Parrish-Gemälde.

Irgendwann wandte er sich ihr zu und studierte ihr Profil und die vom Fahrtwind hübsch geröteten Wangen. Leise atmete er ein und wieder aus. „Okay, legen Sie schon los. Ich könnte wirklich ein Kompliment über meine Erziehungsmethoden brauchen. Ich selbst habe nämlich das Gefühl, komplett zu versagen."

„Sie wissen gar nicht, wie gern ich Ihnen da zustimmen würde", sagte sie gedankenverloren, nahm eine Handvoll Sand und ließ ihn durch die Finger rieseln, bis nur noch ein paar Kieselsteine übrig waren, die sie Richtung Wasser schnippte. „Vielleicht könnte ich Sie in dem Fall überreden, Austin bei mir zu lassen, wenn Sie wieder zurück in Ihr eigenes Leben nach Manhattan gehen. Gott weiß, dass ich mich dann endlich nicht mehr so schrecklich fühlen würde", sagte sie mit gesenktem Kopf. Nach einer Weile sah sie ihn an. „Aber wissen Sie was, Bradshaw? Sie versagen eben nicht."

„Nein?" Es war jämmerlich, wie sehr er sich über ihre Worte freute.

„Nein. Sie hatten absolut recht, sich von Austin zeigen zu lassen, ob er gut genug ist, so ein Boot zu handhaben."

„Wie sich herausgestellt hat, fährt er sehr vernünftig."

„Das ist wahr – und dafür können wir Emmett danken. Er hat immer viel Wert auf Sicherheit gelegt." Sie winkte ab. „Davon einmal abgesehen sind Sie auch sehr gut damit umgegangen, als Austin und Nolan versucht haben, Sie wegen dieses Films, ‚Transformers', zu manipulieren. So verhält sich ein Dad."

Er schnaubte. „Ich habe nachgegeben."

Sie grinste. „Ja, das haben Sie, aber alles haben Sie eben doch nicht durchgehen lassen. Manchmal ist es genau das, sich nicht über etwas aufzuregen, wenn es sich nicht lohnt, und zum Beispiel zu erlauben, einen Film zu sehen, da die Eltern von Nolan sowieso nichts dagegen hatten."

„Danke." Er stieß sie mit der Schulter an und wünschte sich sofort, das nicht getan zu haben. Diese Frau zu berühren war immer merkwürdig – und sollte am besten vermieden werden. Er rutschte etwas von ihr ab und spürte, dass sie ihn ansah.

Nach einem Moment sagte sie: „Kann ich Sie was fragen?"

„Sicher." *Alles, um mich davon abzulenken … wovon ich abgelenkt werden möchte.*

„Wie sehen Ihre Pläne für das ‚The Brothers' aus?"

„Hm?" Er schwang ein Bein über den Stamm, sodass er rittlings dasaß und sie direkt ansehen konnte. „Was meinen Sie damit?"

„Nun ja, wenn Sie zurück nach New York gehen. Haben Sie vor, zu verkaufen?"

Sie war offensichtlich bemüht, ihre Anspannung nicht zu zeigen, doch ihre Schultern waren steifer als der Nacken eines Priesters bei einer Nuttenversammlung.

„Nein! Himmel, wie kommen Sie denn auf die Idee?"

„Sie werden auf der anderen Seite des Kontinents leben."

Er zuckte die Achseln. „Vielleicht, aber Sie haben das Hotel die ganze Zeit wunderbar ohne meine Hilfe geführt und es handelt sich um Austins Erbe." Er sah sie an. „Richtig?"

„Ja. Emmett hat mir ein Viertel hinterlassen, doch der Rest gehört Austin."

„Und Sie sind seine Treuhänderin."

Sie hob das Kinn. „Ja."

Bei ihrer Empörung musste er lächeln. „Glauben Sie mir, ich habe nichts dagegen einzuwenden. Besser Sie als ich."

Sie hob die Augenbrauen." Das ist eine … interessante Aussage. Von jemandem mit Betriebswirtschaftsabschluss."

„Wie ich Max bereits sagte, habe ich den Abschluss nie gemacht." Er runzelte die Stirn. „Und woher zum Henker weiß eigentlich jeder, was ich studiert habe?"

„Also bitte." Mit angezogenen Ellbogen streckte sie die Arme aus, die Handflächen nach oben, und drehte sich von einer Seite zur anderen wie die Moderatorin einer Gameshow, die die Hauptgewinne zeigt. „Kleiner Teich", sagte sie, dann schwang sie wieder zu ihm herum und deutete auf ihn. „Dicker Fisch."

„Genau diese Tatsache, dass jeder einfach alles über jeden weiß, war einer der Gründe, weshalb ich unbedingt aus Razor Bay fortwollte." Er schüttelte den Kopf. „Jedenfalls, als Austins Treuhänderin muss Ihnen klar sein, dass Sie sich wegen des Resorts keine Sorgen zu machen brauchen. Emmett hat Ihnen die Verantwortung für Austins Finanzen übertragen – das bedeutet, Sie können tun, was immer Sie wollen."

Sie fuhr auf. „Ich würde niemals …"

„Glauben Sie, das weiß ich nicht? Ich will nur sagen, dass meine Zustimmung nicht erforderlich ist, aber wenn Sie sie wollen, dann geben ich Sie Ihnen. Kümmern Sie sich um Austins Erbe, ich bin voll und ganz einverstanden. Jeder mit Augen im Kopf sieht doch, wie wichtig er Ihnen ist, und ich weiß, dass Sie nichts tun würden, was ihm schaden könnte. Ich bin nur gekommen, um meinen Sohn kennenzulernen."

„Okay, danke."

Anscheinend besänftigt richtete sie den Blick wieder nach vorn, wo die Sonne hinter den Berggipfeln versank und die faserigen Wolken in noch tieferes Gold tauchte.

Er hatte diesen Anblick in seiner Jugend Tausende Male gesehen und entschied sich stattdessen, sie zu betrachten. Sie ignorierte ihn unerschütterlich, falls sie überhaupt bemerkte, wie er starrte. Schließlich atmete er die salzige Luft ein und sah sich auf dem verlassenen Strand um.

„Bei allen Schwierigkeiten, die ich mit Razor Bay habe – und das sind nicht wenige –, muss ich gestehen, dass es hier wirklich schön ist."

„Ich weiß."

Nun schwang auch sie ein Bein über den Baumstamm so wie er zuvor, stützte sich auf das verwitterte Holz und beugte sich vor. Ihre Augen glänzten vor Begeisterung.

„Ich liebe diese Stelle. Man kann über den Kanal hinweg die Zivilisation sehen, doch dieser Teil der Halbinsel ist noch mehr oder weniger unangetastet. Oben auf den Klippen scheint es ein paar Häuser zu geben, aber hier unten ist es friedlich und still und … schön."

Er beugte sich nun auch vor und platzierte die Hände so, dass sich ihre Finger fast berührten. „Friedlich, still und schön", sagte er sanft. „Ein bisschen wie Sie."

„Ja, klar." Sie machte eine abwehrende Handbewegung. „Sie kennen mich nicht. Wenn ich nicht im Resort bin, kann man mich nicht gerade still nennen."

„Aber gegen friedlich und schön haben Sie nichts einzuwenden?"

„Zum Teufel, nein." Sie grinste ihn an. „Sie haben doch bestimmt mitbekommen, dass ich die amtierende Schönheitskönigin von Razor Bay bin. Das wissen alle. Und außerdem bin ich sogar wahnsinnig friedlich, ich strahle quasi Güte aus jeder einzelnen Pore aus."

Er nickte ernst. „Hab schon gehört, dass Sie mehr oder weniger eine Heilige sind."

„Oh ja."

Sie warf den Kopf zurück und brach in dröhnendes Gelächter aus wie an dem Abend im „The Anchor". Ihre weißen Zähne blitzten auf. Nach einer Weile presste sie sich eine

Faust auf die Brust und atmete tief durch, nur um ihm dann ein unglaublich aufregendes Lächeln zu schenken und zufrieden aufzuseufzen.

„Oje, Mann, das habe ich echt gebraucht. Gibt es was Besseres, als mal aus vollem Hals zu lachen?“

„Gibt es“, sagte er, sein Herz hämmerte wild in der Brust. „Das hier.“ Er senkte den Kopf und küsste sie.

Auf den Ruck, der bei der Berührung ihrer Lippen durch seinen Körper ging, war er nicht vorbereitet – ihm war nicht klar, ob sie zu küssen ein Fehler oder das Klügste war, was er je getan hatte. Es fühlte sich nach beidem an.

Er dachte nur, dass er eigentlich bloß einen flüchtigen Kuss im Sinn gehabt hatte, vermutlich jedenfalls.

Nein, ganz sicher.

Okay, wenn er ehrlich war, hatte er nicht den blassesten Schimmer, was er sich gedacht hatte – das alles hatte mit Denken nicht allzu viel zu tun. Jeder einzelne Gedanke hatte sich aus seinem sowieso nicht gerade tiefgründigen Hirn verabschiedet, war versickert wie Wasser im Sand. Zwar spürte er Jennys Überraschung, konzentrierte sich aber nur auf ihre Lippen.

Gott, was für zarte weiche Lippen.

Sie waren glatt und unglaublich geschmeidig. *Mein lieber Scholli.* Sie schmeckte so süß, als hätte sie gerade erst in eine Rainier-Kirsche gebissen.

Das machte ihm Lust auf mehr, er hob kurz den Kopf, um es aus einem anderen Winkel anzugehen, öffnete den Mund und schloss ihn wieder, um leicht, aber überzeugend an der nachgiebigen Fülle ihrer Lippen zu saugen und mit der Zungenspitze darüber zu streichen.

Jenny stöhnte leise und drückte die Hände an seine Brust auf sein ausgewaschenes Columbia-University-Kapuzenshirt – und schob ihn von sich.

Mist!

Sie starrten einander an, nur das Rauschen des Wassers und ihre stoßweise gehende Atmung waren zu hören.

„Was zum … Sie können doch nicht einfach … Was sollte denn das?“

Sie presste die Lippen zusammen, räusperte sich und warf ihm einen dieser Blicke zu, die eindeutig sagten: Ich erwarte eine Erklärung. Ihre Augen funkelten wild. Sie leckte sich über ihre weichen Lippen, die, wie Jake feststellte, während er sich nun selbst die Lippen leckte, von seinem Kuss gerötet waren.

„Das war …“ *Na was, du Genie?* Er kratzte sich am Hinterkopf. „Wenn ich das nur wüsste. Ich wollte Sie küssen und konnte einfach nicht anders.“ Er hob eine Schulter und ließ sie wieder sinken. „Glauben Sie mir, ich habe es echt versucht, aber irgendwas an Ihnen … macht mich verrückt.“

„Oh. Toll. Die berühmte Ich-konnte-nicht-anders-Entschuldigung“, sagte sie und gab dabei mit tiefer Stimme eine ziemlich schlechte Imitation eines Mannes zum Besten: „Ich kann nichts dafür. Sie hat mich verführt.“

Jake musste lachen. „Ja. So was in der Art.“ Dass sie sich von niemandem was vormachen ließ – oder vielleicht nur von ihm nicht? –, sollte ihm kein derartiges Vergnügen bereiten. Und nachdenken wollte er darüber erst recht nicht. Deshalb wechselte er schnell das Thema. „Ich wette, Sie haben schon hundert Mal gehört, dass Sie nach Kirschen schmecken.“

„Wie bitte?“ Sie sah ihn an, als ob er verrückt geworden wäre. „Nein, natürlich nicht.“

„Das ist doch wohl ein Scherz? Das kann nicht sein. Sie haben solche Lippen. Wie Kirschen. Ich schwör’s bei Gott, so was habe ich noch nie erlebt.“

Jenny blinzelte. Dann: „Oh mein Gott. Das haben Sie auswendig gelernt, stimmt’s?“ Sie kniff die Augen zusammen. „Was für ein schlauer Verführer Sie doch sind! Ich wette, das sagen Sie zu all Ihren …“

„Himmel, Sie sind echt eine harte Nuss. Halten Sie es wirklich für möglich, dass irgendjemand bei klarem Verstand herumläuft und absichtlich solchen Unsinn verzapft? Du liebe Zeit, ich finde es ja selbst peinlich, dass mir so was über die Lippen kommt, aber auf eines können Sie Gift nehmen", fügte er verärgert hinzu, „ich habe das gesagt, weil es stimmt, und ich kann nicht glauben, dass Sie das noch nie gehört haben. Sie schmecken nun mal nach beschissenen Kirschen!"

„Redegewandter Teufel, dein Name ist Jake." Sie lächelte ihn schief an. „Na ja, das muss ich Ihnen sicher nicht sagen. Ich wette, das hören Sie ständig von Frauen."

„Zumindest das von wegen redegewandt." Verdrossen ließ er den Blick zurück zu ihrem Mund schweifen. Das war jedoch ganz klar ein Fehler, denn prompt leckte er sich schon wieder die Lippen und meinte, erneut einen Hauch von Kirschen zu schmecken.

Ihr Lächeln verblasste. „Verdammt", flüsterte sie. „Das werde ich garantiert bitter bereuen."

Sie hob die Hände, die aus irgendeinem Grund noch immer an seiner Brust lagen, packte beide Seiten seiner Kapuze und riss ihn an sich, um ihn zu küssen.

Ja! Er öffnete den Mund und rang nach Luft, als ihre Zunge über seine Unterlippe strich. Seine Sicht bekam eine deutlich rötliche Färbung, schnell schlang er die Arme um Jenny, zog sie nach vorn und hob sie mühelos auf seinen Schoß. Am liebsten hätte er sie direkt auf seine Erektion gesetzt, stattdessen legte er vorsichtig die Hände an ihr Gesicht.

Seine Fingerspitzen berührten den Knoten, der sich nun endgültig löste. Ihr Haar floss wie ein Wasserfall über ihre Schultern und er schob die Finger in die kühlen weichen Strähnen.

Das und der Kirschgeschmack – mehr brauchte es nicht, um ihn völlig um den Verstand zu bringen. Von seinem Mund, seinen Händen, seinen Oberschenkeln jagten Lustschauer in sein Hirn, die umgehend als gebrochene kaleidoskopische Eindrücke zurückgeworfen wurden.

Herrlich femininer Duft ohne einen Hauch von Parfüm oder Seife. Weiche Haut. Warme Haut. Der vage Geschmack von Rainier-Kirschen.

Mehr als köstlich. Geradezu süchtig machend.

Er strich mit den Händen unter ihrem Haar über ihren Nacken und mit den Fingerspitzen über ihre Schultern. Sie war so ein kleines, zartes Ding – das überraschte ihn immer wieder aufs Neue, egal, wie oft er sie schon gesehen hatte.

Lag wohl daran, was sie ausstrahlte. Ganz offensichtlich betrachtete sie sich selbst als Amazone.

Jenny stellte etwas sehr Talentiertes mit ihrer Zunge an, und alle Gedanken verblassten, das Blut aus seinem Kopf schien sich weiter unten in seinem Körper zu sammeln. Er packte sie an den Hüften und setzte sie diesmal genau dorthin, wo er sie von Anfang an hatte haben wollen. Als er sie auf sich spürte, sog er scharf die Luft ein.

Sie löste ihre Lippen von seinen. „Mein Gott“, stieß sie aus und sah ihn unter schweren Lidern, mit Augen dunkler als die Nacht an.

Ein paar wilde Sekunden lang ließ sie ihre Hüften kreisen, und er hätte vor Lust beinahe zu schielen begonnen. Dann hörte sie unvermittelt auf, sich zu bewegen, der sinnliche Ausdruck in ihren Augen verschwand. Stattdessen blitzte darin etwas auf, das gefährlich nach Panik aussah. Sofort darauf stieg sie von seinem Schoß.

„Mein Gott.“ Sie schwang ein Bein über den Baumstamm und erhob sich, um dann militärisch aufrecht vor ihm zu stehen. Ihr Atem ging schnell, ihre Brüste hoben und senkten sich, sie sah ihn konsterniert an.

„Was zum Teufel sollte das?“

„Hey, schieben Sie jetzt nicht alles auf mich.“ Seine Erektion schmerzte vor unerfüllter Lust. „Ich habe vielleicht damit angefangen, aber niemand hat Sie gezwungen weiterzumachen." Nicht, dass er sich darüber beschweren wollte.

Sie drückte die Schultern durch und verschränkte die Arme vor der Brust. „So viel zum Thema schlauer Verführer."

Er spürte Hitze in seinen Wangen. Normalerweise konnte er tatsächlich immer darauf zählen, verführerischer als der Teufel selbst zu sein. Warum nur führte er sich bei ihr wie ein pickeliger Jüngling auf, der einem Mädchen einen Kuss raubt und es dann an den Haaren zieht, um ihm klarzumachen, dass es ihn absolut nicht interessiert?

„Trotzdem", fügte sie kühl hinzu, „haben Sie recht. Ich habe mitgespielt." Sie blickte in den Himmel. „Es wird dunkel, sollen wir zurückfahren?"

Ja, das sollten sie. Er wusste überhaupt nicht mehr, wie zum Henker es so weit hatte kommen können.

Direkt nach Karis Tod war er zu erschüttert gewesen, um andere Frauen auch nur eines Blickes zu würdigen. Außerdem war das Studium schwieriger als erwartet und er hatte sich auf den Hintern setzen müssen, um gute Noten zu bekommen. Als dann sein Interesse an Frauen wieder erwacht war – oder zumindest das Interesse an Sex –, hatte er sich genau überlegt, wie eine Beziehung für ihn aussehen sollte.

Vor allem sollte sie nicht von langer Dauer sein. Schließlich war er auf diesem Gebiet nicht gerade ein Fachmann. Auf der Uni war ihm in erster Linie sein Studium wichtig gewesen, aber als Praktikant beim „National Explorer" hatte er sich die eine oder andere Gelegenheit nicht entgehen lassen. Er war zu oft und manchmal zu lange im Ausland, um eine wirkliche Beziehung zu jemandem aufzubauen, selbst wenn er daran interessiert gewesen wäre.

Woran auch immer es gelegen hatte, dieser Entschluss hatte ihm ein paar wirklich wunderbare Stunden mit einer Reihe wunderschöner Frauen eingebracht. Frauen, die nicht mehr von ihm gewollt hatten, als er zu bieten bereit gewesen war.

So war Jenny aber nicht, wie Max ihm unmissverständlich erklärt hatte. Und obwohl er sie wirklich niedlich fand, konnte man sie keinesfalls als umwerfend schön bezeichnen.

Warum also fühlte er sich zu ihr hingezogen wie das Wasser zum Vollmond?

Verdammt. Er rollte die Schultern. *Weil du schon eine ganze Weile keinen Sex mehr hattest, Junge.* Das musste der Grund sein.

Als er ihr kurz darauf ins Boot half, den Anker einzog und den Bayliner vom Strand schob, war ihm eines vollkommen klar geworden. Diese merkwürdige Anziehung, die von ihr ausging, konnte nur auf ein Desaster hinauslaufen – deswegen würde er sie ab sofort behandeln wie eine Hochspannungsleitung.

Für die Zukunft bedeutete das, er musste einen verdammt großen Bogen um Jenny Salazar machen.

10. KAPITEL

Am folgenden Dienstag kam Austins Freund Nolan fast zu spät zum Training. Dafür brachte er Bailey mit. Die beiden sprangen von ihren Fahrrädern, ließen sie auf den Rasen fallen und setzten mit einem weit ausholenden Schritt über die Spielerbank.

Austin ertappte sich dabei, wie er Bailey beobachtete, genauso wie während ihres gemeinsamen Filmeabends. Obwohl sie beinahe so groß wie er war, sah sie wirklich süß aus mit diesen blauen Augen und den rosa Lippen. Außerdem hatte sie hübsche weiße Zähne. Die vorderen waren nicht nur länger als der Rest, zwischen ihnen war auch noch eine winzige Lücke. Richtig niedlich.

Also, welcher Typ würde sie nicht gerne ansehen?

„Hey, Trainer“, rief Nolan, als die beiden das Spielfeld erreicht hatten. „Das ist meine Cousine Bailey. Darf sie heute mit uns trainieren?“

„Soll das ein Scherz sein, Damoth?“ Sam Jenkins, der gerade seine Schuhe schnürte, richtete sich auf. „Das ist ein verdammtes Mädchen!“

„Reg dich ab, Kumpel“, hörte Austin sich sagen. „Das ist ein Training und du hast Nolan schon oft genug von ihr reden hören. Er glaubt, dass sie gut ist.“ Okay, wahrscheinlich nicht so gut wie ein Junge, aber wie er ja gesagt hatte, ging es nur um ein Training und nicht um ein entscheidendes Spiel.

Trainer Harstead ignorierte alles außer der ursprünglichen Frage. „Klar.“ Er nickte Bailey zu. „Lass uns mal sehen, wie du dich im linken Feld machst.“

Sie drehte sich zu ihm um, grinste ihm zu, zerrte eine verknitterte Baseballkappe aus der Hosentasche und setzte sie auf, indem sie ihren langen dunklen Pferdeschwanz hinten durch das Loch fädelte. Dann fing sie den Baseballhandschuh auf, den Nolan ihr zuwarf, und trottete auf das Außenfeld.

Austin war ebenfalls für das Feldteam eingeteilt und nahm seine Position zwischen der zweiten und dritten Base ein. Ein paar Minuten später ging das Training los.

Nach etwa einer Viertelstunde schlug Oliver Kidd einen Ball, der über seinen Kopf hinwegsegelte, und Austin wirbelte herum, um zu sehen, wie Bailey damit umging. Es war ein langer Wurf und sie rannte rückwärts wie ein Profi, um unter ihn zu kommen. Das Ding flog allerdings wirklich hoch – das sah gefährlich nach einem Homerun aus.

Bailey lief nun vorwärts, beobachtete den Ball über die Schulter hinweg und sprang in die Luft.

Es war fast, als würde sie in die Höhe schweben, die Füße aneinandergedrückt, die Zehen gestreckt, den Arm mit dem Baseballhandschuh in den Himmel gereckt. In der Mannschaft wurde es so still, dass man das Klatschen hören konnte, als der Ball ihren Handschuh traf.

Im nächsten Moment drehten alle völlig durch, Nolan brüllte am lautesten: „Ich hab's ja gesagt, ich hab's gesagt!"

Als Bailey leichtfüßig auf dem Boden landete, lief das Team geschlossen auf sie zu. Austin war einer der Ersten, der bei ihr war. „Das. War. Unglaublich! Wie hast du das nur gemacht?"

Sie bekam rote Wangen und zuckte die Achseln, als ob nichts Besonderes geschehen wäre. „Acht Jahre Ballett."

„Wenn das dabei rauskommt, sollte ich euch Jungs sofort bei einem Kurs anmelden", rief der Trainer. Er klatschte in die Hände. „In Ordnung, weiter geht's. Bailey, schnapp dir einen Schläger. Lass sehen, was du auf dem Innenfeld draufhast."

Wie sich herausstellte war sie auch ein sehr guter Schlagmann. Und obwohl sie nicht die allerschnellste Läuferin war, gelang es ihr, die zweite Base mit einem hübschen Rutsch zu erlaufen. Alles in allem hatte sie das Spiel im Griff und war besser als ein paar der schwächeren Spieler, vielleicht sogar als einige der guten. Jedenfalls hatte Austin so etwas bisher noch nicht gesehen.

„Mann“, sagte er begeistert, als er mit Nolan und Bailey nach dem Spiel in die Stadt radelte. „Du warst toll!“

Sie schenkte ihm ein kleines Lächeln. „Danke. Du auch.“

„Ja, aber ich bin ein Junge. Wer hätte gedacht, dass ein Mädchen so gut sein kann?“

Ihr warmer Blick aus blauen Augen wurde mit einem Mal kalt. „Entschuldige bitte? Hast du eine Ahnung, wie sexistisch und beleidigend das ist?“

„Hä?“

„Ich bin gut – für ein Mädchen?“ Sie lenkte ihr Fahrrad neben seins. „Kapierst du nicht, dass das ein ziemlich zweifelhaftes Kompliment ist? Ich bin gut, Punkt.“

Er spürte, wie sein Gesicht rot anlief, und öffnete gerade den Mund, um sie anständig zusammenzustauchen, musste aber daran denken, wie gut sie tatsächlich inmitten der ganzen Kerle gespielt hatte. Da blieb ihm nichts anderes übrig, als seinen Stolz herunterzuschlucken.

„Du hast recht“, gab er zu. „Und es tut mir leid. Du spielst fast genauso gut wie die meisten im Team. Auf jeden Fall besser als Mikey und Dan.“

„Und als ich an manchen Tagen“, rief Nolan fröhlich. „Obwohl ich heute der Hammer war.“

Bailey grinste ihren Cousin an.

Nachdem Nolan und Bailey in ihre Straße abgebogen waren, fuhr Austin zum „The Brothers“. Jenny war noch bei der Arbeit, und als er kurz darauf das Cottage betrat, stellte er erfreut fest, dass der Mercedes seines Vaters ebenfalls nicht auf dem Parkplatz stand.

Andererseits …

Er nahm das gerahmte Baseballfoto aus dem Rucksack und stellte es auf die Kommode, wo es seit dem Donnerstag seinen Platz hatte, an dem sein Vater es ihm gegeben hatte. Selbst wenn er es nicht in der Hand hielt, fiel es ihm schwer, es nicht anzuschauen.

Mit einem Finger strich er über das Glas. Dies war wahrscheinlich das genialste Foto der Welt, deswegen hatte er es auch zum Training mitgenommen, um es herumzuzeigen. Wegen Baileys Auftauchen hatte er gar nicht mehr daran gedacht, was ja nun wirklich nicht schlimm war. Vielleicht würde er es einfach beim nächsten Mal mit zum Training nehmen oder am Samstag zum Spiel.

Aber, hey, das war noch eine Ewigkeit hin. Jetzt hatte er Wichtigeres zu tun. Er öffnete den Kühlschrank und nahm alle möglichen Lebensmittel heraus.

Viel Wichtigeres, wie sich zum Beispiel ein oder zwei Sandwichs zu machen, damit er vor dem Abendessen nicht verhungerte.

„Ich bin dann weg, Jenny!“

Jenny saß gerade im Schaukelstuhl auf der Veranda, trank eine Tasse Tee und sah den Freitagabendgästen beim Entladen ihres Autos zu. Die Neuankömmlinge hatten das „Starfish“-Cottage gemietet, das etwas näher am Wasser lag als ihr Häuschen. Eine Augenbraue erhoben, sah sie Austin an, der den Kopf aus der Tür gesteckt hatte, und fragte überrascht: „Soll ich dich nicht fahren?“

„Nö, ich nehme das Fahrrad.“

„Im ‚The Anchor‘ wird heute Abend viel los sein. Zieh auf jeden Fall deine Jacke mit den reflektierenden Streifen an.“

Er verdrehte die Augen. „Ja, Mama.“

„Okay. Tut mir leid, ich weiß ja, dass du das sowieso machst und dass dein Fahrrad dieses Blinklicht unter dem Sitz hat. Was ich eigentlich sagen wollte, ist: viel Spaß. Und richte Nolan aus, dass er das nächste Mal bei uns übernachten kann.“

„Das ist schon in Ordnung“, entgegnete er schnell. „Nolans Eltern haben viel mehr Platz als wir.“

Das hatte Austin allerdings bisher noch nie davon abgehalten, seinen besten Freund einzuladen. Seltsam. Und wehte da etwa der Duft von Rasierwasser in ihre Nase? Sei nicht albern, das kommt sicher von irgendwelchen Blumen, sagte sie sich und konzentrierte sich auf den eigentlichen Grund, weshalb sie die Stirn gerunzelt hatte. Sie befürchtete, dass er etwas Bestimmtes nicht aussprach. „Vermisst du dein früheres Zuhause, Austin?"

Er zuckte mit den Schultern. „Manchmal."

„Möchtest du … wieder dorthin ziehen?" Ihr war klar gewesen, dass er eines Tages diesen Wunsch äußern würde, wollte das Unvermeidliche aber so lange wie möglich hinauszögern. Sie lebte gern in ihrem kleinen Cottage, dem Haus, das sie sich durch harte Arbeit verdient hatte. Die riesige alte Villa seiner Großeltern war zwar wunderschön, doch sie hatte Emmett und Kathy gehört. Es fühlte sich für sie nicht richtig an, dort ohne die beiden zu leben.

„Eigentlich nicht." Austin lehnte sich an den Türrahmen. „Ich vermisse schon manchmal das Fernsehzimmer und da war viel mehr Platz, aber …" Ein kleiner Schauer durchfuhr ihn. „Ich möchte nicht da wohnen. Nicht ohne Grandpa."

„Du kannst jederzeit mit mir reden, falls du es dir noch anders überlegst, das weißt du, oder?" Kaum hatte sie das ausgesprochen, wurde sie von Schuldgefühlen übermannt, weil sie daran denken musste, dass er im nächsten Sommer wahrscheinlich gar nicht mehr in Razor Bay sein würde.

„Klar." Er richtete sich etwas auf. „Ich muss los. Nolan und Bailey haben ein neues Videospiel, das wir ausprobieren wollen."

Bevor sie ihm noch einmal viel Spaß wünschen konnte, war er bereits im Haus verschwunden. Sekunden später hörte sie, wie er die Außentür in der Küche hinter sich schloss, das Fahrrad aus dem Schuppen holte und diese Tür dann ebenfalls zuknallte.

Aha. Nolan und Bailey also. Das erklärte so manches.

Da sie nicht mehr fahren musste, ging sie hinein, um sich

einen Wein einzuschenken. Als sie zurückkam, stellte sie das Glas auf dem Verandatisch ab, wickelte sich wieder in die Decke und setzte sich in den Schaukelstuhl. Das Knarren des alten Stuhls unter ihr war tröstlich. Sie hatte das Verandalicht nicht angeschaltet. Nur die Wegbeleuchtung, die kurz zuvor angegangen war, schimmerte matt.

Es war ein klarer Abend, Sterne übersäten den Himmel.

Das Paar auf dem Parkplatz warf den Kofferraum seines Wagens zu und betrat das Ein-Zimmer-Cottage. Zwei junge Mädchen aus einem der anderen Häuser in übergroßen Gästebademänteln und Flipflops liefen kichernd Richtung Schwimmbad.

Jenny liebte Nächte wie diese, wenn sie in der Dunkelheit sitzen und alles beobachten konnte, was um sie herum geschah, ohne dabei selbst gesehen zu werden. Außerdem geriet sie auf diese Weise nicht in die Versuchung, ständig durch das verdammte Küchenfenster hinüber zum „Sand Dollar"-Cottage zu schauen.

Jenseits des „Starfish" befand sich inmitten von exotischen Pflanzen der Whirlpool des Resorts im Schutz eines rustikalen Holzdaches. Aus dem Augenwinkel bemerkte sie, wie der Lichtsensor anging, und seufzte. Hoffentlich waren das nicht die beiden kichernden Mädchen, denn Kinder unter dreizehn durften nicht ohne Begleitung von Erwachsenen in den Pool, und sie hatte wenig Lust, ausgerechnet die Person zu sein, die ihnen den Spaß verdarb.

Die Sonderangebote, die sie auf die Groupon- und Living-Social-Webseiten gestellt hatte, machten sich bezahlter als erwartet. Zwar hatte sie die üblichen Zimmerpreise um die Hälfte gesenkt, doch dafür waren der Rest des Aprils und die erste Maiwoche fast komplett ausgebucht, das war zu dieser Jahreszeit sonst nie der Fall.

Nicht nur die Einnahmen des Restaurants und der Bar waren mehr als erfreulich, sondern ebenfalls die Tatsache, dass sie einen Großteil ihrer Mitarbeiter so auch außerhalb der Saison beschäftigen konnte. Zudem hatten sie auf diese Weise neue Gäste gewonnen, die vielleicht in der Hauptsaison wiederkommen und den vollen Preis bezahlen würden. Der Nachteil war natürlich, dass sie nun fast ständig im Dienst war.

Sie führte das Glas an ihre Lippen und stand dabei langsam auf, noch immer in der Hoffnung, dass sie niemanden aus dem Whirlpool verscheuchen musste. Falls aber nun mal kein Weg daran vorbeiführte, wollte sie es wenigstens schnell hinter sich bringen.

In dem Moment sah sie die beiden Kicherliesen durch die Tür des Hallenbads verschwinden. Jenny richtete die Aufmerksamkeit wieder auf den Whirlpool, nur um sich fast an ihrem Wein zu verschlucken, als sie Jake erblickte. Den Oberkörper nackt, saß er im Pool. *Heiliger Herr im Himmel, was hat er denn dort zu suchen?* Gut, diese Frage beantwortete sich von selbst.

Es war ihr immer noch nicht gelungen, die Küsse drüben in Oak Head zu vergessen. Zwar hatte sie alles dafür getan, aber dagegen, dass die Erinnerungen immer wieder auftauchten, war sie machtlos. Wie verrückt gewordene Marktschreier flehten die Bilder in ihrem Kopf immer wieder um ihre Aufmerksamkeit und versprachen ihr einen Sitz in vorderster Reihe und so viel Popcorn, wie sie essen konnte.

Dass sie und Jake sich quasi ständig über den Weg liefen, half auch nicht gerade. Jedes Mal, wenn sie in der vergangenen Woche aus dem Küchenfenster geschaut hatte, war er direkt in ihrem Blickfeld aufgetaucht. *Jedes Mal, ungelogen.*

Ihre verdammten dickköpfigen Augen weigerten sich strikt wegzusehen, sobald sie ihn im Fadenkreuz hatten. An diesem Nachmittag erst und jetzt schon wieder.

Zu ihrer Verteidigung musste sie sich allerdings fragen, ob es überhaupt eine Frau gab, die genug Willenskraft hatte, den

Blick von den glitzernden Tropfen auf derart breiten, muskulösen Schultern abzuwenden. Der Mann war vielleicht gebaut! Wobei sie sich ausgezeichnet an seine festen Muskeln erinnerte, die er gerade anspannte, da er sich mit den Armen hinten an der Whirlpoolwand abstützte. Sie brauchte seine ausgeprägten Bauchmuskeln nicht zu sehen und auch nicht die wie gemeißelte Brust. Beides hatte sie bereits aus nächster Nähe zu spüren bekommen.

Genau genommen hatte sie sich an ihn gepresst, so fest es nur ging.

Sie setzte sich wieder, kuschelte sich auf dem Stuhl zurecht, sodass sie Jake beobachten konnte, und begann zu schaukeln. *Moment mal.* Was dachte sie sich nur dabei?

Tja, mal sehen, flüsterte eine dämonische kleine Stimme in ihrem Kopf. Vielleicht, dass der Mann einfach scharf ist und du wirklich nichts dagegen hättest, dich bald mal wieder an seinem heißen Körper zu reiben?

„Nein“, sagte sie leise. Es war vollkommen egal, wie sexy er war. Wenn es nach ihr ginge, könnte er nackt vor ihrer Nase herumtanzen – sie würde diesen einen Fehler sicher nicht wiederholen. Jake würde über kurz oder lang nach New York zurückkehren, während sie hierbliebe, und Austin ... nun, der wusste noch nichts von seinem Glück.

Obwohl sie Jake eher aufgezogen hatte, als sie ihn einen wortgewandten Teufel genannt hatte, glaubte sie insgeheim, dass er tatsächlich einer war. Und wenn Reden Silber war und Schweigen Gold, dann waren seine Küsse verdammtes Platin!

Uuund – genau daran werde ich jetzt nicht denken. Werde ich nicht, werde ich nicht, werde ich nicht.

Als er plötzlich einen Fluch ausstieß, ruckte ihr Kopf herum. Jake sprang auf die Füße. Wasser floss von seinen Schultern über die Brust, über das Sixpack und verschwand in den blau-weiß gemusterten Shorts.

Er drehte sich um, legte ein Knie auf den Unterwassersitz

des Whirlpools und beugte sich vor. Jenny schluckte trocken, als die Badehose sich um seinen Hintern spannte, als wäre er vakuumverpackt. Ähnlich fest umschlossen die Beine der Boxershorts seine muskulösen Oberschenkel.

Ihr klebte die Zunge am Gaumen, aber sie konnte nicht aufhören zu starren.

Nach einer Weile brüllte Jake: „Scheiße. Scheißescheißescheiße!“, und endlich war der Bann gebrochen.

Sie sprang auf. Himmel noch mal, Mädchen, beschimpfte sie sich in Gedanken. Seinen Hintern anzustarren war nun wirklich nicht das beste Mittel, um seine Küsse zu vergessen. Sie packte die Decke mit der einen Hand und ihr halb volles Weinglas mit der anderen. Was auch immer sein Problem war, er sah fit genug aus, es selbst zu lösen. Also, solange kein Blut floss – und davon war glücklicherweise nichts zu sehen –, musste er allein zurechtkommen. Sie ging ins Haus, knipste die Wohnzimmerlampe aus und tapste im Dunkeln, das nur ein wenig von der Kontrollleuchte über dem Herd gemildert wurde, in die Küche.

Auf den Riesling hatte sie keine Lust mehr. Sie schüttete ihn ins Spülbecken und wusch gerade das Glas aus, als es an der Haustür klopfte. Erstarrt stand sie einfach nur da, hielt die Luft an und dachte, dass Jake – sie zweifelte nicht daran, dass er es war – vielleicht wieder gehen würde, wenn sie sich nicht rührte.

Stattdessen hörte sie, wie die Tür aufging.

„Jenny? Sie sind da, richtig? Ich habe Ihr Auto gesehen.“

Mist. „Machen Sie die Tür zu, Bradshaw, und zwar von außen. Ich habe heute Abend keine Lust auf Gesellschaft.“

„Ich auch nicht“, blaffte er. „Ich habe noch einen Haufen Arbeit zu erledigen, aber ich brauche Ihre professionelle Hilfe.“

Verdammt! Sie stieß genervt den Atem aus. „Na schön. Einen Moment, bitte.“ Sie holte ein paar Mal tief Luft, um sich zu beruhigen, strich sich übers Haar und bemühte sich, das Kinn nicht zu hoch zu tragen, als sie ins Wohnzimmer trat, in dem er Licht gemacht hatte. „Was kann ich für Sie tun?"

„Sie können mir eine Taschenlampe leihen und Ihre hübschen kleinen Hände."

Sie starrte ihn an. „Wie bitte?"

„Also entweder das, oder Sie müssen den Hausmeister rufen. Mein Schlüsselbund ist hinter den Whirlpool gefallen, und meine Arme passen nicht in den Spalt zwischen Wanne und Wand. Meine Zimmerkarte hängt dran, somit habe ich mich ausgeschlossen. Und für den Fall, dass Sie es noch nicht bemerkt haben, ist es in diesem Landesteil derzeit ziemlich kühl." Er zog einen Mundwinkel in die Höhe. „Zumindest wenn man nass ist."

Sie ermahnte sich streng, eben diese Nässe nicht noch weiter anzustarren. Wenigstens hatte er sich ein Handtuch um die Hüften geschlungen. „Bitte sagen Sie, dass Sie Ihren Schlüssel nicht auf den Wannenrand gelegt haben", sagte sie, während sie zurück in die Küche ging, um eine Taschenlampe zu holen.

„Nun, das könnte ich", antwortete er aus dem Wohnzimmer. „Falls Sie kein Problem mit einer Lüge haben."

Sie stieß genervt die Luft aus. „Liest eigentlich niemand die Schilder, die wir überall hingehängt haben?" Sie schüttelte ihre Gereiztheit ab und setzte, während sie mit einer Taschenlampe in der Hand ins Zimmer zurückging, ihr professionelles Lächeln auf. „Dann schauen wir mal, was wir tun können."

Am Whirlpool angekommen ging sie an der Stelle in die Hocke, an der sein Schlüsselbund hinuntergefallen war. Sie musste gestehen, dass das Design des Pools tatsächlich seltsam war. Aus Gussbeton mit wasserblauen und grünen Kacheln war es halb in die Erde versenkt, aber eben nicht ganz – es ragte noch ungefähr vierzig Zentimeter in die Höhe. Außerdem hätte es direkt an die Wand anschließen oder genügend weit davon entfernt sein sollen, damit der Spalt kein Problem darstellte.

„Sie sind nicht der Erste, dem das passiert ist", gab sie zu, während sie den Lichtstrahl der Taschenlampe in den Zwischenraum richtete. „Nur werde normalerweise nicht ich gerufen, um mich darum zu kümmern. Okay, da sind Ihre Schlüssel. Ach Mist. Mit Absicht hätte man es kaum geschafft, sie exakt in die Mitte fallen zu lassen. Mein Arm passt problemlos hinein, aber er ist wahrscheinlich nicht lang genug, um den Schlüsselbund, von welcher Seite auch immer, zu erreichen. Mal sehen, ob hier irgendwo was rumliegt, das ich benutzen kann."

„Leider nein", sagte Jake. „Ich habe bereits geschaut."

„Shit." Sie warf ihm schuldbewusst einen Blick zu. „Entschuldigen Sie, das war nicht sonderlich professionell."

Er schnaubte leise. „Passt aber gut in dieser Situation."

Da sie gehört hatte, wie er selbst dieses Wort zuvor mehrfach ausgestoßen hatte, nickte sie, richtete ihre Aufmerksamkeit wieder auf den Whirlpool und seufzte. „Drehen Sie sich um."

Er sah sie an. „Was?"

„Drehen Sie sich um. Wenn wir das heute Abend noch irgendwie hinkriegen wollen, dann muss ich in den Pool steigen. Ich habe keine Lust, meine Jeans zu durchnässen. Aber ich werde ganz sicher auch nicht vor Ihnen strippen. Also drehen Sie sich gefälligst um."

Das tat er, präsentierte ihr seine breiten, nackten Schultern und seinen starken Rücken, und Jenny entledigte sich ihrer Schuhe, Socken und der Jeans und stieg in die Wanne, erschauernd, als das herrlich heiße Wasser auf der zweiten Stufe bis an ihre Knie schwappte. Da sie nicht scharf darauf war, dass ihre blickdichten Boyshorts im Wasser durchsichtig wurden, hielt sie sich am Handlauf fest und kletterte über die Sitze, bis sie sich ungefähr an der richtigen Stelle befand.

Mit der Taschenlampe leuchtete sie in den Spalt, beugte sich vor und steckte einen Arm hinein. In dieser Position war ihr Hintern hübsch in die Höhe gestreckt und es wäre besser gewesen, in die Knie zu gehen. Doch dann hätte sie bis zur Hüfte im Wasser gestanden und das war es ja genau, was sie vermeiden wollte.

Da nicht genug Raum war, um den Arm bis zur Schulter in den Zwischenraum zu schieben und dabei tatsächlich nach unten zu schauen, musste sie den Kopf zur Seite drehen. Wenigstens berührten ihre Finger den Metallring. Sie brauchte zwei Versuche, bis er an ihrem Zeigefinger baumelte. „Hab dich!"

„Großartig!" Jake stieß hörbar die Luft aus. „Wie ich bereits sagte, habe ich noch einen Haufen Arbeit, deswegen ... wow! Mama!"

Bei der blanken Bewunderung in seiner Stimme wirbelte sie herum und ihre Backen wurden rot, und zwar alle vier. Sie beobachtete, wie er sie beobachtete, und obwohl ein Gefühl von Verlegenheit in ihr aufstieg, hatte sie gleichzeitig das merkwürdige Verlangen, ihre bemitleidenswert kleinen Brüste herauszustrecken, um – *oh mein Gott* – sich für ihn in Position zu werfen. „Ich habe Ihnen nicht gesagt, dass Sie sich umdrehen können!", fauchte sie ihn an.

„Tut mir leid. Ich dachte, Sie wären fertig. Verdammt, Jenny. Dunkelrot! Das ist wirklich ein scharfes Höschen."

„Ein Mann sollte wegsehen, sobald ihm klar wird, dass die Frau in Unterwäsche ist!"

„Vergessen Sie's." Belustigung lag in seiner Stimme. „Hey, ich habe mich umgedreht, so wie Sie es gewünscht haben, aber ich bin immer noch ein Mann, und Sie haben einen fantastischen Hintern. Unter Männern gibt es quasi einen Ehrenkodex: Wenn sich so eine Gelegenheit bietet – ob aus Versehen oder sonst wie –, sind wir mehr oder weniger moralisch verpflichtet, sie zu unserem Vorteil auszunutzen."

„Moralisch verpflichtet. Das ist in diesem Fall mal eine interessante Wortwahl." Sie schleuderte die Schlüssel in seine Richtung und er fing sie auf, bevor sie irgendeinen Schaden anrichten konnten. Dann besaß der Kerl auch noch die Frechheit, sie anzugrinsen, während er ihr eine Hand hinstreckte, um ihr aus dem Whirlpool zu helfen.

Er riss das Handtuch von seiner Hüfte und reichte es ihr. „Hier. Ist zwar feucht, aber besser als nichts."

Sie nahm sein Angebot an, wobei sie unaufrichtig einen Dank murrte. Er schien jede ihrer Bewegungen zu beobachten, als sie sich hastig so gut es ging abtrocknete und wieder in ihre Jeans stieg.

Schon fühlte sie sich viel wohler.

Jake warf ihr einen wissenden Blick zu und sagte: „Danke für Ihre Hilfe, Jenny." Dann deutete er mit dem Kinn auf den Whirlpool. „Sie sollten da wirklich eine kleine Ablage oder etwas in der Art anbringen lassen, damit der Spalt geschlossen ist."

Ohne einen weiteren Kommentar drehte er sich um und steuerte auf sein Cottage zu, ein eins achtzig großer, überwiegend nackter Mann, der zufrieden mit der Tatsache, das letzte Wort gehabt zu haben, vor sich hinpfiff.

Während sie ihm hinterhersah beschloss sie, den Hausmeister zu bitten, genau so eine Ablage anzubringen.

Und wenn es nur war, um eine weitere Nacht wie diese zu vermeiden.

11. KAPITEL

Später an diesem Abend betrat Jake das ‚The Anchor'. Als er Max am selben Tisch hocken sah wie beim letzten Mal, steuerte er durch den gerammelt vollen Raum direkt auf ihn zu und ließ sich ihm gegenüber auf den Stuhl plumpsen. „Also, was ist das hier?", fragte er. „Dein ganz persönlicher Platz oder wie?"

„Ja. Geh weg."

„Kann ich nicht. Ich brauche dringend Männergesellschaft."

„Versuch's mal mit Greg dort vorn neben der Dartsscheibe. Der würde bestimmt gern mit dir knutschen."

„Ja, mit einem Typ knutschen – genau, wonach mir jetzt ist. Als ob ich nicht schon traumatisiert genug wäre."

„Was ist denn los, kleiner Bradshaw? Hast du keinen Termin bei der Maniküre bekommen?"

„Sei kein Idiot. Oh, warte. Das ist ja ziemlich genau das, was du immer bist. Keine Ahnung, wieso ich dachte, dass es heute mal anders sein könnte." Er machte Anstalten, sich zu erheben.

„Ach, setz dich wieder." Max schüttelte den Kopf. „Jesus, du bist vielleicht eine Dramaqueen."

„Sagt der Typ, der jeden Tag auf einem Neunjährigen herumgehackt hat, nur damit er selbst sich besser fühlte."

Sogar im dämmrigen Licht konnte er sehen, wie Max das Blut ins Gesicht schoss. Eines musste er seinem Halbbruder lassen, er explodierte nicht mehr so schnell wie früher. Stattdessen zuckte er die Achseln.

„Kann sein. Erzählst du mir jetzt, warum du traumatisiert bist oder nicht? Hast du Probleme mit deinem Sohn?"

„Nein, das läuft inzwischen sogar etwas besser. Ich habe heute Abend Jennys Unterhöschen gesehen. Ein dunkelrotes Nichts, Max. Mit Jenny darin. Und das verflixte Bild hat sich in meine Netzhaut eingebrannt – ich bekomme es einfach nicht mehr aus dem Kopf."

„Ich hab dir gesagt, dass du dich verdammt noch mal von ihr fernhalten sollst."

„Ich habe mich nicht an sie rangemacht." *Nun, dieses Mal jedenfalls nicht.* Seufzend begann er, die Situation zu erklären.

Max' dicke Augenbrauen bildeten noch immer eine feste Linie über seiner Nase. „Sie dachte, du hättest dich umgedreht."

„Das hatte ich auch! Aber dann sagte sie: ‚Ich hab es', und ich glaubte, sie wäre so weit." Er runzelte die Stirn. „Sie meinte, ich hätte so tun sollen, als wäre nichts gewesen, und hätte mich still wieder umdrehen müssen."

Sein Halbbruder grunzte. „Vergiss es. Ich bin mir ziemlich sicher, dass es da so eine Art Kodex gibt. Und den dürfen wir Männer nicht brechen."

Jake klatschte in die Hand und streckte sie dann Max hin. „Ganz genau! Das habe ich ihr auch gesagt, aber sie hat mich angesehen, als wäre ich völlig bescheuert."

„Womit sie recht hat. Falsch ist hingegen anzunehmen, dass ein echter Mann in der Lage ist, bei Unterwäsche wegzusehen. Rot also, hm?"

„Dunkelrot. Eins von diesen engen kleinen Hüfthöschen, die sich fest an den Hintern schmiegen. Und das kannst du mir glauben – sie hat einen erstklassigen Hintern."

„Davon will ich nichts hören. Aber trotzdem, rotes Höschen. Und sie ist in den Whirlpool geklettert? Sag, dass es nass war."

Jake schüttelte bedauernd den Kopf. „Schön wär's. Sie hat es irgendwie geschafft, dass es trocken blieb. Das Mädchen ist verdammt durchtrieben."

„Ja, sie ist clever." Max trank einen großen Schluck, rieb sich mit dem Handrücken den Schaum von den Lippen und nickte wie ein Buddha. „Frauen wie sie machen es einem wirklich nicht leicht."

„Wem sagst du das“, murmelte Jake.

Max stellte das Bier ab und konzentrierte sich übermäßig lange auf seine Hand, während er mit seinem kräftigen Zeigefinger über den Rand des Glases strich. Dann stieß er die Luft aus, lehnte sich zurück, verschränkte die muskulösen Arme vor seiner noch muskulöseren Brust und beäugte ihn.

Jake war schon in erhöhter Alarmbereitschaft, bevor sein Halbbruder sich auch nur geräuspert hatte.

„Also“, sagte Max. „Ich habe für Freitag vier Karten für das Mariners-Spiel. Ich wollte eigentlich mit Freunden hingehen, aber du weißt ja, wie das ist – Pläne neigen dazu, durchkreuzt zu werden. Wenn du Lust hast, könnten du und dein Junge und vielleicht noch ein Freund deines Jungen mitgehen.“

Max starrte ihn finster an, offenbar damit er bloß nicht auf irgendwelche dummen Gedanken kam. Und da er offensichtlich seine Fähigkeit unterschätzte, rote Hinweisschilder zu lesen, fügte er düster hinzu: „Ich kann mir natürlich echt Besseres vorstellen, als mehrere Stunden in deiner Gesellschaft zu verbringen, aber ich hätte nichts dagegen, meinen Neffen etwas näher kennenzulernen.“

Das wunderte Jake, denn bei dem Gesicht, das Max aufgesetzt hatte, schien ihn allein der Gedanke, mit Austin verwandt zu sein, in Angst und Schrecken zu versetzen. Was er weiß Gott verstehen konnte. Da er inzwischen Spaß daran hatte, sich mit seinem Halbbruder anzulegen, sagte er: „Komm schon, gib’s zu.“ Er grinste ihn schief an. „Austin ist nur eine Ausrede. Du magst mich. Du willst Zeit mit mir verbringen.“

Max’ Antwort war eine rüde Geste.

Jake reagierte entsprechend, obwohl er spürte, wie warm ihm bei der Einladung seines Halbbruders ums Herz geworden war. Deswegen fügte er todernst hinzu: „Das würde ich gerne. Danke.“

Max sah ihn unbehaglich an. „Ja, okay, ich dachte, ich könnte dir mit dem Jungen etwas unter die Arme greifen."

„Austin."

„Yeah." Er hob eine breite Schulter. „Austin."

„Wenn du mich fragst, ich glaube, du hast recht. Mit Karten für die Mariners kann ich bei ihm bestimmt punkten, und seinen Freund Nolan einzuladen ist auch eine brillante Idee. Austin hat sicher nichts dagegen, selbst ein paar Punkte zu machen." Er stützte die Ellbogen auf der zerkratzen Tischplatte auf und legte das Kinn in die Hände. „Mann. Wer hätte gedacht, dass du so klug bist?"

Max warf ihm unerwartet ein Grinsen zu, und als Jake die sehr weißen Zähne seines Bruders sah, fiel ihm auf, dass der viel zu selten lächelte.

Das, ging ihm auf, war ausgesprochene Ironie. Da hatte er sich selbst immer für einen totalen Kontrollfreak gehalten, aber verglichen mit Max war er der verdammte Little Lord Fauntleroy.

Max' Augen glänzten noch, als sein Lächeln längst verblasst war. „Tja", sagte er und hob sein Glas. „Wer hätte das gedacht?"

Austin machte auf cool, als Jake vorbeischaute, um ihn und Nolan zum Mariners-Spiel einzuladen, doch kaum hatte sein Vater sich wieder davongemacht, schnappte er sich sein Fahrrad und radelte schnell wie der Wind zu Nolan.

Dort sprang er ab und war schon halb die Treppe hinaufgerannt, bevor er sein Rad ins Gras plumpsen hörte. Ungeduldig klopfte er.

Mrs Damoth öffnete, doch als er eintreten wollte, stellte sie sich ihm in den Weg. „Tut mir leid, mein Lieber", sagte sie. „Du kannst nicht reinkommen. Nolan hat die Windpocken."

„Wie bitte?" Austin blinzelte, während er versuchte, die

Neuigkeit zu verdauen. „Wind… Ist das nicht eine Kinderkrankheit?“

„Nicht unbedingt. Meistens bekommen es kleine Kinder, aber bevor es einen Impfstoff gab, erkrankten Erwachsene ebenfalls daran. Und jetzt haben wir hier eine Miniepidemie, weil Dr. Howser das Serum damals offenbar falsch gelagert hat, wodurch es unwirksam wurde.“ Sie warf ihm einen bedeutungsvollen Blick zu. „Du warst auch bei Dr. Howser. Windpocken sind hochansteckend.“

„Oh Mann!“ Austin machte einen Schritt zurück. „Ich wollte Nolan zu einem Mariners-Spiel einladen. Mein Dad und mein Onkel nehmen mich Freitagabend mit.“ Es war ein merkwürdiges Gefühl, die beiden Männer so zu nennen, da er doch keinen von ihnen näher kannte, aber das waren sie eben, wenn auch nur rein formal betrachtet.

Er warf der Mutter seines besten Kumpels einen hoffnungsvollen Blick zu. „Bis Freitag ist noch fast eine Woche hin. Vielleicht geht es Nolan dann schon besser.“ *Muss es einfach. Ich will nicht mit diesen Typen allein sein.*

Sie schüttelte den Kopf. „Es tut mir wirklich leid, Austin, ich weiß doch, wie gerne er gehen würde. Er wird noch enttäuschter sein als du. Bisher hat er nur ungefähr ein halbes Dutzend von diesen Pusteln, doch Dr. Janus sagt, dass sich in den nächsten zwei Tagen noch viel mehr bilden werden. Je später man die Windpocken bekommt, desto schlimmer wird es. Danach dauert es noch ungefähr eine Woche, bis er nicht mehr ansteckend ist. Bis dahin ist er in Quarantäne.“

„Mist.“ Austin stieß eine Schuhspitze auf den Verandaboden.

„Ja, ich weiß, es ist blöd“, sagte sie, dann hellte sich ihr Gesicht auf. „Du könntest allerdings Bailey mitnehmen. Sie ist von einem anderen Arzt geimpft worden.“

Eine Stimme in Austins Kopf sang: jajaja! Und sein Herz vollführte einen schnellen Breakdance. Trotzdem gelang es ihm, mit den Schultern zu zucken und ziemlich gelangweilt zu sagen: „Ich schätze, das wäre in Ordnung. Wenn sie will."

„Nun, fragen wir sie." Sie drehte sich um und rief. „Bailey! Komm mal kurz, Schätzchen!"

Beinahe zeitgleich mit der Frage hatte Bailey sich bereits im Flur materialisiert, sie sah hübsch und frisch aus in ihrer Jeans und dem bunten T-Shirt. Ihr dunkles Haar fiel wie ein schimmernder Vorhang über ihre Schultern.

Mrs Damoth lächelte sie an. „Wie fändest du es, am Freitag mit Austin zu einem Mariners-Spiel zu gehen?"

Bailey warf ihm einen unsicheren Blick zu, dann richtete sie ihre Aufmerksamkeit auf ihre Tante. „Könnte ich kurz allein mit Austin sprechen?"

Mrs Damoth blinzelte überrascht, nickte aber. „Sicher. Warum setzt ihr zwei euch nicht auf die Treppe? Wenn du es dir überlegt hast, Liebes, sag mir Bescheid."

Sie lächelte Bailey liebevoll an und ging zurück ins Haus. Als sie an Bailey vorbeikam, gab die ihrer Tante einen kleinen Kuss auf die Wange, bevor sie auf die Veranda trat und die Tür hinter sich zuzog.

Ein Weilchen sahen sie sich nur an, dann, in schweigendem Einvernehmen, setzten sie sich auf die Treppe, wie Mrs D es vorgeschlagen hatte. Bailey umfasste ihre Knie und wandte sich ihm zu. „Sag mir die Wahrheit. Hat Tante Rebecca dich überreden müssen, mich einzuladen?"

„Wie? Nein!" Einen Moment lang rang er mit sich, weil er befürchtete, nicht besonders männlich rüberzukommen. Da er unbedingt mit ihr zu dem Spiel gehen wollte, fuhr er fort: „Sie hat vorgeschlagen, dass ich dich frage, aber ich fand die Idee gleich super. Jake sagte, dass Deputy Bradshaw – er ist mein, äh, Onkel – ihn, mich und einen Freund meiner Wahl für Freitag ins CenturyLink-Stadion eingeladen hat. Ich kenne die beiden eigentlich gar nicht, weißt du? Ich will zwar sehr gern die Mariners spielen sehen, hab allerdings überhaupt keinen Schimmer, worüber ich mit ihnen reden soll. Ich meine, Mann! Die ganze Sache könnte immerhin sechs oder sogar acht Stunden dauern!"

Sie zog ihre hübschen Augenbrauen zusammen. „So lange?"

„Für die Fahrt nach Seattle brauchen wir schon mal mindestens eineinhalb Stunden – wenn die Fähre pünktlich ist. Vielleicht wollen die aber auch lieber das Auto nehmen, und es könnte einen Stau geben. Und dann noch das Spiel selbst, das einigermaßen kurz sein oder richtig lange dauern kann." *Ach Mist, du hast es vermasselt, Idiot.* Jetzt würde sie bestimmt nicht mitkommen.

Zu seiner Überraschung murmelte sie verträumt: „Ich finde es toll, mit der Fähre zu fahren."

Okay, vielleicht war noch nichts verloren. Er setzte sich aufrechter hin. „Ich werde fragen, ob wir sie nehmen können, aber egal wie, es wäre für mich auf jeden Fall leichter, wenn jemand in meinem Alter dabei wäre. Mrs D sagt, dass Nolan nicht rauskann. Ich würde mich sehr freuen, wenn du mitkommst."

Er verriet ihr nicht, dass er sogar Schwierigkeiten gehabt hätte, sich zwischen Nolan und ihr zu entscheiden, wenn Nolan gesund gewesen wäre. Zwar war Nolan seit Ewigkeiten sein bester Freund, aber sie … nun, sie war einfach … er hatte keine Ahnung was.

Er wusste nur, dass sie sich wahrscheinlich total weich anfühlen würde, vorausgesetzt, er hätte jemals den Mut, sie zu berühren.

Die Tatsache, dass sie klasse Baseball spielen konnte, war das Sahnehäubchen obendrauf.

Sie sah ihn an. „Wie kommt es, dass du deinen Dad und deinen Onkel nicht kennst? Und warum nennst du sie Jake und Deputy Bradshaw?"

Er zuckte die Achseln. „Jake ist aufs College gegangen,

als ich noch ein Baby war, bis vor ein paar Wochen hat er es nicht nötig gehabt, zurückzukommen. Deputy Bradshaw – Max – ist sein Halbbruder. Er ist schon immer hier in der Stadt, aber weil Jake und er so was wie Feinde waren, hat er mich wohl nie als seinen Neffen betrachtet. Ich habe keinen blassen Schimmer, warum sie sich mit einem Mal so gut verstehen, geschweige denn, was sie von mir wollen. Vielleicht denken sie, sie können damit all die Jahre gutmachen, in denen sie sich nicht um mich gekümmert haben." Er blickte auf die Straße und schüttelte den Kopf. „Können sie aber nicht."

Sie sah ihn einen Moment lang schweigend an, dann sagte sie: „Meine Mom hat Krebs. Sie hat mich hierher geschickt, damit ich …", mit Zeige- und Mittelfinger malte sie Anführungszeichen in die Luft, „… ein normales Leben führen kann, während sie sich darauf konzentriert, gesund zu werden." Sie ließ die Hände in den Schoß sinken, starrte auf sie hinab und sagte leise: „Die Wahrheit ist aber, dass ich mir nicht sicher bin, ob sie wieder gesund wird." Plötzlich hatte sie Tränen in den Augen.

Oh Mist, blöder Mist! Weinende Mädchen jagten ihm eine Heidenangst ein, weil er nie wusste, was er dann tun sollte. Trotzdem griff er nach ihrer Hand und drückte sie. „Du glaubst, dass sie sterben wird?"

Sie wurde sehr steif, nur ihre süßen kleinen Brüste bewegten sich, als sie erschauernd Luft holte. „Nein", sagte sie leise.

„Sieh mal", sagte er. „Meine Grandma und mein Grandpa sind dieses Jahr gestorben, also weiß ich genau, wie es ist, jemanden zu verlieren. Ich kann dir nicht versprechen, dass alles gut wird, denn manchmal wird es das nicht, aber Jenny sagt immer, dass es nicht schwieriger ist, positiv zu denken als negativ zu denken – und dass es manchmal hilft, positive Energie ins Universum zu schicken. Weil man die dann zurückbekommt." Er zuckte mit den Schultern. „Vielleicht klingt das zu abgedreht, aber ich habe festgestellt, dass es irgendwie hilft, so zu denken, wenn alles gerade mies läuft."

Als sie den Blick hob, lag in ihren Augen so viel Schmerz und zugleich so große Entschlossenheit, dass es ihn fast umhaute.

„Ja?", fragte sie leise. „Warum hörst du dann nicht auf deinen eigenen Rat?"

„Hm?"

„Wenn du so positiv denkst, wieso lässt du dann nicht zu, dass dein Dad und dein Onkel dich besser kennenlernen?"

Sein erster Gedanke war, ihr nun mal richtig die Meinung zu geigen, aber bevor er auch nur den Mund öffnen konnte, um ihr zu erklären, dass sie keine Ahnung hatte, fuhr sie bereits fort: „Es ist wirklich Mist, dass sie sich bisher nicht um dich gekümmert haben, und ich kann mir gar nicht vorstellen, wie sich das angefühlt haben muss. Mein Dad ist nämlich vor meiner Geburt in Afghanistan gestorben – was furchtbar ist, aber zumindest habe ich nicht das Gefühl, dass er mich einfach im Stich gelassen hat, aber verstehst du denn nicht? Allein die Tatsache, dass sie am Leben sind und dich kennenlernen wollen, ist doch was Gutes, oder nicht?" Ihre blauen Augen schienen ihn zu durchbohren. „Nur angenommen, du würdest sie wirklich mögen, dann hättest du womöglich viele Jahre Zeit, tolle Sachen mit ihnen zu erleben."

Noch nie war ihm in den Sinn gekommen, dass Jake oder Max sterben könnten. Natürlich würde er nicht um sie trauern – dazu kannte er sie ja nicht gut genug.

Er würde nicht trauern wie um Grandpa oder um Jenny, wenn ihr jemals was zustoßen würde, und trotzdem bekam er bei dem Gedanken ein ungutes Gefühl im Bauch, als würde etwas Glitschiges darin herumschlängeln.

„Vermisst du ihn?", fragte er. „Deinen Vater?"

„Manchmal, an Vater-Töchter-Tagen in der Schule zum Beispiel." Sie rollte die Schultern. „Aber ich habe ihn eben nie kennengelernt – deswegen gibt es nichts Bestimmtes, das ich vermissen könnte.“

„Das hätte bei mir eigentlich auch so sein sollen, denn ich hab meinen alten Herrn ja nicht gekannt, doch als Kind habe ich ständig gehofft, dass er plötzlich auftaucht. Zu irgendwelchen besonderen Anlässen.“

„Welche zum Beispiel?“

„Na eben ... du weißt schon. Bei meiner Abschlussfeier in der Grundschule. Beim Tag der offenen Tür. Bei Baseballspielen. Okay, eines hat Jake inzwischen ja gesehen, aber er hat nicht gesehen, wie ich den Truthahn im Schultheater gespielt habe, oder das Weihnachtsstück, als ich einer der Heiligen Drei Könige war. Meine Grandma hat mir ein Gewand und ein passendes Kopftuch genäht.“ Seine Großmutter zu erwähnen, stach ihm ins Herz. Er drehte sich zu Bailey um und runzelte die Stirn, als ihm plötzlich ein Gedanke kam. „Wenn du keinen Vater hast, wer hat dir dann das Baseballspielen beigebracht?“

„Ich hatte Trainer so wie du, aber es war meine Mom, die abends und an den Wochenenden mit mir Bälle werfen und fangen geübt hat.“ Sie lächelte ihn an. „Und sie mag Sport nicht mal besonders. Trotzdem hat sie Stunden damit verbracht, mir zu helfen und mich zu ermutigen, nur weil ich Baseball mag. Bis sie krank wurde, hat sie kein einziges meiner Spiele verpasst.“ Sie holte zitternd Luft. „Mann. Das ist einfach so schwer.“

„Ja. Tut mir echt leid. Ist wirklich Mist. Ich weiß, wie das ist. Ich habe das mit meinen Großeltern durchgemacht. Die waren ja eher Eltern für mich, weil meine richtige Mom bei meiner Geburt gestorben ist und Jake, wie ich ja sagte, auch nicht da war.“

Sie richtete sich etwas auf. „Wir gehen aber trotzdem mit den beiden zum Spiel, ja? Und du gibst ihnen eine Chance, okay?“

„Klar. Was immer Mylady wünschen."

Ach du Scheiße. Hatte er das gerade wirklich gesagt? *Bescheuert! Bescheuert, bescheuert, bescheuert!*

Er stand auf. „Ich gehe mal besser nach Hause, bevor Jenny einen Suchtrupp nach mir ausschickt. Ich bin froh, dass du mitkommst. Du kommst doch mit, oder?"

Sie erhob sich ebenfalls und steckte die Hände in die Hosentaschen. „Ja. Ich war noch nie bei einem professionellen Spiel, ich bin total aufgeregt."

„Super. Ich rufe dich in ein paar Tagen an, wenn ich weiß, wann wir losfahren." Er strich sich über den Nacken und sah sie an. „Also, hm. Ich schätze, dann sehen wir uns bald?"

„Auf jeden Fall."

„Gut." Er lief rückwärts die Stufen hinunter. Unten angekommen, drehte er sich endlich um, schnappte sich sein Fahrrad und radelte davon.

„Bis dann, Austin", rief sie ihm hinterher.

Er winkte, trat in die Pedalen und sah nicht zurück, aber er lächelte während der gesamten Heimfahrt.

12. KAPITEL

Du machst Witze! Er war im Whirlpool? Und du bist nicht zu ihm hineingestiegen?“

Jenny lag ausgestreckt auf der bequemen braunen Chaiselongue in Tashas Wohnzimmer, sah ihre Freundin an und seufzte. Es war über eine Woche her, dass sie miteinander gesprochen hatten. Dank der nicht enden wollenden Reservierungsflut wegen des Online-Sonderangebots hatten sie und ihre Mannschaft alle Hände voll zu tun. Sie hätte schwören können, dass gerade erst Wochenende gewesen war, und jetzt war schon wieder Freitag.

Jake und Max hatten Austin und Bailey gleich nach der Schule abgeholt. Sie wollten lieber zu früh als zu spät zum Spiel der Mariners eintreffen, zumal sie auf dem Weg noch Fish & Chips bei „Spuds“ essen wollten.

Sie und Tasha hatten vor, die freien Stunden voll auszukosten. Tasha hatte das „Bella T's“ ihrer Mitarbeiterin Tiffany überlassen, damit sie in aller Ruhe miteinander reden konnten. Allerdings hatten sie vor, in die Pizzeria zu gehen, bevor der Abendtrubel losging.

Ungeduldig tippte Tasha mit einem Fuß auf den Holzboden und sah sie streng an. „Ich warte, Salazar.“

„Ja, ja.“ Daraufhin erzählte sie die ganze Geschichte noch einmal ausführlicher, als sie es bisher getan hatte, begann damit, wie sie Jake im Whirlpool hatte sitzen sehen, und endete mit ihrem Entschluss, das Problem mittels einer Ablage beheben zu lassen, ganz so, wie Jake es mehr oder weniger angeordnet hatte. Als sie schließlich verstummte, pickte sich Tasha nur ein einziges Detail heraus.

„Mann, was für einen herrlichen Anblick der Typ abgegeben haben muss! Schon angezogen macht er was her, aber wenn ich mir da die Nacktversion vor Augen führe …“

„Die Halb-nackt-Version.“

Tasha warf ihr einen verblüfften Blick zu. „Wer bist du und was hast du mit meiner Freundin gemacht? Du betonst halb, als ob du darüber froh wärst."

„Ach, Himmel noch mal."

Tasha gelang es mühelos, Jennys frustrierten Ausruf zu ignorieren. „Zum Glück hast du wenigstens ein hübsches Höschen getragen und nicht dieses zerschlissene beige Teil, das du letztens beim Jeanskaufen anhattest."

„Hey! Ich habe es noch am selben Tag weggeworfen, schon vergessen? Ich jedenfalls kann mich bestens daran erinnern, wie viel Geld ich bei dem Einkauf für eine Handvoll Slips ausgegeben habe. Damit hätte man locker unsere Staatsverschuldung ausgleichen können."

„War ja wohl jeden Penny wert!"

„Ja, ich muss zugeben, dass sie wirklich schön sind. Manchmal ziehe ich die Schublade auf, einfach nur um sie anzusehen."

Tasha warf ihr ein beinahe diabolisches Grinsen zu. „Wo wir gerade davon sprechen", begann sie, um wieder auf ihr Lieblingsthema zurückzukommen. „Hallo! Ein gut gebauter, fast nackter Mann." Sie hob eine ihrer rötlichen Augenbrauen. „Und du hast dich lieber in deinem Cottage versteckt?"

„Ich weiß." Jenny drückte sich seufzend eins der schwarzweiß gestreiften Zebramusterkissen an die Brust. „Nicht gerade eine Meisterleistung, aber was soll ich machen? Vergiss die verdammten Küsse in der Woche davor nicht."

„Die du bei sich bietender Gelegenheit wiederholen solltest, wie ich nun schon mehrfach sagte. Ich meine, zum Henker, Jenny! Du stehst doch ganz eindeutig auf ihn."

„Deswegen ist es noch lange keine gute Idee."

„Okay, vielleicht wird da keine richtige Beziehung draus, weil er ja in weniger als einem Monat wieder abreist."

„Genau. Mit Austin im Schlepptau!"

Tasha runzelte die Stirn. „Ich weiß, Süße. Das wird hart

für dich, aber es wird so oder so passieren – und so ungern ich es auch zugebe, Austin könnte momentan wirklich einen männlichen Einfluss in seinem Leben gebrauchen. Am besten jemanden, der ihn nicht dermaßen verwöhnt, wie Emmett es getan hat."

„Das kann ich nicht abstreiten. Vorausgesetzt, Jake verfällt nicht wieder in alte Gewohnheiten und macht sich erneut für Jahre aus dem Staub. Was geschieht zum Beispiel, wenn das Neue für ihn den Reiz verliert, Tash? Ich habe keine Ahnung, ob er sich auf lange Sicht bemühen wird. Ich kenne ihn nicht gut genug, um das beurteilen zu können."

„Ihn noch ein paar Mal zu küssen würde da bestimmt weiterhelfen."

Jenny stieß eine Mischung aus Gelächter und Schnauben aus. „Gott, du denkst wirklich immer nur an das eine."

Tasha nickte. „Was soll ich sagen, auch ich befinde mich in einer Trockenphase." Sie verzog ihre üppigen Lippen. „Es wird Zeit, dass zumindest eine von uns Glück hat."

„Ehrlich gesagt hätte ich nichts dagegen."

„Geht mir genauso. Und wenn es schon du sein musst, dann lass es mich wenigstens aus zweiter Hand miterleben."

„Das Küssen vermisse ich wirklich", sagte Jenny wehmütig. „Vielleicht hat Jake mich ja deswegen derart umgehauen."

„Klar, Küsse sind gut", meinte Tasha. „Aber ich vermisse Sex. Das ist der Nachteil am Leben in einer Kleinstadt. Da gibt es nur wenige Männer, mit denen man sich etwas vorstellen kann. Und wenn man die durch hat oder einer von ihnen einfach nicht auf dich steht …" Sie hob eine Schulter, dann durchbohrte sie sie mit ihrem Blick. „Tja, das ist der Grund, weshalb ein Mädchen aus Razor Bay sich so eine Chance wie mit Jake Bradshaw auf keinen Fall entgehen lassen sollte."

Jenny war des Themas mit einem Mal überdrüssig. „Hör mal, wenn du ihn so verdammt scharf findest, warum versuchst du es nicht bei ihm?"

„Vielleicht werde ich das. Wenn du ihn nicht willst …"
Hitze schoss durch ihren Körper. *Nur über meine Leiche, Schwester!*
Zum Glück hatte sie das nicht laut ausgesprochen.
Andererseits spielte es gar keine Rolle. Tasha kannte sie viel zu gut, sie begann wissend zu lächeln und betrachtete sie mit diesem speziellen Blick, der fragte: Wem willst du hier eigentlich was vormachen?
Laut sagte sie: „Oho. Dachte ich es mir doch."

Jenny wurde von leisen Schritten geweckt. Die Geräusche kamen aus dem Wohnzimmer. Blinzelnd sah sie auf die rot leuchtenden Ziffern ihres Weckers. Viertel nach eins. War Austin etwa krank?
Sie schleuderte die Bettdecke von sich, stolperte halb blind durch den Raum und öffnete die Tür.
Zuerst begriff sie nicht, was sie sah. Wieso machte Jake die Tür zu Austins Zimmer auf und hatte einen Arm um den Jungen gelegt? Dann klärte sich ihr Verstand etwas.
Natürlich. Das Spiel. Sie waren zurück. Offenbar war Austin eingeschlafen – er hatte diesen katatonischen Gesichtsausdruck wie sonst auch, wenn er für seinen Geschmack zu früh geweckt wurde – was praktisch immer der Fall war.
„Na siehst du", sagte Jake mit leiser, ermutigender Stimme, während er den Jungen zum Bett bugsierte. „Soll ich dir beim Ausziehen helfen?"
Diese Worte entlockten Austin ein erstes Lebenszeichen.
„Sehe ich vielleicht wie ein bescheuerter Grundschüler aus?"
Das war ganz klar eine rhetorische Frage, denn schon Sekunden später hatte er Jake die Tür vor der Nase zugeknallt. Allerdings drang ein leises, leicht genuscheltes „Danke, dass du Bailey und mich mitgenommen hast" hindurch. Man hörte sein Bett laut knarren, als er sich vermutlich mit dem Gesicht voran auf die Matratze plumpsen ließ.

Jake hob eine Hand, als ob er klopfen wollte, legte dann aber die Handfläche an das Holz. Diese sehnsüchtige Geste tat Jenny im Herzen weh.

Als ob er ihren Blick gespürt hätte, wandte er sich mit einem Mal um und starrte sie an. Und erst in diesem Moment fiel ihr wieder ein, dass sie ein dünnes, spitzenbesetztes Babydollhemdchen trug – und dass der Vollmond hell ins Wohnzimmer schien.

Verdammt.

Zwar war das Nachthemd nicht gerade von der durchsichtigen Sorte – schließlich wohnte sie mit einem Teenager zusammen – und Jake hatte auch keine Röntgenaugen und konnte somit das winzige passende Höschen darunter nicht sehen, aber die Seide in Orange, Pink und Weiß mit der zarten Spitze schrie geradezu: sexy Dessous!

Und weit schlimmer: In Kombination mit ihrem total zerzausten Haar flüsterte es: Bett.

Warum zum Teufel hatte sie keinen Morgenmantel übergezogen?

„Whoa!", rief er aus, und es war ihm auch nicht peinlich, sie von Kopf bis Fuß zu mustern.

Statt zurück in ihr Zimmer zu rennen, wie es jede normale Frau getan hätte, straffte sie die Schultern, um das Beste aus ihren nicht gerade beeindruckenden Brüsten herauszuholen.

Himmel noch mal, Mädchen, bist du verrückt? Egal, ihre sinnliche und neugierige Seite hatte auf einmal Lust, es darauf ankommen zu lassen.

Das war natürlich Unsinn, deswegen änderte sie ihre Pose hastig und räusperte sich. „Hatten die Kids Spaß?"

„Ja, sie waren völlig begeistert. Für Max und mich war es toll, das Spiel durch ihre Augen zu sehen, wobei mein großer Bruder das garantiert niemals zugeben würde. Allerdings dauerte es verdammt lange. Und zu allem Überfluss saßen wir danach eine Stunde in der Parkgarage fest. Nächstes Mal nehmen wir lieber die Bremerton- anstelle der Southworth-Fähre, dann können wir zu Fuß gehen." Noch immer glitt sein Blick über ihren Körper, bis er schließlich auf ihrem Gesicht verweilte. „Hübsches Nachthemd."

Sie murmelte etwas Unverständliches und räusperte sich erneut. „Tja, nun … hm." Sie deutete vage auf ihre Schlafzimmertür. „Ich hole mir mal schnell einen Morgenmantel."

„Hey, meinetwegen müssen Sie sich keine Umstände machen."

Verdammt, er sollte nicht nett und charmant sein. Schlimm genug, dass sie gegen ihren Willen von seinem Umgang mit Austin beeindruckt war, vor allem von der Tatsache, dass er offenbar plante, mit seinem Sohn zu einem weiteren Mariners-Spiel zu gehen. Musste sie ihn jetzt auch noch genauso auffällig anstarren wie er sie, und dabei auf alle möglichen unpassenden Ideen kommen?

Das war natürlich Tashas Schuld. Wieso hatte die sich ausgerechnet auf dieses spezielle Thema konzentriert? Ohne ihre sogenannte beste Freundin wäre sie keine Sekunde in Versuchung geraten. Sie richtete sich ein winziges Stück auf – nur weil sie irgendwelche Fantasien hatte, musste sie sie noch lange nicht ausleben – und sah Jake kühl an. „Das ist wirklich sehr großzügig von Ihnen. Beeindruckend."

„Haben Sie eine Ahnung", murmelte er heiser.

Ohne ihr Zutun, zumindest kam es ihr so vor, fixierte ihr Blick seinen Schritt, nur um festzustellen, dass der Mann definitiv interessiert war. Hitze kroch ihr in die Wangen, doch sie sah nicht weg.

„Scheiße", flüsterte er, während seine Erektion bei ihrer faszinierten Musterung weiter wuchs. „Könnten Sie aufhören, auf meinen Penis zu starren?"

Schuldbewusst wandte sie den Blick ab.

„Danke", sagte er.

Aus den Augenwinkeln sah sie, wie er nach unten griff und dort etwas zurechtrückte.

„Wenn Sie das bei unserem ersten Treffen getragen hätten, hätte ich Sie sicher nicht für ein Kind gehalten", sagte er trocken, dann schüttelte er den Kopf. „Hören Sie, ich würde gern aufhören mir vorzustellen, wie ich sie direkt hier an die Wand drücke, und lieber wieder einen klaren Kopf bekommen. Falls Sie also einen Tipp haben, immer raus damit."

„Ein kühles Bad im Kanal vielleicht?"

„Kalt genug wäre es, aber dabei würde zu viel Dampf entstehen, sodass das Ökosystem gefährdet wäre."

Oha! Das gefiel ihr. „Joggen?"

Jake schnaubte. „Mit einem dritten Bein? Unwahrscheinlich."

„Hey, ich strenge mich wirklich an, und bisher ist von Ihnen jedenfalls noch keine brillante Idee gekommen."

„Stimmt. Tut mir leid." Er überlegte. „Okay, hier ist eine. Ich stelle mir einfach einen Moment lang vor, dass ich bis an mein Lebensende in Razor Bay festsitze. Warten Sie … gleich …. Mist." Er stutzte. „Selbst das hilft nicht. He, Sie müssen mir zugestehen, dass ich es versucht habe, aber ich gebe auf."

In der nächsten Sekunde stand er vor ihr, packte sie an den Oberarmen, presste sie gegen die Wand und drückte seine herrlichen Lippen auf ihren Mund.

Dieser Kuss ließ sie sogar noch schneller dahinschmelzen als die Küsse neulich in der Bucht. Jake strich ihren Hals entlang und liebkoste ihren Nacken so zart, dass sie es bis in die Zehenspitzen spüren konnte. Statt zu überlegen, ob das Ganze eine gute Idee war, hob sie das Gesicht und erwiderte seinen Kuss.

Er stöhnte heiser, tief in der Kehle, dann wich er ein Stück zurück, um sie zu betrachten und sich über die Lippen zu lecken. „Was ist das bloß mit diesem Kirschgeschmack?" Ohne auf eine Antwort zu warten, stürzte er sich wieder auf ihren Mund.

Einen endlosen Moment lang wurde Jenny von den unterschiedlichsten Empfindungen überrollt. Jakes Bartstoppeln kratzten auf ihrer Haut und sein muskulöser Körper strahlte solche Hitze aus, dass sie glaubte zu verbrennen.

Irgendwann löste er die Hände von ihrem Hals, ließ sie über ihren Rücken gleiten und umfasste ihren Hintern. Dann hob er sie hoch und trat einen Schritt von der Wand zurück.

Sie musste die Arme um seinen Nacken legen und die Beine um seine Hüfte schlingen, um nicht das Gleichgewicht zu verlieren. Er stieß die Schlafzimmertür auf, trug sie zum Bett und ließ sich mit ihr zusammen auf die Matratze fallen. Auf die Ellenbogen gestützt, küsste er sie leidenschaftlich und arbeitete sich dabei nach unten vor, über ihr Kinn, den Hals, die Schultern und weiter bis zu den Rundungen ihrer kleinen Brüste unter dem Seidenstoff. Ohne den Blick davon abzuwenden, hob er den Kopf ein wenig.

„Ah, süß", sagte er heiser, hakte einen Finger hinter den Träger und schob ihn von ihrer Schulter. „Diese beiden Babys wollte ich mir schon die ganze Zeit einmal näher ansehen."

Jenny lächelte ihn schief an. „Mach dich auf eine Enttäuschung gefasst." In seinem Blick lag allerdings so viel Begeisterung, dass sich jegliche Hemmungen wegen ihrer nicht so vollen Brüste in Wohlgefallen auflösten.

„Mit Sicherheit nicht." Er schob den zweiten Träger über ihre Schulter, dann sog er zischend die Luft ein.

Jenny spürte, wie sich ihre Brustwarzen zusammenzogen und fest wurden. Als er die Fingerspitze um eine davon kreisen ließ, sank ihr Kopf wie von selbst nach hinten auf die Matratze.

„So ist es gut", sagte er leise. „Himmel, sie sind wunderschön."

Als er sanft zudrückte, bog sie den Rücken durch, um ihm näher zu sein, und er stöhnte auf.

„Das gefällt dir, nicht wahr?"

Er drückte erneut leicht zu, offenbar um noch einmal dieselbe Reaktion hervorzurufen, was ihm gelang.

„Du bist so verdammt sinnlich."

Plötzlich hörte Jenny, wie Austins Zimmertür geöffnet wurde. Obwohl sie gerade geglaubt hatte zu verbrennen, gefror sie nun zu Eis, wurde starr wie das Kaninchen vor der Schlange. Jake richtete sich etwas auf, sie hielten die Luft an und warteten, dass Austin erledigte, was auch immer er zu erledigen hatte.

Die Toilettenspülung wurde gezogen, kurz darauf fiel die Tür zu Austins Zimmer wieder ins Schloss.

Jake wollte sofort seine vorige Position einnehmen, doch Jenny drückte eine Hand gegen seine Brust, um ihn von sich zu schieben. „Du musst jetzt gehen", sagte sie leise.

„Was?"

„Sieh mal." Mit der anderen Hand zog sie die Nachthemdträger wieder auf ihre Schultern. „Es war ein Fehler, hier in meinem Haus etwas mit dir anzufangen. Völlig unverantwortlich von uns beiden, deshalb musst du gehen."

Er drehte sich zur Seite und sah sie an. „Komm mit zu mir."

„Nein, das mit dir und mir ...", sie zeigte zwischen ihnen hin und her, „... das ist keine gute Idee. Wahrscheinlich wirst du mir das jetzt nicht abnehmen, aber normalerweise mache ich so etwas nicht. Ich hüpfe nicht einfach mit jemandem ins Bett, den ich kaum kenne."

„Das glaube ich dir gerne."

Statt sich darüber zu freuen, stieg irrationaler Ärger in ihr auf. „Warum, weil ich so spießig bin?"

Überrascht sah er sie an. „Nein, weil ..." Er zögerte, fuhr dann aber fort: „Weil du so süß bist."

Ungläubig stieß sie die Luft aus.

„Das ist keine Beleidigung, Jenny", sagte er lachend.

„Ja klar, und zu allem Überfluss bin ich für dich sowieso nur eine Witzfigur."

„So ein Blödsinn. Ich wollte nur sagen, dass du eben nicht leicht zu haben bist. Sexuell. Verstehst du?“

„Toll. Wie auch immer, du solltest jetzt gehen. Ich muss morgen früh aufstehen.“ *Und wenn ich ein bisschen Schlaf bekommen will, muss ich vorher erst mal mein Ego vom Boden abkratzen.*

Er legte sich wieder auf sie. „Vielleicht war's das für heute Nacht, aber wir beide sind noch nicht fertig.“

„Oh, das denke ich schon.“ *Sagt die Frau, deren Körpertemperatur um mindestens fünf Grad gestiegen ist. Mann, Jenny. Du sitzt wirklich ganz schön tief in der Tinte.*

„Du willst mich genauso sehr wie ich dich“, sagte er ohne den Hauch eines Zweifels in der Stimme.

„Ja, wahrscheinlich, aber ich bin, wie du selbst sagst, nicht leicht zu haben und betrachte das jetzt doch noch als Kompliment, denn weil ich so bin, kann ich dir locker widerstehen. Würde ja sowieso nichts als Schwierigkeiten nach sich ziehen. Du bist gekommen, um mir den Jungen wegzunehmen, der wie ein Bruder für mich ist. Und selbst wenn ich das mal einen Augenblick vergessen könnte – wir haben einfach unterschiedliche Vorstellungen. Diese Beziehung führt zu nichts … und so was kann ich in meinem Leben nicht brauchen.“

Im ersten Moment schien er widersprechen zu wollen, doch dann sprang er auf, strich sich durchs Haar und sah auf sie herab.

„Du hast natürlich recht“, sagte er und verbreitete kühle Höflichkeit. „Ich werde dich nicht mehr in eine solche Situation bringen.“

Ohne ein weiteres Wort zu verlieren, machte er auf dem Absatz kehrt und verließ ihr Zimmer. Sie hörte, wie die Haustür geöffnet wurde und kurz darauf ins Schloss fiel – während sie dalag und sich einredete, einfach nur erleichtert zu sein.

13. KAPITEL

„Nolan ist total sauer auf mich."

Austin ließ den Joystick sinken und sah Bailey an. Sie saßen nebeneinander auf der Couch und spielten „Grand Theft Auto". Er fragte sich, ob das der Grund war, weshalb sie die ganze Zeit schon so bedrückt wirkte. „Wieso denn?"

„Weil ich rausdarf und er nicht? Weil ich mich mit dir treffe? Weil ich mit dir beim Mariners-Spiel war?" Ihr Kinn begann zu zittern. „Weil ich atme?"

Ach, Mist. Bitte, lieber Gott, lass sie jetzt bloß nicht weinen.

Er wusste nicht, ob sein Gebet erhört worden war oder ob sie nur tapfer war, jedenfalls atmete sie tief durch und drehte den Kopf, um ihn anzusehen.

„Tante Rebecca sagt, er hat den Lagerkoller und ist einfach neidisch, weil wir so viel Spaß ohne ihn haben. Dass er nicht anders kann und ich Geduld mit ihm haben soll. Aber er war immer schon mein Lieblingscousin, und ich finde es schrecklich, dass er böse auf mich ist!"

„Oh Mann!" Eine ganze Wagenladung klammer, asphaltgrauer Schuldgefühle stürzte auf ihn herab. „Das ist meine Schuld, nicht deine. Ich habe mich nicht gerade oft bei ihm gemeldet, seit ich weiß, dass er Windpocken hat. Ich meine, ich habe ihm gesimst und alles, aber sonst nichts. Von einer Partie ‚Call Of Duty' online einmal abgesehen." *Weil ich es viel zu schön fand, mit dir allein zu sein.* „Ich bin ein mieser Freund."

„Bist du nicht. Das hätte gar nichts geändert. Ich spiele Karten mit ihm und Videogames, und er lässt seine schlechte Laune trotzdem an mir aus."

„Wahrscheinlich hat seine Mom recht – ich würde auch durchdrehen, wenn ich die ganze Zeit im Haus hocken müsste." Austin grinste. „Weißt du was? Noch ist es ja nicht zu spät, was zu tun. Lass uns gehen!"

„Wohin?“, fragte sie, war aber schon aufgestanden und folgte ihm aus dem Zimmer.

Sie war wirklich klasse und quatschte nicht ständig wie die meisten anderen Mädchen. Stattdessen wartete sie stumm, als er das Durcheinander auf seinem Schreibtisch und dem Fußboden durchwühlte. „Mein Rucksack hängt hinten an der Tür. Kannst du mir den bitte mal geben?“

Er winkte sie zum Bett, auf dem er seine Ausbeute ausgebreitet hatte.

„Okay, wir haben ein paar echt klasse DVDs, Comics, das neueste ‚Pendragon‘-Buch, das er noch nicht kennt, soweit ich weiß, und – sieh dir das an!“ Er hob eine Kiste in die Höhe, in der getrocknete Seesterne in allen möglichen Formen und Größen lagen. „Meine berühmte Seestern-Sammlung.“

„Machst du Witze? Du sammelst tote Meeresviecher?“

„Aber ja. Nolan versucht meine Sammlung in die Hände zu bekommen, schon seit wir in der fünften Klasse waren. Bisher ohne Erfolg.“ Er schwieg einen Moment, dann zuckte er mit den Schultern. „Das jetzt ist eine Art Notfall. Ich hab nur keine Ahnung, wie wir sie transportieren, diese Babys sind sehr zerbrechlich. Da muss ich mir erst was einfallen lassen. Jedenfalls, wenn die seine Laune nicht heben, dann weiß ich auch nicht. Okay, vielleicht noch das Buch ‚Science Fair‘ von Dave Berry. Das liegt hier irgendwo rum.“

Bailey schüttelte den Kopf. „Du bist ein Freak, weißt du das?“

„Möglicherweise, aber ein männlicher.“ Er zeigte ihr seinen Bizeps und grinste, als sie lachen musste. „Was liest du denn so?“ Er warf ihr einen gespielt besorgten Blick zu. „Du kannst doch lesen, oder?“

„Wie witzig.“ Sie schlug ihm auf den Arm. „Ich mag ‚Harry Potter‘.“

„Ich auch!“

„Und die ‚Mediator‘-Bücher von Meg Cabot.“

„Die kenne ich nicht, klingt aber, als ob du ebenfalls ein Freak wärst.“

„Nee. Dass Mädchen gerne lesen ist schließlich normal.“

„Ich weiß. Deswegen erzähle ich auch nicht Heinz und Kunz, dass ich gerne lese.“

„Hinz.“

„Hm?“

„Es heißt Hinz und Kunz.“

„Siehst du, was ich meine?“ Er deutete auf sie. „Freak hoch zwei.“

Zehn Minuten später stiegen sie die Treppe zum „Sand Dollar“ hinauf und klopften. Als niemand antwortete, klopfte Austin lauter und presste ein Ohr an die Tür. Aus dem ersten Stock hörte er ein leises Geräusch, dann Schritte im Haus, schließlich öffnete Jake. Er roch nach Chemikalien, trug fleckige Jeans, ein altes, ausgebleichtes T-Shirt und sah ziemlich übermüdet aus. Doch als er seinen Sohn entdeckte, hellte sich sein Gesicht auf.

„Hey ihr. Was gibt's?“

„Könntest du uns zu Nolan fahren? Ich habe ein paar Sachen zusammengesucht, um ihn aufzuheitern, das lässt sich bloß nicht alles mit dem Fahrrad transportieren.“

„Tut mir leid, Kumpel. Ich kann im Moment nicht weg – ich hatte gerade die verrückte Idee, mal wieder Fotos selbst zu entwickeln und stecke bis zum Hals in irgendwelchen Chemikalien. Aber ich sag dir was, falls du in der Zwischenzeit was anderes findest, das ihn aufheitert, fahre ich dich heute Abend hin. Auf diese Weise bekommt er gleich zwei Überraschungen. Was hältst du davon?“

Austins erster Reflex war zu rufen: Nein – und danke für gar nichts. Dann fiel ihm ein, wie viel Spaß sie bei dem Spiel gehabt hatten, und außerdem war der Vorschlag gar nicht schlecht. Er nickte. „Okay.“ Nach kurzem Zögern fügte er hinzu: „Wenn du Lust hast zum Abendessen zu kommen – ich mache meine weltberühmte Tomatensuppe mit Käsetoast."

„Abgemacht. Ich bringe kalte Milch mit."

Austin strahlte. „Abgemacht."

„Passt achtzehn Uhr?"

„Solange du pünktlich kommst. Jenny sagt immer, ich wäre unausstehlich, wenn ich später esse."

Auf dem Weg zurück nahm Bailey völlig unerwartet seine Hand. „Das war cool – wie du damit umgegangen bist, meine ich."

„Echt?" Ihm stockte ein wenig der Atem, weil ihre Finger verglichen mit seinen so zart waren, aber er gab sein Bestes, um möglichst lässig zu wirken. Er wollte nicht als noch größerer Freak vor ihr dastehen. „Ich habe darüber nachgedacht, was du gesagt hast. Von wegen ihn und Max besser kennenlernen. Ich … es war schön am Freitag und es war viel leichter, mit ihnen zu reden, als ich gedacht hätte." Vor allem hatte ihm gefallen, wie sie mit Bailey umgegangen waren. Sie hatten es nicht übertrieben, ihr aber Türen aufgehalten, sie vor den schlimmsten Fans beschützt und darauf verzichtet, zu fluchen und all solchen Scheiß – auf jeden Fall hatte er seitdem eine ganz andere Vorstellung davon, wie er sich selbst Mädchen gegenüber verhalten sollte.

Gut, das mit dem Fluchen war nicht so einfach, alle fluchten – auf diese Weise wirkte man älter, mehr nach Highschool als nach blöder Mittelstufe. Trotzdem musste er sich eingestehen, dass Jake und Max irgendwie klasse waren. Und wenn die beiden sich in Gegenwart eines Mädchens zusammenrissen, dann sollte er das wohl besser auch tun.

„Also, was denkst du? Sollen wir das Zeug in deinem Rucksack jetzt bei Nolan vorbeibringen?"

„Ja, wahrscheinlich. Warte mal … wie gut fährst du Fahrrad?"

„Ganz okay. Ich kenne keine großen Tricks oder so." Sie musterte ihn. „Wieso?"

„Kannst du vielleicht was Besonderes, das nichts mit Fahrradfahren zu tun hat?“

„Wie meinst du das?“

„Zum Beispiel – was weiß ich – Gymnastik oder irgendwas Cooles aus dem Ballettunterricht?“

„Ich bin tatsächlich ziemlich gut in Gymnastik. Aber warum?“

„Gut.“ Er blieb stehen und beugte sich zu ihr. „Folgendes …“

Eine Stunde später sprachen sie mit Nolans Vater, der ihnen daraufhin einen uralten Ghettoblaster gab. Den stellten sie vor Nolans Fenster und drehten die Lautstärke voll auf. Altmodische Zirkusmusik erklang.

„Heilige Scheiße“, brüllte Austin darüber hinweg. „Findest du es nicht komisch, dass dein Onkel solche Musik rumliegen hat?“

Bailey lachte und schrie: „Da ist er!“

Als er sich umdrehte, sah er Nolan, der eine albtraumhafte Frisur hatte, am Fenster stehen, das Haar an einer Stelle platt gedrückt, an der anderen wild abstehend. Er tippte die Nummer seines besten Freundes in sein Smartphone. Nolan verschwand vom Fenster, um kurz darauf mit seinem Handy am Ohr wieder aufzutauchen.

Bailey stellte die Musik ab, und Austin hielt sein Handy so, dass sie mithören konnte. „Jetzt kapiere ich, warum du nicht skypen wolltest“, sagte er, als Nolan abgenommen hatte.

„Ach ja? Oh Mann, was meinst du, welche Chance ich noch bei Stefani Baldwin hätte, wenn sie mich so sehen könnte?“ Er schnitt eine Grimasse. „Was soll diese bescheuerte Musik?“

Bailey nahm ihm das Handy aus der Hand und brüllte: „Laaadies and Gentlemen! Das ist der Augenblick, auf den Sie alle so lange gewartet haben. Nehmen Sie Platz, essen Sie Ihr Popcorn …“

In diesem Moment trat Mrs D mit einer Schüssel Popcorn zu Nolan. Sein kleiner Bruder hüpfte begeistert neben ihm auf und ab.

„Und willkommen bei ‚The Amazing Austini'!"

Bailey legte auf, warf ihm das Handy wieder zu und machte einen Sprung in die Luft wie ein Cheerleader, während Austin sein Telefon in die Tasche steckte. Dann nahm sie drei Schritte Anlauf und schlug ein Rad.

Austin schnappte sich sein altes BMX und stieg auf. Seit mindestens einem Jahr fuhr er mit einem Modell für Erwachsene in die Schule, doch ganz hatte er das BMX-Fahren nicht lassen können, und darüber war er jetzt froh. Während Bailey Pirouetten drehte und Überschläge machte, begann er die Tricks aufzuführen, die er und Nolan all die Jahre über gemeinsam trainiert hatten: auf dem Hinterrad balancieren, auf dem Vorderrad, während er den Rest des Fahrrads von einer Seite auf die andere drehte, auf dem Vorderrad über den Rasen hüpfen und freihändig fahren.

Okay, der letzte Trick war ziemlich schwach, und bei den anderen pfuschte er auch ein paar Mal, außerdem fühlte er sich zu mehrfachen Wiederholungen gezwungen, weil er nicht besonders viel konnte, doch nach jedem Trick machte er eine tiefe theatralische Verbeugung, so, als wäre er der heißeste Entertainer außerhalb von Las Vegas. Am Ende spielte es gar keine Rolle, da sich der ganze Aufwand mehr als gelohnt hatte. Er konnte sehen, wie Nolan sich Popcorn in den Mund stopfte und von einem Ohr zum anderen grinste.

Als Jenny am späten Nachmittag nach Hause kam, war Austin immer noch ganz aufgedreht, er grillte gerade die Käsetoasts.

„Was ist denn das?", fragte sie lächelnd. „Du kochst? Welch ein Luxus!"

„Ja, ich habe Jake zum Abendessen eingeladen. Könntest

du mir eine Dose Tomatensuppe aus der Speisekammer holen? Oder lieber zwei. Normalerweise schaffen wir beide schon eine ganze Dose." Als sie schwieg, drehte er sich um. „Jenny?"

„Wie bitte? Oh, tut mir leid. Vielleicht sogar besser drei, weil du locker eine allein vernichtest und dein Vater dir da vermutlich in nichts nachstehen wird." Als sie in der Speisekammer war, rief sie: „Also, ähm, Jake kommt zum Essen, ja?"

„Ja." Ihre Stimme klang merkwürdig. „Das ist doch in Ordnung, hoffe ich. Ich meine, sonst muss ich dich auch nicht fragen, wenn ich Nolan oder so einlade."

„Klar, natürlich. Ist in … Ordnung. Je mehr, desto besser."

Er grinste. „Das sagst du immer."

Normalerweise meinte sie es auch so. Jenny legte die Stirn an die Schranktür, die sie gerade geschlossen hatte, und konzentrierte sich auf ihre Atmung. Lange, tiefe Atemzüge.

Nicht hörbare lange, tiefe Atemzüge, da sie Austin nicht die gute Laune verderben wollte. Und außerdem, versicherte sie sich selbst, war es tatsächlich in Ordnung. Sogar gut, um genau zu sein. Austin musste eine Beziehung zu seinem Dad aufbauen, weil Jake ihn mit nach New York nehmen wollte – je schneller sie sich anfreundeten, desto besser würde der Junge mit all den Veränderungen zurechtkommen.

Dummerweise hatte sie sich vor nicht mal achtundvierzig Stunden noch mit Jake in ihrem Bett herumgerollt und konnte gut darauf verzichten, ihm jetzt über den Weg zu laufen.

Oder überhaupt jemals wieder.

Okay, das war kindisch. Sie drückte sich von der Schranktür ab. Andererseits konnte sie nicht so tun, als würde die Vorstellung sie begeistern, einen Abend mit ihm zu verbringen. Immerhin hatte er ihre nackten Brüste gesehen und angefasst. Für ihn war das alles natürlich kein Problem, er brauchte sich keine Gedanken zu machen. Er hatte ja nicht mal sein Hemd aufgeknöpft!

Als es laut an die Haustür klopfte, hätte sie vor Schreck beinahe aufgeschrien.

Austin rief aus der Küche: „Das wird er wohl sein. Gib mir bitte die Suppe, bevor du aufmachst."

Sie warf ihm eine Dose nach der anderen zu, dann, nachdem sie einen letzten tiefen Atemzug genommen hatte, wandte sie sich Richtung Haustür, schüttelte ihre Hände aus und griff nach dem Knauf. *Verdammt.* Wäre schön gewesen, wenn sie wenigstens noch Zeit gehabt hätte, Lippenstift aufzulegen. Nicht, dass sie Jake Bradshaw irgendwie beeindrucken wollte, aber jede Frau auf dieser Welt wusste, wie wichtig ein Hauch Lippenstift für das Selbstvertrauen sein konnte.

Aufgesetzt lächelnd öffnete sie die Tür.

Natürlich war es albern, aber Jake hatte nicht damit gerechnet, dass Jenny auch da sein würde. Er hatte gedacht, Austin müsste an diesem Abend selbst kochen, weil sie arbeitete. Als er sie jetzt sah, in einem eng geschnittenen kamelbraunen Rock, einer dieser hauchdünnen, ultrafemininen Blusen – schwarz und braun – und in diesen hochhackigen Schuhen, erstarrte er einen Moment.

Schließlich warf er ihr ein unbekümmertes Lächeln zu und ließ seinen Blick absichtlich lange auf ihren kleinen Brüsten ruhen.

Er dachte, das würde sie aus der Bahn werfen, doch da hatte er sie unterschätzt. Diese Frau war aus unzerstörbarem Titan. Zwar färbten sich ihre Wangen zartrosa, doch sie erwiderte kühl seinen Blick und hob eine Augenbraue, als wollte sie sagen: wenn du mal kein mieser kleiner Schweinehund bist.

„Habt ihr vor, den ganzen Abend da draußen rumzustehen?"

Austin, der am Türpfosten lehnte, bemerkte die Flasche in seiner Hand.

„Oh, gut. Du hast an die Milch gedacht.“ Er nahm sie ihm ab. „Ich stell sie ins Eisfach, damit sie richtig kalt ist, und dann muss ich mich wieder um meine Suppe kümmern.“ Er wackelte mit den Augenbrauen. „Wenn ihr wollt, könnt ihr gern dem Meister bei seiner Arbeit zusehen.“

Jake verzog das Gesicht. Als er Jenny diesmal ein Grinsen zuwarf, hatte er keine Hintergedanken. „Ist er immer so bescheiden?“

Sie verdrehte die Augen. „Meistens.“

„Hey!“, protestierte Austin. „Wartet, bis ihr meinen Käsetoast probiert habt – ganz zu schweigen von meiner Campbell's-Suppe. Ich wurde schon angefleht – *angefleht* –, die Schule sausen zu lassen und im Fernsehen eine Kochshow zu moderieren. Ich wette, nach heute Abend werdet ihr mit allen Tricks versuchen, mir mein Rezept abzuluchsen.“ Sein Ton war spöttisch.

Zum ersten Mal schien sich sein Sohn in seiner Gegenwart richtig wohlzufühlen. Zwar hatten sie auch am Freitag eine Menge Spaß miteinander gehabt, trotzdem war Austin nicht annähernd so gelöst gewesen wie jetzt.

Jake war begeistert, er war sowieso wild entschlossen, Austin besser kennenzulernen, aber diesen Jungen hier liebte er bereits, mit ihm wollte er tatsächlich so viel Zeit wie nur möglich verbringen.

Während des Essens stellte er fest, dass Austin noch immer aufgekratzt wegen des Auftritts war, den er und Bailey sich für Nolan ausgedacht hatten. Jake konnte sich vor Lachen nicht halten, als sein Sohn nicht nur seine alten Tricks wiederaufleben ließ – einschließlich seiner Patzer –, sondern auch Baileys Zirkusdirektor-Sprüche und ihre Sprünge. Austin versuchte sogar mit Falsettstimme die Zirkusmusik nachzuahmen.

„Hast du schon jemals so langweilige Musik gehört?", fragte er zum Schluss und biss kräftig von seinem zweiten Käsetoast ab.

Jake warf einen Blick zu Jenny, die wie eine Mutter vor Stolz fast platzte. Als er das sah, machte sein Herz einen merkwürdigen Satz und schien sich zusammenzuziehen.

Dieses Gefühl verschwand schnell, als Austin seinen leeren Teller von sich schob und rülpste.

„'tschuldigung", sagte er und warf den Erwachsenen ein selbstzufriedenes Lächeln zu. „Ich habe gekocht, das bedeutet, dass ihr abräumen müsst."

Jenny stöhnte. „Toll." Dann wandte sie sich an ihn und sagte: „Er macht womöglich den besten Käsetoast im Staate Washington …"

„Oder vielleicht auf dem ganzen Festland der USA", unterbrach er sie.

„Versucht's mal mit dem Universum", meinte Austin.

„Wie auch immer. Das Problem ist nur, dass er es beim Kochen ständig irgendwie schafft, jeden einzelnen Teller und Topf in diesem Haushalt schmutzig zu machen."

„Selbst der talentierteste Koch ist nur so gut wie sein Handwerkszeug", verkündete sein Sohn. „Während ihr die Küche sauber macht, hole ich die Sachen, die wir Nolan vorbeibringen werden."

Jenny runzelte verwirrt die Stirn. „Was bringt ihr Nolan vorbei? Du darfst ihn noch nicht besuchen, deine Impfung ist erst am Dienstag, da müssen wir Dr. Janus mal fragen, ab wann sie wirkt."

„Stimmt, das weißt du ja gar nicht", sagte Austin. „Ich gehe nicht rein. Ich möchte nur ein paar Bücher und andere Sachen bei Mrs D abgeben, damit Nolan sich nicht zu sehr langweilt. Ich hätte den Kram schon heute Nachmittag auf dem Fahrrad mitgenommen, aber ich will ihm auch meine Seesterne-Sammlung geben. Und die ist viel zu groß."

Auf einmal wurden ihre Gesichtszüge weich. „Du willst ihm deine Seesterne-Sammlung leihen, um ihn aufzumuntern? Das ist wirklich nett von dir, Austin."

„Ich weiß." Er lächelte sie schief an. „Ich hatte Jake heute Mittag gefragt, ob er mich hinfahren kann, aber da hat er gerade Fotos entwickelt und meinte, dass wir das besser abends machen. Also, ihr zwei räumt ab und ich packe den Kram ins Auto." Er wandte sich an ihn. „Ich nehme an, es ist offen?"

„Natürlich nicht." Jake zog den Schlüssel aus der Tasche und warf ihn Austin zu. „In Manhattan würde kein Mensch seinen Wagen jemals unverschlossen lassen."

„Du bist aber nicht in Manhattan, Toto." Austin schüttelte den Kopf. „Keine Ahnung, wie man so leben kann."

Jake rutschte zwar das Herz in die Hose, als er das hörte, doch er entgegnete leichthin: „Du willst mir nur auf die Nerven gehen, indem du genauso einen Unsinn redest wie Max."

„Der hat einen ziemlich guten Geschmack, hm?"

„Pack deine Sachen, Austin", wies Jenny ihn an, stand auf und stapelte die Teller übereinander. „Und du", sagte sie und deutete auf Jake, „du kommst mit mir."

Er nahm die Gläser und folgte ihr zum Spülbecken. „Soll ich spülen oder abtrocknen?"

„Abtrocknen", sagte sie. „Du bist größer, es ist für dich also leichter, das Geschirr in die Schränke zu räumen."

Er grinste. „Bisschen kleinwüchsig bist du schon, oder?", fragte er. „War mir bisher gar nicht aufgefallen."

„Du bist so ein Schatz", sagte sie in einem Ton, der unmissverständlich klarmachte, dass er alles andere als das war, aber sie lächelte ein klein wenig. „Teller gehören in den Schrank dort und die Gläser in diesen." Sie drehte den Wasserhahn auf und verteilte Spülmittel im Waschbecken. „Und die Pfannen in die Schublade unterm Herd."

„Verstanden." Er schleuderte sich das Geschirrhandtuch

über die Schulter. „Soll ich die Milch in den Kühlschrank stellen?"

„Ja, das wäre gut." Jenny planschte mit einer Hand im Wasser, damit mehr Schaum entstand.

Während sie die Küche aufräumten, unterhielten sie sich über alles Mögliche, und zum ersten Mal an diesem Abend ließ er ihr gegenüber alle Zurückhaltung fallen. Wahrscheinlich war sie sowieso nicht nötig gewesen, doch sie zu sehen hatte ihn einfach überrumpelt. Vermutlich hatte er sich etwas zu sehr in dieses Knistern zwischen ihnen hineingesteigert.

Er streckte einen Arm über sie hinweg, um das letzte Glas in den Schrank zu stellen. Das hatte er auch vorher schon gemacht, nur dass Jenny sich jetzt im selben Augenblick vorbeugte, um die Arbeitsfläche abzuwischen, sodass sie auf diese Weise auf einmal ihren runden kleinen Hintern an ihn drückte. Als sie beide erstarrten, hörte er auf, sich länger was vorzumachen, denn er begehrte sie. Er begehrte sie sogar sehr.

Jenny richtete sich auf und er wich ein Stück zurück, aber noch immer stand er da, hatte einen Arm über sie ausgestreckt und atmete tief ihren Duft ein – eine Mischung aus Geschirrspülmittel, Kräutershampoo und … Frau.

Verdammt. Sie roch ständig so gut, und zwar nicht nach Parfüm, sondern einfach nach Jenny.

Er spürte ein Ziehen im Schoß, stellte das Glas in den Schrank, machte ein paar Trippelschritte rückwärts und legte das Handtuch auf den Küchentresen. „Tja dann", sagte er, selbst genervt vom heiseren Unterton in seiner Stimme. „Ich sehe mal besser nach, ob Austin fertig ist. Danke für das Abendessen."

Den Namen seines Sohnes rufend, fegte er im Eiltempo aus der Küche. Ein Wunder, dass er keine Abriebspuren auf dem Küchenboden hinterließ.

14. KAPITEL

Am Montagmorgen hielt Jenny auf ihrem Weg aus der Stadt vor Tashas Haus, lief die Außentreppe hinauf in die Wohnung über dem „Bella T's" und schlug ungeduldig an die Tür. „Was ist denn so wichtig, dass es nicht warten kann?", fragte sie, als Tasha öffnete. „Ich hab's eilig."

„Komm rein." Tasha trat zurück, um sie vorbeizulassen. „Ich habe den Plan der Fähre geprüft – du hast noch eine Viertelstunde Zeit."

Jenny stieß zischend die Luft aus, unterließ es aber, mit ihrer Freundin zu diskutieren, und stapfte in die Wohnung. „Hör mal, ich bin echt nicht in der Stimmung …"

„Ich weiß, Süße. Das bist du nie, wenn du deinen Vater besuchen fährst. Und du isst vorher auch nie anständig." Tasha schob sie in die Küche. „Setz dich und lang zu."

Auf der Frühstückstheke stand ein blauer Teller mit dampfendem Rührei, zwei Würstchen und einigen wunderschönen Erdbeeren. „Ach, Tasha." Jenny spürte, wie Tränen in ihr aufstiegen.

Sie hasste diese Besuche im Gefängnis, doch ihre beste Freundin fand immer wieder einen Weg, es ihr ein wenig leichter zu machen. „Du weißt, dass ich dich liebe, oder?"

„Das weiß ich – und du weißt, dass ich dich auch liebe. Hier." Tasha reichte ihr ein Taschentuch. „Wisch dir die Augen ab, putz dir die Nase und iss dein Frühstück." Sie goss Orangensaft und Kaffee ein. „Jetzt hast du nur noch etwas weniger als fünfzehn Minuten Zeit. Also fang an. Wenn es dir schon auf der ganzen Fahrt zum Gefängnis mies geht, dann wenigstens nicht auf nüchternen Magen."

Jenny nahm die Gabel und langte zu.

Tasha setzte sich neben sie auf einen Barhocker und schwenkte den Kaffee in ihrer Tasse, wobei sie sie betrachtete. „Ich weiß wirklich nicht, warum zum Teufel du immer wieder glaubst, das durchmachen zu müssen."

Das konnte sie sich selbst nicht erklären, deshalb sagte sie: „Ist doch nur zwei Mal im Jahr. Und er ist mein Vater."

„Dem es völlig schnuppe war, dass er dein Leben zerstörte mit diesen …" Tasha brach ab und schüttelte so heftig den Kopf, dass ihre Locken wippten. „Tut mir leid. Das hilft dir jetzt auch nicht gerade, ich weiß."

Jenny legte einen Arm um den Nacken ihrer Freundin, dabei hätte sie sie beinahe vom Hocker gerissen, und verpasste ihr einen geräuschvollen Kuss voll auf den Mund. „Das Frühstück baut mich auf und ich finde es schön, dass du dir Sorgen um mich machst."

Tasha schnaubte leise. „Gut zu wissen, dass du wenigstens jedes Mal stinksauer bist, wenn du diese Tortur über dich ergehen lassen musst." Sie setzte ihr Besserwisser-Lächeln auf. „Und da glauben die Leute immer, du bist so ein Herzchen."

„Ich weiß. Warum eigentlich? Jake hat mir auch sofort geglaubt, dass ich nicht mit dem erstbesten Typ in die Federn steige, weil ich seiner Meinung nach so süß bin. Und das, obwohl ich mit ihm quasi schon ins Bett gestiegen war."

Tasha, die sie gleich am nächsten Tag über den Vorfall ins Bild gesetzt hatte, nickte.

„Männer können manchmal echte Idioten sein, selbst die sogenannten klugen."

„Amen, Schwester."

„Wobei du von Natur aus wirklich verdammt süß bist." Tasha stieß ihr mit dem Ellbogen in die Seite. „Jedenfalls öfter als nicht."

Als Jenny fünf Minuten später aufgegessen hatte, rutschte sie vom Hocker und umarmte ihre beste Freundin innig. „Danke dir. Das war die hilfreichste Viertelstunde aller Zeiten."

„Gut. Hier." Tasha reichte ihr eine Papiertüte. „Ich habe dir ein paar Snacks eingepackt. Fahr vorsichtig, verstanden?"

„Ja, Mama."

Tasha schlug ihr auf den Hintern. „Raus jetzt, Kind."

Als Jenny losfuhr, war sie nur noch halb so genervt, allerdings dauerte die Fahrt von der Halbinsel bis Monroe ziemlich lange, erst mit der Fähre und dann mehrere Stunden mit dem Wagen auf der Landstraße.

Nachdem sie schließlich die Sicherheitsvorkehrungen im Gefängnis hinter sich gebracht hatte und von einem bewaffneten Wärter ins Besuchszimmer geführt wurde, war ihre Laune wieder auf dem Tiefpunkt angelangt. Sie fühlte sich angespannt wie ein verkaterter Bombenentschärfer und das schon, bevor ihr Vater den Raum betrat.

Ihre geringe Körpergröße hatte sie ihm zu verdanken. Lawrence Salazar war kaum eins siebenundsechzig groß, spazierte aber ins Zimmer, als wäre er über zwei Meter. Sein dunkles Haar durchzogen inzwischen silbergraue Strähnen, seine Wangen glänzten frisch rasiert und er trug seinen Gefangenen-Overall mit solchem Selbstbewusstsein, als wäre er von Armani höchstpersönlich entworfen worden. Als er zu ihr geschlendert kam, stand sie auf.

„Hallo Jennifer." Er gab ihr die eine erlaubte Umarmung und nahm ihr gegenüber Platz.

„Dad." Er saß nun schon seit zwölf Jahren im Gefängnis, doch als sie sein noch immer attraktives Gesicht betrachtete, wurde sie von alten Gefühlen übermannt.

Früher einmal hatte sie ihn angebetet. Er war wie eine Mischung aus Weihnachtsmann und Osterhase für sie gewesen – eine schillernde Persönlichkeit. Obwohl sie in ein- und derselben Villa gelebt hatten, war er wie durch Zauberhand oft aus ihrem Leben verschwunden, um unvermutet wieder aufzutauchen. Dann überschüttete er sie mit Geschenken und war so charmant und charismatisch, dass sie sich in seiner Gegenwart wie eine Prinzessin fühlte. Für sie war er damals der tollste Mann der Welt.

In Wahrheit war er ein Betrüger, der eine erschreckende Zahl von Menschen finanziell in den Ruin getrieben hatte. Als sie das herausfand, sie war gerade mal sechzehn, hatte es ihr beinahe das Herz gebrochen. Wie gerne hätte sie damals getobt und geschimpft, um ihre Wut und diese furchtbare Angst loszuwerden, doch für solche Gefühle hatte sie keine Zeit gehabt. Stattdessen hatte sie dafür sorgen müssen, finanziell irgendwie über die Runden zu kommen. Einen anständigen, zu ihrem Alter passenden hysterischen Anfall hatte sie sich nie leisten können.

Vielleicht war das der Grund für die schmerzhafte Hassliebe, die sie ihrem Vater gegenüber empfand. Er hatte schon fünf Jahre eingesessen, als sie sich endlich ein altes, aber zuverlässiges Auto leisten konnte, um ihn zum ersten Mal aufzusuchen. Seitdem durchlebte sie bei jedem Treffen das gleiche Gefühlschaos. Zwar fand sie es schrecklich, was er getan hatte, und hasste seine Arroganz, die von der Zeit im Gefängnis nicht angekratzt worden war, doch er war noch immer ihr Vater. Allein aus diesem Grund liebte sie ihn – und weil sie die seltenen Momente, in denen er sich um sie gekümmert hatte, einfach nicht vergessen konnte.

„Was hast du mir mitgebracht?“, fragte er.

Auch wenn ich ihn nicht wirklich mag, dachte sie und unterdrückte ein Seufzen. „Das Übliche.“

„Hervorragend.“

Er schenkte ihr ein Lächeln, das Millionäre ihr Vermögen und alte Damen ihre Altersvorsorge gekostet hatte, lehnte sich vor und streckte die Hand nach ihr aus, dann aber hielt er mitten in der Bewegung inne.

„Morgen ist meine Anhörung über die Bewährung“, sagte er.

„Dad!“ Jetzt schaffte sie es zum ersten Mal, ehrlich zu lächeln. „Das ist ja fantastisch!“ Hauptsächlich freute sie sich darüber, ihn dann nicht mehr im Gefängnis besuchen zu müssen, das behielt sie jedoch für sich.

„Ich war ein vorbildlicher Gefangener, somit sollte eine Entlassung kein Problem sein, aber ich brauche dich bei der Anhörung, damit du ihnen sagen kannst, dass du in deinem kleinen Hotel einen Job für mich hast.“

„Oh.“ Jenny sank auf ihrem Stuhl zusammen, übermannt von den widersprüchlichsten Gefühlen. Die pflichtbewusste Tochter wollte ihm alles geben, was er verlangte, doch ihre Instinkte kreischten, kreischten und kreischten. Sie zu ignorieren ging immer nur auf ihre Kosten, wie sie oft genug erfahren hatte, deswegen stieß sie leise die Luft aus und sagte: „Nein.“

„Wie bitte?“ Seine sowieso schon tadellose Haltung wurde noch ein wenig militärisch aufrechter. „Was soll das heißen, nein?“, fragte er mit eisiger Stimme.

Hab ich etwa abgelehnt, Daddy? Das war nicht so gemeint.

Tatsache war, sie hatte Nein gesagt. Deswegen riss sie sich zusammen und sah ihn direkt an. „Das kann ich mit gutem Gewissen nicht tun.“

„Natürlich kannst du das. Ich werde einen Job brauchen.“

„Und du würdest im ‚The Brothers‘, sagen wir mal … Aufgaben eines Hausmeisters übernehmen wollen?“

Der Blick, den er ihr zuwarf, war an Arroganz nicht zu übertreffen.

„Sei nicht albern. Die erste Regel im Geschäftsleben lautet, Mitarbeiter dort einzusetzen, wo sie am effektivsten sind. In meinem Fall wären das die Finanzen. Oder der Vertrieb. In beiden Bereichen bin ich brillant.“

„Und trotzdem haben deinetwegen viele Menschen ihr gesamtes Erspartes verloren.“

Seine Stimme wurde sogar noch kälter. „Ich werde entlassen, weil ich meine Schuld abgebüßt habe, Jennifer.“

„Und das ist toll, Dad, wirklich, aber tut es dir denn überhaupt kein bisschen leid für all die Menschen, deren Leben du zerstört hast?“ Sie studierte ihn prüfend und wusste verdammt gut, dass er sie nach Strich und Faden belog, als er sanft antwortete: „Natürlich. Ich schäme mich zutiefst für den Schaden, den ich angerichtet habe.“

„Nun, und das ist gut. Wie ich aber bereits sagte, kann ich dich im ‚The Brothers‘ nicht einstellen.“

Er schlug so hart auf die Tischplatte, dass der mürrische Teenager am Nebentisch zusammenfuhr. „Ich bin dein Vater!“

„Oh, glaub mir, dessen bin ich mir vollkommen bewusst, denn das war es, was mir ständig unter die Nase gerieben wurde, als du wegen deiner Betrügereien im Gefängnis gelandet bist und ich auf mich allein gestellt war – dass ich deine Tochter bin!“ Sie versuchte leise zu sprechen, doch die jahrelange unterdrückte Wut kochte auf einmal in ihr hoch. „Deine sechzehnjährige Tochter. Du und Mom wart viel zu sehr mit euch selbst beschäftigt, um auch nur zu merken, wie ich um unser Überleben kämpfen musste. Und eines kann ich dir sagen, dein schlechter Ruf hat über meinem Kopf gehangen wie eine Regenwolke, und das hat die ganze Sache nicht leichter gemacht.“

Langsam! Sie holte tief Luft. Eigentlich hatte sie geglaubt, den Schmerz und die Scham längst verarbeitet zu haben – all diese Seitenblicke, das misstrauische Beäugen der anderen Kinder. Offensichtlich nicht.

„Ich war wohl kaum in der Lage, von hier aus irgendetwas zu tun, Jennifer.“

„Vielleicht nicht, doch du wärst in der Lage gewesen, mit deinem Talent ehrliches Geld zu verdienen und gar nicht erst hier zu landen. Aber weißt du was?“ Ungeduldig winkte sie ab. „Vergessen wir’s, Schnee von gestern.“ Nun beugte sie sich ihrerseits nach vorn, den Blick so arrogant wie möglich. „Ich habe für mich und meine Mutter gekämpft, die es selbst nicht konnte. Ich verrate dir etwas, *Daddy*, es war nicht leicht, und mit Sicherheit habe ich es nicht euch beiden zu verdanken, dass ich überlebt habe. Emmett und Kathy haben mir gezeigt, wie eine richtige Familie funktionieren sollte, und durch ihre Hilfe bin ich in der Lage, sehr gut selbst für mich zu sorgen, und ich werde keinesfalls zulassen, dass du in das Resort spazierst, das sie aufgebaut haben, um unseren exzellenten Ruf in null Komma nichts zu ruinieren. Ich liebe dich, Dad, ich werde dich immer lieben." Sie stand auf. „Und ich wünsche dir viel Glück. Wenn du mich einmal besuchen willst, kannst du gern für ein paar Tage ein Zimmer haben, aber davon abgesehen bist du auf dich allein gestellt."

Er schüttelte den Kopf. „Du bist so hart. Was in aller Welt ist aus meiner Prinzessin geworden?"

„Sie musste Toiletten schrubben und anderer Leute Durcheinander aufräumen. Sie musste dagegen ankämpfen, nicht ihr Leben lang nur als die Tochter eines Verbrechers angesehen zu werden."

„Und das ist dir gelungen. Wieso also kannst du deinem guten alten Dad nicht einfach ein bisschen unter die Arme greifen?"

„War ich nicht deutlich genug? Hast du nicht zugehört, als ich sagte, dass ich mir von dir nicht alles ruinieren lassen werde, was ich mir aufgebaut habe?" Sie machte dem Wärter ein Zeichen, dann wandte sie sich wieder ihrem Vater zu. „Komm vorbei, wenn du eine vernünftige Beziehung zu mir aufbauen willst, du weißt, dass ich mich darüber freuen würde, aber du musst einen Weg finden, selbst zurechtzukommen – am besten einen legalen Weg. Ich habe keine Lust mehr, mich um die Menschen zu kümmern, deren Job es eigentlich wäre, sich um mich zu kümmern."

Gutes Mädchen, sagte sie sich immer wieder auf dem Weg nach draußen, gutes Mädchen. Natürlich war es zu spät, sie würde nie mehr eine Mutter haben, die ihr die Last abnahm, und schon gar keinen Vater, der sich für irgendjemanden interessierte außer für sich selbst. Wenigstens hatte sie diesmal getan, was längst fällig gewesen war. Sie hatte ein für alle Mal klargestellt, dass sie damit auch nicht mehr rechnete.

Sie schloss den Wagen auf, stieg ein und schleuderte ihre Tasche auf den Beifahrersitz, dann schnallte sie sich an, betrachtete ihre zitternden Finger und brach in Tränen aus.

Der Verkehr war ein einziger Albtraum – wie auch nicht anders zu erwarten an einem Tag, an dem sowieso nichts gut lief. Sie war erschöpft und ausgelaugt, als sie endlich Razor Bay erreichte, und unendlich froh, als sie hinter ihrem kleinen Bungalow geparkt hatte. Sie sehnte sich nach einem großen Glas Wasser, ein paar Aspirin und vielleicht einer Stunde auf der Couch im Dunklen.

Sobald sie durch die Hintertür die Küche betrat, hörte sie das ohrenbetäubende Ballern von Austins Halo XBox. Er krähte gerade: „Du bist tot!"

Da sie annahm, dass er mit Bailey sprach, ging sie ins Wohnzimmer, um die beiden zu begrüßen, doch es war Jakes Stimme, die murrte: „In deinen Träumen vielleicht. Du spielst hier mit dem Meister!"

Jenny blieb wie angewurzelt stehen. *Na großartig*. Jake war der letzte Mensch, den sie jetzt sehen wollte, aber sie hatte ihn schließlich gebeten, sich während ihrer Abwesenheit um Austin zu kümmern – was also sollte sie sagen? Verschwinde verflucht noch mal aus meinem Haus, ich hab keine Lust, mich heute mit dir abzugeben?

Mit einem Mal schien ihre Handtasche hundert Kilo zu wiegen. Sie trottete ins Wohnzimmer. „Hey", sagte sie und versuchte fröhlich zu klingen, was kläglich misslang. „Ich bin wieder da."

„Hey", erwiderte Austin, ohne den Blick vom Fernsehschirm zu nehmen. Er tat etwas, das ein Gewehr losfeuern ließ, und irgendein Charakter starb, worauf er triumphierend lachte. „Ja! Hab dich gegrillt! Wer ist jetzt der Meister?"

Jake achtete gar nicht auf ihn, sondern runzelte die Stirn und sah sie an. „Du siehst nicht besonders ausgeruht für jemanden aus, der einen Tag im Wellnesscenter oder beim Shoppen oder was weiß ich wie verbracht hat. Genau genommen siehst du beschissen aus."

Austin riss den Mund auf und starrte ihn an. „Echt jetzt, Alter! Das ist nicht witzig. Sie war im Gefängnis."

„Wie bitte?" Jake war perplex.

„Sie war den ganzen Tag in Monroe, Mann." Austins Ton klang, als würde er mit einem geistig Behinderten reden. „Und hat ihren Dad besucht. Himmel." Er sah Jake böse an, dann blickte er auf seine Uhr, dann zu ihr. „Eigentlich bin ich mit ein paar Kumpels verabredet, wir wollten ein Mini-Flipper-Turnier im ‚Bella T's' machen, aber wenn ich lieber hierbleiben soll …"

„Nein." Jenny schüttelte den Kopf. Sie wollte nichts anderes, als eine Weile allein sein.

„Bist du sicher? Ich kann echt bleiben."

„Nein. Geh. Mach sie fertig."

„Okay, wenn du meinst. Hausaufgaben hab ich schon erledigt." Er deutete mit dem Kinn auf Jake. „Der Grinch hier hat mich dazu gezwungen, bevor er für ein Spielchen bereit war." Er sprang auf und lief Richtung Küche. „Ich bin um neun wieder da, okay?"

Von einer Sekunde auf die andere schien er sich in Luft aufgelöst zu haben, kurz darauf knallte die Hintertür zu.

Sie sah Jake an. „Danke, dass du bei ihm geblieben bist und dafür gesorgt hast, dass er die Hausaufgaben macht." Sie war außerordentlich froh, sich an diesem Abend zumindest darum nicht mehr kümmern zu müssen.

Er durchquerte den Raum. „Wieso hast du mir nicht gesagt, wo du hingehst? Andererseits, warum solltest du? Du siehst aus, wie durch den Fleischwolf gedreht. Hunger? Ich könnte dir was kochen."

Allein beim Gedanken an Essen wurde ihr übel. „Nein, ich habe wirklich keinen Hunger."

„Wie wäre es dann mit einem entspannenden Glas Wein?"

Dieser Vorschlag erweckte schon eher ihr Interesse. „Das wäre vielleicht nicht schlecht."

„Ähm, hast du welchen?"

Bei seiner verlegenen Frage musste sie lächeln. „Im Regal über dem Besenschrank."

Er ging in die Küche und sie schleuderte die Schuhe von den Füßen und ließ sich aufs Sofa fallen. Dann knipste sie mit der Fernbedienung den Fernseher aus, den Austin angelassen hatte, und seufzte erleichtert, als der blaue Bildschirm dunkel wurde.

Jake war kurz darauf mit zwei der extragroßen Gläser zurück, die sie so gut wie nie benutzte, beide großzügig gefüllt bis zum Rand mit Chardonnay. Er reichte ihr eins. Sie trank einen Schluck, spürte, wie sich Wärme in ihrem Magen ausbreitete, nippte noch einmal an dem Wein und sah Jake über den Glasrand an. „Danke."

„Wann hast du zum letzten Mal etwas gegessen? Bis du sicher, dass du nichts möchtest?"

Den ersten Teil der Frage ignorierte sie und nahm stattdessen einen weiteren großen Schluck. Sie spürte, wie ihr Blut angenehm zu pulsieren begann und endlich die Spannung von ihr abfiel. „Später vielleicht."

Achselzuckend setzte er sich ans andere Ende der Couch. „Du hattest bestimmt einen ziemlich schweren Tag."

„Das könnte man so sagen." Sie lachte freudlos. Als sie das Glas erneut hob, meldete sich eine leise Stimme in ihrem Kopf, die sie aufforderte, langsam zu machen, doch sie hörte nicht hin. Schließlich war sie jetzt zu Hause, auf der eigenen

Couch, und die Welt würde bestimmt nicht untergehen, wenn sie mal ein winziges bisschen unvernünftig war.

„Ist das immer so?“, fragte Jake, und als sie ihn nur ansah, fuhr er fort: „Bist du danach jedes Mal so fertig?“

„Witzig ist es nie“, gestand sie. „Aber heute hatte ich ein ernsthaftes Gespräch mit meinem Vater.“

„Das war dann wahrscheinlich ein Schritt in die richtige Richtung, oder?“

Sie zuckte mit den Schultern. „War jedenfalls längst überfällig.“ Als sie ihn jetzt ansah, stellte sie fest, dass seine Konturen an den Rändern leicht verschwommen wirkten. *Ups.* Das hinderte sie aber nicht daran, das Glas auszutrinken. *Zum Henker.* Dies war eben ein Tage voller nicht so guter Ideen.

„Eine Sekunde lang hätte ich beinah nachgegeben, als mein Dad mich bat, ihn im ‚The Brothers‘ einzustellen.“ Im ersten Moment konnte sie es fast nicht glauben, dass sie ihm das anvertraute. „Dieses Resort ist Austins Erbe, ich habe eine Verantwortung – und mein Dad ist ein reueloser Betrüger. Also habe ich das Richtige getan“, erklärte sie ihm, da es nun schon egal war.

„Verdammt wahr“, sagte Jake im Brustton der Überzeugung. „Ich denke nicht, dass ich ihn gern in der Nähe meines Sohnes hätte.“

„Ich auch nicht.“ Sie kniff die Augen zusammen. „Warum fühle ich mich dann nicht besser?“

„Ach, Baby, da fragst du den Falschen. Mein Vater war, wie man so schön sagt, seriell monogam. Er hat Max und dessen Mutter für meine Mutter verlassen. Ich meine, ab dem Moment hat er sich ausschließlich auf uns konzentriert, als ob die beiden gar nicht existierten. Dann hat er mich und meine Mutter wiederum für eine andere Frau verlassen, die ein Kind hatte, das vielleicht seines war, vielleicht auch nicht. Ich weiß das alles nicht so genau, meine Mutter starb, bevor es mich wirklich interessiert hatte.“ Er hob eine Schulter und sah sie eine Weile an. „Wie du längst weißt, bin ich selbst kein leuchtendes Vorbild als Vater."

„Das stimmt", sagte sie freundlich. *Herr im Himmel!* Er sah verdammt gut aus. Sie versuchte ihr leeres Glas auf dem Couchtisch abzustellen und brauchte dafür zwei Anläufe.

„Oje." Er betrachtete sie näher. „Du bist betrunken."

„Bin ich", gab sie zu, rutschte glücklich lächelnd an sein Ende der Couch und kniete sich hin. „Ich fühle mich tausend Mal besser als gerade noch." Sie legte freundschaftlich einen Arm um seine Schultern, Jake war warm und muskulös. „Lass es uns tun."

„Was? Nein!" Er sprang auf und sie fiel nach vorn, konnte sich aber im letzten Moment mit den Händen abfangen. Umständlich drückte sie sich zurück, setzte sich auf die Fersen und strich sich die Haare aus den Augen. „Warum nicht?", fragte sie sachlich. „Du willst es doch auch."

„Ja, allerdings. Aber so gering deine Meinung von mir auch sein mag, ich nutze betrunkene Frauen nicht aus."

„Spielverderber." Sie streckte ihm die Zunge heraus und er lachte. Als sie eine Hand hob, über seine festen Oberschenkel strich und grinste, sprang er hastig zurück. „Sicher, dass du deine Meinung nicht noch änderst?"

„Nein, verdammt, ich bin mir nicht sicher. Deswegen werde ich jetzt verschwinden." Er betrachtete sie und lächelte schief. „Mann, dafür wirst du dich morgen früh hassen."

„Na und. Que sera, sera."

„Würde mich interessieren, ob du das Lied in ein paar Stunden auch noch singst. Und, he." Er strich ihr übers Haar. „Wenn dein Angebot dann weiterhin steht, weißt du ja, wo du mich findest."

15. KAPITEL

„Erschieß dich doch gleich." Sie vermied es sorgfältig, in den Badezimmerspiegel zu sehen, während sie sich ein paar Aspirin in die Handfläche schüttete und sie mit etwas Wasser hinunterspülte.

Nicht, weil der Kopfschmerz nicht auszuhalten war, der eher von der Verspannung kam als vom Alkohol. Sie hatte schließlich nur dieses eine Glas getrunken. Okay, es war ein riesiges Glas auf nüchternen Magen gewesen, und wenn sie geahnt hätte, dass sie sich derart aufführen würde – mehr oder weniger wie die Frau, die ab und zu betrunken ins „The Anchor" kam, um jeden einzelnen Mann anzumachen –, und hätte sie sich gleich noch ein paar Gläser hinter die Binde gekippt, dann wäre die vergangene Nacht vielleicht nichts weiter als eine angenehm verschwommene Erinnerung.

Verschwommen wäre definitiv von Vorteil.

Aber nein, ihr verfluchtes Gedächtnis konnte sie auch nicht ein einziges Mal im Stich lassen!

Im Gegenteil. Sie erinnerte sich deutlich an jeden peinlichen Augenblick.

Gut, nicht alles war schrecklich gewesen. Jake beispielsweise hatte sich warm und stark angefühlt und er hatte so lecker gerochen. Heilige Jungfrau Maria – auf die Erinnerung, wie sie sich ihm an den Hals geworfen hatte, hätte sie gut und gerne verzichten können. Und darauf, wie entsetzt er sie angesehen hatte, ebenfalls.

Sie kapierte es einfach nicht. Dieses Verhalten passte gar nicht zu ihr. Sie war vielleicht keine Mutter Teresa, aber weder schlief sie sich durch fremde Betten noch machte sie Männern eindeutige Angebote.

Irgendwas an Jake ließ ihren Verstand aussetzen. Sicher, er sah verdammt gut aus, und wenn es nur darum ginge, wäre alles halb so schlimm, doch da war noch etwas. Da war mehr.

Fragte sich nur, wo das hinführen sollte. Jake würde wieder verschwinden und außerdem noch Austin mitnehmen. Sie hatte genug Erfahrung mit Menschen, die sie liebte und für die andere Dinge entscheidender waren als sie. Ihrem Dad waren Reichtum und Macht wichtiger gewesen, ihrer Mutter Status und Stolz. So etwas wollte sie nicht noch einmal durchmachen.

Allein bei dem Gedanken begann der Schmerz in ihrem Kopf noch heftiger zu hämmern. Sie beugte sich über das Waschbecken und drückte die Stirn an den kalten Spiegel. „Bitte", flüsterte sie. „Wenn mich schon niemand erschießt, wie wäre es dann mit einem Blitzeinschlag oder irgend so was? Ich flehe dich an."

Das Telefon klingelte.

„Okay, ich hatte mir zwar was anderes vorgestellt", murrte sie und richtete sich auf, „aber das ist immer noch besser, als wieder und wieder über diese Peinlichkeit nachzudenken."

Allerdings kam es darauf an, wer sie anrief.

Sie wühlte ihr Handy aus der Handtasche, die sie wiederum erst unter dem Berg Klamotten von der vergangenen Nacht heraussuchen musste, warf wachsam einen Blick auf das Display und stieß den angehaltenen Atem aus, als sie die Telefonnummer des Hausmeisters erkannte. „Hi, Dan, was kann ich für Sie tun?"

„Hey Jenny", rief er fröhlich.

Hastig hielt sie das Telefon ein paar Zentimeter vom Ohr weg und stellte ihn sich im Geiste vor: klein, stämmig, sonnengebräunt und windgegerbt, die ausgewaschene braune John-Deere-Baseballkappe tief in den Nacken gezogen.

„Ich bin gerade draußen bei den Schuppen. Das verdammte Salz in der Luft hat sich durch zwei Drittel der Türangeln gefressen. Ich schwöre, gestern war alles noch in Ordnung. Wie auch immer, ich werde jetzt alle Türangeln austauschen, sonst muss ich nächste Woche wieder ran."

„Okay." Normalerweise fragte Dan nicht um Erlaubnis, wenn er seinen Job erledigte, sondern reparierte einfach, was zu reparieren war.

Er lachte. „Ich weiß, viel zu viel Herumgerede. Ich wollte nur fragen, ob ich sie kaufen und die Rechnung an das Resort schicken lassen soll, oder ob Sie lieber selbst welche besorgen."

„Machen Sie das."

„In Ordnung."

Sie besprachen gleich noch, welchen Hütten er und seine Leute einen neuen Anstrich verpassen sollten, dann war das Gespräch beendet. Jenny warf ihre Handtasche auf den Kleiderberg, hob den Blick und betrachtete sich im Spiegel.

„Okay", sagte sie streng und beschloss, nicht länger über ihre Idiotie vom vergangenen Abend nachzudenken, sondern zur Arbeit zu gehen. Sie brauchte für das Wochenende zusätzliches Personal sowohl für das Housekeeping als auch für das Restaurant. Außerdem musste sie mit Maria besprechen, wie Abby sich an der Rezeption machte. Sie konnte es sich nicht leisten, noch mehr Zeit mit Gedanken an Jake Bradshaw zu verschwenden.

Vielleicht hatte sie Glück und würde ihm mal eine Weile nicht über den Weg laufen.

Eine hübsch lange Weile.

Jake stand in Boxershorts in der Küche, kratzte sich träge den Bauch über dem tief sitzenden Hosenbund, und fragte sich, ob er Jenny an diesem Tag zu sehen bekäme. Eventuell könnte er so gegen halb vier bei ihr vorbeigehen und fragen, wie Austins Flipper-Turnier ausgegangen war.

„Verdammt, Bradshaw." Er hielt in der Bewegung inne, ließ die Hand sinken und schüttelte genervt den Kopf. „Das ist erbärmlich." Mit einem düsteren Blick versuchte er die Kaffeemaschine dazu zu bewegen, sich etwas zu beeilen. Er brauchte dringend einen Schuss Koffein.

Nur …

Wenn er das schon erbärmlich fand, was sollte er dann davon halten, dass sich ihm eine begehrenswerte, schöne Frau an den Hals geworfen hatte und er den verdammten Helden mimte? Wie war er nur auf so eine schwachsinnige Idee gekommen? War er nicht der Typ, der seinen Sohn im Stich gelassen hatte? Der Mann, der sich kaltblütig genau die Frauen aussuchte, mit denen er Spaß haben konnte, ohne sich zu irgendwas zu verpflichten?

Wieso also hatte er ausgerechnet gestern beschlossen, einen auf Ehrenmann zu machen? Er riss die Glaskanne aus der Kaffeemaschine, achtete nicht auf das Zischen, als die letzten Tropfen auf die heiße Platte fielen, und schenkte sich einen suppenschalengroßen Becher voll.

Er nahm einen Schluck und verbrannte sich die Zunge. Als er vor Schmerz zusammenzuckte, vergoss er dampfenden Kaffee über seine Finger.

„Autsch! Mist!“ Hastig stellte er die Tasse auf die Küchentheke, schüttelte die Hand heftig aus und hielt sie unter kaltes Wasser.

„Himmel noch mal.“ Es hätte ihn wohl nicht getröstet, wenn er gewusst hätte, dass er mit dem nächsten Satz Jenny quasi imitierte: „Erschieß dich doch gleich.“

„Tut mir leid, dass du dich nicht gleich mit Nolan treffen kannst“, sagte Jenny am Nachmittag, als sie ins Auto stiegen.

Austin zuckte mit den Schultern, schwer darauf konzentriert, den Gurt anzulegen. Hauptsache, er musste sie nicht ansehen. Jenny schien sowieso die gespenstische Eigenart zu haben, direkt in seinen Kopf zu schauen und seine Gedanken lesen zu können.

Sie waren gerade in der Praxis von Dr. Janus gewesen. Wie sich herausgestellt hatte, musste er sich in einem Monat ein zweites Mal impfen lassen. Zudem hatte der Doktor gesagt, dass sein Körper Zeit brauche, um Antikörper zu bilden, und er sich deswegen noch immer von Nolan fernhalten müsse.

Wie mies von ihm, dass er sich darüber fast schon freute. Was für ein Freund war er eigentlich?

„Dauert ja nicht lange", fuhr Jenny fort, und er wünschte, sie würde aufhören zu reden, doch sie tätschelte sein Knie und sagte: „Rebecca erzählte heute, dass Nolans Pusteln langsam Krusten bekommen. Das ist ein gutes Zeichen dafür, dass er bald nicht mehr ansteckend ist."

„Klar", sagte er düster.

„Hey, ich hab eine Idee!" Sie nahm den Blick lange genug von der Straße, um ihn anzusehen. „Warum fahren wir nicht einfach kurz bei ihm vorbei und holen Bailey ab?"

„Ich muss zum Training, aber Bailey kommt wahrscheinlich auch."

„Oh, das habe ich total vergessen. Freut mich, dass sie mitgeht. Ihr zwei passt gut zusammen. Und ich schätze, sie kann im Moment einen guten Freund brauchen. Rebecca sagt, dass sie Schwierigkeiten in der Schule hat."

„Die anderen sind verdammt hochnäsig zu ihr!" Das war vielleicht etwas zu wütend herausgekommen, denn Jenny warf ihm einen überraschten Blick zu, aber es ging ihm mächtig auf den Zeiger, dass die Mädchen Bailey einfach nicht in Ruhe ließen.

„Ist nicht leicht, am Ende eines Schuljahrs zu wechseln", sagte sie. „Vor allem auf eine Schule, wo jeder jeden kennt. Glaub mir, ich weiß, wovon ich spreche. Magst du sie anrufen und fragen, ob wir sie mitnehmen sollen?"

„Ja, schätze schon." Er zog sein Handy aus der Tasche. „Hey", sagte er, als Bailey abgenommen hatte. „Jenny und ich sind auf dem Weg zum Training. Sollen wir dich mitnehmen? Du kannst Mrs D sagen, dass ich dich hinterher nach Hause begleite, also braucht sie dich nicht abzuholen."

„Das wäre toll“, sagte Bailey begeistert, und ihm wurde ganz heiß.

„Super. Bis gleich.“

„Also holen wir sie wohl ab, ja?“ Jenny nahm die nächste Ausfahrt.

„Ja.“ Er hielt den Blick fest auf die Straße gerichtet und konnte es kaum fassen, dass er nach dem Training eine Weile allein mit Bailey sein würde. Wirklich nicht schlecht, dass Nolan noch ansteckend war.

Ein Gedanke, der ihn, wie er bereits festgestellt hatte, zum miesesten Freund der Welt machte.

Jake war unruhig. Nachdem er vor ein paar Tagen die letzten Fotos für den „National Explorer“ weggeschickt hatte, war seine Arbeit erledigt und er hätte es sich eine Weile gut gehen lassen können. Stattdessen wusste er nichts mit sich anzufangen. Zunächst schlug er etwas Zeit tot, indem er in dem kleinen Cottage auf und ab ging, aber das half nicht. Ihm war furchtbar langweilig.

Bei dem Gedanken angekommen blieb er wie angewurzelt stehen. „Wie alt bist du, acht?“ Sein eigener Sohn benahm sich erwachsener als er. Genervt schnappte er sich seine Kamera, warf ein paar Objektive in die Tasche und stürmte aus dem Haus. Es war ein schöner Tag gewesen – wettermäßig – und auch der Abend schien angenehm zu werden. Hinauszugehen war also immer noch besser, als im Zimmer zu hocken.

Die nächsten Minuten verbrachte er auf dem Rasen des Hotelgartens ausgestreckt, um durch das Seegras hindurch das sonnengesprenkelte Wasser zu fotografieren. Landschaftsfotografie war eigentlich nicht so sein Ding, am liebsten hatte er Menschen vor der Linse, warum ging er dann nicht in die Stadt, wo die Wahrscheinlichkeit am größten war, jemand Interessantem über den Weg zu laufen? Wieso stand er auf und spazierte stattdessen weiter Richtung

Strand? Weil er zwar gerne Menschen fotografierte, aber gerade überhaupt nicht in der Stimmung war, sich mit jemandem zu unterhalten.

Bis er seinen Bruder entdeckte – *Halbbruder*. Max kurvte im Schneckentempo in seinem Polizeiwagen durch die Gegend, und Jake, dessen Laune sich mit einem Mal unerklärlich aufhellte, lief zur Straße, um herauszufinden, was sein Kumpel, der Deputy, vorhatte.

Das war selbstverständlich vollkommen idiotisch, doch zum ersten Mal, seit er am Morgen mit der kleinen Miss Salazar im Kopf aufgewacht war, war es ihm möglich, an etwas anderes als an sie zu denken.

Wobei natürlich die Frage war, wie er es zu Fuß mit einem Auto aufnehmen wollte, aber hey, man konnte es ja mal versuchen, zumal er sowieso nichts Besseres zu tun hatte.

Als er um die nächste Ecke bog sah er, wie Max gerade Richtung Bootsanleger fuhr, wo sie seinerzeit zusammen das U-Boot beobachtet hatten. Die roten Rücklichter des Wagens leuchteten auf und verschwanden zwischen den Bäumen zu beiden Seiten des Parkplatzes. Er legte noch etwas an Tempo zu und nahm die Abkürzung über den Strand. Als er näher kam, saß Max an einen Baumstamm gelehnt und starrte auf das Wasser. Jake hob die Kamera.

Sein Bruder sah so einsam aus oder vielleicht einfach nur allein. Jedenfalls wirkte er düster und ernst, hatte die langen Beine angezogen und die muskulösen Arme um die Knie geschlungen. Sein dunkles Haar, die dunklen Augenbrauen und der schwarze Pullover bildeten einen scharfen Kontrast zum ausgebleichten Baumstamm und dem hellen Sand, in den er die nackten Füße geschoben hatte. Sand, der zu dieser Jahreszeit verdammt kalt sein musste. Teure Joggingschuhe, die Socken hineingestopft, standen ordentlich nebeneinander auf dem Baumstamm hinter ihm.

Jake schoss mehrere Fotos.

Das schnelle Klick-Klick-Klick ließ Max zusammenfahren, blitzschnell legte er die Rechte auf das Pistolenhalfter.

„Himmel." Jake riss instinktiv die Arme in die Höhe, um zu zeigen, dass er unbewaffnet war, die Kamera baumelte um seinen Hals. Dann, von seiner Reaktion selbst peinlich berührt, rief er wütend: „Zum Teufel, die geben Typen mit posttraumatischem Stresssyndrom tatsächlich eine Waffe?"

„Bei uns heißt das Blitzreaktion", entgegnete Max kühl. „Das kann natürlich jemand, der sein Geld mit hübschen Fotos verdient, nicht wissen."

Seine Stimme klang nicht annähernd so höhnisch, wie Jake es von ihm gewöhnt war, weshalb er davon ausging, dass er mit seiner Vermutung nicht völlig falsch gelegen hatte. Sein Magen zog sich zusammen. Er wollte sich gar nicht ausmalen, was sein Halbbruder seinerzeit im Irak und in Afghanistan erlebt hatte.

Vielleicht bildete er sich das Ganze aber auch nur ein. Und falls nicht, Mitleid war bestimmt das Letzte, was Max brauchen konnte. Jake ließ sich neben ihn in den Sand fallen und lehnte sich ebenfalls an den Baumstamm. „Sag mal, arbeitest du eigentlich auch mal richtig? Ich meine, immer wenn ich dich sehe, bist du entweder hier oder trinkst Bier."

Max grinste. „Hab gerade eine Neunstundenschicht hinter mir. Ich komme gern hierher und schaue aufs Wasser und die Berge oder beobachte die Show."

„Was denn für eine Show?"

Max wandte sich ihm zu und sah ihn zum ersten Mal richtig an. „Du machst Witze, stimmt's? Bist du früher nie hierhergekommen, um zuzusehen, wie die Leute ihre Boote ins Wasser lassen?"

„Eigentlich nicht. Ab und zu bin ich mit Freunden rausgefahren, aber deren Eltern hatten meistens ihren privaten Steg. Ich schätze, ich habe nie darüber nachgedacht, wie die Boote ins oder aus dem Wasser kommen."

„Stimmt, ja. Du warst immer eher mit den Reichen unterwegs."

Jake zuckte mit den Schultern. „Ich habe Kari mit sechzehn kennengelernt. Die meisten ihrer Freunde kamen aus wohlhabenden Familien."

„Meine Freunde waren eher der Bier-und-Burger-Typ. Manche Eltern hatten einen kleinen Kutter, mit dem man rausfahren und fischen konnte, aber überwiegend haben meine Kumpel und ich hier am Strand einfach nur gefeiert und den reichen Schnöseln dabei zugesehen, wie sie ihre Boote angeworfen haben. Vielleicht fünfundachtzig Prozent von denen wissen, wie es geht, da bleiben immer noch genug übrig, die überhaupt keinen Schimmer haben."

In diesem Moment entdeckten sie auf dem Wasser ein ganz und gar in dicken schwarzen Qualm eingehülltes Boot.

„Wo wir gerade davon sprechen …" Max grinste.

Sie saßen da und beobachteten gemeinsam staunend die völlig unsinnigen Manöver der Leute an Bord. Noch erstaunlicher fand Jake es, dass er nicht länger genervt oder gelangweilt war und sogar mit seinem Bruder lachen konnte. Wer hätte das für möglich gehalten?

Irgendwann in diesen letzten Wochen waren sie Freunde geworden.

Natürlich war er klug genug, diese Erkenntnis für sich zu behalten. „Ich kann nicht glauben, dass ich so etwas in all den Jahren nie zu sehen bekommen habe. Hier, sieh mal, da ist noch einer." Er grinste Max an. „Nächstes Mal sag mir Bescheid, ja? Dann bringe ich Bier und Popcorn mit."

16. KAPITEL

Keine Mannschaftsfotos!", schimpfte Austin zum x-ten Mal, während er Jenny einen gespülten Teller abnahm, um ihn abzutrocknen. „Wir werden das erste Bulldog-Team in der Geschichte sein, von dem es kein Jahrbuch gibt! Ganz zu schweigen davon, dass du dann dieses Jahr auch keine Anzeige für das Resort schalten kannst."

Das war etwas, was Jenny nicht gerade störte. Diese jährliche Annonce schaltete sie sowieso nur, um die Mannschaft finanziell zu unterstützen. Gut, ab und zu sprang tatsächlich mal eine Buchung dabei heraus, das musste sie fairerweise zugeben, aber das war nicht der Punkt. Sie sah die Qual in Austins Gesicht und fühlte sich so hilflos. „Liebling, ich bin ganz sicher …"

Austin schlug mit beiden Fäusten so heftig auf die Küchentheke, dass die Pfanne, in der sie die Käsemakkaroni gemacht hatte, in die Höhe hüpfte. „Tut mir leid", sagte er. „Aber diesmal kannst du nichts machen. Niemand kann das …" Plötzlich hob er den Kopf und stieß einen Finger Richtung „Sand Dollar"-Cottage jenseits des Parkplatzes. „Stimmt ja gar nicht. *Er* kann!"

Noch bevor Jenny etwas sagen konnte hatte er die Küchentür aufgerissen und war nach draußen gestürmt. „Austin, warte!"

Das tat er nicht, und so schlüpfte sie hastig in ihre hochhackigen Pumps, die sie für die Küchenarbeit abgestreift hatte, und stolperte ihm hinterher. Vielleicht war Jake ja gar nicht zu Hause. Für Austin wäre das natürlich schade, ihr käme das allerdings entgegen. Wenigstens ein Mal im Leben durfte man doch wohl zuallererst an sich selbst denken, oder?

Falls Jake doch da war, würde sie ihm jetzt seit ihrem peinlichen Annäherungsversuch zum ersten Mal wieder über den

Weg laufen. Sie zuckte zusammen, als Austin laut an die Tür zu hämmern begann, und wischte einen unsichtbaren Fussel von ihrem Retro-Faltenrock.

„Gut! Du bist zu Hause. Du musst mir helfen!"

Verdammt! Sie sah hoch.

Da stand Jake in seinem uralten Columbia-University-Sweatshirt, Cordhose und weißen Sportsocken. Bartstoppeln umrahmten seine schön geschnittenen Lippen, sein Haar war äußerst attraktiv zerwühlt.

„Okay", sagte er freundlich. „Ich werde mein Bestes tun. Was brauchst du?" Dann wandte er sich an sie und seine Stimme wurde ein wenig dunkler und klang nach heißem Sex und kühlen Laken: „Jenny."

Sie nickte knapp. „Jake."

„Ja, ja, wir alle kennen unsere Namen." Austin murrte ungeduldig.

Gerne hätte sie ihm das durchgehen lassen, konnte es aber nicht. „Leute anzumeckern ist nicht die klügste Art und Weise, sich Freunde zu machen, Austin Jacob."

Er öffnete den Mund, zweifellos um etwas Unfreundliches zu erwidern, schloss ihn jedoch und nickte. „Tut mir leid", murmelte er nicht sonderlich überzeugend, doch wenigstens hatte er sich entschuldigt, weshalb Jenny es vorzog zu schweigen.

Austin wandte sich an seinen Vater: „Hör mal, Kumpel, weil Dr. Howser das mit der bescheuerten Impfung vermasselt hat, haben wir keinen Fotografen für unser Teamfoto. Der Typ, der das immer macht, hat jetzt auch die Windpocken. Und die sagen ständig, dass Windpocken bei Erwachsenen tausend Mal schlimmer sind. Als ob uns das irgendwie weiterhelfen würde."

„Und? Kann er das Foto nicht einfach machen, wenn er wieder gesund ist?"

„Nein! Danach ist er bis Ende Juni ausgebucht. Außerdem macht er dann irgendwo ’nen langen Familienurlaub in Europa!“ Austins Stimme wurde mit jedem Wort lauter, bis er mehr oder weniger brüllte. „Diese Fotos sind verdammt wichtig und kommen in so ein cooles Buch wie so ein Highschool-Jahrbuch, verstehst du? Mit Geschichten und Fotos von allen Kids in der Mannschaft und von den Läden, die uns mit Werbung unterstützen. So wie Jenny hier!“

Er packte sie an den Schultern und schob sie vor sich, als wolle er Beweismittel A vorstellen.

„Das ist jetzt nicht dein Ernst“, sagte sie ungläubig und verdrehte den Hals, um ihn anzustarren.

„Bitte, ich brauche deine Hilfe“, flüsterte er.

Das traurige Gesicht, das er aufsetzte, hätte einem die Tränen in die Augen treiben können.

„Jenny braucht diese Werbung für das Resort wirklich dringend. Sie wartet das ganze Jahr nur darauf!“

„Klar“, sagte Jake ungerührt. „Die Leute hier können es bestimmt gar nicht erwarten, ihr hart verdientes Geld für ein paar Übernachtungen eine Meile von zu Hause entfernt rauszuwerfen.“

Sag ich doch!

„Nein“, protestierte Austin, „aber die stürmen in Scharen das Restaurant!“

„Das ist wahr“, behauptete Jenny.

Jake starrte seinen Sohn an, dann trat er einen Schritt näher. „Was würdest du sagen, wenn ich für den Fotografen einspringe?“, fragte er freundlich. „Würde das eventuell helfen?“

Austin sah ihn verblüfft an. „Echt?“

„Ja.“

„Oh Mann! Das wäre der Hammer!“ Er machte einen Satz nach vorn, um Jake etwas linkisch zu umarmen, dann wich er schnell wieder zurück und stopfte die Hände in die Hosentaschen. „Danke, Dad. Ich meine, echt! Vielen Dank.“

Womöglich hatte der Junge gar nicht bemerkt, wie er seinen Vater gerade genannt hatte, doch Jenny erstarrte, als wäre sie auf eine Landmine getreten und ihre nächste Bewegung könnte das Ende bedeuten. Ein ähnlicher Ausdruck zeigte sich auf Jakes Gesicht – offene Verblüffung und dann Hoffnung und Verletzlichkeit. Er blinzelte, der Vorhang fiel und sie konnte seinen Gesichtsausdruck nicht länger deuten.

„Dann machen wir das so … vorausgesetzt, Jenny hilft mir."

„Wie bitte?"

„Ja, aber klar macht sie das", rief Austin eifrig.

„Warte mal 'ne Sekunde. Zufällig habe ich einen Job, der einen Großteil meiner Zeit und meiner Aufmerksamkeit in Anspruch nimmt."

„Ist doch total ruhig zurzeit", meinte Austin.

„Nein, nicht an diesem Wochenende."

„Dann werden wir es unter der Woche machen." Jake sah sie an. „Wir passen uns deinem Terminplan an."

„Vielleicht machen wir die Fotos einfach vor einem Training", fügte Austin hinzu. „Ich könnte der Mannschaft sagen, wann."

Verdammt, der Junge sah sie so überglücklich an. Was sollte sie da tun? „Dann such schon mal die Telefonliste raus, während ich noch ein paar Details mit Jake bespreche, ja?"

„Okay." Er umarmte sie so ungestüm, dass er sie von den Füßen riss, sodass sie leise aufschrie. Als er sie wieder absetzte, rief er strahlend: „Ihr beiden seid die Besten!"

„Klar sind wir das. Und jetzt zieh Leine."

Er sprang von der Veranda und flitzte nach Hause.

„Ist das dein Ernst?", wandte Jenny sich an Jake. „Du ziehst mich da mit rein?"

„Seit deinem Annäherungsversuch gehst du mir aus dem Weg", sagte er.

Damit holte er genau das Thema ans Tageslicht, das sie lieber für immer in einer dunklen Ecke ihres Unterbewusstseins hätte verrotten lassen wollen.

„Entweder hilfst du mir oder wir gehen miteinander ins Bett und haben heißen Sex."

„Okay, fein", sagte sie schnippisch. „Gehen wir miteinander ins Bett."

„Was?" Sein Mund klappte auf und seine Augen begannen zu leuchten. „Echt?"

„Nein, nicht echt." *Verdammt noch mal. Kein Sex. Er verschwindet bald wieder.* Sie sah ihn kopfschüttelnd an. „Liebe Zeit, du bist vielleicht simpel gestrickt."

„Hey, ich bin ein Mann. Das liegt in unserer DNS."

„Das liegt in euren Schwänzen."

Er lachte. „Stimmt auch. Möchtest du sehen, wie meiner gebaut ist?"

„Pffff."

„Autsch. Das tut weh, aber egal." Er trat einen Schritt näher. „Also, wie umfangreich ist dieses Projekt?" Der neckende Unterton aus seiner Stimme war verschwunden.

„Ziemlich umfangreich – allerdings vielleicht nicht für einen Mann, der es gewöhnt ist, ans Ende der Welt zu reisen und unter primitivsten Umständen zu leben. Gehen wir zu mir, dann kann ich dir das Album vom letzten Jahr zeigen." Sie atmete tief ein. „Ich schätze, es bringt mich nicht um, wenn ich dir bei der Organisation helfe. Außerdem werden einige Eltern bestimmt auch gern einspringen."

„Von Austin ganz zu schweigen."

„Oh, vertrau mir, Austin wird auf jeden Fall seinen Teil dazu beitragen, dafür werde ich schon sorgen." Sie konnte sich ein Lächeln nicht verkneifen. „Ich muss zugeben, dass ich auf seine Hartnäckigkeit ein bisschen stolz bin. Er war anfangs wegen der Sache am Boden zerstört."

Gemeinsam gingen sie hinüber zu ihrem Bungalow, wo sie Austin bat, die beiden ledergebundenen Jahrbücher aus den vergangenen zwei Jahren zu holen. In der Zwischenzeit ging sie in die Küche, kochte Kaffee und Kakao und verteilte Schokokekse auf einem Teller. Kurz darauf stellte sie das Tablett auf den Couchtisch. Jake und Austin hatten bereits die Köpfe über dem letzten Jahrbuch zusammengesteckt.

„Was hältst du davon“, fragte sie schließlich.

„Ich kann das besser.“

Sie kniff die Augen zusammen. „Willst du damit unseren Fotografen beleidigen?“

„Überhaupt nicht – er ist gar nicht so schlecht. Ich bin eben besser.“

„Schamloser Angeber“, sagte sie trocken. Er warf ihr ein überhebliches Grinsen zu, das sie sehr an seinen Sohn erinnerte.

„Ist keine Angeberei, sondern die Wahrheit. Ich bin gut.“

„Okay, bist du“, räumte sie bereitwillig ein. „Das Foto von Austin ist unglaublich.“

„Finde ich auch“, sagte Austin, womit er zum ersten Mal eingestand, wie viel ihm diese Fotografie bedeutete.

„Menschen lichte ich am liebsten ab, und das kann ich auch am besten.“ Jakes Augen leuchteten vor Begeisterung. „Ich könnte ein Jahrbuch machen, wie es die Kids noch nie zuvor gehabt haben.“

„Suuuper!“ Austin jubelte und klatschte seinen Vater überglücklich ab.

Dagegen war nun wirklich nichts einzuwenden. In geschäftsmäßigem Ton wandte sie sich an Jake: „Du hast inzwischen genug Spiele gesehen, um die Mannschaft in etwa zu kennen.“ Sie stand auf. „Außerdem werde ich dir eine Liste mit den Geschäften und Firmen geben, die Werbung machen, damit du auch davon eine ungefähre Vorstellung bekommst.“

Austin sprang auf und schob die Hände in die Taschen. „Ein paar der Jungs gehen heute Abend ins ‚Bella T's‘. Kann ich hin und ihnen die gute Nachricht überbringen?“

„Oh, ich weiß nicht …“ Sie sah Jake an. Erstens hatte der seinem Sohn gerade ein unglaublich großzügiges Angebot gemacht und es kam ihr ein wenig undankbar vor, dass Austin jetzt einfach so verschwinden wollte. Zweitens – und weitaus wichtiger – wäre sie dann mit ihm alleine. Er fragte den Jungen nur, ob der bereits seine Hausaufgaben fertig hatte.

„Ja. Schon vor dem Abendessen."

„Gut, wenn Jenny einverstanden ist, habe ich nichts dagegen."

Schöner Mist. Sie saß in der Falle. „Okay. Um neun bist du zu Hause."

„Super!"

Das war offenbar Austins Wort des Tages, und es schien noch in der Luft zu hängen, als er längst durch die Hintertür gestürmt war.

Die Beine weit gespreizt lehnte Jake sich auf dem Sofa zurück, die Hände hinter dem Kopf verschränkt. „Er scheint sich zu freuen", sagte er und sah selbst ziemlich erfreut aus.

„Das kann man wohl sagen. Also, ich gebe dir schnell die Liste ..."

„Erzähl mir erst etwas mehr über die Annonce für das Urlaubsresort, von der Austin gesprochen hat."

Jenny setzte sich wieder, diesmal allerdings auf den Rand des Couchtisches, bereit, sofort aufzuspringen, wenn es nötig werden sollte. Sie konnte nicht genau sagen, wie sie darauf kam, denn obwohl er so breitbeinig dasaß, wirkte Jake vollkommen sachlich. Sie atmete leise aus. „Jeder bekommt eine ganze Seite. Eine Hälfte ist für die Annonce, die wir bezahlen, auf die andere wird etwas Persönliches hinzugefügt."

„Wer formuliert das?"

„Jeder selbst – und wenn das jemand überhaupt nicht kann, hilft ihm einer. Klingt für dich sicher total amateurhaft, aber es funktioniert erstaunlich gut. Durch diese persönliche Ansprache ist es nicht nur reine Werbung. Außerdem bieten wir Coupons an. Das Ganze ist dann eher ein Branchenverzeichnis von Razor Bay." Sie zuckte mit den Schultern. „Für weitere fünfundzwanzig Dollar können wir unsere Annonce auch auf die Webseite der Stadt stellen. Über das Internet bekomme ich mehr Buchungen als durch das Jahrbuch, das überwiegend die Eltern der Spieler interessiert und ein paar andere Einwohner. Wie du bereits bemerkt hast, wollen die, wenn sie abends schon mal ausgehen, sich nicht ausgerechnet ins Hotelrestaurant nebenan setzen, sondern fahren nach Seattle oder Tacoma oder ins ‚Seven Cedars Casino' in Sequim."

„Also, wozu das alles dann?"

Da musste er fragen? Sie starrte ihn an. War das nicht eindeutig? Offenbar nicht, denn er sah sie erwartungsvoll an. „Um der Stadt, die so viel für mich getan hat, etwas zurückzugeben", erklärte sie. Daraufhin begann er zu grinsen. Interessiert legte sie den Kopf schief und fragte: „Warum hasst du diesen Ort eigentlich so sehr?"

„Ich hasse ihn nicht direkt." Zu seiner Überraschung stellte Jake fest, dass er schon länger nicht mehr das Gefühl hatte, so schnell wie möglich wieder aus Razor Bay verschwinden zu müssen. Irgendwann in den vergangenen Wochen hatte dieser Wunsch sich verflüchtigt, so unauffällig, dass er nicht hätte sagen können, wann.

„Liegt es daran, dass deine Frau hier gestorben ist?"

„Nein. Oder nicht nur jedenfalls." *Überhaupt nicht.* „Ich kann mich einfach an keinen Zeitpunkt erinnern, wo ich mich nicht nach mehr gesehnt habe, als dieser Ort einem bietet."

„Es muss furchtbar gewesen sein, sie bei der Geburt von Austin zu verlieren. Das hat dir wahrscheinlich, was Razor Bay betrifft, den Rest gegeben."

Er hatte mit Max kurz über Karis Tod gesprochen, deswegen verstand er nicht, weshalb ihre Frage ihn so ärgerte – und wieso plötzlich Gefühle an die Oberfläche kamen, von denen er nichts wissen wollte, aber so war es. Deshalb sah er

Jenny scharf an. „Warum interessierst du dich so für Kari?"

Sie hob eine Augenbraue und schürzte die Lippen. „Ich weiß nicht. Vielleicht weil Austin mir so viel bedeutet und ich dich besser kennenlernen möchte."

„Tatsächlich?" *Leute anzumeckern ist wirklich nicht die klügste Art und Weise, sich Freunde zu machen, Austin Jacob, hatte sie gesagt.* „Indem du mich über die schlimmste Zeit in meinem Leben ausquetschst?" Wieso war ihm vorhin entgangen, dass sein Sohn seinen Namen trug?

Sie blinzelte und sagte erschrocken: „Entschuldige. Das hatte ich nicht vor."

„Von wegen. Kari und ich waren nicht Romeo und Julia, verdammt noch mal. Das mit uns war keine tragische schicksalhafte Liebesgeschichte." Hässliche Gefühle brodelten unter der Oberfläche, und er hatte keine Ahnung, wo die auf einmal herkamen.

Auf jeden Fall gelang es ihm nicht, sie zu unterdrücken, deswegen richtete er sich abrupt auf und lehnte sich nach vorn. „Liebe ist eine Illusion, Schätzchen. Ein Hirngespinst, das sich in Nichts auflöst, sobald man genauer hinschaut."

„Das ist nun wirklich zynisch."

„Nein, nur realistisch. Du willst wissen, was mir den letzten Rest gegeben hat?", fragte er mit kalter Stimme, obwohl er sich einbildete, Austin leise und vorwurfsvoll „*Dad*" sagen zu hören. „Dass es zu dem Zeitpunkt, als Kari starb, zwischen uns überhaupt keine Zuneigung mehr gab, geschweige denn Liebe. Und dass ich mein eigenes Kind gesehen habe und nichts anders wollte, als so schnell wie möglich das Weite zu suchen!" *Austin Jacob.*

Sie musterte ihn lange, ihre herrlichen Augen suchten nach weiß Gott was, schließlich stieß sie die Luft aus.

„Hör mal", sagte sie. „Ich finde es furchtbar, dass Austin deinetwegen all die Jahre so viele Enttäuschungen erleben musste."

Er ließ sich wieder in die Kissen zurücksinken und hob eine Augenbraue.

„Andererseits", fügte sie langsam hinzu, „warst du damals gerade mal achtzehn. Deine sämtlichen Wünsche und Pläne sind von einer Sekunde auf die andere in sich zusammengefallen und du hattest auf einmal eine Riesenverantwortung."

Sie betrachtete ihn prüfend, und sein Herz hämmerte hart gegen seinen Brustkorb. Er setzte ein leicht ironisches Lächeln auf, damit sie von seiner Erschütterung nichts mitbekam.

„Ich schätze, ihr beide, du und Kari, hattet das Gefühl, in der Falle zu sitzen", fuhr sie fort. „Und Kari musste außerdem zusehen, wie ihr Körper sich in etwas verwandelte, das sie sich vorher gar nicht hatte vorstellen können. Ich weiß, wie Emmett und Kathy sie verwöhnt haben, und dass sie immer alles bekommen hat, was sie wollte. Auf einmal nicht mehr. Bestimmt war sie ganz schön unglücklich. Und du hast einen Job gehabt, der dir keinen Spaß machte, und musstest auf das Stipendium verzichten, auf das du all die Jahre hingearbeitet hattest."

„Und das alles weißt du woher?", fragte er leichthin, obwohl die Worte sich in seinem Hals anfühlten wie Glassplitter.

„Emmett und Kathy haben es mir erzählt. Sie haben dich nicht gehasst, falls du das denkst."

„Was du nicht sagst. Mir jedenfalls erklärten sie, ich solle mich von Austin fernhalten."

„Was dein Leben inwiefern verändert hat?" Sie atmete tief durch und sagte dann ruhig: „So wie ich es verstanden habe, hast du immer wieder versprochen, zu Besuch zu kommen, und bist dann nie aufgetaucht. Irgendwann hatten sie genug davon."

Bittere Scham stieg in ihm auf. Scham über sein Verhalten, Scham über die Erleichterung, die er verspürt hatte, als sie ihm den Kontakt zu seinem Sohn verboten – wenn er doch nur endlich aufhören könnte, sich so sehr zu schämen. Am liebsten hätte er mit einem Finger die schmerzende Stelle zwischen seinen Augenbrauen gerieben, befürchtete aber, damit zu verraten, wie getroffen er war.

„Sie haben dich nicht gehasst, Jake. Sie wollten nur nicht, dass Austin ständig erneut verletzt wird."

Wild entschlossen, sich den inneren Aufruhr nicht anmerken zu lassen, gähnte er. „Willst du mit dieser ganzen Küchenpsychologie vielleicht nur verhindern, dass du dich mir wieder mal an den Hals wirfst?", fragte er in gelangweiltem Ton.

„Gott, bist du ein Idiot!" Sie sprang auf, Röte schoss ihr in die Wangen.

„Und du kannst es kaum erwarten, diesen Idioten endlich in die Finger zu kriegen, nicht wahr?"

Sie betrachtete ihn langsam von oben bis unten. „Ich glaube, wir sind hier fertig."

Er erhob sich gemächlich und musste über die Panik in ihrem Gesicht lächeln, als er so dicht vor ihr stand, dass ihre Brüste ihn fast berührten. Er legte eine Hand in ihren Nacken, senkte den Kopf und küsste sie.

Gierig. Erst als er ihre Zunge spürte, als sie sich an seine Brust sinken ließ und den Kuss leidenschaftlich erwiderte, löste er sich von ihr und trat einen Schritt zurück.

„Jetzt sind wir fertig", sagte er. Erregt, wütend und entsetzt über das eigene Benehmen drehte er sich um und verließ ihr Haus.

17. KAPITEL

Tut mir leid wegen gestern Abend."

Jenny fuhr herum, als sie vor der Haustür eine dunkle Stimme hörte. Dass jemand die Treppe auf die unbeleuchtete Veranda hinaufgekommen war, hatte sie gar nicht bemerkt. Fassungslos starrte sie in die Dunkelheit. Auch wenn sie Jake nur als Schatten wahrnehmen konnte, würde sie seine Stimme immer und überall erkennen.

Sie wollte nicht genauer darüber nachdenken, woran das wohl lag.

In Razor Bay war endlich sommerliches Wetter angekommen. Der Himmel war den ganzen Tag strahlend blau und wolkenlos gewesen und selbst jetzt noch von einem glänzenden Dunkelblau. Die Berge hatten sich in all ihrer Pracht präsentiert und die Temperaturen waren über zwanzig Grad geklettert. Nach Sonnenuntergang war es schnell wieder kühl geworden. Sie hatte die Tür weit offen gelassen, um die frische Luft und den Duft der Blumen im Hotelgarten ins Haus zu lassen.

Großer Fehler!

Jake war nun nicht mehr länger nur ein Schatten, er stand in der Tür, hatte eine Hand oben an den Türrahmen und die Wange an seinen Oberarm gelegt. Er sah sie durch das Fliegengitter an.

„Du hattest recht, ich war ein Idiot."

„Das bist du ganz sicher", stimmte sie kühl zu, absichtlich das Präsens benutzend. *Dennoch, Herr im Himmel, dieser Kuss!* Nicht einmal das mieseste Benehmen der Welt konnte die Erinnerung daran aus ihrem Gedächtnis löschen. Nichts machte sie vergessen, wie sich die Berührung seiner Lippen in etwas unglaublich Wildes verwandelt hatte, bevor Jake plötzlich zurückgewichen war. In etwas Gefährliches.

So ungern sie es zugab, es hatte ihr gefallen. Ausgerechnet ihr, die doch immer auf Nummer sicher ging, die sich lieber an das hielt, was sie kannte und einordnen konnte. Ihr Leben war schon einmal von einem Tag auf den anderen aus den Fugen geraten. Das durfte nie wieder geschehen. Ungeduldig schüttelte sie den Kopf. Nein, keine weiteren Abstecher ins Abenteuerland mehr, das würde sonst noch in einer Katastrophe enden.

Man musste sich nur vor Augen halten, wie lange sie am vergangenen Abend gebraucht hatte, um sich einigermaßen zu beruhigen. Sie konnte selbst nicht glauben, wie durcheinander sie gewesen war – wie wütend und erregt und frustriert zugleich.

Ja, sie hatte den Schmerz in seinem Blick gesehen, aber das war keine Entschuldigung für sein arrogantes und unhöfliches Verhalten ihr gegenüber oder dafür, dass er lieber wild um sich geschlagen hatte, als sich seine Pein einzugestehen.

„Darf ich hereinkommen?"

Nein, verflucht. Das wäre keine gute Idee, vielmehr ein Himmelfahrtskommando, und sie sollte von der Couch aufstehen und ihm die Tür vor der Nase zuknallen. Als wäre sie nichts als eine Marionette, kontrolliert von einem alten Puppenspieler, hob sie nur eine Schulter. Der Puppenspieler musste zugleich ein grandioser Bauchredner sein, denn als sie den Mund öffnete, um Jake zum Teufel zu schicken, hörte sie sich stattdessen sagen: „Wenn's sein muss."

Soll das vielleicht ein Scherz sein? Sie schleuderte den Bericht, den sie gerade gelesen hatte, zur Seite und sprang auf. Aber es war zu spät, die Tür ging bereits quietschend auf, um schnappend hinter ihm wieder zuzufallen.

Sie hätte ihre Einladung gern zurückgenommen, doch leider funktionierte so etwas immer nur in Vampirfilmen und nicht im wahren Leben. Wobei sie den Satz zumindest hätte aussprechen müssen, um ihre Theorie zu testen.

„Hier", sagte er und streckte eine Hand aus. „Die sind für dich."

Mein Gott. Er war fix und fertig, wie sie jetzt sah, als er ins Licht trat. Seine Augen waren blutunterlaufen, er hatte einen Dreitagebart und eine schlimme Frisur – das Haar an manchen Stellen platt gedrückt, an anderen in die Höhe stehend, als hätte er sich nicht einmal dazu aufraffen können, sich nach dem Aufstehen zu kämmen.

Und er hatte Blumen mitgebracht. Rosen, Tulpen und Gerbera. Sie nahm ihm den Strauß ab, kühl und beherrscht, er sollte nicht auf die Idee kommen, damit wäre es getan. Am liebsten hätte sie das Gebinde auf den Couchtisch geschleudert und es dort liegen lassen, bis es verwelkt war.

Stattdessen steckte sie die Nase in die Blüten und atmete tief ein. Warum nur schaffte sie es nicht, sich wenigstens ein einziges Mal in seiner Nähe klug zu verhalten? Es war ein großer, großer Fehler, sich über diese Blumen zu freuen.

Clever wäre zu sagen: Die sind hübsch, vielen Dank. Und dann streng hinzuzufügen: Und jetzt verschwinde. Da er sie jedoch mit seinen grünen Augen traurig anblickte, war sie dazu einfach nicht in der Lage. Sie stieß einen Seufzer aus. So viel zum Thema Himmelfahrtskommando. „Ich hole eine Vase."

Er folgte ihr in die Küche und sah ihr dabei zu, wie sie ein Gefäß aus dem Schrank nahm, es mit Wasser füllte, das Frischhaltemittel aus dem kleinen Tütchen hineinschüttete, die Stiele anschnitt und den Strauß hineinstellte.

„Wo ist Austin?", fragte er und sah sich um, als rechnete er damit, dass der Junge sich jeden Moment materialisieren könnte.

Sie sah ihn über die Blumen hinweg an. „Er übernachtet bei Oliver Kidd, der feiert heute seinen Geburtstag."

Er schwieg eine Weile, dann sagte er leise: „Mir tut das mit gestern Abend wirklich leid. Ich kann manchmal richtig fies sein – aber normalerweise nicht *so* fies."

Sie sah ihn an. „Ach ja? Und wieso war ausgerechnet ich der Glückspilz?"

Einen Moment lang stützte er sich auf der Küchentheke ab und rieb mit einem Daumen über seine Augenbrauen. Sie dachte schon, er würde ihre Frage einfach überhören, doch dann ließ er die Hand sinken und sah ihr in die Augen.

„Mir ist gestern zum ersten Mal so richtig klar geworden, was ich alles weggeworfen habe." Er ging hinüber zu dem kleinen Küchentisch und ließ sich auf einen Stuhl fallen.

Sie stellte die Vase auf die Fensterbank, setzte sich zu ihm und fragte: „Möchtest du Kaffee?"

„Nein danke. Ich habe vergangene Nacht kein Auge zugetan und will das nicht noch mal erleben. Sich hin und her zu wälzen ist Mist." Er blickte auf seine Hände, dann legte er sie gespreizt auf die Tischplatte. „Das letzte Mal, als ich ihn sah, war er ein launisches, schreiendes Etwas. Ich wusste nichts mit ihm anzufangen."

„Austin?" Sie schnitt eine Grimasse und machte eine wegwerfende Handbewegung. Wen sollte er wohl sonst meinen?

„Dabei hätte ich ihn sofort lieben sollen", sagte er leise. „Das hat mir jeder gesagt – dass ich ihn in der Sekunde, in der ich ihn im Arm hielte, lieben würde." Er sah sie mit gehetztem Blick an. „Warum tat ich das nicht? Warum habe ich ihn angesehen und nur gedacht, dass er wie ein Siamese aussieht, und mich gefragt, woher zum Teufel er diese Lunge hat? Er brüllte wie am Spieß, kaum dass ich in seine Nähe kam. Kathy schaffte es, ihn zu beruhigen, Emmett auch, aber wenn ich ihn im Arm hielt, hat er immer geschrien. Oh Mann."

Er presste kurz die Handflächen an seine Stirn, dann ließ er sie sinken und starrte sie an, als ob er sie nie zuvor gesehen hätte.

„Er hat geschrien und geschrien, und er war ständig nass und heiß und klebriger als ein angelutschtes Gummibärchen. Ich war in Panik und wollte einfach nur so weit weg wie möglich." Selbsthass klang aus seiner Stimme. „Ich weiß verdammt gut, wie unnatürlich das ist", sagte er tonlos. „Kein echter Vater empfindet so. Als Emmett dann vorschlug, dass ich das Stipendium doch noch annehmen sollte, dass er und Kathy sich um Austin kümmern würden …" Er schüttelte den Kopf. „Mann, da habe ich mich mit Begeisterung auf diese Gelegenheit gestürzt."

Sie sah die Qual in seinem Gesicht und unterdrückte ein Seufzen. *Verdammt.* In gewisser Weise schätzte – nein bewunderte – sie seine gnadenlose Aufrichtigkeit. Er hatte Austin nicht einfach so, ohne einen Gedanken, verlassen, das war ein gutes Zeichen dafür, dass er in Zukunft vielleicht ein echtes Verhältnis zu seinem Sohn aufbauen konnte. Zu dem Jungen, den sie so sehr liebte.

Die andere Jenny jedoch, die verzweifelt versuchte, ungerührt zu bleiben, weil sie nicht mehr für Jake empfinden wollte, als klug war, nun, diese Jenny wünschte sich jetzt fast, dass er so arrogant und egoistisch wäre, wie sie es ihm jahrelang unterstellt hatte. In so einen Mann hätte sie sich niemals im Leben verlieben können.

Nicht dass sie etwa in ihn verliebt wäre.

Zu sehen, wie er sich selbst zerfleischte, diesen nackten Schmerz in seinen Augen, tat ihr im Herzen weh, und ihr wurde klar, dass sie tatsächlich etwas für ihn empfand.

Etwas, das über reine Lust hinausging.

Um dieses Gefühl im Keim zu ersticken, sagte sie: „Aber du bist nie zurückgekommen."

„Nein. Nie wieder." Er schüttelte den Kopf und lachte bitter. „Ich habe mir eingeredet – nein, ich habe mir geschworen, dass ich ihn besuchen würde, sobald ich dieses oder jenes erledigt hätte. Ich habe mir Termine gesetzt, damit ich zurückkommen musste." Er sah ihr in die Augen. „Aber ich habe keinen einzigen eingehalten. Scheiße!"

Heftig schob er seinen Stuhl zurück, der quietschend über den Fußboden scharrte, und strich sich mit einer Hand durchs Haar. „Um deine Frage zu beantworten – gestern Abend hat

Austin mich mit Dad angesprochen, und ich habe gehört, wie du ihn Austin Jacob nanntest. Ich kannte seinen zweiten Namen nicht mal, und auf einmal ist mir meine ganze Vergangenheit um die Ohren geflogen. Statt mir das einzugestehen, habe ich meine Wut an dir ausgelassen. Das tut mir leid."

Er stand auf und ging zur Tür.

Lass ihn gehen, lass ihn gehen, lass ihn gehen. Sie sah, wie er den Knauf drehte und die Tür aufzog, sah, wie er mit großen Schritten auf die Veranda trat, und schlang die Arme um ihren Oberkörper. *Lass ihn gehen.*

„Was ich gestern Nacht gesagt habe, meine ich noch immer so", sagte sie an seinen Rücken gewandt und sah, wie er erstarrte. „Ich wünschte wirklich, du hättest dich anders verhalten und wärst nicht so ein Vollidiot gewesen, aber ich glaube auch, dass du damals nur ein völlig überforderter Achtzehnjähriger warst."

„Diese Erklärung ist beinahe genauso lahm wie das, was ich mir dreizehn Jahre lang eingeredet habe, nämlich das Beste für Austin zu tun."

„Vielleicht. Trotzdem stimmt beides. Wusstest du, dass Säuglinge auf Stress bei anderen Menschen reagieren?"

Er blickte über die Schulter zurück. „Wie bitte?"

„Klingt für mich, als ob Austin deine Anspannung gespürt hätte und sich deshalb die Lunge aus dem Leib gebrüllt hat. Haben Kathy und Emmett dir das nie gesagt?"

Er drehte sich langsam um. „Nein."

„Das überrascht mich. Sie waren doch selbst Eltern, sie hätten das wissen müssen." Ein Verdacht kroch in ihr hoch. Womöglich hatten die beiden sich gewünscht, Austin eine Zeit lang für sich allein zu haben. Sofort fühlte sie sich wie eine Verräterin und schob den Gedanken schnell beiseite. Sie waren immer gut zu ihr gewesen. Und selbst falls sie Jake unbewusst sabotiert hatten, hatten sie sicher nicht gewollt, dass er ganz und gar aus dem Leben seines Sohnes verschwand. „Vielleicht wussten sie es nicht – keine Ahnung. Ehrlich, Jake, es ist an der Zeit, die Vergangenheit ruhen zu lassen. Jetzt zählt nur, wie du mit dieser Chance umgehst, die du bekommen hast."

Er kam zurück, beugte sich zu ihr herunter, drückte sanft einen Kuss auf ihre Lippen und richtete sich wieder auf.

„Danke. Du bist der netteste Mensch, den ich je kennengelernt habe."

„Bin ich nicht."

„Doch, im Ernst." Er lächelte sie an.

Es war albern, deswegen gekränkt zu sein, wahrscheinlich hatte er es als Kompliment gemeint. Sie war es jedoch langsam leid, in dieser Stadt ständig als die Nette und Liebe hingestellt zu werden. In dieser Hinsicht konnte sie Jakes Probleme mit Razor Bay sogar verstehen. Von den Bewohnern einer Kleinstadt wurde man nur allzu schnell in eine Schublade gesteckt – wozu sie allerdings ihren Teil beigetragen hatte. Sie war tatsächlich immer nett und lieb gewesen, um den Leuten zu beweisen, dass mehr in ihr steckte als nur die Tochter eines Betrügers.

Aber jetzt, in diesem Moment?

Womöglich hatte sie einfach keine Lust mehr, dauernd auf Nummer sicher zu gehen.

Sie machte einen Schritt auf ihn zu und legte die Hände auf seine Schultern. Er rührte sich nicht, als sie seinen Nacken umschlang. „Kapier endlich, dass ich keine verdammte Heidi bin."

Im nächsten Moment stand sie auf den Zehenspitzen, umfasste seinen Hinterkopf mit einer Hand, zog ihn zu sich herab und küsste Jake.

18. KAPITEL

Ihre Nasen prallten zusammen, als sie ihre süßen Lippen auf seine presste. Obwohl der Kuss eher zärtlich als leidenschaftlich war, meinte Jake sofort in Flammen zu stehen. So etwas musste man ihm nicht zweimal anbieten.

Umgehend übernahm er die Führung, schob die Finger in ihr seidiges Haar und drehte ihren Kopf so, dass ihre Nasen nicht länger aneinandergepresst waren. Sie öffnete langsam die Augen, zog die Augenbrauen zusammen, gab einen Laut von sich, der an ein Knurren erinnerte, und setzte alles daran, ihm die Führung streitig zu machen.

Na gut. Vielleicht hatte er hier doch nicht die uneingeschränkte Kontrolle, aber immerhin hielt sie ihren Kopf weiterhin geneigt, und während er tief durch die Nase einatmete, entschied er, dass sie tun und lassen sollte, was ihr gefiel. Es war ihm egal, solange sie nur blieb, wo sie war, nämlich an seinen Körper gepresst, Herzschlag an Herzschlag, Lippen an Lippen. Himmel, er war schließlich anpassungsfähig. Sanft begann er an ihrer Unterlippe zu knabbern und den vagen Kirschgeschmack zu genießen, der so typisch für Jenny war.

Von Natur aus war er der dominante Typ, und als sie etwas zurückwich und ihn mit glänzenden Augen betrachtete, legte er die Arme um ihre Hüften, hob sie hoch und brummte zustimmend, als sie die Beine um seine Taille schlang.

Er ging mit ihr zum Küchentisch, fegte die Salz- und Pfefferstreuer und andere Dinge zur Seite, setzte sie ab und drückte sie sanft nach hinten. Der Serviettenhalter fiel klappernd zu Boden, die Papierservietten segelten durch die Luft.

„Mein Gott“, flüsterte sie.

Er presste die Lippen auf ihre, und einen Moment lang erstarrten sie beide, dann küsste er sie so hungrig, als wollte er sie verschlingen. Jenny war hier bei ihm, hatte eine ihrer schönen, zierlichen Hände in sein Haar geschoben, um ganz und gar nicht zart daran zu zerren. Erst als er begriff, dass er sie fast unter seinem Gewicht zermalmte, stützte er sich mit den Armen ab.

Leise protestierend krallte sie die Finger fester in sein Haar und drängte sich ihm entgegen. Es brachte ihn beinahe um den Verstand, sie von sich zu schieben, aber es musste sein, denn er befürchtete, dass es für sie ansonsten äußerst ungemütlich werden würde.

Schwer atmend starrte er auf sie hinab.

Ihre Lippen wirkten geschwollen und rot, er wollte nichts anderes, als sich wieder auf sie zu stürzen, sein Kopf senkte sich automatisch. Und dennoch riss er sich zusammen und richtete sich auf. „Gütiger Gott", sagte er keuchend. „Es gibt wirklich bequemere Plätze."

„Oh, ich weiß nicht."

Jenny streckte die Arme aus und rekelte sich auf der Tischplatte, ein Anblick, bei dem beinahe die Knie unter ihm nachgegeben hätten.

„Nein, du hast recht", sagte sie schließlich und hielt ihm eine Hand hin. „Hilf mir auf."

Er zog sie vom Tisch, zog sie hoch und legte sie sich über die Schulter.

„Jake!", protestierte sie und krallte die Finger in sein Sweatshirt.

Beruhigend streichelte er ihren Oberschenkel. „Ich weiß, das ist nicht besonders romantisch, aber glaub mir, es ist besser so. Ich kann dich jetzt einfach nicht ansehen, sonst landest du sofort wieder auf diesem Tisch oder auf dem Fußboden oder an der nächstbesten Wand. Verdammt, wenn ich darüber nachdenke, klingt das alles äußerst verlockend."

Er steuerte auf ihr Schlafzimmer zu, öffnete die Tür, trat sie hinter sich zu, sobald er eingetreten war, und ließ Jenny aufs Bett fallen.

Sie stützte sich auf die Ellbogen. Doch er gab ihr keine Zeit, es sich gemütlich zu machen oder es sich gar noch anders zu überlegen, sondern legte sich gleich zu ihr.

Sie hob die Augenbrauen. „Und jetzt?“

„Ach, Liebling.“ Er küsste sie kurz, dann betrachtete er sie. Ihre Brustwarzen waren unter dem weichen Pullover hart geworden. „Jetzt werde ich all das mit dir tun, was ich mir die ganze Zeit schon zusammenfantasiert habe.“

Sie schob die Hände unter sein altes Columbia-University-Sweatshirt. Und auf einmal wurde ihm klar, wie er aussehen musste. In seinem Zustand war er garantiert nicht der Traum einer jeden Frau. Hatte er am Morgen überhaupt geduscht?

Jenny schien sich nicht daran zu stören. Sie murmelte nur: „cool“, und streichelte seine nackte Haut. „Das bedeutet dann wohl, dass ich auch all das tun kann, was ich mir so vorgestellt habe, oder?“

Augenblicklich waren alle Zweifel weggewischt. „Darauf bestehe ich.“ Er ließ sich auf sie sinken. Jenny hatte aber offenbar etwas anderes vor, denn sie schnippte mit einem Finger gegen seine Nase.

„Hoch mit dir, Mister“, befahl sie und zerrte an seinem Sweatshirt. „Ich will, dass das verschwindet. Sofort.“

„Du hast es ja ganz schön eilig.“ Er hob gehorsam die Arme, und sie zog ihm den Pullover aus und legte ihre Hände auf seine Brust. Folgsam ließ er sich auf den Rücken fallen.

Jenny setzte sich rittlings auf ihn und ließ langsam die Hüften kreisen wie eine Stripperin auf einem mechanischen Bullen. Sie reckte sogar einen Arm in die Höhe und presste die andere Faust an ihren Oberschenkel, während sie ihren Körper aufreizend hin- und herschaukeln ließ. Durch halb geschlossene Lider sah sie ihn an und leckte sich über die Lippen.

„Save a horse, ride a cowboy“, sang sie leise.

„Yeah ha!“ Ihre Bewegungen hatten die vorhersehbare Wirkung, deshalb musste er die Zähne zusammenbeißen.

Geschmeidig glitt sie an ihm hinab, bis ihr Bauch an seinen Oberschenkel drückte. Ein etwas kritischeres Prachtstück wäre jetzt wohl enttäuscht gewesen, doch seins war opportunistisch genug, um sich über alles zu freuen, was sie tat. Besonders, als sie ihre kleinen Brüste auf ihn presste.

Sanft zupfte sie an seinen Brusthaaren, dann küsste sie ihn auf die Brust, den Hals, packte seine Hände und legte sie über seinem Kopf auf die Matratze. Das war überraschend erregend, und um zu verbergen, wie leicht sie sein Blut in Wallung brachte, was natürlich albern war, so entschieden, wie seine Erektion sich an sie schmiegte, sagte er trocken: „Also wird das die Domina-Nummer aus deinen Fantasien?"

„Darauf kannst du Gift nehmen. Beim nächsten Mal krame ich vorher das Lederkorsett heraus."

„Das würde mir gefallen. Ich ..."

Sie biss ihn in den Oberarm.

„Jesus!" Wer hätte gedacht, dass ein Biss dermaßen aufregend sein konnte? Er erschauerte, als sie mit der Zunge über die leicht schmerzende Stelle strich.

„So toll bist du nun auch nicht", sagte sie heiser, während sie ihm heiße Küsse verpasste. „Aber auf jeden Fall ein Gott, keine Frage. Allerdings eher einer aus der dritten Reihe – vielleicht irgendein kleiner Fruchtbarkeitsgott."

„Klugscheißer."

Diesmal biss sie ihn in die Schulter, und er fuhr hoch, um sie zu packen. Was ging hier eigentlich vor sich? Er war schon mit einigen äußerst kundigen Frauen zusammen gewesen – genau genommen mit einigen der sexuell versiertesten überall auf der Welt. Wieso nur hatte dieser nicht besonders versierte Kuss vorhin ihn dermaßen umgehauen wie einen Drogensüchtigen, der den erstklassigsten und reinsten Stoff seines Lebens probierte?

Der erste Schuss geht auf uns, Kleiner.

Von wegen. Er könnte ihr mit einem Fingerschnipsen zeigen, was Sache war, sie in Sekundenschnelle in einer Position haben, in der sie um Gnade winselte. Und doch blieb er unter ihr liegen, ganz und gar reglos, vom Zucken des einen oder anderen Muskels abgesehen, und konnte kaum erwarten, was als Nächstes geschehen würde.

Sie ließ seine Handgelenke los, rutschte im Schneckentempo an ihm herab und setzte dabei Hände, Lippen, Zähne und Zunge ein. Er biss die Zähne zusammen, um nicht irgendwelche albernen Bitten auszustoßen. Als sie endlich seinen Hosenbund erreicht hatte, verschränkte er die Arme hinter dem Kopf und hob ihn etwas an, um ihr zuzusehen.

Sie öffnete den Knopf und spielte am Reißverschluss herum. Einen Moment lang starrte sie auf seine angespannten Bauchmuskeln, dann sah sie hoch, und ihre Blicke trafen sich, während sie langsam den Reißverschluss aufzog. Sein Penis drängte sich gegen den Stoff der Boxershorts, Jenny betrachtete ihn versonnen und warf ihm ein schiefes Lächeln zu.

„Weißt du, ich dachte, du wärst der eher handliche Typ."

„Warte, bis ich dich in die Finger kriege."

„Gerne." Sie strich prüfend über seine Erektion, leckte dann spielerisch seinen Bauch und seufzte leise. „Warum müssen immer wir Frauen die Schwerstarbeit leisten?"

„Ich geb dir Schwerstarbeit", brummte er, griff unter ihre Achseln, zog sie hoch, legte sich auf sie, stützte sich auf den Ellbogen ab und grinste sie an. „Dieses Domina-Ding hat mir gut gefallen. Lass uns so weitermachen – nur mit vertauschten Rollen."

Sie warf ihm einen süffisanten Blick zu – zugegeben eine Leistung, so wie sie flach auf dem Rücken unter ihm lag.

„Niemand steht auf Nachmacher, Bradshaw."

„Du schon, das wirst du gleich sehen", versprach er, umfasste ihre Handgelenke genau so, wie sie es zuvor mit seinen getan hatte, und drückte ihre Arme auf die Matratze. Wahrscheinlich wäre seine Behauptung glaubwürdiger gewesen, wenn er ihr vorher die Kleider ausgezogen hätte, aber eins nach dem anderen. Er senkte den Kopf, um Jenny zu küssen.

Er liebte ihren Mund. Ihre Lippen waren zart und geschmeidig, und doch erwiderte sie seinen Kuss voller Hitze und Leidenschaft.

Er packte nun beide Handgelenke mit seiner linken Hand und schob die rechte unter ihren dünnen tomatenroten Pulli. „Mein Gott.“ Er stöhnte. „Deine Haut ist so verdammt weich.“

Sie festzuhalten hatte seinen Reiz verloren, er löste den Griff, fasste stattdessen in ihr Haar und zog daran, bis sie den Kopf nach hinten bog. Genüsslich strich er mit seiner Zunge ihre Kehle entlang und spürte das Klopfen ihres Pulses. Die andere Hand legte er um eine ihrer Brüste.

Jenny drückte den Rücken durch, um ihm entgegenzukommen. „Jake?“

„Ich möchte dich nackt ausziehen und jeden Zentimeter deiner Haut ablecken“, murmelte er heiser, strich mit den Lippen über ihr Schlüsselbein und malte gleichzeitig mit dem Daumen kleine Kreise um ihre Brustwarzen. „Und so tief in dich dringen, dass ich spüre, wie du auf meinem Schwanz kommst.“

„Oh. Mein. Gott.“

Jenny wand sich unter ihm. Sie hatte in so ziemlich jedem Bereich ihres Lebens das Sagen und es fühlte sich zur Abwechslung einmal sehr gut an, einem anderen die Führung zu überlassen.

Und wie Jake die Führung übernommen hatte! Es fehlte nicht viel, und sie hätte schon allein bei seinen Worten einen Orgasmus bekommen, ohne überhaupt nackt zu sein. Noch nie war sie mit einem Mann zusammen gewesen, der so mit ihr gesprochen hatte.

Was er sagte, war aber nur das i-Tüpfelchen, denn seine unglaubliche Zunge fühlte sich so heiß an, dass sie befürchtete, er könnte damit seine Initialen in ihre Haut brennen.

Mein Gott, in der Tat.

„Ich finde, du hast zu viel an", murmelte er. „Wir müssen diesen Pullover loswerden. Schließlich will ich sehen, was ich berühre."

Noch bevor sie das Wort „Striptease" hätte aussprechen können, hatte er ihr besagten Pullover bereits abgestreift. Sie wollte die Arme sinken lassen, da sagte er: „Nicht!" Wieder hielt er ihre Handgelenke fest. „Es gefällt mir, wenn du machtlos bist."

Sie schluckte ihren Protest hinunter, denn ein heißer Schauer jagte durch ihren Unterleib.

Jakes herrliche Lippen verzogen sich zu einem Lächeln. „Das passt dir gar nicht, wie?"

Vielleicht doch. Das konnte sie natürlich nicht zugeben, oder?

Nein, auf keinen Fall. „Nie im Leben, Kumpel."

„Oha, man sollte niemals nie sagen." Er ließ sich vom Bett rollen und stand auf. „Damit stachelst du mich nur mehr an. Ich bin mir nämlich ziemlich sicher, ich schaffe es, dass du Dinge fühlst – und tust – von denen du noch nicht einmal geträumt hättest."

Was du nicht sagst. „Also … was?", fragte sie möglichst unbeeindruckt. „Willst du hier auf Scheich und Sklavenmädchen machen?"

Er war gerade dabei, sich seiner Hose zu entledigen. „Mach dich nicht über mich lustig", sagte er und half ihr, sich aus ihrer Jeans zu pellen. „Ich würde einen verdammt guten Scheich abgeben. Was ich alles mit dir anstellen könnte – und du mit mir. Liebling, wir würden gemeinsam den Mond anheulen, noch bevor ich mit dir fertig wäre!"

Sie schluckte schwer – und presste die Beine zusammen. Allein darüber zu reden machte sie völlig verrückt. Es gelang ihr trotzdem, ihm einen hochmütigen Blick zuzuwerfen, mit erhobenen Augenbrauen und allem, was dazugehörte.

„Ich weiß, dass dir die Vorstellung gefällt", sagte er.

Offenbar hatte er keine Ahnung wie sehr, das hörte sie heraus. Sie zwang sich, gelangweilt zu seufzen. „Ich muss morgen früh raus. Hast du vor, die ganze Nacht nur zu reden?"

Jake lachte. „Nein, Ma'am."

Er zerrte seine Boxershorts hinunter, und ihr klappte der Mund auf – sie konnte einfach nicht anders. Nicht solange sein derart beeindruckendes bestes Stück wie ein Sturmgewehr auf sie gerichtet war. „Mein lieber Schwan."

„Ich weiß", sagte er reumütig. „Es ist unhöflich, mit dem Finger zu zeigen."

Ein schiefes Grinsen im Gesicht, packte er sie an den Hüften, zog sie über das Bett nach vorn, bis ihr Schoß an seine nackten Oberschenkel schlug, nahm ihren rechten Fuß und presste ihn auf seinen Penis.

„Besser?"

Jenny starrte auf das, was unübersehbar über ihre rot lackierten Zehennägel hinausragte. „Sieht größer aus, als er in Wahrheit ist. Ich habe ziemlich kleine Füße." Sie merkte, dass ihre Stimme immer höher geworden war und sich zum Schluss beinahe überschlagen hatte. Konnte man überhaupt alberner klingen als sie? Sie musste unbedingt aufhören, einen auf cool zu machen – das ging in diesem Fall sowieso nach hinten los. Vermutlich wäre es weniger peinlich, wenn sie einfach sie selbst wäre.

Sie räusperte sich und wackelte mit den Zehen. „Na gut. Vielleicht bist du doch ein wichtigerer Gott, als ich dachte."

Sein Penis zuckte unter ihrer Fußsohle und Jake warf ihr ein strahlendes Lächeln zu.

„Ich glaube, du bist die witzigste Frau, die ich je kennengelernt habe."

Er schob sie in die Mitte des Bettes, nahm seine Brieftasche aus der auf dem Boden liegenden Hose und legte sie auf den Nachttisch. Dann ließ er sich über sie fallen, fing sich mit den Händen ab und senkte den Kopf, um sie zu küssen.

Zart.

Sanft.

Genüsslich saugte und knabberte er an ihren Lippen, als hätte er alle Zeit der Welt.

Im Gegensatz zu ihr, die sofort lichterloh in Flammen aufzugehen meinte. Sie schob die Finger in sein Haar und zog ihn an sich. Jake stöhnte leise, tastete nach dem Verschluss ihres BHs, öffnete ihn geschickt und streifte ihn herunter.

„Sieh dich bloß an", sagte er leise und tat genau das.

Nein, besser nicht, war ihre erste Reaktion, doch sie schwieg eisern, denn mal ehrlich, etwas Stolz bitte! Vielleicht waren ihre Brüste für ihren Geschmack zu mädchenhaft, aber sie hatten eine schöne runde Form und hübsche Brustwarzen.

Und jetzt, da er eine in der Hand hielt und die andere mit kleinen Küssen bedeckte, konnte sie sowieso nicht mehr klar denken. „Hier scheint kein langes Vorspiel nötig", sagte sie keuchend, wand sich auf dem Laken und drückte den Oberkörper durch, sodass Jake eine Brustwarze mit seinen Lippen umschloss. Sie hatte das Gefühl, dass die süße Tortur bereits seit Stunden andauerte. Seit Tagen. Wochen.

Er hob den Kopf. „Nein? Tja, Pech nur, dass ich das Sagen habe. Ich steh nämlich total aufs Vorspiel."

Ohne sie aus den Augen zu lassen, nahm er die andere Brustwarze in den Mund, während er eine Hand langsam tiefer gleiten ließ, unter den Bund ihres Höschens und zwischen ihre Beine. Er hatte sie kaum berührt, als sie explosionsartig kam, so heftig und schnell, dass ihr Schrei sie selbst überraschte.

„Herr im Himmel", murmelte Jake, seine Augen funkelten. „Merk dir eins, Bradshaw", befahl er sich. „Nächstes Mal solltest du dieser Frau genau zuhören, wenn sie sagt, was nötig ist und was nicht." Er ließ seine Finger weiter kreisen, bis das letzte Zucken ihres Körpers verebbte und ihre Hüften herabsanken.

Langsam zog er ihr das Höschen aus, schleuderte es auf den Boden und langte nach seiner Brieftasche. „Bereit für die zweite Runde?"

Jenny betrachtete seine beeindruckende Erektion und sagte schuldbewusst: „Da rede ich von Schwerstarbeit und überlasse dir dann die ganze Plackerei. Gib mir eine Sekunde, um das wiedergutzumachen." Vorausgesetzt, sie konnte sich überhaupt bewegen, was ihr im Moment ausgeschlossen schien.

„Mach dir keine Gedanken." Er streifte sich ein Kondom über und rollte sich auf die Seite, den Kopf in die Hände gestützt. Dabei ließ er einen Finger auf ihrem Körper entlanggleiten, vom Schlüsselbein bis zum Nabel und tiefer, ohne sie da zu berühren, wo sie unbedingt berührt werden wollte. „Genau wie du kann ich auf ein langes Vorspiel verzichten. Wenn eine Frau schnell kommt, sagt man, sie hat multiple Orgasmen, bei einem Mann nennt man das vorzeitige Ejakulation." Er schnitt eine Grimasse. „Nicht gerade das, was man gern über sich hören möchte."

Sie musste lachen und streckte eine Hand nach ihm aus. „Dann lass uns diese Theorie einmal überprüfen."

„Besser nicht." Er fing sie ab. „Lieber sollten wir dich wieder in Fahrt bringen."

„Wozu, wenn ich das hier nicht anfassen darf?" Sie stieß einen Seufzer aus, denn sie fühlte sich leer. Und diese Leere wollte sie unbedingt und ziemlich dringend ausgefüllt haben.

„Ich möchte, dass du bereit bist", flüsterte er. „Bereit, hart von mir gefickt zu werden. Weil ich dich wilder nehmen werde als je ein Mann zuvor." Er nahm ihr Ohrläppchen zwischen die Zähne und seufzte.

Ein heißkalter Schauer rieselte ihr über den Rücken.

„Weil ich vielleicht ordentlich rangehen werde.“

Da waren sie wieder, diese Stimme und diese schmutzigen, schmutzigen Worte, mit denen er ihr Dinge versprach, die sie noch nie erlebt hatte. Diesmal wollte sie auf keinen Fall wie eine verklemmte viktorianische Jungfrau klingen. Langsam begann sie, ihre Brustwarze zu streicheln, daran zu reiben und sie zu zupfen.

Jakes Adamsapfel hüpfte auf und ab, während er sie dabei beobachtete und heftig schluckte.

„Lass uns loslegen“, sagte sie mit einer Ruhe, die sie stolz machte, sie sah ihn an, als er den Blick hob, um ihr in die Augen zu schauen. „Heute ist dein Glückstag, Bradshaw, denn ich bin schon bereit.“

Das hoffe ich zumindest, dachte sie, als er sich auf sie rollte.

„Bist du sicher?“, fragte er sanft, umfasste seine Erektion und strich damit leicht zwischen ihren Beinen entlang.

Okay, bisher war sie noch nicht wirklich so weit gewesen, jetzt allerdings … jetzt bestand kein Zweifel mehr. „Völlig sicher.“ Etwas nervös war sie doch, das konnte sie nicht abstreiten. Sie hatte vorgegeben erfahrener zu sein, als sie war, und sie hatte keine Ahnung, ob sie in der Lage war, ihn in seiner ganzen Größe aufzunehmen.

Wie sich herausstellte, hatte sie Jake unterschätzt. Er küsste sie wie schon zuvor – so sanft, als hätte er alle Zeit der Welt – und drang dabei langsam, Zentimeter für Zentimeter, in sie ein, bis sie ausgefüllt war wie noch nie in ihrem Leben, zog sich geschmeidig zurück und stieß wieder genauso gefühlvoll in sie.

Es erforderte nur ein, zwei Minuten dieser quälend schleppenden Bewegung, bis Jenny das Gefühl hatte dahinzuschmelzen. Sie zog die Beine an die Brust und wartete auf die tiefen harten Stöße, die er versprochen hatte, schaffte es aber nicht, ihn dazu aufzufordern.

Das brauchte sie auch nicht. Jake hatte sich bisher offenbar zurückgehalten und genau darauf geachtet, wann der richtige Augenblick gekommen war. Jetzt schien er zu spüren, dass sie kein Theater mehr machte, dass sie tatsächlich bereit war. Keuchend drückte er ihre Knie noch ein Stück auseinander und drang hart in sie ein, sodass ihre Körper aneinanderklatschten.

„Jake!“ Jenny bohrte die Fingernägel in seinen Rücken. „Oh mein Gott, Jake!“

Sie war feucht und heiß und willig. Seinen Namen auf den Lippen, klammerte sie sich so fest sie konnte an ihn.

„Das ist es, Baby, das ist es“, flüsterte er ihr zu. Er wusste längst nicht mehr, was er sagte, die Worte strömten einfach so, ohne sein Zutun, aus ihm heraus. „Komm für mich, Jenny. Ich will spüren, wie du kommst.“ Er erkannte, dass sie kurz davor war, veränderte den Winkel noch um ein paar Millimeter und stieß hart in sie.

Sie schrie auf, und da! Er spürte, wie ihr Schoß zu zucken begann, immer heftiger, fühlte, wie ihre Muskeln sich anspannten. Sie war zugleich herrlich eng und herrlich leidenschaftlich, und er glaubte, sein Kopf müsse explodieren, so gewaltig war sein Orgasmus. Bei seinem letzten Stoß presste er ihren Namen durch die zusammengebissenen Zähne heraus und kam, kam, kam.

Schließlich sank er auf ihr zusammen, als ob ihm jemand die Beine weggeschossen hätte. Jenny schlang die Arme um ihn und hielt ihn fest an sich gedrückt, als er den halbherzigen Versuch unternahm, sich von ihr zu lösen. Gott sei Dank, denn er konnte sowieso nur schwer atmend wie ein verwundetes Tier daliegen und wusste, was sie gerade erlebt hatten, war anders als alles zuvor.

Besser. Mehr als einfach nur Sex.

Sein Herz schlug nicht nur vor Anstrengung so wild, sondern auch aus einem völlig anderen Grund. Sollte er tatsächlich fühlen, was er zu fühlen meinte? Nein, das konnte nicht sein. Verdammt noch mal, er glaubte nicht daran.

Und doch – Herr im Himmel.

Was er alles empfand war unglaublich.

Das kann nur am Sex liegen. Nur deswegen glaubst du wahrscheinlich …

Und wenn nicht, flüsterte eine Stimme in seinem Kopf.

Er schmiegte sein Gesicht in Jennys Haar.

Was, wenn es Liebe war?

Nein. Das konnte nicht sein. Man musste sich doch nur mal ansehen, wie das beim letzten Mal für ihn ausgegangen war. Und trotzdem, es fühlte sich so an.

Verdammte Scheiße. Mist.

Er steckte schon viel zu tief in der Sache drin – und versank immer tiefer.

19. KAPITEL

„Ich bin fix und fertig, Tash.“ Jenny beobachtete ihre Freundin dabei, wie sie die Zutaten für die Montagspizza schnippelte. Das „Bella T's“ öffnete in einer Dreiviertelstunde und Tashas Mitarbeiterin Tiffany würde in fünfzehn Minuten zum Dienst erscheinen.

Ihre Freundin sah auf und lächelte sie an. „Das erwähntest du bereits.“

Jenny lachte. „Nein, nicht nur sexuell. Sondern ... ich glaube, ich habe mich in ihn verliebt.“

Tasha schob mit einer Schulter die Haarsträhne zurück, die sich aus ihrem Knoten gelöst hatte. „Und wäre das denn so schlimm?“

„Ähm, ja. Das wäre eine Katastrophe.“ Ihr Gesicht hellte sich auf. „Vielleicht ist es aber doch nur der Sex. Das könnte sehr gut sein, weißt du ... der war nämlich wirklich richtig gut.“ Sie lächelte versonnen. „Ich meine, das war rich-tig gu-ter Sex.“

„Na klar, reib es mir ordentlich unter die Nase. Schließlich hab ich schon ewig keinen mehr gehabt. Du könntest mir ruhig ein paar Details nennen.“ Tasha schob mit dem Messer die klein geschnittenen Paprikastücke in eine Schüssel und sah sie an. „Außerdem glaubst du nicht wirklich, dass es nur der Sex war.“

„Verdammt, doch! Bestimmt. Ich habe so etwas noch nie erlebt. Wahrscheinlich steh ich einfach total auf ihn und rede mir nur ein, dass es Liebe ist.“

Tasha sah sie weiterhin ausdruckslos an, bis Jenny sich unter ihrem Blick zu winden begann. Das Schweigen breitete sich aus.

Schließlich knickte Jenny ein wie die Beine eines billigen Picknicktisches. „Okay, schön. Vielleicht ist es wirklich Liebe.“

„Und ich wiederhole, dass das nicht unbedingt schlecht sein muss.“

„Machst du Witze? Dümmer geht es nicht. Wenn Jake irgendwann auch nur vermutet, dass ich gefühlsmäßig heftig verstrickt bin, wird er so schnell abhauen, dass nur noch eine Staubwolke zurückbleibt."

Vielleicht lag es an dem Wort Staub, jedenfalls riss Tasha auf einmal die Augen auf.

„Oh, verdammt, der Ofen! Ich hab vergessen, Feuer zu machen." Sie nahm einen Armvoll Holz aus der Kiste vor dem Steinofen, hielt aber kurz inne, um ihr einen ernsten Blick zuzuwerfen. „Ist dir mal in den Sinn gekommen, dass du ihn womöglich unterschätzt", fragte sie und begann, die Holzscheite im Ofen zu stapeln.

„Das würde ich so gerne glauben", sagte Jenny inbrünstig. „Ich habe allerdings noch nie jemanden kennengelernt, der dermaßen wenig Ahnung von seiner eigenen Liebesfähigkeit hat."

Tasha reckte den Hals, um sie über die Schulter anzublicken. „Also was jetzt? Ist er nun liebesfähig oder wird er sich sofort aus dem Staub machen, wenn das Wort Liebe fällt?"

„Beides, Tash, das eine schließt das andere nicht aus. Ich habe gesehen, wie er mit Austin umgeht. Es ist eindeutig, dass er seinen Sohn wie verrückt liebt, aber ich glaube, er hat Angst davor."

„Und was ist mit dir?"

„Nun, den Sex findet er toll, soviel weiß ich, doch ich habe keine Ahnung, ob seine Gefühle tiefer gehen. Nein, das stimmt nicht – er hat mir knallhart gesagt, dass er nicht an Liebe glaubt. Trotzdem gibt es Momente, in denen ich denke …" Sie schüttelte den Kopf. „Ach was, wem will ich da was vormachen? Es ist schwer zu sagen, was er fühlt."

„Und du traust dich nicht zu fragen?"

„Richtig." Jenny seufzte. „Bin halt der größte Feigling der Welt."

„Nein." Tasha richtete sich auf. Ihre dunkelgrauen Augen blickten todernst. „Du bist überhaupt nicht feige", sagte sie heftig. „Deinen Eltern – den beiden Menschen, für die du immer an erster Stelle hättest kommen müssen – warst du ziemlich egal, und ich weiß, dass so etwas Narben hinterlässt. Also, wenn du vorsichtig sein möchtest, dann sei vorsichtig." Sie drückte ihr die Hand. „Hast du irgendeine Idee, was du jetzt tun wirst?"

Jenny rollte die Schultern. „Ich werde nichts sagen, schätze ich. Soll Jake denken, dass ich mit einer rein sexuellen Beziehung zufrieden bin."

Tasha runzelte die Stirn. „Hältst du das für klug, wenn du so viel mehr empfindest?"

„Klug?" Jenny lachte bitter auf. „Wahrscheinlich nicht. Ich nehme an, es ist einfach realistisch. Ach Gott, Tash. Die hässliche Wahrheit ist doch, dass ich sowohl Jake wie auch Austin am Ende des Schuljahres verlieren werde. Egal, ob ich bis dahin umwerfenden Sex habe oder nicht. Also kann ich es genauso gut genießen, solange es geht."

„Und dann?"

„Dann ... ist es vorbei. Ich mache mir da nichts vor. Aber wenn es so weit ist ..." Sie zuckte die Achseln. „Zumindest weiß ich dann, dass ich mich mit offenen Augen in die Katastrophe gestürzt habe, statt auf den tollsten Sex meines Lebens zu verzichten, nur weil ich zu viel Angst hatte."

Später an diesem Nachmittag gelang es Jake, Jenny in ihrem Büro aufzuspüren. Am Tag zuvor hatte er Austin besucht und sich alles über die Geburtstagsparty erzählen lassen, Jenny war aber nirgends zu sehen gewesen. Die Erinnerung an die Nacht, die sie zusammen verbracht hatten, war noch zu frisch, um seinen Sohn zu fragen, wo sie steckte. Er befürchtete, wenn er ihren Namen ausspräche, würde Austin sofort wissen, was zwischen ihnen vorgefallen war.

Die Tür stand offen, er sah sie in Terminpläne vertieft an

ihrem Schreibtisch sitzen. Einen Moment lang war er wie gebannt, überflutet von all den Erinnerungen an ihre gemeinsame Nacht – ihre weiche Haut, ihre süßen Lippen, ihr heiseres Seufzen tief aus der Kehle, das sie lustvoll ausstieß –, und er konnte nicht anders, als sie anzustarren. Sie trug wie immer ein fast durchsichtiges Oberteil – dieses war glänzend olivgrün – und das Deckenlicht ließ ihr Haar schimmern wie einen mitternächtlichen See im Mondlicht.

Himmel, Bradshaw, bist du auf einmal ein verdammter Poet oder was? Er klopfte an den Türrahmen und musste lächeln, als er sah, wie sie einen Finger auf die Stelle des Terminplans legte, auf den sie sich konzentriert hatte, und zögerlich aufsah.

„Hey“, sagte er. „Hast du einen Moment Zeit?“

Kurz leuchtete ihr Gesicht auf, und sein Herz vollführte mal wieder einen Stepptanz. Dann, obwohl sie noch lächelte, ließ dieses Strahlen nach, wurde immer weniger, geradezu unpersönlich.

„Aber sicher“, sagte sie. „Was kann ich für dich tun?“

Da fiele ihm so manches ein, doch er schob die Bilder, die vor seinem geistigen Auge vorbeizogen, hastig beiseite. „Es geht eher darum, was ich für dich und Austin tun kann – oder was ich gerne tun würde. Es ist großartiges Wetter, und wie ich gesehen habe, findet heute weder ein Training noch ein Spiel statt. Könnte ich euch zwei vielleicht zu einem Picknick überreden?“

„Im Ernst?“ Jetzt war das Strahlen wieder da. „Das ist eine fantastische Idee! Wir sollten Austin anrufen. Als ich nach der Schule mit ihm gesprochen habe, hatte er nichts vor, aber du weißt ja, wie schnell sich das ändern kann.“

Er fischte sein Handy aus der Hosentasche und lehnte sich an den Türrahmen. „Mache ich sofort.“

Als Austin abnahm war es im Hintergrund so laut, dass er sich nur im Game Room vom „Bella T's“ aufhalten konnte. Von Jakes Vorschlag war der Junge begeistert.

„Sehr gut.“ Jake war klar, dass er ein Grinsen so breit wie Texas im Gesicht hatte. „Ich hole dich und Jenny ab … wann?“ Die Augenbrauen fragend hochgezogen sah er sie an. „Halb fünf?“

„Sagen wir fünf“, meinte sie und deutete auf die Terminpläne.

„Jenny sagt um fünf. Schön. Bis dann.“ Er steckte sein Handy wieder ein und sah sie an. „Ist geritzt.“

„Großartig. Soll ich uns von der Küche einen Korb vorbereiten lassen?“

„Nein.“ So verlockend ihr Angebot auch war, er hatte andere Pläne. „Ich kümmere mich selbst darum.“ Das brachte ihm ein noch strahlenderes Lächeln ein.

„Oh, das wird ja immer besser und besser.“

„Ich bin eben ein aufmerksamer Mann.“ Der jetzt am liebsten zu ihr gegangen wäre, um ihr einen dicken, heißen Kuss auf die schönen Lippen zu drücken. Stattdessen ging er rückwärts aus der Tür. „Dann lasse ich dich mal weiterarbeiten. Bis um fünf.“

Sie murmelte etwas Zustimmendes und er machte sich davon.

Punkt siebzehn Uhr stand er vor Jennys Tür. Niemals im Leben hätte er zugegeben, dass er die letzte Viertelstunde damit zugebracht hatte, auf seine verdammte Uhr zu starren. Mit einer Kühltasche, einer Einkaufstüte und einer Decke bewaffnet trat er sanft mit dem Fuß an das Türblatt. Ihm wurde umgehend geöffnet.

„Hey!“ Austin nahm ihm die Tüte ab. „Das ist echt eine klasse Idee.“ Er senkte die Stimme. „Allerdings habe ich Jenny nicht verraten, dass wir mein Boot nehmen.“

„Wir fahren mit dem Boot?“, fragte Jenny, die hinter ihm aufgetaucht war.

Austin grinste. „Tut mir leid, Kumpel.“

Jake stieß seinen Sohn freundschaftlich mit der Schulter an.

„Ist nicht schlimm. War ja nicht gerade ein großes, dunkles Geheimnis." Jenny hatte ihr Haar zu zwei dicken Zöpfen geflochten, so wie beim ersten Mal, als er sie gesehen hatte. „Wir wollten dich mit einer Fahrt nach Oak Head überraschen."

Sie lächelte. „Wunderbar! Dann zieh ich nur schnell andere Schuhe an." Sie nahm Tennisschuhe aus dem Schuhschrank und beugte sich hinunter, um sie anzuziehen.

„Kann ich nach dem Essen Wasserski fahren?", fragte Austin. „Das Wasser ist heute ganz ruhig."

Jake, der noch dabei war, Jennys Hintern in der Jeans zu bewundern, sah auf. Du fährst Wasserski? wollte er fragen, war aber klug genug, die Frage hinunterzuschlucken, bevor Austin mal wieder daran erinnert wurde, wie wenig sein Vater über ihn wusste. „Ist es nicht ein bisschen zu kalt dafür?"

„Hör mal, Kumpel, jeder hier besitzt einen Neoprenanzug."

„In dem Fall …" *Mist.* Er hatte keine Ahnung wie ein verantwortungsvoller Vater reagieren würde, deshalb ging er lieber auf Nummer sicher. „Wenn Jenny einverstanden ist, bin ich es auch."

„Du willst dich drücken, Bradshaw", sagte sie trocken, richtete sich auf, schnappte sich eine Fleecejacke und legte sie sich über den Arm. „Dann hab ich den Schwarzen Peter, falls ich Nein sage." Sie stieß Austin mit der Hüfte an. „Aber du hast Glück, falls das Wasser nach dem Essen immer noch ruhig ist, von mir aus."

„Oder du könntest vorher Wasserski fahren", schlug Jake vor.

„Das ginge auch. Also zieh deinen Neoprenanzug an und hol dir ein Badetuch. Und nimm Klamotten zum Wechseln mit."

„Suuuper." Austin stapfte hinaus zum Bootsschuppen, wo er seinen Wetsuit, das Wakeboard und das Zugseil aufbewahrte.

Beim Boot angekommen verstaute Jake den Picknickkorb, wandte sich an Austin, der gerade eine Schwimmweste überstreifte, und fragte: „Willst du direkt von hier losfahren?"

„Das wäre echt albern!"

Da sein Sohn eher begeistert als schockiert wirkte, warf er Jenny einen fragenden Blick zu.

„Ich weiß", sagte sie. „Das klang vielleicht nicht so, war aber tatsächlich als Zustimmung gemeint."

Jake grinste. „Na dann."

Austin war bereits dabei, das Zugseil zu befestigen.

„Tiefwasserstart oder vom Steg aus?"

„Alter, Tiefwasserstart macht man doch nur, wenn es keinen Steg gibt oder wenn man stürzt." Austin richtete sich auf und grinste großspurig. „Was ich nicht vorhabe."

„Man lernt nie aus." Jake fing den Schlüssel auf, den der Junge ihm zuwarf, starrte ihn einen Moment lang an und sah dann seinen Sohn an.

„Warum lassen wir nicht Jenny ans Steuer?" Er drehte sich zu ihr um. „Wenn es dir nichts ausmacht. Auf diese Weise kann ich Austin wirklich Wasserski fahren sehen."

Zum ersten Mal. Himmel. So viele erste Male.

Austins Gesicht leuchtete auf wie die Serengeti in der Morgendämmerung und Jake musste schwer schlucken. Er war so gerührt, dass er nicht wusste, was er als Nächstes tun sollte. Bevor er sich zu einem sentimentalen Narren machen konnte, riss Jenny ihm den Schlüssel aus der Hand und sagte: „In Ordnung."

Austin warf den Ski auf den Steg, kletterte vom Boot und ließ sich von ihm die Zugleine reichen. Jenny startete den Motor, fuhr ein kleines Stück und rief über die Schulter: „Sag mir, wann sie gespannt ist."

Er betrachtete die Leine, die sich langsam unter Wasser abspulte. „Okay, gleich ist es so weit … gleich …" Das Seil kam aus dem Wasser. „Jetzt!"

Sie drückte den Gashebel nach vorn, das Boot schoss davon wie eine Gewehrkugel, und Austin glitt über das Wasser. Er selbst war früher zu Highschoolzeiten mit Karis Freunden ab und zu Wasserski gefahren, war mit diesem Sport aber nicht aufgewachsen wie Austin. Er sah sofort, dass sein Sohn viel mehr draufhatte als er. Bei einem solchen Start hätte er wahrscheinlich das Wasser des halben Kanals geschluckt, während er auf dem Bauch hinter dem Boot hergeschleift wäre.

Austin dagegen wusste, was er tat. Er machte einen Sprung, fuhr dann einen weiten Bogen und lehnte sich zur Seite, bis sein Ellbogen beinahe das Wasser berührte. Wieder in der Mitte, richtete er sich auf und sprang zur anderen Seite.

Jake sah ihm voller Stolz den ganzen Weg bis nach Oak Head zu, wo Jenny noch einmal aufs Tempo drückte und kurz vor dem Ufer scharf in die Kurve ging. Austin machte einen letzten Sprung, dann ließ er das Seil los. Jake sah, wie sein Sohn ein paar Meter über das Wasser glitt und dann langsam nach unten sank.

Er jubelte vor Begeisterung und klatschte, als Austin wenig später an Land sprang, und riss den Jungen, der neben dem Wakeboard wartete, in seine Arme. „Du warst der Hammer!“, schrie er.

Austin sah zugleich begeistert und etwas erschüttert aus. Hastig rief Jake sich zur Ordnung. Nur nicht übertreiben. Er trat einen Schritt zurück. „Möchtest du noch ein bisschen fahren, oder bist du bereit für ein Hero?“

„Ein was?“

„Ein Hero, du weißt schon. Oh, hier sagt man ja Sub Sandwich. Oder Hoagie.“

„Tja, wie schnell man doch vergisst“, meinte Jenny nüchtern.

Er hob eine Schulter. „Ich lebe nun mal seit vielen Jahren in Manhattan.“

„Ein Sandwich wäre auf jeden Fall nicht schlecht“, sagte Austin. „Wo hast du die gekauft?“

„Ich habe die Zutaten in Silverdale besorgt. Du kannst dir deins so belegen, wie du magst. Fast so wie bei ‚DeFonte's‘ in Brooklyn. Die machen die besten Sandwiches der Welt.“

„Super. Was gibt es alles?“

Jenny breitete die Decke unter einem Baum mit riesigen sonnengebleichten Wurzeln aus. Jake hätte sein letztes Geld verwettet, dass Generationen von Kindern bereits über diese Wurzeln geklettert waren. Er ließ sich auf die Knie fallen und begann, die Einkaufstüte und die Kühltasche auszupacken.

„Wir haben Schinken, Peperoni, Salami, Roastbeef und Pastrami. Gehackte Zwiebeln, Tomaten, Salat, Essig und Öl, Mayonnaise und Senf und, natürlich, hammermäßig gute Brötchen. Außerdem Kartoffelsalat und Fruchtsalat. Oh, und Chips. Zum Trinken Mineralwasser, Cola oder Root Beer für echte Liebhaber.“

„Mann Alter, das ist der Hammer!“

„Ja“, stimmte Jenny zu. „Könnte uns für ein bis zwei Stunden vor dem Verhungern retten, selbst einen Teenager, der eigentlich immer Hunger hat.“

Nach dem Essen spielten sie am Strand Ball. Er und Austin fanden es besonders unterhaltsam, Jenny dabei ständig zu übergehen, obwohl das nicht gerade eine Leistung war. Erstens war sie klein und zweitens nun wirklich keine Sportskanone. Zumindest was das Ballspielen betraf.

Die Sonne war noch nicht hinter den Gipfeln untergegangen, als Jenny zum Aufbruch rief. Jake wollte am liebsten genauso wie Austin widersprechen, wusste aber, dass sie recht hatte. Morgen war ein Schultag.

„Pack zusammen, Kumpel“, sagte er.

„Ich will nicht gehen“, protestierte Austin. „Ist so schön hier.“

Jake wurde warm ums Herz. „Wir werden das wiederholen“, zwang er sich zu sagen. „Aber hast du nicht noch Hausaufgaben zu machen?“

„Schätze schon.“ Dann hellte sich Austins Gesichtsausdruck auf. „Bei meiner Geburtstagsparty im Sommer wird es auch solche Hero-Sandwichs geben!“

Am dreißigsten Juni. *Verdammt*. Er musste Austin bald sagen, dass er ihn am Ende des Schuljahres mit nach New York nehmen wollte. Wie sollte das mit der Geburtstagsfeier laufen? In den Ferien hätte Austin kaum eine Gelegenheit, neue Freunde zu finden. Vielleicht musste er über seinen Zeitplan noch einmal in Ruhe nachdenken, aber nicht jetzt. Jetzt wollte er einfach nur die Zuneigung seines Sohnes genießen.

Wieder zurück, stellte Austin das Wakeboard in den Schuppen, während Jake den Neoprenanzug aufhängte und die Zugleine wegräumte.

Gerade als er sich umdrehen wollte, warf sein Sohn von hinten die Arme um ihn. Die Umarmung fiel kurz und etwas ungelenk aus, dann versenkte Austin auch schon wieder die Hände in seinen Hosentaschen und starrte auf den Boden, als würde dort sein Lieblingsvideospiel ablaufen. Jake konnte die Berührung bis tief in seine Seele spüren.

„Danke, Dad“, sagte Austin, wobei er rot wurde, dann drehte er sich um und rannte an Jenny vorbei ins Haus.

Als die Tür hinter dem Jungen zufiel, trat Jenny zu ihm und legte eine Hand an seine Wange.

„Das hast du heute gut gemacht“, sagte sie lächelnd, stellte sich auf die Zehenspitzen und drückte einen zarten, kleinen Kuss auf seine Lippen. „Wirklich gut.“

Sie drehte sich um und verschwand im Haus wie sein Sohn kurz zuvor.

Um halb zwölf in derselben Nacht stand Jenny vor Jakes Tür. Austin war vor fast einer Stunde ins Bett gegangen, und sobald er schlief, konnte ihn nicht einmal eine durchs Haus tobende

Bullenherde aufwecken. So ganz im Klaren darüber, was sie hier eigentlich zu suchen hatte, war sie sich allerdings nicht.

Wahrscheinlich genügte Jake eine einzige gemeinsame Nacht vollkommen. Nicht dass sie dieses Thema angesprochen hätten, aber er hatte sich ihr gegenüber am Nachmittag verhalten wie immer, als ob nichts geschehen wäre. Andererseits war ihm in Anwesenheit seines Sohnes natürlich auch kaum eine große Wahl geblieben.

Sie jedenfalls hatte so eine Nacht noch nie erlebt. Und wie sie Tasha erklärt hatte, wollte sie ihr Glück genießen, solange es ging. Sie schüttelte die Hände aus und nahm all ihren Mut zusammen, dann klopfte sie leise an.

Im nächsten Moment stand er vor ihr, barfuß, in Jeans und T-Shirt.

„Hey." Er lächelte. „Was bringt dich hierher?"

„Lust auf Sex." Die Worte waren ihr erstaunlich selbstbewusst über die Lippen gekommen, obwohl sie sich innerlich krümmte. Was Besseres ist dir nicht eingefallen?

Offenbar hatte er nichts einzuwenden, denn seine Augen schienen aufzuleuchten und er trat beiseite.

„Ja? In diesem Fall komm doch rein."

Sie hatte kaum einen Schritt hineingemacht, als er die Tür schon zuknallte und sie dagegendrückte. Die Hände links und rechts neben ihr abgestützt, senkte er den Kopf, um sie zu küssen. Sofort war sie voll bei der Sache. Er ebenso.

Sein Kuss wurde wild, er legte eine Hand auf ihre Brust und murmelte: „Du hast viel zu viel an."

Gleichzeitig zog er ihr den Pulli aus, warf ihn auf den Boden und öffnete ihren BH, der eine Sekunde später neben dem Pullover landete. Jake starrte ihre Brüste an, während ihre Brustwarzen sich schmerzhaft zusammenzogen.

„Du hast die schönsten Titten der Welt."

Wie immer bei seinen direkten Worten verspürte sie ein scharfes Ziehen im Unterleib, das noch aufwühlender wurde, als Jake die Lippen auf eine ihrer Brustwarzen drückte und sanft daran saugte. Dabei umfasste er ihren Hintern und hob sie hoch.

Sie quietschte vor Schreck auf. „Okay, das ist mir jetzt ein bisschen peinlich“, sagte sie und spürte, dass ihre Wangen brannten. „Ich höre mich wie eine Sechsjährige an.“ Sie schlang die Beine um seine Taille, presste sich fest an seinen Schoß und genoss die Härte seiner Erektion. Die Augen geschlossen, bewegte sie kreisend die Hüften. „Jetzt fühle ich mich gar nicht mehr wie sechs.“

Jake keuchte laut auf. „Was ist das nur mit dir? Bei anderen Frauen bin ich der König des Vorspiels. Sozusagen. Bei dir habe ich es immer eilig wie ein Vierzehnjähriger.“

„Keine Einwände.“

„Von meiner Seite auch nicht.“ Er lachte heiser. „Gott, Jenny, du bist so sinnlich, dass ich fast den Verstand verliere.“

Sie öffnete hoffnungsvoll ein Auge. „Hast du ein Kondom griffbereit?“

Jetzt lachte er aus vollem Herzen. „In meiner Hosentasche. Oder, falls wir es dort tun wollen, wo ich mich mit etwas mehr Raffinesse um dich kümmern kann, im Schlafzimmer liegt ein ganzes Päckchen.“

„Ich will es genau hier.“ Sie griff um ihn herum und zog die Brieftasche aus seiner Hose. „Ich habe es noch nie an einer Tür gemacht.“

„Nein? Dann bin ich dir gern zu Diensten.“ Er stellte sie auf die Füße. „Zieh dich aus“, befahl er, während er sich das T-Shirt herunterzerrte.

Innerhalb weniger Augenblicke waren sie beide nackt. Jake hatte bereits das Kondom übergestreift, sank vor ihr auf die Knie und drückte einen Kuss direkt auf ihren Venushügel.

„Ein paar Sekunden Vorspiel können wir uns ruhig leisten“, murmelte er und strich mit dem Daumen über ihre feuchte Spalte. „Süß“, flüsterte er und begann sie zart zu lecken.

Jenny krallte die Hände in sein Haar und keuchte. „Hör lieber auf, hör lieber auf, hör lieber auf." Das tat er nicht, im Gegenteil. Er ließ zwei Finger in sie gleiten, und sie kam mit schnellen, heißen Zuckungen.

Er blieb so, bis der letzte Schauer verebbt war, dann richtete er sich auf, drückte sie an die Wand und ging leicht in die Knie. „Mein Gott", sagte er und stieß in sie.

Diesmal liebten sie sich schnell und hart, Jenny klammerte sich an seinen Nacken, während er wieder und wieder in sie eindrang. „Oh Gott, oh Gott, oh Gott." Sie keuchte, als sie erneut auf einen Höhepunkt zusteuerte. „Oh Gott, Jake, das ist so ..." Er zog sich beinahe vollständig aus ihr zurück, um dann tief, tief, tief in sie zu stoßen. „Das ist so ..." Der nächste Stoß. „Oh Gott, ich werde gleich ..."

„Kommen." Er stöhnte, und als er dieses Mal tief in sie drang, blieb er so, fest gegen ihre Klitoris gepresst. „Komm für mich, Jenny."

Und das tat sie.

„Himmel!" Ein langer, dunkler Schrei drang aus seiner Kehle, als sich seine aufgestauten Empfindungen mit Macht entluden. Sobald er wieder zu Atem gekommen war, legte er seine Stirn an ihre. „Verdammt. Du bringst mich um."

„Was soll ich da sagen!" Jenny war erschöpft und kraftlos, nur noch aufrecht gehalten von seinem Körper an ihrem. Es gelang ihr gerade mal, einen Mundwinkel zu heben und Jake einen kleinen Kuss aufs Ohr zu verpassen. Sie lächelte, als er erschauerte.

„Andererseits", sagte sie atemlos, „nicht die schlechteste Art zu sterben."

20. KAPITEL

Jenny, dein Vormittagstermin ist da."

Mit einem Blick auf die Uhr stellte Jenny fest, dass die Bewerberin fünf Minuten zu früh kam. Schon mal ein gutes Zeichen. „Danke Abby. Ich komme sofort."

Kurz darauf betrat sie die Hotellobby. Eine Frau zwischen zwanzig und dreißig in einem bunt gemusterten Rock, der hohe Stiefelschafte umspielte, erhob sich.

„Miss Brown?" Jenny streckte ihr die Hand entgegen. „Ich bin Jenny Salazar, die Geschäftsführerin. Wir haben letzte Woche miteinander telefoniert."

„Hallo."

Die Frau, deren Vorname Harper war, wie Jenny aus den Bewerbungsunterlagen erfahren hatte, schüttelte ihr fest die Hand und bedankte sich für die Einladung.

Harper mochte sogar noch größer als Tasha sein – etwas, worum sie selbst andere Frauen immer beneidete. Mit ihrem wunderschönen milchschokoladebraunen Teint, den glänzenden wilden Locken und den ausdrucksstarken Augen wirkte Harper majestätisch, sehr elegant – und ein wenig unnahbar. Das passte leider überhaupt nicht zu der Stelle, für die sie eine Mitarbeiterin suchte. Doch dann lächelte die Frau und ihr Gesicht veränderte sich auf verblüffende Weise.

Ihre Augen wurden zu fröhlichen Halbmonden und ihre vollen Lippen verzogen sich zu einem breiten Grinsen, das nicht nur ihre perfekten weißen Zähne, sondern auch ein gutes Stück ihres gesunden Zahnfleischs entblößte. Ein einzigartiges, charismatisches Lächeln. Jenny hatte das Gefühl, ganz und gar im Mittelpunkt ihrer Aufmerksamkeit zu stehen.

Sie erwiderte das Lächeln. „Ich freue mich, Sie kennenzulernen. Ihr Lebenslauf ist sehr beeindruckend."

„Darf ich das meiner Mutter gegenüber wiederholen?" Harper lachte herzhaft. „Sie bittet mich ständig, mich endlich mal auf einen Job festzulegen." Sie schnitt eine Grimasse. „Nun, oder zu heiraten. Am besten einen Arzt."

„So sind Mütter eben." Die meisten zumindest, ihre eigene hatte nach Lawrence Salazars Absturz nur noch wenig Interesse in ihrer Tochter gezeigt. Jenny riss sich zusammen. Das war alles längst vorbei und spielte keine Rolle mehr. „Falls es Ihnen hilft, richten Sie Ihrer Mutter doch aus, dass gerade Ihre vielen unterschiedlichen Erfahrungen mich so angesprochen haben. Ich suche für die Sommersaison eine Gästebetreuerin, ein besseres Wort fällt mir nicht ein, und das Wichtigste für diesen Job ist die Fähigkeit, die verschiedensten Aktivitäten zu koordinieren. Es handelt sich aber eben nur um eine Dreiviertelstelle. Ich brauche jemanden, der etwa dreißig bis zweiunddreißig Stunden die Woche arbeitet."

„Das ist ehrlich gesagt einer der Gründe, wieso ich mich beworben habe. Ich habe etwas Geld auf die Seite gelegt und komme gut mit weniger Arbeitsstunden aus. So hätte ich mehr Zeit, die Gegend hier kennenzulernen." Sie hob ihre elegant geschwungenen Augenbrauen. „Nun, je nachdem, wie die Bezahlung ist. Darüber stand nichts Genaues in der Anzeige."

Jenny nannte ihr den Stundenlohn. „Außerdem Unterkunft und Verpflegung selbstverständlich. Nichts Aufregendes – ein kleines Einzimmer-Cottage oben im Wald."

„Bitte sagen Sie jetzt nicht, dass es ein Plumpsklo hat. Das wäre definitiv ein Ablehnungsgrund."

Jenny lachte. „Nein. Das Cottage ist zwar schlicht, doch nicht *so* schlicht. Sie müssen es sich nicht mit jemandem teilen und es gibt ein Badezimmer. Allerdings nur mit Dusche, fürchte ich."

„Oh. Ich bade wirklich gern." Dann wieder dieses Lächeln. „Aber für eine Saison komme ich bestimmt auch mal ohne aus."

Jenny grinste. „Dafür ist unser Essen im Restaurant erstklassig. Falls Sie zwischendurch lieber selbst etwas kochen wollen, gibt es eine Kochplatte, eine Mikrowelle und einen kleinen Kühlschrank."

„Also … bieten Sie mir den Job an?"

„Nun, ich bin jedenfalls nicht abgeneigt. Vorher möchte ich Ihnen das Hotelgelände und das Cottage zeigen, in dem Sie wohnen würden. Ich erkläre Ihnen, was genau ich mir für die Position vorstelle, und Sie erzählen mir etwas mehr über sich und was Ihnen zu der Stelle einfällt. Oft haben Mitarbeiter Ideen, die mir nie im Leben selbst gekommen wären. Ich mag das sehr."

„Einverstanden."

„Sehr gut. Ich habe noch nie eine Harper kennengelernt. Der Name gefällt mir."

„Danke. Meine Mutter hat ‚Wer die Nachtigall stört' geliebt." Harper grinste. „Sie hält Harper Lee bis heute für ein Genie."

„Der Name ist sowohl ungewöhnlich als auch schön – und passt sehr gut zu Ihnen." Sie konzentrierte sich wieder auf das Geschäftliche und breitete die Arme aus. „Wie Sie sehen können ist dies die Lobby des ‚The Brothers' …"

Austin blieb wie angewurzelt stehen, als er den Baseballplatz betrat. Er riss den Mund auf und starrte die Szenerie vor sich an. „Soll das ein Scherz sein?"

„Wow!"

Nolan schien genauso fassungslos zu sein. Er drehte sich grinsend zu ihm um, ganz offensichtlich glücklich darüber, sich endlich wieder frei bewegen zu können.

„Zum Glück ist heute gutes Wetter, würde ich sagen. Sieht nämlich so aus, als ob Gott und die verdammte Welt gekommen wären." Sein Ton wurde feierlich. „Zum Jake-Bradshaw-Foto-Tag."

So wurde dieser Termin von allen in der Stadt genannt,

seit im Internet im Razor-Bay-Blog zu lesen war, dass der berühmte „National Explorer"-Fotograf Jake Bradshaw höchstpersönlich dieses Jahr die Fotos für das Jahrbuch der Bulldogs schießen würde. „Der Hammer, Mann." Er starte die Menschenmenge an. „Warum streiten sich diese Leute um Tribünenplätze?"

„Ich hab keinen blassen Schimmer. Von ein paar wenigen abgesehen haben die alle überhaupt nichts mit der Mannschaft zu tun." Austin schüttelte den Kopf. „Ich hab noch nie so viele Zuschauer gesehen!"

„Ich weiß. Man könnte glatt meinen, Fotos schießen wäre 'ne Trendsportart."

„Yeah." Austin schnaubte. „So einen Andrang sollte es mal bei unseren Spielen geben." Er befürchtete, jeden Moment nervös loszukichern, denn so cool er sich auch gab, in Wahrheit war er unglaublich aufgeregt. Nachdem die erste Überraschung nachgelassen hatte, fand er es klasse, dass die ganze verdammte Stadt aufgetaucht war. Sein Dad war ein Weltklassefotograf, er machte die Mannschaftsfotos und alle wollten dabei sein.

Sein Ansehen in der Schule war sowieso ins Unermessliche gestiegen, seit er zwei Ausgaben des „National Explorer" mit Fotos von seinem Dad herumgezeigt hatte.

Das war allerdings nicht der einzige Grund, weshalb er so aufgekratzt war. Er war einfach froh, dass es ihm so viel Spaß machte, mit Nolan abzuhängen. Schließlich hatte er sich mehr als einmal gewünscht, die Windpocken bei seinem Freund würden ein bisschen länger dauern als üblich, doch jetzt, wo sein Kumpel wieder gesund war, war es wie früher.

Allerdings hatte er ziemlichen Bammel davor, seinem besten Freund von seinen Gefühlen für Bailey zu erzählen, denn das war er ihm schuldig. Die Frage war nur, wann er mit der Sprache rausrücken sollte, bevor die Fotos gemacht wurden oder erst danach.

Jetzt, entschied er und atmete tief durch. Besser, es gleich hinter sich zu bringen. Er stieß die Luft aus. „Ich muss dir was sagen."

„Ja?"

Nolan sah ihn erwartungsvoll an, da verließ ihn fast der Mut. „Wo ist deine Cousine? Ich dachte, sie würde auch kommen."

„Sie hat mit Tante Debbie telefoniert, als ich gegangen bin. Mom wird sie nachher herfahren."

„Cool." Er atmete tief ein. „Ich … ähm … ich mag sie echt."

„Klar." Nolan zuckte die Achseln. „Wer nicht?"

„Nein, ich meine, ich mag sie wirklich. So auf die Ich-würd-sie-gern-küssen-Art."

Nolan blieb wie angewurzelt stehen, um ihn anzustarren. „Du willst sie küssen?"

„Himmel, Alter, nicht so laut." Er sah sich hastig um, ob ihnen jemand zugehört hatte, und wandte sich wieder an Nolan. Obwohl er am liebsten zurückgerudert wäre, nickte er.

Nolan schwieg einen Moment, dann nickte er ebenfalls. „Okay. Ich kann das schon irgendwie verstehen. Letzten Sommer war ich auch total in sie verschossen."

Austin spürte, wie sein Mund aufklappte. „Das ist pervers, Alter. Sie ist deine Cousine!"

„Ach, reg dich ab. Ich wollte ja keine schielenden Babys mit ihr machen oder so was, aber sie ist hübsch und lustig und spielt besser Baseball als die meisten Typen, die ich kenne. Außerdem – keine Ahnung, ob dir das aufgefallen ist – hat sie echt schöne Brüste." Er hob die Schultern. „Ich hätte nix dagegen gehabt, sie ein oder zwei Mal zu küssen, verstehst du?"

„Und? Hast du es versucht?"

„Nee. Irgendwann war es einfach … ich weiß auch nicht … nicht mehr so wichtig. Ich will nur sagen, dass es eine Zeit lang wichtig war. Also leuchtet mir das irgendwie ein."

Darüber war Austin heilfroh – zugleich aber verdüsterte sich seine Stimmung, als er an die letzten Tage dachte. „Klar, als ob ich eine Chance bei ihr hätte“, sagte er verdrossen. Er wollte sie so unbedingt küssen, dass er es kaum aushalten konnte, befürchtete jedoch, sich schrecklich zu blamieren. „Ich hab überhaupt keine Ahnung, wie ich das anstellen soll.“

„Frag doch mal Jenny.“

„Was?“ Entsetzt starrte er seinen Freund an. „Ich kann sie auf keinen Fall fragen!“

„Warum nicht? Sie ist eine Frau – wer kennt sich mit so was besser aus?“

„Ich kann das nicht. Alter, sie ist … Jenny!“

„Ich jedenfalls kann dir nicht helfen, Mann, weil … ich hab auch keine Ahnung.“ Er schüttelte mürrisch den Kopf. „Mal ehrlich, außer beim Flaschendrehen hab ich in der Hinsicht bisher nicht gerade Glück gehabt.“

„Wer hätte gedacht, dass ich mal bei einem Little-League-Fototermin eine Menschenkontrolle machen müsste?“

„Ich jedenfalls nicht.“ Jake, der neben der dritten Base kniete, sah zu seinem Bruder Max auf. Er fühlte sich etwas bedrängt von all den Leuten, die über das Spielfeld stapften. Schon jetzt war wegen des Gedränges sein Zeitplan durcheinandergeraten. „Gib mir mal die graue Tasche.“

„Wo zum Teufel steckt Jenny?“, fragte Max, während er sich nach besagter Tasche bückte. „Ich dachte, du hättest sie mehr oder weniger gezwungen, deine Assistentin zu sein.“

„Gute Frage. Sie sollte längst hier sein. Verdammt, ich musste schon diese ganzen Fotos für die Annoncen ohne ihre Hilfe machen.“

„Nun, und genau das ist dein Problem.“ Sein Bruder warf ihm einen mitleidigen Blick zu. „Nur ein Weichei muss eine Frau quasi erpressen, damit hast du die erste und wichtigste

Regel verletzt! Scheiße, Jake, wenn man auch nur ein Mal eine solche Schwäche zeigt, dann hat man für immer verloren. Ich schäme mich, dich meinen Bruder zu nennen …“ Er verstummte abrupt.

Jake, dem es keine sonderliche Mühe bereitete, solche Sprüche zu überhören, betrachtete die Objektive, die er vor sich auf einem Stück Filz ausgebreitet hatte. Als Max plötzlich still wurde, blickte er auf.

„Heiliger Herr im Himmel“, stieß der Deputy aus, doch da er in etwa so ehrfürchtig aussah und klang wie ein Mönch beim Anblick des Turiner Grabtuchs, handelte es sich wohl kaum um Blasphemie. „Wer ist das denn?“

Jake folgte Max’ Blickrichtung, aber es marschierten einfach zu viele Leute auf dem Feld herum, um zu lokalisieren, wen sein Bruder anstarrte. „Du musst schon etwas konkreter werden“, sagte er trocken. „Wer ist wer?“

„Diese Frau neben Jenny.“

Nun hatte er seine volle Aufmerksamkeit. „Jenny ist hier?“ Er stand auf.

„Ja. Dort drüben. Richtung Parkplatz.“

Jetzt sah er sie auch.

„Dieses Weib ist eine verdammte Göttin, richtig?“

Jake wirbelte zu Max herum und starrte ihn ungläubig an. „Jenny?“ Wie kam sein Bruder dazu, so über Jenny zu sprechen?

Max schnaubte abfällig. „Nein, du Blödmann. Sie!“

Er stieß einen Zeigefinger in Jennys Richtung, und jetzt erst bemerkte Jake, dass sie nicht allein war.

„Oh. Wow.“ Max hatte recht. Die dunkelhäutige Frau, die neben Jenny aufragte, war tatsächlich ein Hingucker, falls man auf diesen exotischen Prinzessinnentyp stand.

Seine Aufmerksamkeit wurde schnell wieder von dem winzigen brünetten Persönchen daneben in Anspruch genommen, von Jenny, die sich suchend auf dem Spielfeld umsah.

Als ihr Blick in seine Richtung fiel, löste er einen Blitz mit dem Fotoapparat aus und winkte.

Sie kam auf ihn zu, zusammen mit der Frau, die Max so umgehauen hatte. Das war hochinteressant, wenn man genauer darüber nachdachte. Jenny warf ihnen beiden ein freundliches Lächeln zu.

„Hey. Tut mir leid, dass ich so spät komme. Ich habe Harper noch das Resort gezeigt." Sie lachte. „Wo bleiben meine Manieren? Harper, das sind Jake Bradshaw, der Grund für diesen Massenauflauf hier, und sein Bruder Max Bradshaw."

„Halbbruder", korrigierte Max.

Jake stieß ihn mit der Schulter an. Nicht gerade sanft, doch Max wankte kein bisschen, sondern blieb reglos wie ein Fels. „Darüber sollten wir langsam mal hinweg sein, Bruder", sagte er.

Max hob nur eine breite Schulter, währen Jenny unbeirrt fortfuhr: „Jakes Halbbruder, Max, der beliebteste Deputy in Razor Bay. Jake, Max, das ist Harper Brown, die brandneue Spaß-und-Spiele-Direktorin vom ‚The Brothers'."

„Im Ernst?" Jake starrte sie an. „Du nennst sie tatsächlich Spaß-und-Spiele-Direktorin?"

„Na schön. Sie ist die Koordinatorin unserer Sommeraktivitäten." Sie warf ihm einen vielsagenden Blick zu. „Wenn du es so verdammt wörtlich nehmen musst."

Harper lachte, und Jake stellte fest, dass durch dieses Lachen sein erster Eindruck von ihr völlig über den Haufen geworfen wurde. Die eiskalte Prinzessin strahlte auf einmal eine unglaubliche Wärme aus.

„Die Bezeichnung ist mir egal." Harper hatte eine weiche, dunkle Blues-Stimme. „Ich freue mich einfach darauf, hier zu arbeiten. Ist eine tolle Gegend. Hi." Sie streckte erst ihm und dann Max die Hand hin. „Schön, Sie kennenzulernen."

Sie ließ Max' los, um kurz seinen Unterarm zu tätscheln,

zog die Finger aber sofort zurück, als hätte sie sich verbrannt, und warf seinem Bruder dieses Megawatt-Lächeln zu.

„Meine Güte. Wenn alle Männer in Razor Bay so groß wie Sie beide sind, muss es im Trinkwasser verdammt viele Wachstumshormone geben."

Jake lachte, Max jedoch nicht. Er verzog nicht einmal einen Mundwinkel, sondern nickte nur knapp. „Ma'am", sagte der Idiot dann, als hätte er gerade ihre Fahrzeugpapiere überprüft und einen Strafzettel ausgestellt.

In null Komma nichts wurde aus Harper wieder die frostige Königin, und Jenny, die so überrascht aussah, wie er sich fühlte, sagte hastig: „Na schön, ich schaue mal eben, ob Tasha schon da ist, damit ich ihr Harper vorstellen kann. Anschließend komme ich zurück, um dir mit den Fotos zu helfen, Jake."

„War schön, Sie kennenzulernen, Harper", sagte dieser. Sein ungelenker Bruder nickte ihr erneut zu, diesmal etwas weniger steif, und sagte noch einmal: „Ma'am."

Jake sah den beiden Frauen hinterher, dann drehte er sich um und schlug Max mit der flachen Hand auf den Hinterkopf. „Ma'am? Was zum Teufel sollte das, Mann?"

Max schob die Hände in die Hosentaschen, die breiten Schultern hochgezogen. „Ich weiß. Ich kann mit dieser Art Frauen nicht besonders gut umgehen."

Jake lachte laut auf. „Ach, meinst du?"

„Ich weiß, okay?", rief Max mürrisch. „Ich bin, was solche Frauen angeht, eine Katastrophe. Jetzt zufrieden?"

„Warum?"

„Tja, lass mich mal nachdenken – weil du immer ganz scharf darauf bist, mich am Boden zu sehen?"

„Nein, du Idiot – warum bist du eine Katastrophe bei solchen Frauen?" Wobei die eigentliche Frage war, was sein Bruder unter *solchen* Frauen verstand.

Max zuckte mit den Schultern, und auf einmal musste Jake

an dessen ständig unglücklich dreinschauende Mutter denken. Als Kind hatte er sich wie ein Schneekönig gefreut, wenn Max Probleme hatte, es war ihm egal gewesen, wie das Leiden seiner Mutter sich auf ihn auswirkte. Jetzt jedoch nicht mehr.

„Ich weiß noch, wie du mit Judy Ziegler am Arm rumstolziert bist. Mann." Bei der Erinnerung schüttelte Jake den Kopf. „Sie hatte die tollsten Brüste der ganzen Schule."

„Und die entsprechenden T-Shirts und Pullis, um sie zu betonen." Max lächelte versonnen. Allerdings viel zu kurz. „Ach, da habe ich kein Problem. Die Frauen machen es einem leicht, weil sie das Reden übernehmen – auch wenn es um Kram geht, der einen wirklich nicht interessiert. Aber das ist schon okay, denn im Gegenzug ist es ihnen egal, dass man diesen Small-Talk-Mist nicht draufhat." Er warf einen suchenden Blick über die Schulter, bis er Harper entdeckte, die in stocksteifer Haltung neben Jenny und Tasha stand. „Diese Mädchen, die mit einem Silberlöffel im Mund geboren wurden, sind ganz anders", fuhr Max fort, ohne die faszinierende Miss Brown aus den Augen zu lassen: „Da erstarre ich immer zu Eis."

In dem Moment brach auf der Tribüne ein Streit aus, und Jake sah die Erleichterung im Gesicht seines Bruders.

„Dieser verdammte Wade", sagte Max brummig. „Wann kriegt er es endlich in seinen Dickschädel rein, dass Mindy mit Curt glücklich verheiratet ist? Könnte wetten, dass er direkt aus dem ‚The Anchor' hierhergekommen ist."

„Was nie eine gute Idee ist."

„Sehr wahr. Ich gehe mal besser rüber, bevor Curt ihn niederschlägt und ich beide verhaften muss." Max spazierte davon, offensichtlich froh darüber, wieder in seinem Element zu sein.

Ein paar Minuten später kam Jenny zurück und forderte die Jungen auf, sich aufzustellen – und Bailey, nachdem der Coach und die ganze Mannschaft darauf bestanden hatten, dass sie ebenfalls auf die Fotos kam. Erst schoss Jake ein Gruppenfoto, dann fotografierte er die einzelnen Spieler. Zwischendurch kamen immer wieder Leute zu ihm, die er bereits für die Annoncen abgelichtet hatte, um mit ihm zu plaudern.

Jake musste feststellen, dass er sich prächtig amüsierte, und zwar mindestens so wie bei seinen anderen Fotoaufträgen auch.

Als Jenny später in der Nacht aus seinem Bett schlüpfte, um in ihr Cottage zu gehen, erinnerte er sich an diesen Eindruck und wusste nicht, weshalb er sich plötzlich so unwohl damit fühlte. Die Hände hinter dem Kopf verschränkt, die Stirn gerunzelt, lag er in der Dunkelheit, sah an die Decke und beschloss, sich lieber auf Jenny zu konzentrieren. Er fragte sich, wann sie wieder zusammen sein würden. Dieser Gedanke machte ihn mürrisch. Aus irgendeinem Grund ging es ihm ganz schön gegen den Strich, dass sie mit einer rein sexuellen Verbindung vollkommen zufrieden zu sein schien. Wieso nur?

Sie gab ihm genau das, was er sich von einer Beziehung erhoffte, und selbst wenn er sich diesmal einbildete, mehr zu wollen – für die Bradshaw-Männer gab es nun mal dieses Märchen nicht, dass sie mit ihren Partnerinnen glücklich bis an ihr Lebensende waren. Mit Kari hatte dieses Glück nach dem Jawort genau einen Monat angedauert, sein Bedarf an unsterblicher Liebe war völlig gedeckt.

Mit Jenny war aber alles anders. Vielleicht könnte daraus tatsächlich so etwas wie unsterbliche Liebe werden. Vielleicht.

Als ihm klar wurde, wohin diese Hirngespinste führten, brach ihm der kalte Schweiß aus. Sein Herz hämmerte wie verrückt. *Denk an etwas anderes, denk an etwas anderes.*

Okay, wie wäre es damit? Heute auf dem Baseballplatz hatte er zum ersten Mal in seinem Leben das Gefühl gehabt, in Razor Bay, Washington, sein zu wollen und nirgends sonst auf der Welt.

Diese Erkenntnis trug nun wirklich nicht dazu bei, dass er sich besser fühlte.

21. KAPITEL

Ich schätze mal, du hast ungefähr eine Million Mädchen in deinem Leben geküsst, hm?"

Jake sah auf. Er und Austin schaukelten träge in einem der kleinen Hotelboote, die zum Angeln besser geeignet waren als der Bayliner, auf dem Wasser. Mit dem Angeln kannte Jake sich nicht sonderlich gut aus, im Gegensatz zu seinem Sohn, der ihm bereits einige Tricks beigebracht hatte. „Nicht mal annähernd, aber man könnte sagen, es waren ein paar."

„Yeah?" Austin grunzte leise. „Wie alt warst du beim ersten Kuss?"

Dass der Junge versuchte, besonders locker zu wirken, ließ seine frisch entdeckten väterlichen Alarmglocken schrillen. Oh Mann, dachte er, während er einen neuen Köder am Haken befestigte und die Angelschnur auswarf. Wahrscheinlich ging es um Bailey, das Mädchen, mit dem Austin so viel Zeit verbrachte. Er steckte die Angelrute in die Halterung, wusch sich die Hände im kalten Kanalwasser ab und sah seinen Sohn an. „Das weiß ich nicht mehr. Ungefähr in deinem Alter, denke ich."

„Du warst bestimmt ziemlich gut, oder? Wusstest du genau, was zu tun ist?"

Jake schnaubte. „Machst du Witze? Ich war wirklich kein Naturtalent. Du hast ja gerade gesehen, was ich beim Angeln draufhabe. Ich verrate dir was, ich konnte sogar noch schlechter küssen."

Austin krümmte sich. „Oh Mann. Das ist gar nicht gut."

„Wem sagst du das? Unsere Nasen sind aneinandergestoßen, unsere Zähne aneinandergeknallt. Aber witzig ist, dass Mary Beth Brimmyer sich gar nicht daran gestört hat." Er warf seinem Sohn ein schiefes Lächeln zu. „Wahrscheinlich, weil sie genauso wenig Erfahrung hatte wie ich. Trotzdem hat es uns beiden riesig Spaß gemacht. Und nach und nach, erst mit ihr und dann mit anderen Mädchen, wurde es immer besser.“ Er schlug sich mit der Faust an die Brust. „Heute bin ich der Weltmeister im Küssen, wenn ich es selbst so sagen darf.“

Sein Sohn richtete sich etwas auf, und Jake fuhr fort: „Wir waren in Silverdale im Kino. Meine Mom hat uns hingefahren, das war ein bisschen peinlich, aber ich meine, ich war eben leider erst dreizehn.“

Austin machte eine Geste, die ausdrückte: Was soll man da machen?

„Ich habe Mary Beth zu Popcorn und Cola eingeladen und gewartet, bis es im Kinosaal dunkel wurde, dann habe ich den ersten Schritt gewagt.“

„Wie?“

„Ich hab mich erst gestreckt und alles, um möglichst unauffällig meinen Arm um ihre Schultern legen zu können. Du weißt schon, so in etwa ...“ Er täuschte ein Gähnen vor und legte die Hand vor den Mund. „Als ich den Arm nach ihr ausstrecken wollte, habe ich ihr aus Versehen den Ellbogen ins Gesicht gestoßen. Sie hat das halbe Popcorn verschüttet.“

„Das glaub ich nicht.“

„Stimmt leider trotzdem. Lerne aus meinen Fehlern, Kumpel. Achte darauf, dass dein Ellbogen hinter ihrem Kopf ist, bevor du weitermachst. Könntest ja vielleicht mit einem Fußball üben, den du entsprechend positionierst.“

„Blödmann.“

„Ich weiß, albern. Könnte dir aber jede Menge Peinlichkeit ersparen.“

Als Austin grinste, rührte sich etwas in Jakes Innerstem. Da das in letzter Zeit immer öfter geschah, spürte er allmählich leichte Panik in sich aufsteigen.

„Muss mal darüber nachdenken.“ Austin fummelte an seiner Angelrute herum. „Also“, sagte er eher zur Angel als zu seinem Vater. „Wirst du künftig hier leben?“

Verdammt. Jake warf seiner Angelrute einen hoffnungsvollen Blick zu, doch die steckte immer noch tipptopp in ihrer Halterung, die Schnur perfekt gespannt, da gab es nichts zu richten.

Anders als bei seinem Sohn. Jake setzte sich etwas aufrechter hin. Er hatte schließlich gewusst, dass dieser Moment irgendwann kommen würde und dass er ausnahmsweise mal nicht auf Jennys Hilfe hoffen konnte, denn es war nun wirklich nicht an ihr, Austin von den Plänen seines Vaters zu erzählen.

Sein Sohn, seine Verantwortung.

„Stell mal kurz den Motor ab“, sagte er leise.

„Hm?“

Austin hatte ihn offensichtlich ganz gut verstanden, denn er drehte bereits den Schlüssel um. Das Boot schaukelte sanft auf dem Wasser. Jake atmete tief durch. „Ich habe ein Leben in New York und ich muss wieder zurück.“

„Oh.“ Der Junge schluckte. „Klar.“

Die Enttäuschung in seinem Blick brach Jake fast das Herz. Schnell fügte er hinzu: „Aber ich möchte, dass du mit mir kommst.“

„Echt?“ Die Augen des Jungen leuchteten auf, doch dann runzelte er die Stirn. „Aber was zum Henker soll ich denn in New York machen?“, fragte er.

Das Herz wurde ihm schwer, trotzdem entgegnete Jake ruhig: „Machst du vielleicht Witze? Es gibt unendlich viel zu tun in der Stadt, die niemals schläft.“ Was, wie er zugeben musste, nicht gerade ein Argument für einen Dreizehnjährigen war, der sowieso früh zu Hause sein musste. *Fällt dir wirklich nichts Besseres ein?*

Dann meinte Austin tonlos: „All meine Freunde sind in Razor Bay. Jenny ist hier – und das Mädchen, das ich küssen möchte.“ Er setzte sich so abrupt auf, dass das Aluminiumboot heftig schaukelte. „Mein Bayliner! Was soll ich denn in Manhattan mit meinem Boot anfangen?“

Er sprach Manhattan aus, als handelte es sich um Sodom und Gomorrha, doch Jake entgegnete freundlich: „Darüber muss ich mir noch Gedanken machen. Es gibt dort viele andere tolle Dinge zu tun. New York City hat zum Beispiel eine der besten Baseballmannschaften."

Austin nickte. „Das stimmt. Die Evil Empires haben, glaub ich, siebenundzwanzig Mal die World Series gewonnen und vierzig Mal die American League."

Jake betrachtete einen Moment lang seine Hände, dann sah er seinen Sohn an. „Ich weiß, dass ich da ziemlich viel von dir verlange. Es wird nicht leicht werden, alles, was du kennst, einfach hinter dir zu lassen. Aber irgendwann wirst du wissen, dass es das wert war."

„Mann, ich möchte wirklich nicht in New York leben", rief Austin.

Dieses Mal rutschte Jakes Herz direkt auf den Boden des Bootes. Er sah, wie sein Sohn auf die Berge starrte und zwei Adler beobachtete, die über ihnen kreisten. Schließlich warf er seinem Vater ein zaghaftes Lächeln zu und sagte: „Andrerseits bist du gerade erst in mein Leben gekommen. Und ich möchte mit dir zusammen sein. Also schätze ich mal, dass ich mich mit New York abfinden muss ..." Er straffte die Schultern und sah ihn direkt an. „Und das werde ich dann auch."

Die unterschwellige Panik, mit der Jake die ganze Zeit zu kämpfen gehabt hatte, brach plötzlich mit voller Wucht hervor. Er hatte das Gefühl, keine Luft mehr zu bekommen. *Was zum Teufel ist dein Problem, Mann? Du bist nicht glücklich, egal, wie der Junge sich entscheidet. Wird das von nun an immer so sein?*

Ihm war längst klar, dass es darum gar nicht ging, sondern darum, dass ihn so langsam die Realität einholte. Was hatte er sich eigentlich gedacht? Dieser Junge legte gerade vertrauensvoll seine Zukunft in die Hände eines Mannes, der überhaupt nicht wusste, was Vater zu sein bedeutete, und die Tatsache, dass dieser Vater darüber nachdachte, eine Haushälterin zu engagieren, die sich um Austin kümmerte, während er wochenlang durch die Weltgeschichte reiste, war der beste Beweis dafür.

Trotz allem gelang es ihm irgendwie, ein paar Mal durchzuatmen und ein erfreutes Lächeln aufzusetzen.

„Toll“, sagte er und hoffte, dass er überzeugender klang als in seinen Ohren. „Das ist … toll. Abgemacht also. So machen wir's.“

Jenny sah Austin dabei zu, wie er den Mais auf seinem Teller mit einer Gabel hin und her schob. In der anderen Hand hielt er einen Taco, von dem er bisher kaum abgebissen hatte – und Tacos rangierten auf seiner Top-Ten-Essensliste ganz oben. Wenn sie genauer darüber nachdachte, war er auch am Tag zuvor schon sehr still gewesen.

„Geht es dir gut?“, fragte sie und erhob sich halb, um über den Tisch an seine Stirn zu fassen. Als er den Kopf nicht ungeduldig zur Seite drehte, wie er es normalerweise tat, sondern ihr sogar etwas entgegenkam, nahm ihre Sorge noch zu. Er musste wirklich krank sein.

Seine Stirn fühlte sich kühl an. Langsam setzte sie sich wieder und sah ihn an. Austin legte die Gabel und den Taco weg.

„Wusstest du, dass Dad mich mit nach New York nehmen will?“

Bei seiner Frage begannen sich die wenigen Bissen, die sie gegessen hatte, in ihrem Magen umzudrehen. *Mein Gott.* Nun gab es kein Zurück mehr, das Thema, das sie so lange vermieden hatte, lag auf dem Tisch. Die Übelkeit, die sich in ihrem Magen ausbreitete, würde wahrscheinlich nie wieder ganz weggehen. Sie legte ihren Taco ebenfalls aus der Hand.

Somit war es offiziell – sie würde beide verlieren. Natürlich hatte sie das gewusst, doch offenbar bis zu diesem Augenblick nicht wirklich geglaubt. „Ja, das wusste ich."

Er kniff die Augen zusammen. „Und du hast nie einen Ton zu mir gesagt?"

„Nein, habe ich nicht. Und ich habe Jake gebeten, erst mal auch nichts zu sagen. Ich fand, dass ihr euch zuerst kennenlernen solltet, bevor dein ganzes Leben auf den Kopf gestellt wird."

„Ja." Er ließ sich zurücksinken. „Das war wahrscheinlich eine gute Idee."

„Und ... bist du einverstanden?"

„Wie ich ihm schon gesagt habe, bin ich nicht gerade begeistert, mein Zuhause zu verlassen – und auf keinen Fall will ich in eine verdammt riesige und laute Stadt ziehen, wo ich außer ihm niemanden kenne." Seine seit Neuestem ziemlich breiten Schultern hoben sich. „Aber ich möchte bei ihm sein, Jenny. Ich möchte einfach wissen, wie es ist, einen Dad zu haben."

Sie nickte langsam. „Natürlich. Das ist vollkommen verständlich." Sie beugte sich über den Tisch, um seine Hand zu nehmen. *Ich werde nicht weinen, ich werde nicht weinen!* „Ich werde dich vermissen wie verrückt."

Er sah sie entgeistert an. „Ich habe so versucht, nicht daran zu denken. Mist. Mist!" Er sprang auf. „Ich kann nicht gehen. Ich muss ihm sagen, dass ich nicht mitkomme."

Sie erhob sich ebenfalls, ging zu ihm und zog seinen zitternden Körper in ihre Arme. „Ruhig. Ganz ruhig. Du gehst ja nicht ans Ende der Welt. Wir können telefonieren und uns E-Mails schreiben und ... sogar skypen. Ich werde es lernen. Du kommst zu Besuch und beeindruckst alle mit deinen Großstadtgeschichten. Und vielleicht komme ich dich auch besuchen."

Nach und nach entspannte er sich etwas, doch er ließ den

Kopf gesenkt und drückte sein Gesicht in ihr Haar. „Ja", murmelte er. „Sicher."

„Ich komme schon klar, du wirst sehen. Und sobald du ein paar neue Freunde gefunden hast, wird es dir dort gut gefallen. Manhattan hat wirklich eine Menge zu bieten."

„Ich werde mein Boot vermissen."

„Nun, ich weiß nicht, wie viel ein Liegeplatz am East River kostet oder wo auch immer, aber vielleicht gibt es ja eine Möglichkeit, dass du es mitnimmst."

„Das wäre aber nicht dasselbe. Ich kenne den Kanal wie meine Westentasche. Und dort wird alles neu und total verwirrend sein." Er rümpfte die Nase. „Und laut."

Er hatte ja so recht, dennoch schob sie ihre Befürchtungen beiseite und sagte fest: „Laut ist es ganz bestimmt, aber was das Neue und Verwirrende angeht ... das geht vorbei, mein großer Junge. Du bist klug und lernst schnell, und so wie ich dich kenne – und ich kenne dich gut, Kumpel – hast du diese Stadt in null Komma nichts im Griff."

Wie furchtbar leer ihr Leben sein würde, sobald er und Jake nicht mehr da waren, musste sie für sich behalten.

Das musste sie irgendwie hinbekommen, und würde es auch. Selbst wenn es sie umbrächte.

„Coach, ich muss schnell was erledigen. Ich bin in fünf Minuten wieder da." Austin ließ Mr Harstead gar nicht erst genug Zeit, um zu sagen: Ist gut, Bradshaw. Oder: Vergiss es. Oder: Was zum Teufel? Er war in einer Mission unterwegs und rannte quer übers Baseballfeld zu Bailey, die auf der Tribüne saß und über einem Schulbuch brütete.

„Kann ich kurz mit dir sprechen?"

„Klar." Sie klappte das Gemeinschaftskundebuch zu und sah ihn erwartungsvoll an.

„Nicht hier. Komm mit."

Was er an Bailey ganz besonders mochte, war, dass sie nicht

ständig alles zu Tode diskutieren musste wie die meisten anderen Mädchen. Sie lächelte ihn einfach nur an, legte das Buch neben ihren Rucksack und stand auf. Dann sprang sie über die Sitzreihen.

Als sie vor ihm auf dem Rasen landete, fragte sie: „Was gibt's?"

Er nahm ihre Hand und zog sie hinter die Tribüne. „Komm mit."

Zwar blinzelte sie überrascht, bückte sich aber und schlüpfte seitlich zwischen dem Geländer hindurch. Als sie sich unter dem höchsten Sitzplatz wieder aufrichtete, sprang er nach vorn und packte sie, dann senkte er den Kopf.

Ihre Nasen prallten zusammen, doch er rief sich einfach in Erinnerung, dass es seinem Dad beim ersten Mal auch nicht anders ergangen war, und drehte sich etwas. Ihre Lippen berührten sich. Ihre waren weich und warm. *Wow.*

Ungefähr das Coolste auf der ganzen Welt.

Als Bailey die Hände auf seine Schultern legte, erstarrte er in der Erwartung, von ihr weggestoßen zu werden. Stattdessen verstärkte sie ihren Griff und erwiderte seinen Kuss – sie öffnete sogar ein wenig die Lippen.

„Bradshaw!"

Beim Schrei des Trainers sprangen sie auseinander. „Mist", flüsterte er und leckte sich über die Unterlippe. Mann, er hatte einfach alles auf eine Karte gesetzt, weil ihm nach der Ankündigung seines Dads nicht mehr viel Zeit blieb, doch jetzt, da sie seinen Kuss erwidert hatte, fühlte er sich erst richtig in der Zwickmühle. „Also, äh, hast du am Freitagabend Lust, mit mir ins Kino zu gehen? Bestimmt kann ich Jenny oder meinen Dad überreden, uns zu fahren. Ich weiß, das ist ziemlich kurzfristig aber …"

„Ja, ich hätte Lust", sagte sie und zuckte zusammen, als der Trainer erneut seinen Namen brüllte.

„Dann haben wir ein Date! Ich rufe dich an, sobald ich mit

Jenny und Dad gesprochen habe.“ Er beugte sich vor, um sie noch einmal schnell auf den Mund zu küssen, drehte sich um und flitzte davon.

Er konnte beim besten Willen nicht aufhören, breit zu grinsen.

22. KAPITEL

Als Jake Freitagabend kurz vor sechs auf dem Rückweg von Silverdale durch die Stadt fuhr, war auf der Harbor Street die Hölle los – zumindest nach Razor-Bay-Standard. Er hatte Austin und Bailey beim Kitsap-Einkaufszentrum abgesetzt, wo die beiden vermutlich gerade einen Burger verspeisten. Sein Sohn hatte ein Date. Ein *Date!*

Ich werde so vieles verpassen, wenn ich …

Hastig verdrängte er den Gedanken und überlegte lieber, was zwei Dreizehnjährige in diesem Augenblick wohl anstellten. Falls sie nichts aßen, vertrieben sie sich wahrscheinlich die Zeit, bis der Film begann, im Einkaufszentrum.

Wie auch immer, seine Vaterpflichten hatte er für diesen Abend erfüllt, dank Rebecca Damoth, die angeboten hatte, die beiden später abzuholen.

Er überschritt auf der Heimfahrt ein paar Mal das Tempolimit und hatte kaum den Motor abgestellt, als er schon zur Tür von Jennys Cottage eilte. Er hatte sie inzwischen zwei lange Nächte nicht gesehen und hielt es einfach nicht mehr aus.

Zwar hatte er keine Ahnung, was das zu bedeuten hatte, war aber viel zu ungeduldig, um sich darüber den Kopf zu zerbrechen, und trommelte an das Türblatt.

Als Jenny öffnete, blitzte etwas in ihrer Miene auf, doch was immer es auch war, es verschwand so schnell wieder, dass er es nicht richtig mitbekam. Hastig trat er ein, in ihr Haus, ihr Heim, ohne eine Aufforderung abzuwarten. Dann legte er seine Hände an ihr Gesicht, strich mit den Daumen über ihre Wangen und küsste sie.

Zärtlich.

Mit so viel Gefühl, dass er lieber nicht genauer darüber nachdenken wollte.

Sie schlang die Arme um ihn und seufzte zufrieden. Jeder

Muskel in seinem Körper wurde nachgiebig, die Anspannung in Nacken und Schultern, die er bisher gar nicht wahrgenommen hatte, ließ sofort nach. Er trat die Tür hinter sich zu, hob Jenny auf die Arme und trug sie, ohne von ihren Lippen zu lassen, ins Schlafzimmer.

Dann, auf dem Bett, beugte er sich über sie und erforschte ihren süßen Mund, als ob er sie nie zuvor geküsst und alle Zeit der Welt hätte. Aus irgendeinem Grund fühlte es sich auch tatsächlich so an. Er hatte das Bedürfnis, sich sehr, sehr viel Zeit zu lassen, sich um sie zu kümmern, deswegen küsste er sie lange und voller Zärtlichkeit.

Schon wieder tauchte dieses verdammte unangenehme Gefühl auf – eine Art Furcht, die unter seiner Haut brannte und sich immer dann meldete, wenn er gerade glücklich war.

Es gab überhaupt keinen Grund, Jenny so zu vermissen, und auch keinen Grund, sich einzubilden, dass er jemals ein guter Vater sein könnte.

Verdammt, es gab auch keinen Grund zu glauben, dass er jemals in der Lage sein würde, eine dauerhafte Beziehung zu jemandem aufzubauen. Schließlich hatte das bisher nicht besonders gut funktioniert. Sein Daddy war abgehauen, seine Ehe hätte vor dem Scheidungsrichter geendet, wenn seine Frau nicht gestorben wäre, und er hatte seinen Sohn im Stich gelassen.

Sieh es doch ein, Mann. Ein Bradshaw gehört einfach nicht zu den Typen, die glücklich bis an ihr Lebensende sind.

Deswegen hatte er schließlich diesen Entschluss gefasst – diesen Entschluss über seine und Austins und Jennys Zukunft.

„Hey." Jenny strich durch sein Haar. „Wohin bist du denn verschwunden?"

Er sah sie an, sah in diese dunklen, liebevoll blickenden Augen, und verdrängte alle unangenehmen Gedanken hastig. „Nirgendwohin", sagte er, schüttelte dann aber den Kopf.

„Besser gesagt, ich war einen winzigen Augenblick woanders, jetzt bin ich hier. Jetzt bin ich wieder genau da, wo ich sein möchte."

Es stimmte, genau hier wollte er sein. Wegen dieser verdammten Bradshaw-Gene war er vielleicht nicht für die Langstrecke geschaffen, aber die nächsten paar Stunden würde er schon hinbekommen.

Wenigstens das.

In den letzten Tagen – seit sie und Austin beim Abendessen geredet hatten – hatte Jenny ihr Bestes getan, um Jake aus dem Weg zu gehen. Sie gehörte nicht zu den Frauen, die sich ein Pflaster schnell abrissen – sie zupfte lieber von allen Seiten daran, um es dann langsam abzuschälen. Statt sich also mit ihm zu amüsieren, bis er die Stadt verließ – und, da er schon mal dabei war, auch gleich den Menschen mitnahm, der wie ein Bruder für sie war –, hatte sie beschlossen, auf Distanz zu ihm zu gehen.

Leider Gottes war es unmöglich, *davon* auf Distanz zu gehen. So war es mit ihm noch nie gewesen. Schön, sie hatte mit Jake den besten und aufregendsten Sex ihres Lebens gehabt, aber das hier ... *das* war sogar noch besser.

Seine Küsse waren so liebevoll, dass sie am liebsten in Tränen ausgebrochen wäre und sich zugleich rekeln wollte wie eine Katze in der Sonne. Diese langsamen Bewegungen, mit denen er sie beide entkleidete, und wie er ihren Körper erforschte und dabei keinen Millimeter ausließ, diese unglaubliche, beinahe greifbare Zärtlichkeit, mit der er sie liebkoste, brachte sie vollkommen aus der Fassung. Vielleicht zum ersten Mal in ihrem Leben fühlte sie sich – guter Gott, dufte sie überhaupt wagen, so etwas zu denken? – geliebt.

Von Empfindungen übermannt, genoss sie seine Küsse, wand sich wohlig unter seinen Händen und seufzte, als er mit seinen muskulösen Oberschenkeln ihre Beine spreizte und in sie eindrang. Sie schlang die Arme um seinen Nacken und klammerte sich an ihn, weil sie ihm einfach nicht nahe genug kommen konnte.

Noch immer bewegte er sich beinahe träge, versank in ihr und glitt wieder ein paar Zentimeter hinaus, sodass sie vor Lust umzukommen glaubte. Nie zuvor hatte sie sich so wundervoll gefühlt, so fantastisch, und sie spürte, wie all die Worte sich in ihr aufstauten – Worte, die besser ungesagt blieben.

Als er sie dem Höhepunkt näher und näher brachte, brachen einige ihrer Emotionen aus ihr heraus. Anfangs glücklicherweise nur solche, die man vielleicht der reinen Ekstase zuschreiben konnte. Als sie es kaum noch aushielt, weil es so himmlisch war, biss sie sich fest auf die Lippe, um all das, was sie fühlte, für sich zu behalten, doch dann passierte es.

Auf dem Gipfel der Lust war es um ihre Selbstbeherrschung geschehen. „Oh Gott, Jake. Ich liebe dich." Sie keuchte. „Ich liebe dich, ich liebe dich, ich liebe dich."

Er schrie auf, drang tief in sie ein und kam, wobei er dunkel und wild stöhnte. Kurz darauf sank er schwer auf sie, wo er verdächtig still liegen blieb.

Mist, schimpfte sie in Gedanken mit sich, du konntest einfach nicht die Klappe halten, wie? Sie öffnete den Mund, um ihm zu versichern, dass er sich keine Sorgen zu machen brauche, dass sie diese Worte in der Hitze des Augenblicks ausgestoßen habe und sie nichts bedeuteten, doch sie brachte kein Wort heraus.

Verdammt noch mal, sie liebte ihn tatsächlich.

Das hatte sie sich weiß Gott nicht ausgesucht, aber so war es. Sie liebte auch Austin und Tasha, doch hatte sie bis zu diesem Moment nicht geglaubt, dass die Art von Liebe, die sie für Jake empfand, zwischen Mann und Frau wirklich existierte. In ihrem Umfeld jedenfalls hatte sie bisher keine Beweise dafür gefunden.

Tatsächlich war es auch vollkommen anders als in Liebesromanen und in Filmen. Zum Beispiel hatte sie sich nicht auf den ersten Blick in Jake verliebt, ihre Gefühle hatten sich erst im Laufe der Zeit entwickelt, weil sie erlebt hatte, wie er als Vater war, als Mann, weil sie nach und nach seinen wahren Charakter erkannt hatte.

Ja, sie liebte ihn. Punkt. Ende der Geschichte. Und deshalb würde sie ihre Worte verdammt noch mal nicht zurücknehmen, nur um sich und ihm einen unangenehmen Moment zu ersparen.

Er stützte sich auf die Ellbogen und strich ihr das Haar aus der Stirn. „Wir müssen reden."

Sein Gesichtsausdruck war unverbindlich. Ihr Herz machte eine Bauchlandung, doch es blieb ihr nichts anderes übrig, als zu nicken und „okay" zu sagen. Wenigstens wollte sie nicht länger unter ihm liegen und drückte die Hände gegen seine Schultern. „Beweg dich."

„Hm?"

„Runter von mir. So wie du mich anschaust, möchte ich mir das lieber anhören, wenn ich angezogen bin."

Er sprang vom Bett, und dort stand er dann, die Beine leicht gespreizt und die Hände in die Hüften gestemmt, sich seiner Nacktheit offenbar nicht bewusst. Er öffnete den Mund, um etwas zu sagen, aber sie schüttelte den Kopf und stieg nun auch aus dem Bett.

„Hey, was ich zu sagen habe, muss doch nicht unbedingt was Schlechtes sein", protestierte er, als sie ihren Slip entdeckte und ihn hastig überstreifte.

Den BH fand sie an einer anderen Stelle, den Pulli wieder an einer anderen, und nach der Jeans musste sie erst einen Moment Ausschau halten. Sie lag unter der Decke, die vom Bett gerutscht war.

Mit jedem Kleidungsstück, das sie anzog, fühlte sie sich etwas gewappneter für das, was auf sie zukam. Schließlich sah sie Jake an, nun ebenfalls ausdruckslos, so lange, bis er achselzuckend in seine Hose stieg. Er zog den Reißverschluss hoch, ließ den Knopf aber offen.

Sie holte tief Luft. „Okay, raus damit."

Jake hatte seit seinem Gespräch mit Austin viel nachgedacht, und was er zu sagen hatte, war nicht das Schlechteste. Um genau zu sein, war sein Vorschlag sogar verdammt großzügig.

Warum war er dann so nervös, und wieso hämmerte sein Herz schon wieder wie eine Buschtrommel?

Seine Beteuerung war offenbar auf taube Ohren gestoßen. Jenny stand barfuß vor ihm – ihre zierlichen Füße wirkten so verletzlich. Sie hatte eine Hüfte vorgeschoben, die Arme fest über ihren kleinen Brüsten verschränkt und starrte ihn böse an, als ob er etwas falsch gemacht hätte.

Unsicher trat er von einem Fuß auf den anderen und räusperte sich. „Ich habe in den letzten Tagen sehr viel nachgedacht", begann er langsam, „und bin zu dem Schluss gekommen, dass es besser wäre, Austin hier bei dir zu lassen."

Da er wusste, wie wichtig ihr der Junge war, rechnete er mit einem kleinen Freudentänzchen oder etwas in der Art, doch danach sah es nicht aus. Stattdessen kniff Jenny die Augen zusammen, ihre Lippen wurden zu einem schmalen Strich.

Ihr Schweigen verunsicherte ihn. „Gut, ich gebe zu, dass ich mir das alles vorher nicht gut überlegt hatte, okay? Durch meine Arbeit bin ich immer wochenlang unterwegs und dann wäre Austin mehr oder weniger mit einer Haushälterin allein in einer fremden Stadt."

„Du hast vor, gleich wieder zu arbeiten?"

„Das muss ich – eher früher als später. Ich habe bereits zwei Aufträge abgesagt, und der Verlag ruft jeden verdammten Tag an." Da sie ihn nur ansah, fühlte er sich in die Defensive gedrängt. Er hob die Augenbrauen. „Was ist? Du hast doch nicht erwartet, dass ich meinen Job aufgebe, oder?" Er legte Ironie in seine Stimme, die er gar nicht empfand.

Sie betrachtete ihn geringschätzig. „Nein, habe ich nicht", sagte sie in eiskaltem Ton. „Aber ich bin auch nicht davon ausgegangen, dass es hier um ein Entweder-oder geht. Ich könnte ja begreifen, wenn du Austin in den Sommerferien noch bei mir lässt und erst mal zu Hause bleibst, wenn die Schule in New York beginnt, ihm hilfst, sich einzugewöhnen. Dann hätte er Zeit, Freundschaften zu schließen, bis du wieder auf Reisen gehst. Aber das hier – ihm einen derartigen Schlag ins Gesicht zu verpassen, nachdem du alles dafür getan hast, dass er dich liebt und mit dir geht –, das kapiere ich nicht."

Ihr Plan klang so gut, so logisch und war ihm selbst nicht eine Sekunde in den Sinn gekommen. Das machte ihn nur noch wütender, doch er war ein Profi, wenn es darum ging, ein hochmütiges Gesicht aufzusetzen. Das hatte er schließlich viele Jahre praktiziert. Er musterte sie von Kopf bis Fuß. „Sprechen wir hier immer noch über Austin? Oder vielleicht über dich, Jenny?"

Er sah, wie sie zusammenzuckte. Eines musste er ihr jedoch zugestehen, sie ließ sich nicht kleinkriegen. Das war vom ersten Tag an so gewesen, wie er mit einem merkwürdigen Anflug von Stolz feststellte. Sie sah ihm fest in die Augen.

„Oh, beziehst du dich etwa darauf, dass ich das L-Wort in den Mund genommen habe? Ich dachte schon, du würdest diese Tatsache lieber totschweigen. Ich enttäusche dich nur ungern, aber was ich gesagt habe, tut mir nicht leid. Es ist mir immer wichtig, mir meine wahren Gefühle einzugestehen." Ihre Gesichtszüge wurden ein wenig weicher. „Ich würde nur zu gern wissen, warum du deine dermaßen unterdrückst."

Sein Herz hämmerte und hämmerte und hämmerte. Er zwang sich zu lachen. „Wie bitte? Glaubst du im Ernst, dass ich dich liebe?"

„Genau genommen habe ich von Austin gesprochen – ich glaube, dass du den Jungen von ganzem Herzen liebst. Aber aus irgendeinem Grund macht dich das völlig nervös und du bist zu Tode verängstigt!"

„Ich habe vor überhaupt nichts Angst." Allerdings konnte er ein ungutes, ziemlich nervöses Gefühl im Magen gerade nicht leugnen.

„Da bin ich mir sicher, solange es um eine körperliche Bedrohung geht. Doch ich rede hier von Gefühlen, Jake. Über deine Beziehung zu Austin, zu mir und von deiner wahnsinnigen Angst, die Verantwortung zu übernehmen. Und weißt du was?" Sie baute sich breitbeinig vor ihm auf. „Ich glaube, dass du sogar sehr viel für mich empfindest."

Er rieb über die schmerzende Stelle auf seiner Brust, Himmel, bekam er vielleicht gerade einen Herzinfarkt? Wegen dieser Befürchtung war er durchaus stolz auf seine amüsierte Reaktion, als er gelangweilt fragte: „Glaubst du, ja?"

„Ja", entgegnete sie übertrieben geduldig. „Das glaube ich. Aber falls ich falsch liege ..." Sie zuckte mit den Schultern. „Was soll's. Ich bin erwachsen, ich werde darüber hinwegkommen." Ihr Blick wurde hart. „Und ich wünschte, das könnte ich auch von Austin sagen. Vielleicht würde er es nicht so schwernehmen, wenn du ihm nicht bereits gesagt hättest, dass er dich begleiten soll." Sie schüttelte den Kopf. „Doch das hast du, und nun kannst du es nicht mehr ungeschehen machen. Hast du ihm überhaupt schon von deinem tollen neuen Plan erzählt?"

Das war's? Sie war erwachsen und würde darüber hinwegkommen? Dann erst wurde ihm klar, was sie ihn gefragt hatte. „Nein, noch nicht", antwortete er.

Sie seufzte empört und seine Schuldgefühle stapelten sich immer höher in den Himmel – allerdings sicher verborgen hinter der Mauer aus gespielter Gleichgültigkeit, an der er so viele Jahre gebaut hatte. „Er war ja sowieso nicht so begeistert davon. Sicher wird er insgeheim froh sein."

Ihr Mund klappte auf, doch sie schloss ihn schnell wieder.

„Tatsächlich. Was Besseres fällt dir nicht ein? Mein Gott, du bist vielleicht ein Idiot."

Nicht dass er nicht schon selbst darauf gekommen wäre. „Sind Beschimpfungen denn wirklich nötig?", fragte er düster.

„Glaubst du nicht?"

„Nein, zum Teufel. Ich versuche doch nur, das Beste für ihn und für dich zu tun. Und es ist ja nicht so, dass ich meinen Verpflichtungen nicht nachkommen werde. Ich werde euch beide finanziell versorgen und zwischen meinen Aufträgen zu Besuch kommen."

Ohne ein Wort drehte sie sich um und verließ das Zimmer. Eilig stapfte er ihr hinterher und sah, wie sie steif auf der Couch saß und Socken und Schuhe anzog. Er öffnete den Mund, wusste aber nicht, was er sagen sollte. Was, wie sich herausstellte, auch keine Rolle spielte, denn noch während er fieberhaft überlegte, sprang sie schon auf.

„Du kannst dein stinkendes Geld behalten! Das ist es nicht, was Austin jemals von dir gebraucht hat. Genauso wenig wie ich."

In ihren Augen brodelte ein Höllenfeuer, doch ihre Stimme war kälter als der arktische Winter. Sie trat einen Schritt auf ihn zu. Wäre sie größer gewesen, hätten sich ihre Nasen berührt.

„Und was deine Besuche angeht, wenn dir mal der Sinn danach steht …"

Mit einem Mal verpuffte ihre ganze Wut, sie wich zurück und betrachtete ihn mit einem für sie untypischen distanzierten Blick.

„Wenn du gehst", sagte sie tonlos, „dann solltest du einfach gehen. Austin war vielleicht nicht begeistert von der Idee, Razor Bay zu verlassen, aber er hätte es trotzdem getan. Er hätte alles, was er liebt, hinter sich gelassen, um endlich zu bekommen, wonach er sich ein Leben lang gesehnt hat. Einen Vater."

Jake zuckte zusammen. *Verdammt.* Auf keinen Fall durfte er seinem Sohn weiteres Leid zufügen. Und doch – auf lange Sicht würde Austin ihm wahrscheinlich sogar dankbar sein.

Jenny scherte sich leider einen Teufel um seine Gewissensbisse, sie war noch längst nicht mit ihm fertig.

„Wenn du wirklich versuchen würdest, das Beste für ihn zu tun, dann würdest du dir ein Bein ausreißen, damit eure Beziehung funktioniert. Entweder ganz oder gar nicht, Bradshaw. Austin hat etwas Besseres verdient als einen halbherzigen Vater, der ab und zu mal vorbeikommt, wenn es in seinen ach so wichtigen Zeitplan passt." Sie trat einen großen Schritt zurück. „Und weißt du was? Ich auch. Es hat viel zu lange gedauert, bis ich dahintergekommen bin, aber ich habe es satt, mich mit irgendwelchen Krümeln abspeisen zu lassen." Sie hob das Kinn. „Also entschuldige bitte, dass ich auch diese Krümel nicht will, von einem Mann, der sich weigert, eine echte Bindung einzugehen, nur weil in seinem Leben mal das eine oder andere schiefgegangen ist."

Er war froh, dass er nun endlich ebenfalls richtig zornig wurde. „Das eine oder andere? Ich hatte einen Bruder, der mich gehasst hat, einen Dad, der meine Mom und mich verlassen hat, und eine Frau, die gestorben ist – und das alles, bevor ich neunzehn war."

„Oh, eine Runde Mitleid für Jake! Tasha ist mit einer drogensüchtigen Mutter aufgewachsen. Ich hatte einen Vater, der sich einen Dreck um mich scherte, und eine Mutter, die nicht mehr aus ihrem gottverdammten Bett aufgestanden ist. Mit gerade mal sechzehn musste ich uns eine neue Bleibe suchen und unseren Lebensunterhalt verdienen. Wer zum Teufel hat denn in der Vergangenheit keine Probleme gehabt? Die meisten finden sich damit ab, machen irgendwie weiter und schieben nicht ständig die alten Geschichten vor, um bis ans Lebensende jeder Verantwortung aus dem Weg zu gehen."

Er starrte sie fasziniert an – die leidenschaftliche Überzeugung in ihrem Gesicht – und das, obwohl ihre Worte wie ein Vorschlaghammer auf seinen Schutzwall eindroschen, der Stück für Stück zu bröckeln begann.

Sie schlang die Arme um ihren Oberkörper. „Ich muss hier raus." In einer heftigen Bewegung schnappte sie sich eine Jacke und zog sie über. „Wenn du gehst, komm nicht zurück. Du hinterlässt verbrannte Erde, ich kann nicht ertragen, dass Austin schon wieder dermaßen verletzt wird. Und bilde dir bloß nicht ein, dass ich ihm die Neuigkeiten unterbreite. Du wirst deinem Sohn verdammt noch mal ins Gesicht sehen, wenn du ihm das Herz brichst. Ich schwöre zu Gott, Jake, falls du dich einfach heimlich aus dem Staub machst …" Sie atmete tief durch die Nase ein und stieß die Luft wieder aus. „Dann wird es keinen Ort auf der Welt geben, wo du dich vor mir verstecken kannst, denn ich werde dich finden. Und ich werde dir sehr wehtun." Sie wirbelte herum, stürmte hinaus und knallte die Tür hinter sich zu.

Die Wände bebten unter der Wucht, und Jake zweifelte keine Sekunde lang, dass sie ihre Drohung wahrmachen würde.

23. KAPITEL

Jenny stürmte die Verandatreppe hinunter, rannte ein paar Meter Richtung Strand und blieb wie angewurzelt stehen, als ihr aufging, dass nicht sie hätte gehen sollen, sondern er. Es war verdammt noch mal ihr Haus, aber sie war viel zu wütend gewesen, um einen klaren Gedanken zu fassen. Das änderte sich draußen allerdings auch nicht. Was sollte sie nun tun?

Im Hotel gab es zwar ständig irgendwas zu erledigen, nur wozu? Sie würde sich sowieso nicht konzentrieren können, und sie verspürte keine Lust, unter Menschen zu sein, zu reden, wo sie doch nichts anderes wollte als weinen.

Sie könnte natürlich zu Tasha gehen, die immer in der Lage war, sie zu trösten, doch es war Freitagabend, und ihre Freundin steckte vermutlich bis zum Hals in Arbeit. Außerdem kannte sie die meisten Gäste im „Bella T's", und allein bei der Vorstellung, so tun zu müssen, als ginge es ihr gut, wurde ihr übel.

Zum Teufel, selbst mit Tasha zusammen eine Flasche Rotwein zu leeren wäre im Moment nicht das Richtige. Sie war einfach noch nicht so weit, über diese Sache zu sprechen, jedenfalls nicht, ohne dass ihr Herz in tausend Stücke bersten würde – wovon es schon jetzt nicht weit entfernt war.

Schließlich straffte sie die Schultern, atmete tief durch und rief sich in Erinnerung, dass sie es von Anfang an gewusst hatte. Gut, sie hatte nicht ahnen können, dass Jake beschließen würde, Austin nun doch nicht mit nach Manhattan zu nehmen, aber ihr war definitiv klar gewesen, dass die Sache zwischen ihnen eines Tages zu Ende sein würde und dass dieser Tag rasend schnell näher kam. Nur dass es ihr das Herz brechen würde – auf diese Idee war sie nie gekommen.

Junge, Junge, da habe ich mir vielleicht was vorgemacht. Sie starrte zu Boden. Ihr war gar nicht bewusst gewesen, dass sie Jake liebte, bis diese Worte aus ihr herausgesprudelt waren und sie deren puren Wahrheitsgehalt begriffen hatte. Ein gebrochenes Herz war bisher nicht Teil der Gleichung gewesen.

Sie lachte bitter. Ihr Herz war nicht einfach nur gebrochen. Wenn sie genau nachschaute, würde sie sicher ein riesiges Loch in ihrer Brust entdecken, dort, wo Jake es ihr herausgerissen hatte. Tatsächlich musste sie ihre ganze Willenskraft aufbringen, um nicht auf die Knie zu sinken, sich in Embryonalstellung einzurollen und sich die Augen aus dem Kopf zu heulen, bis sie keine Tränen mehr hatte. Was, so wie sie sich fühlte, möglicherweise nie der Fall sein würde.

Mit steigender Verzweiflung überlegte sie, wo sie sich am besten ohne Zeugen ihrem Schmerz hingeben konnte. Da sie in ihrem Haus den Verursacher dieses Schmerzes zurückgelassen hatte, wusste sie nicht, wo sie hinsollte.

Dann fiel es ihr ein. Langsam setzte sie einen Fuß vor den anderen, darauf bedacht, möglichst nicht zu denken, bis sie den Steg erreicht hatte, an dem das Hotelboot festgemacht war. Sie würde einfach nach Oak Head fahren.

Noch war keine Hochsaison, weshalb die meisten Boote des Hotels im Winterlager waren, doch wegen des guten Wetters hatte sie zwei der knapp vier Meter langen Aluminiumboote bereits am Steg festmachen lassen. Sie löste die Vorleine des einen von der Klampe und musste zu ihrem Entsetzen feststellen, dass sie die Tränen nicht länger zurückhalten konnte.

Sie versuchte schneller zu machen, aber gerade, als sie die Leine, die sie unter anderen Umständen erst ordentlich zusammengelegt hätte, ins Boot warf, hörte sie jemanden rufen.

„Entschuldigen Sie! Miss!“

„Mist“, flüsterte sie, schniefte und wischte sich die Tränen von den Wangen. Dann sah sie über die Schulter. Dan, der Hausmeister, kam mit entschlossenen Schritten auf sie zu, ein Stirnrunzeln auf dem wettergegerbten Gesicht. Als er sie erkannte, sah sie Überraschung und vielleicht auch etwas Verlegenheit bei ihm.

„Oh, hey, Jenny. Tut mir leid, ich wusste nicht, dass Sie es sind. Ich habe nur gesehen, dass irgendjemand das Boot nimmt, und wollte sichergehen, dass es sich um einen Gast handelt."

„Kein Problem. Wahrscheinlich war Ihnen klar, dass wir momentan keine junge Frau als Gast haben." Oder vielleicht auch nicht, es war ihr egal. Sie wollte einfach nur weg, irgendwohin, wo sie nicht so tun musste, als ob alles in Ordnung wäre. Und doch sagte sie so ruhig wie möglich: „Austin ist mit Freunden unterwegs. Da dachte ich, ich nutze diesen schönen Abend und fahre etwas hinaus aufs Wasser." Zu ihrem Entsetzen brach ihre Stimme beim letzten Wort, und die verdammten Tränen begannen schon wieder zu laufen.

Dans sowieso rötliches Gesicht wurde noch röter. „Oh. Sicher." Er rieb sich über die ausgebleichte braune John-Deere-Baseballkappe. „Ich meine … sind Sie okay?"

„Ja." Sie wischte sich die Tränen von den Wangen und fächerte sich Luft zu. „Machen Sie sich keine Gedanken darüber. Es ist nur … diese spezielle Zeit im Monat …"

Erschrocken wich er zurück. „Oh. Hm. Tja." Er räusperte sich. „Dann viel Spaß."

„Danke." Diese spezielle Zeit im Monat? Hatte sie das gerade wirklich gesagt?

Seinem Blick ausweichend löste sie die Heckleine, stieg ins Boot, streifte die Schwimmweste über und winkte Dan zu. Sie stellte sicher, dass kein Gang eingelegt war, zog den Choke und zerrte am Starterseil.

Der Motor sprang nicht an, und sie legte all ihre Wut und ihren Schmerz in den nächsten Versuch. Diesmal begann der Motor zu knattern und sie fuhr los. Kaum hatte sie die letzte Boje des Hotels hinter sich gelassen, gab sie Vollgas, um die elf Pferdestärken auszureizen.

Hier war sie endlich allein. Sie atmete erleichtert auf und steuerte auf Oak Head zu. Alles würde in Ordnung kommen, sie brauchte nur etwas Zeit. Zeit zum Nachdenken, Zeit sich zu beruhigen, und dann … dann würde sie schon klarkommen.

Das redete sie sich wieder und immer wieder ein – bis sie es fast glaubte.

Sobald sie Oak Head erreichte, kletterte sie aus dem Boot und brach herzzerreißend schluchzend am Strand zusammen.

Jake stürmte in sein Cottage. Sie wollte, dass er verschwand? Bitte schön, das konnte sie haben! Sobald er Austin klargemacht hatte, dass er ihn nicht wieder im Stich ließ, sondern einfach nur begriffen hatte, dass er seinen Sohn nicht aus seinem Leben herausreißen durfte, würde er aufbrechen. Ihn interessierte nicht, was Jenny gesagt hatte von wegen, er dürfe nie mehr zurückkommen. Natürlich würde er seinen Sohn besuchen, sie hatte nun wirklich nicht allein zu entscheiden, was gut für Austin war.

Austin war vielleicht nicht begeistert von der Idee, Razor Bay zu verlassen, aber er hätte es getan. Er hätte alles, was er liebt, hinter sich gelassen, um endlich das zu bekommen, wonach er sich ein Leben lang gesehnt hat. Einen Vater.

Jennys Stimme in seinem Kopf ließ ihn kurz innehalten, doch dann schüttelte er sich und lief, zwei Stufen auf einmal nehmend, die Treppe in den zweiten Stock hinauf. Er würde Austin trotzdem ein Vater sein. Er wollte einfach nicht, dass sein Kind wochenlang allein in einer fremden Stadt war, während er seiner Arbeit nachging. Schon gar nicht, da Austin hier alles hatte, was er brauchte.

Er stürzte in das kleine Badezimmer, das er als Dunkelkammer benutzte, und begann, seine Ausrüstung zusammenzupacken. Dabei fiel sein Blick auf die Mannschaftsfotos, die er zum Trocknen aufgehängt hatte. Er knipste die Halogenlampe an und studierte jedes einzelne Foto im Licht, wobei sich ein Lächeln auf seinem Gesicht ausbreitete.

Man konnte sehen, wie viel Spaß ihm das Fotografieren gemacht hatte, denn wie immer wurden seine Bilder besser, je mehr er sich für ein Thema begeisterte. In diesem Fall war er ganz eindeutig sehr begeistert gewesen, die Fotos waren fantastisch geworden.

Bis jetzt war seine Arbeit für das Jahrbuch allerdings nicht erledigt. Er hatte sich bereit erklärt, auch das Layout zu machen und bisher nicht einmal damit angefangen. *Verdammt!* Er konnte noch nicht abhauen, vorher musste er diesen Job erledigen.

Außerdem hatte sein Sohn gerade sein erstes Date. Das durfte er ihm unter keinen Umständen versauen. Austin sollte diesen einzigartigen Abend aus vollem Herzen genießen und schöne Erinnerungen daran behalten, und in der Zwischenzeit würde er sein Versprechen einlösen und die Arbeit für das Jahrbuch beenden.

Die merkwürdige Wärme, die sich angesichts der Planänderung in seiner Brust ausbreitete, ignorierte er. Sobald alles erledigt war, würde er auf jeden Fall gehen. Natürlich nicht für immer. Und falls Jenny damit ein Problem hatte, so war das ihr Pech, nicht seins.

Er nahm das nächste Foto von der Trockenleine. *Ach, zum Teufel, Jenny.*

Sein Herz begann wild in seiner Brust zu schlagen. Das war nicht einfach nur irgendein Foto von ihr, sondern ein Meisterwerk. Es war ihm gelungen, ihr ganzes Wesen in diesem Bild einzufangen. Sie drehte lachend den Kopf in seine Richtung, nachdem jemand etwas gesagt hatte, das ein anderer wahrscheinlich nur halbwegs lustig gefunden hätte, doch Jenny mit ihrer großzügigen, offenen Art, Jenny hatte sich prächtig darüber amüsiert.

Ich liebe dich, Jake. Ich liebe dich, ich liebe dich, ich liebe dich.

„Himmel noch mal.“ Während er auf das Foto starrte, rieb er mit den Fingerknöcheln der rechten Hand über die schmerzende Stelle an seiner Brust, hörte wieder ihre Worte, bei denen er den unglaublichsten, herzzerreißendsten Orgasmus seines ganzen verdammten Lebens gehabt hatte.

„Ach, zum Teufel, das lag doch nur an …“

Nein. Das waren alles Ausflüchte. Keine Lügen mehr. Er musste jetzt genauso ehrlich sein wie sie, wenn auch nur sich selbst gegenüber, musste sich ein einziges Mal in seinem Leben über seine wahren Gefühle klar werden und zugeben, dass sie recht hatte. Das L-Wort hatte ihn verunsichert – okay, sogar verängstigt … ein wenig. Weil ihm in diesem Moment klar geworden war, wie sehr er sich danach sehnte. Trotz allem. Trotz der Tatsache, dass er mit dem Thema Liebe eigentlich abgeschlossen hatte.

Und doch. Konnte er sich wirklich für alle Zeiten hinter dieser Erklärung verstecken oder war es nicht längst angebracht, der Wahrheit ins Auge zu sehen wie ein erwachsener Mann?

Vielleicht sollte er noch einmal mit ihr sprechen und dieses Mal ehrlicher zu ihr sein. Es würde womöglich nichts ändern, aber das zumindest hatte sie verdient. Verdammt, sie hatte so viel mehr verdient, als er ihr geben konnte.

Er ging ins Schlafzimmer, um durchs Fenster einen Blick auf ihr Cottage zu werfen. Der Himmel war in nächtliches Blau getaucht, das Haus lag dunkel da.

Das mit der Ehrlichkeit musste also warten. Sie war ganz offensichtlich noch nicht zurück.

Erneut rieb er sich über die Brust. Nach einer Weile setzte er sich an den Tisch und begann mit dem Layout. Sich zu konzentrieren fiel ihm schwer, immer wieder stand er auf, um zu ihrem Cottage hinüberzusehen. Es blieb dunkel, wie er feststellte, während seine Stimmung sich verdüsterte. Wo zum Teufel steckte sie?

Seine Ausflüge ins Schlafzimmer wurden so häufig, es war schon fast absurd, deshalb beschloss er, nach unten zu gehen und ein Bier zu trinken. Vielleicht würde ihn das ein wenig ablenken. In diesem Moment hörte er Schritte auf der Veranda.

Er jagte die letzten Stufen hinunter und riss die Tür auf, bevor noch das erste Klopfen verklungen war, doch war es nicht Jenny, die draußen stand, sondern dieser Hausmeister. Bob oder Dave.

Dan. Der Typ hieß Dan. „Hey“, sagte er und versuchte, nicht zu ungeduldig zu klingen. „Kann ich was für Sie tun?“

„Ja, also, hören Sie, es tut mir leid, dass ich Sie störe“, entgegnete der Mann unbehaglich, schob seine Kappe in den Nacken und kratzte sich das dünner werdende Haar. „Ich mache mir Sorgen um Jenny.“

Jake fuhr zusammen. „Warum?“

„Ich habe sie vorhin gesehen, wie sie eins der Hotelboote genommen hat. Und sie hat geweint.“

Nein. Sein Magen wurde zu einem eisigen Klumpen.

„Sie sagte, es sei …“ Dan wurde rot vor Verlegenheit. „Nun, diese spezielle Zeit im Monat. Aber die Sache ist die, Mr Bradshaw, sie beide scheinen sich gut zu verstehen … und sie ist noch immer nicht zurück.“

Wohin zum Henker war sie nur gefahren? Kaum hatte er sich das gefragt, als er auch schon die Antwort wusste. „Mal sehen, ob ich Austins Bootsschlüssel für den Bayliner finde. Frage mich sowieso, warum sie nicht sein Boot genommen hat.“ Dann schüttelte er ungeduldig den Kopf, schließlich war es egal. „Wenn sie nicht dort ist, wo ich vermute, werde ich Max bitten, die Küstenwache oder die Navy zu informieren.“

Dan stieß erleichtert die Luft aus. „Okay, schön. Das ist eine gute Idee.“

„Ja. Sollte ich mich nicht bei Ihnen melden, habe ich sie gefunden.“ Er lief bereits die Verandatreppe hinunter, drehte sich aber noch einmal zu dem Mann um. „Danke, dass Sie mir Bescheid gesagt haben, Dan. Ich bin froh, dass Sie auf sie aufpassen."

„Wir sind hier in Razor Bay", sagte der Hausmeister achselzuckend. „Wir kümmern uns um unsere Nachbarn."

Bescheuert, bescheuert, bescheuert! Der Boden des Aluminiumbootes schrammte bereits zum zweiten Mal an diesem Abend über das steinige Ufer von Oak Head. Jenny zerrte mit aller Kraft an der Leine und zog den Bug weit genug an den Strand, damit es nicht zurück ins Wasser trieb, denn das würde ihrer Dummheit, die sie überhaupt erst hier hatte stranden lassen, die Krone aufsetzen.

Sie hatte so ziemlich jede Sicherheitsvorkehrung, die Emmett ihr beigebracht hatte, missachtet, hatte vor der Abfahrt den Benzinstand nicht überprüft und auch nicht, ob Paddel an Bord waren.

Nur wenige Gäste hatten bisher die Boote genutzt, somit hatte sie wahrscheinlich ausgerechnet das erwischt, mit dem Austin und *er* zum Angeln rausgefahren waren.

Das tat aber gar nichts zur Sache, denn selbst wenn die beiden hinterher versäumt hatten, Benzin nachzufüllen – vor einer Bootsfahrt lautete die allererste Regel nun einmal, den Tank zu überprüfen.

Regel Nummer zwei: An Bord mussten immer mindestens zwei Paddel sein – für den Fall, dass es mit Regel Nummer eins ein Problem gab.

Nicht nur hatte sie beide Regeln ignoriert, sie war außerdem ohne Handy aus dem Haus gestürmt und direkt nach Oak Head gefahren, um dort ihren Nervenzusammenbruch zu bekommen, ohne jemanden zu informieren.

Und was für einen Zusammenbruch! Sie hatte sich in ihrem Schmerz gesuhlt, laut geschluchzt und nicht eher aufgehört, bis ihr Kopf zu zerspringen drohte und sie kaum noch Luft bekam. Dann erst hatte sie beschlossen, zurückzufahren und reichlich Eis und Make-up aufzulegen, damit Austin von ihrem Kummer nichts mitbekam. Falls sein Vater sich bereits wie ein Dieb in der Nacht davongestohlen hatte, würde der Junge an diesem Abend genug mit seiner Enttäuschung zu kämpfen haben.

Auf dem Rückweg hatte der Motor schon nach wenigen hundert Metern auf dem Kanal zu stottern begonnen und war einige Sekunden später abgestorben. Daraufhin hatte sie beschlossen, den restlichen Weg nach Hause zu rudern, wobei sie feststellen musste, dass sich nur ein einziges Paddel an Bord befand. Deswegen war es klüger gewesen, zurück nach Oak Head zu paddeln, weil es erstens näher lag und sie zweitens so nicht gegen die Strömung ankämpfen musste.

Und hier war sie nun, vielleicht nicht gerade eine Schiffbrüchige, aber zumindest lagen wer weiß wie viele Stunden vor ihr, in denen sie frierend und hungrig darüber nachdenken konnte, was für eine unglaubliche Idiotin sie war – in mehrerlei Hinsicht. Von ihrem Platz aus konnte sie die Lichter von Razor Bay und dem Resort sehen, aber die hätten genauso gut Hunderte Kilometer entfernt sein können statt nur drei.

Zumindest war auf diese Weise der Heulorgie wegen des Mannes, den sie nie wieder beim Namen nennen wollte, ein Ende gesetzt worden. Sie wünschte nur, sie hätte wenigstens ein Feuerzeug oder Streichhölzer bei sich, um ein kleines Feuer machen zu können, an dem sie sich wärmen konnte und – viel wichtiger – mit dem sie auf sich aufmerksam machen konnte, denn irgendwann würde jemand anfangen, nach ihr zu suchen.

Kläglich seufzend rieb sie sich die brennenden, geschwollenen Augen und begann etwas Zeit totzuschlagen, indem sie zwei nicht besonders hohe, aber komplizierte Steinpyramiden aufschichtete. Danach spazierte sie am Ufer auf und ab, um sich warm zu halten. Sie wusste nicht, wie viel Zeit vergangen war, als sie ein Boot in ihre Richtung kommen hörte.

Als die Positionslichter sich näherten, lief sie an den Strand, winkte hektisch mit den Armen und schrie sich die Seele aus dem Leib. Doch der Mond hatte sich hinter Wolken verborgen, sodass sie wohl kaum zu sehen war, und zu rufen war wegen des Motorenlärms reine Zeitverschwendung. Bei der Vorstellung, dass da einfach jemand an ihr vorbeibrausen könnte, hätte sie beinahe schon wieder losgeheult.

Wunder über Wunder – der Fahrer machte eine Wende, stellte den Motor ab und ließ sich an Land treiben. Er landete in der Nähe der Stelle, wo sie mit Austin gepicknickt hatte – und mit *ihm*.

Ihr Glück nicht fassend rannte sie los. „Hey", brüllte sie und riss die Arme hoch. „Hey!"

Einen Moment lang hörte sie nichts, dann sprang jemand von Bord.

„Jenny? Herr im Himmel, geht es dir gut?"

Sie blieb stehen. Meine Güte, das wurde ja immer schlimmer. Ausgerechnet Jake.

Sofort brachen all die Gefühle, die sie wegen ihrer drängenderen Probleme unterdrückt hatte, mit aller Gewalt hervor. Sie wirbelte herum, um dorthin zurückzustürmen, wo sie hergekommen war. Das Letzte, was sie brauchen konnte, war, ausgerechnet von ihm gerettet zu werden. Da war sogar ein Schiffbruch besser, selbst falls sie die Nacht allein und frierend verbringen müsste.

Als ihre Vernunft wieder einsetzte, verlangsamte sie ihre Schritte. Was für ein Blödsinn. Ihr war kalt, sie war müde und hungrig und sie wollte verdammt noch mal von dieser Halbinsel weg. Und wenn das einzige Rückfahrtticket eben nur von Jake ausgestellt werden konnte, tja, dann sollte es so sein.

Sie nahm sich vor, kein Wort mehr als nötig mit ihm zu wechseln.

Als sie sich umdrehte, stellte sie fest, dass er sie bereits eingeholt hatte, und ihr Herz begann heftig zu klopfen.

Nur wenige Schritte, und er packte ihre Oberarme und starrte sie von Kopf bis Fuß an. Der verdammte, niederträchtige Mond kam genau in diesem Moment hinter den Wolken hervor.

Herr im Himmel, gab es denn überhaupt keine Gerechtigkeit auf der Welt? Sie gehörte schließlich nicht zu den Frauen, die heulen und dabei noch gut aussehen konnten. War es wirklich nötig, dass sich das Mondlicht ausgerechnet jetzt wie ein Scheinwerfer auf ihre fleckige Haut und ihre geschwollenen roten Augen richtete?

„Bist du in Ordnung?“, fragte er.

„Ja.“ Sie wollte seine Hände abschütteln, aber etwas in seinem Blick ließ sie starr werden.

„Mein Gott“, stieß er aus. „Seit Dan mir erzählt hat, dass du mit dem Boot rausgefahren und noch nicht zurückgekommen bist, habe ich mir alle möglichen Horrorszenarien vorgestellt. Was dir alles auf dem Wasser oder sonst wo passieren könnte. Es war die Hölle, Jenny!“ Er riss sie in die Arme. „Ich habe auf dem Weg hierher eine Entscheidung getroffen.“

Er begann mit herrlich warmen Händen ihren Kopf und ihren Rücken zu streicheln.

„Ich werde nach Razor Bay ziehen.“

Jennys Herz setzte einen Moment aus, nur um sofort darauf mit dreifacher Geschwindigkeit weiterzuschlagen, doch vielleicht sollte sie besser nicht zu viel Bedeutung in seine Worte legen. Sie trat einen riesengroßen Schritt zurück. „Ich dachte, es gefällt dir hier nicht.“

Er hob die Hände, als wollte er sie wieder berühren, ließ dann aber die Arme an den Seiten herabsinken. „Die Stadt ist mir irgendwie ans Herz gewachsen.“

„Das ist … gut“, sagte sie mit erstaunlicher Ruhe. „Du ahnst nicht, wie viel das Austin bedeuten wird.“ Für sie wäre es zwar eher eine Katastrophe, Jake in der Nähe zu wissen, während zugleich Welten zwischen ihnen lagen, doch damit musste sie eben zurechtkommen.

„Ich habe die Entscheidung nicht allein wegen Austin getroffen, Jenny." Er stopfte die Hände in die Taschen und kam einen Schritt näher. „Es war ernst gemeint, als ich sagte, dass die Fahrt hierher die Hölle war. Ich hatte Angst, du könntest ertrunken sein oder verletzt, entführt oder vergewaltigt worden sein." Er schüttelte sich, als ob er all diese Bilder in seinem Kopf erst loswerden müsste. „Und mir ist klar geworden, dass du recht hast. Ich war ein Idiot."

Ihr Hals war so zugeschnürt, dass sie kaum noch atmen konnte. „Warst?", fragte sie krächzig.

„Ja. Inzwischen bin ich um einiges klüger." Er trat einen Schritt näher an sie heran, nahm eine Hand aus der Tasche und strich ihr eine Haarsträhne aus dem Gesicht. Dann zeichnete er mit dem Daumen ihre Unterlippe nach. „Interessant, was so ein bisschen Angst mit einem anstellen kann. Vorhin habe ich unglaublichen Blödsinn geredet. Du hattest recht. Zu hören, dass du mich liebst, hat mich zu Tode erschreckt. Weil ich … mein Gott, ich liebe dich auch, Jenny. Ich liebe dich wahrscheinlich schon eine ganze Weile, doch ich war so verdammt damit beschäftigt, mein Herz zu schützen für den Fall, dass du nichts für mich empfinden solltest." Er zog die Augenbrauen zusammen. „Oder für den Fall, dass du mich liebst und es dir dann wieder anders überlegst."

Er betrachtete sie und schüttelte den Kopf, als könnte er die eigene Dummheit nicht glauben.

„Das alles lief in meinem Unterbewusstsein ab, verstehst du? Ich hab nichts mit Psychologie am Hut, aber diese Panikattacken, die ich immer bekam, wenn ich glücklich war, wollten mir ganz eindeutig etwas zeigen. Ich hatte viel zu viel Angst, dass alles den Bach runtergehen könnte, und habe deswegen nicht gesehen, was ich wirklich will. Zwar hatte ich schon beschlossen, noch einmal mit dir zu reden und dieses

Mal ehrlicher zu sein, doch als Dan kam und sagte, dass du geweint hast und auf den Kanal rausgefahren bist, da habe ich mir all das Schreckliche vorgestellt, was dir widerfahren könnte und … da wusste ich es einfach."

Auf einen Schlag konnte sie wieder atmen. Allerdings hatte sie eine harte Zeit hinter sich und war nicht bereit, ihn so schnell vom Haken zu lassen. „Und wieso sollte nicht wirklich alles den Bach runtergehen?"

Er zuckte mit den Schultern. „Womöglich tut es das, aber in diesen fünfzehn längsten Minuten meines Lebens von Razor Bay hierher habe ich kapiert, dass man das Beste, was einem je passiert ist, nicht einfach wegwerfen darf wegen etwas, das vielleicht nie geschieht." Er legte eine Hand auf ihren Nacken und drückte seine Stirn an ihre. „Es tut mir leid, dass ich dir wehgetan habe", sagte er mit heiserer Stimme. „Leider kann ich dir nicht versprechen, dass das nie wieder vorkommen wird …"

Sie nickte. „Weil du ein Mann bist."

Er richtete sich auf, um sie anzusehen, und grinste. „Richtig. Aber dieser Mann wird dich bis zu seinem letzten Atemzug lieben. Und ich werde mein Bestes tun, damit ich nicht zu viel Mist baue."

„Okay", sagte sie. „Ich auch."

„Du wirst dein Bestes tun, damit ich nicht zu viel Mist baue?"

Sie schlang die Arme um seinen Nacken und lachte ihn an. „Ich habe zwar von meinem Mist geredet, aber meinetwegen." Er sah sie so liebevoll an, dass sich ihr Herz zusammenzog.

„Nee, du doch nicht", sagte er in vollem Ernst. „Du bist der perfekteste Mensch, den ich je getroffen habe."

„Ach, Liebling, wenn du mit dieser Einstellung eine Beziehung anfängst, musst du zwangsläufig enttäuscht werden. Ich habe auch meine Fehler. Trotzdem." Sie stellte sich auf die Zehenspitzen, drückte ihm einen Kuss auf die Lippen und sank zurück auf die Fersen. „Ich liebe dich“, sagte sie leise. „Ich liebe dich so sehr.“ Dann lächelte sie ihn schief an. „Was diese Sache angeht, von wegen nicht perfekter Mann, der mich für perfekt hält …“ Sie verschränkte die Hände in seinem Nacken, sprang hoch und schlang die Beine um seine Hüften. „Damit kann ich gut leben.“

EPILOG

Sonntag, 8. Juli

„So, du verlässt also morgen die Stadt, hm?“

Jake, der in der Hosentasche eine kleine Schachtel in der Hand hin und her drehte, hielt inne und schlug seinem Bruder fest auf den Oberarm.

Heilige Mutter Maria …

Er widerstand der Versuchung, seine schmerzenden Finger auszuschütteln. *Himmel noch mal.* Er selbst trainierte zwar auch, aber Max war ein verdammtes Muskelpaket. „Dienstag“, korrigierte er ihn. „Und für höchstens drei Wochen, dann komme ich wieder nach Hause.“ Er drehte die kleine Schachtel ein weiteres Mal herum und sah über die Schulter seines Bruders, wie Jenny, Tasha und Rebecca plappernd und mit Schüsseln in den Händen durch die Hintertür nach draußen kamen. Er hatte zuvor den Tisch für das Grillfest aufgestellt, das Jenny zum Abschied für ihn in ihrem winzigen Garten ausrichtete.

„Ist komisch, diese zwei Worte aus deinem Mund zu hören“, sagte Max.

„Was, nach Hause?“ Jake riss den Blick von Jenny los und grinste. „Ja, das überrascht mich selbst am meisten. Vergiss einfach alles, was ich jemals über Razor Bay gesagt habe, denn zum ersten Mal fühle ich mich hier wirklich zu Hause.“ Erneut fummelte er an der Schachtel in seiner Hosentasche herum.

Max’ geschultem Auge entging das nicht. „Gibt es etwas, das du mit dem Rest der Klasse teilen möchtest, Bradshaw?“

„Nein, Ma’am.“ Er schloss die Faust um das winzige Päckchen und schob die Hand noch tiefer in die Tasche. „War aber eine verdammt gute Imitation von Miss Harris“, bemerkte er trocken und dachte kurz an die humorlose Geschichtslehrerin aus der Highschool. „Mann, diese Frau war so zugeknöpft, ich habe jahrelang versucht mir vorzustellen, wie sie die Brille absetzt, ihr Haar öffnet und sich in eine Sexbombe verwandelt, so wie in den alten Schwarz-Weiß-Filmen."

Max sah aus, als ob er es sich gerade selbst vorzustellen versuchte, dann schüttelte er den Kopf und warf ihm ein Grinsen zu. „Nee. So kann ich sie bei aller Liebe nicht sehen."

„Konnte ich auch nie, aber ich habe es eben immer wieder versucht."

Nolan Damoths kleiner Bruder Josh kam um die Ecke des Hauses geschossen und kreischte wie ein Wahnsinniger, während er im Zickzack vor seinem Vater davonrannte. Schuld daran waren genau genommen Austin, Nolan und Bailey, die auf dem kleinen Parkplatz Fahrradtricks übten. Jedes Mal, wenn sie durstig waren, öffneten sie frische Coladosen, tranken ein paar Schlucke und zogen wieder ab. Statt beim nächsten Mal nach den angebrochenen Dosen zu suchen, schnappten sie sich einfach neue aus der Kühltasche. Josh hatte nichts Besseres zu tun gehabt, als einige der geöffneten Dosen leer zu trinken, und war jetzt mächtig aufgekratzt.

„Hey Mann, was hast du denn für ein Problem?", fragte Max da plötzlich, verstellte ihm mit seinem kräftigen Körper das Blickfeld und packte seine Unterarme. „Lass doch mal sehen, was du da Interessantes in der Tasche hast."

Jake hob die Augenbrauen. „Bist du sicher, dass da was ist? Vielleicht bin ich einfach nur froh, dich zu sehen?"

Max ließ ihn los, warf den Kopf in den Nacken und brach in schallendes Gelächter aus. Sein Lachen kam so überraschend und hörte sich so gut an, dass Jake einen Augenblick abgelenkt war, ein schwerer Fehler. Schon in der nächsten Sekunde hatte Max seine Hand aus der Hosentasche gezerrt. In dem Moment, als er die kleine Schachtel sah, erstarb das Lachen seines Bruders und sein Griff lockerte sich.

„Himmel. Ist das etwa das, was ich glaube?“
„Keine Ahnung. Was glaubst du denn?“
„Ein Verlobungsring?“
Jake betrachtete die Schatulle einen Moment liebevoll. „Gut geraten. Gebt dem Mann eine Zigarre.“
„Herrgott, Jake, du kennst Jenny noch nicht mal drei Monate.“
Er zuckte mit den Schultern. „Aber fast. Auf jeden Fall lange genug, um zu wissen, dass sie das Beste ist, was mir je passieren konnte. Du hast es doch selbst gesagt, Brüderlein – sie ist was Besonderes. Ich möchte sie heiraten.“ Er kniff die Augen zusammen. „Und du solltest lieber einen großen Schritt nach hinten machen. Weil ich dir nämlich, wenn du ein Problem damit hast, eins auf die Nase gebe. Ungern zwar, da wir beide uns inzwischen echt gut verstehen, aber trotzdem.“
Sein Bruder starrte ihn einen Moment lang an, dann ließ er die breiten Schultern sinken und nickte. „Ich glaube auch, dass sie das Beste ist, was dir je passiert ist. Zusammen mit meinem Neffen, versteht sich.“ Er streckte ihm die Hand hin. „Gratuliere.“
Jake ignorierte diese Geste und riss seinen Bruder stattdessen in eine Umarmung – oder so etwas Ähnliches, denn sie stießen eher mit der Brust aneinander und klopften sich auf die Schultern. „Danke“, sagte er schließlich. „Aber behalt das mal schön für dich. Ich habe sie nämlich noch nicht gefragt, und vielleicht hält sie es wie du für zu früh.“
„Was ist zu früh? Und habt ihr beide euch etwa gerade umarmt?“
Erschrocken steckte Jake die Schachtel zurück in die Hosentasche, drehte sich um und legte einen Arm um Jennys Schultern. Als er sie fest an sich drückte und sie sich an seine Brust sinken ließ, beruhigte sich sein Herzschlag wieder. Wohlige Wärme breitete sich in seinem Körper aus.

„Himmel, nein“, sagte Max. „Der Tollpatsch ist einfach nur gestolpert.“

„Okay.“ Sie warf seinem Bruder einen skeptischen Blick zu, dann wandte sie sich an ihn. „Was meintest du mit zu früh?“

„Das würde ich gerne später mit dir besprechen.“

„Besprechen?“, fragte Max staunend. „Na so was, du klingst ja fast erwachsen. Wer hätte gedacht, dass ich das noch mal erlebe?“ Er blickte an Jenny vorbei und seine gute Laune war auf einen Schlag dahin. „Ach, verdammt, was hat die denn hier zu suchen?“

Jenny drehte sich kurz um, dann runzelte sie die Stirn. „Wer, Harper? Ich habe sie eingeladen. Sie ist erst seit kurzer Zeit in Razor Bay und ich dachte, das wäre eine passende Gelegenheit für sie, ein paar Leute kennenzulernen.“ Sie musterte Max abschätzend. „Hast du vielleicht was dagegen einzuwenden?“

„Hm?“ Max riss sich von Harpers Anblick los. „Nein, natürlich nicht. Es ist … ich bin nur überrascht.“ Er sah auf die Uhr. „Hey, es ist schon fast fünf – ich glaube, ich trinke jetzt ein Bier. Willst du auch eins Jake?“

Da seinen Bruder sonst kaum etwas aus der Fassung bringen konnte, hätte Jake die Situation gern noch eine Weile ausgekostet, doch hier ging es um Frauen und das Gefühl, ihnen nicht das Wasser reichen zu können. In so einem Fall mussten Männer einfach zusammenhalten. „Aber klar.“

Max zog sich hastig zurück.

Jenny sah zu ihm auf. „Was soll das Ganze?“

„Keinen blassen Schimmer.“ Er rechtfertigte seine kleine Lüge, indem er sich sagte, dass er sich schließlich wirklich nicht völlig sicher war.

„Okay. Und was haben wir zwei zu besprechen?“

„Also, darüber reden wir auf jeden Fall – später.“ Jake beugte sich hinunter, um Jenny zu küssen, und hob den Kopf erst wieder, als er Würgegeräusche hinter sich hörte. Er warf einen Blick über die Schulter zu seinem Sohn.

„Mann, Alter! Geht doch ins Haus“, rief Austin. „Ist schon schlimm genug, dass ich euer Rumgefummel den ganzen Tag sehen muss, aber müsst ihr das jetzt auch noch vor den Nachbarn tun?“

Die grünen Augen des Jungen strahlten vor Glück – seit dem Tag, als er ihm gesagt hatte, dass er in der Stadt bleiben würde. „Und was ist mit dir?“, fragte Jake und warf einen bedeutungsvollen Blick in Baileys Richtung.

Austin zuckte zusammen. „Nee. Das hier ist ein Grillfest. Und vergiss nicht, Kumpel, für so was wurden extra Häuser gebaut.“ Lachend lief er zurück zu seinen Freunden.

Jenny ließ sich nicht aus dem Konzept bringen. „Wieso können wir die Sache nicht jetzt gleich besprechen?“

„Was? Oh – die Sache, von der du nur weißt, weil du uns vorhin belauscht hast?“

„Genau die.“ Sie grinste ihn an. „Warum reden wir nicht jetzt darüber?“

„Weil wir Besuch haben, mein Liebling, und das lieber später tun sollten.“

Sie seufzte. „Na schön. Aber denk ja nicht, dass ich es vergesse.“

Er lachte. „Glaub mir, auf so eine Idee würde ich im Traum nicht kommen.“

Es war schon fast Mitternacht als Jenny das Wohnzimmer betrat. Jake hatte es sich breitbeinig und mit geschlossenen Augen im Sessel bequem gemacht und sie kletterte auf seinen Schoß.

Er linste sie an. „Hey. Ist Austin endlich ins Bett gegangen, hm?“

„Ja. Ich weiß ja, dass er am liebsten jede Sekunde mit dir verbringen würde, bevor du wegfährst, aber er war fix und fertig.“

„Dann sind wir jetzt also allein." Er strich über ihren Oberschenkel.

„Ja, das sind wir." Sie hielt seine Hände fest. „Und es ist später. Lass uns nun darüber sprechen."

Schief lächelnd hob er die Hüfte ein wenig an, um in seine Hosentasche greifen zu können. „Gut, ich habe mir das Ganze zwar ein bisschen anders vorgestellt, aber warum nicht." Er zog die Hand aus der Tasche und ließ die Samtschatulle aufschnappen. „Jenny Salazar, willst du mich heiraten?"

Wie vom Donner gerührt starrte sie den schlichten Platinring mit dem rund geschliffenen Diamanten an. Ohne den Blick zu heben, sagte sie: „Jake, dafür ist es zu früh. Das hast du selbst gesagt."

„Nein. Max hat das gesagt."

Mit größter Anstrengung riss sie sich vom Anblick des Rings los und sah ihn mit leicht zusammengekniffenen Augen an. „Du hast ihm schon davon erzählt?"

„Nicht freiwillig." Er schüttelte den Kopf. „Der Kerl hat die Nase eines verdammten Bluthunds. Und ich meine ja auch nicht, dass wir gleich nächsten Monat heiraten sollen – ich habe nichts gegen eine lange Verlobungszeit. Du kannst entscheiden, wo und wann wir es tun, aber was ich für dich empfinde, Jenny, ist mehr, als ich jemals für möglich gehalten hätte. Das gute alte Ich-liebe-dich ist dafür einfach nicht genug. Jeder soll wissen, dass du zu mir gehörst."

„Das ist sehr …"

„Primitiv", unterbrach er sie lachend. „Ich weiß. Verdammt, wenn ich ein Hund wäre, würde ich in jede Ecke deines Hauses pinkeln, um meine Duftmarken zu setzen. Mann, das ist für mich auch neu. Ich habe immer Affären mit einem festgelegten Ablaufdatum gehabt – je kürzer sie waren, umso besser. Und jetzt …" Er schüttelte den Kopf. „Ich will dich nicht besitzen oder so und habe mit Sicherheit nicht vor, dich zu kontrollieren." Er lächelte halb. „Als ob das überhaupt möglich wäre, selbst wenn ich es wollte. Nein, ich möchte einfach nur einen funkelnden Beweis an deinem Finger sehen, dass du dich als vergeben betrachtest."

Jenny sah wieder den Ring an. „Dieser Stein funkelt eindeutig." Allmählich löste sich ihre ursprüngliche Panik in Nichts auf und sie wurde vom Glück überrollt.

„Das ist nur ein Dreiviertelkaräter", sagte Jake achselzuckend. „Du hast so schöne schmale Finger – ich fand nicht, dass dir ein Riesenklunker stehen würde."

Nun mal im Ernst, welche Frau wäre nicht begeistert, wenn ein Mann sich über so etwas wie die Größe ihrer Hände Gedanken machte? Und welche Frau hörte nicht gern, dass die ganze Welt erfahren sollte, wie sehr der Mann ihrer Träume sie liebte?

Mit einem Mal begannen ihre Finger zu zucken, so sehr wollte sie diesen Ring. „Also, ich weiß nicht", murmelte sie. „Ich finde, das sollte lieber ich beurteilen, meinst du nicht?" Sie streckte ihm die linke Hand hin, und Jakes Gesicht hellte sich auf.

„Das solltest du auf jeden Fall." Er nahm den Ring aus der Schachtel, schob ihn ihr auf den Finger und erstarrte. „Verdammt. Das sieht so … richtig aus."

Jenny streckte die Hand von sich und betrachtete sie. „Allerdings. Und er passt auch. Wie hast du das hinbekommen?"

„Ich habe mir deinen kleinen Silberring ausgeliehen. Also, was sagst du … wirst du ihn tragen?"

„Versuch doch, ihn mir wieder abzunehmen!" Sie machte eine Faust und presste sie an ihr Herz.

Jake jubelte auf, zog sie an sich, um sie zu küssen, und drückte dann seine Stirn an ihre, von einem Ohr zum anderen grinsend. „Du und ich, Jenny, egal ob wir sofort heiraten oder irgendwann später, wir passen so verdammt gut zusammen."

Sie grinste mindestens genauso breit wie er und nickte zustimmend. Ihr war klar, dass sie nicht immer einer Meinung sein würden und ab und zu Kompromisse würden schließen müssen, aber das alles spielte in diesem Moment keine Rolle, denn das Wichtigste war, dass sie zusammen waren.

„Oh Mann", sagte sie. „Das tun wir. Und wie."

– ENDE –

Lesen Sie auch:

Victoria Dahl

Planlos ins Glück

Ab August 2013 im Buchhandel

Band-Nr. 25683
7,99 € (D)
ISBN: 978-3-86278-745-6

William Chase drehte die Anlage auf und drückte aufs Gaspedal. Frische Frühlingsluft drang durch die weit geöffneten Fenster, zusammen mit einem Hauch von Straßenstaub. Chase war das egal. Nach so einer Sprengung konnte ihm nichts und niemand die Laune verderben.

Eintausendfünfhundert Pfund Dynamit, die sich durch den Granit fraßen, als wäre er Pappmaché. Heilige Mutter Gottes … Kein Zweifel: Er hatte den besten Job der Welt.

Grinsend trommelte er auf dem Lenkrad herum. Er liebte die Tage, an denen es ans Sprengen ging. Nur schade, dass sie so selten waren. Die Planungen dauerten ewig, und dann war da noch der ganze Papierkram. Außerdem brauchte man für die meisten Abtragungen nicht eine einzige Stange Dynamit, sondern nur einen Bulldozer und einen Bagger. Aber wenn sie auf dem Aspen Mountain ein neues Hotel bauten, musste das Fundament schließlich irgendwohin. Und dieses Irgendwo war der Felsboden.

Obwohl Chase seine Firma Extreme Excavations erst vor sechs Jahren gegründet hatte, galt er schon jetzt als der Mann, an den man sich in Härtefällen wenden musste. Nicht nur für die groben Jobs, sondern auch, wenn es um Feinarbeit ging. Chase konnte ein Fünfzehn-Meter-Loch in eine Felswand sprengen, ohne dass im hundert Jahre alten Schuppen nebenan auch nur die Glasscheiben klirrten.

Er war gut, und das wusste er. Was seine Arbeit nur noch besser machte.

Lächelnd bog er in die Main Street ab, fuhr aber an seinem Lieblingscafé vorbei. Heute brauchte er kein Koffein. Heute machte ihn das Leben im Allgemeinen high. Und Explosionen im Besonderen.

Nachdem er auf den Parkplatz von Jennings Architecture gefahren war, blieb er noch eine Weile im Auto sitzen. Mit geschlossenen Augen wartete er ab, bis sein Lieblingslied zu Ende war. Als das Wummern des tiefen Basses verstummte, wurde das Platschen der Wassertropfen hörbar, die von Hunderten von Dächern fielen. Der Winter war offiziell vorbei, und vor Chase lagen viele Monate voll anstrengender Arbeit.

Ein Auftrag von Quinn Jennings war der ganz große Coup. Quinn war einer der gefragtesten Architekten der Stadt, weswegen Chase sofort zugesagt hatte, obwohl es nur um ein paar Einfamilienhäuser ging und er normalerweise eher an gewerblichen Projekten arbeitete.

Chase stellte den Motor ab, stieg aus und betrat das kleine Bürogebäude. Gleich hinter der verglasten Eingangstür versperrte ihm ein riesiger Schreibtisch den Weg. Dahinter wachte eine junge Frau mit eisiger Ausstrahlung.

Durch eine schwarz gerahmte Brille musterte sie ihn aus großen braunen Augen. „Guten Abend“, sagte sie. Ihr Blick glitt kurz zu seiner Brust, dann sah sie ihm wieder ins Gesicht. Chase empfand einen Anflug von Interesse, aber so missbilligend, wie sie ihn musterte, fragte er sich doch, warum er überhaupt das Bedürfnis hatte zu lächeln.

„Hi, ich bin Chase“, sagte er und lächelte trotz aller Vorbehalte.

Ihre einzige Reaktion bestand im Heben einer Augenbraue. Selbst ihre Finger ruhten noch auf der Tastatur, so als warte sie nur, dass er verschwand, damit sie weiterarbeiten konnte.

„Ich bin von Extreme Excavations“, erklärte er.

„Ich verstehe. Schön, Sie kennenzulernen, Mr Chase.“

„Ach, einfach nur Chase reicht.“ Wieder eine gehobene Braue. Chase räusperte sich und versuchte, unter ihrem gestrengen Blick nicht zusammenzuzucken. „Quinn Jennings hat mich gebeten, vorbeizukommen und ein paar Planzeichnungen abzuholen.“

Endlich hob die Frau ihre Hände von der Tastatur und legte sie sittsam gefaltet vor sich auf den Tisch. „Mr Jennings telefoniert gerade. Wenn Sie sich vielleicht setzen möchten? Er wird gleich hier sein."

„Danke."

„Ich bin Jane. In Zukunft wenden Sie sich besser an mich, wenn Sie irgendwelche Unterlagen benötigen. Mr Jennings neigt dazu, solche Details zu vergessen, wenn er sich in seine Arbeit vertieft."

„Ähm … okay. Schön, Sie kennenzulernen, Jane."

„Kann ich Ihnen etwas bringen? Kaffee? Ein Wasser?"

„Nein danke, ich …"

Sie neigte den Kopf in Richtung der Sitzecke zu seiner Rechten, so als wäre Chase ein Kind, das man geduldig, aber bestimmt in seine Schranken weisen muss. Chase nickte und setzte sich wortlos. Zum Glück war diese Frau nicht *seine* Sekretärin. Er hätte in ständiger Panik gelebt, zu spät zur Arbeit zu kommen.

Andererseits war sie aber auch irgendwie hübsch.

Chase runzelte die Stirn. Er verstand selbst nicht, warum diese Frau ihn überhaupt interessierte. Er sah auf, um sie beim Tippen zu beobachten. Ihre elegante kleine Brille rutschte ihr die Nase herunter, und sie stupste sie wieder nach oben.

War sie jetzt hübsch oder nicht?

Hm, also für einen Eisklotz sahen ihre Lippen ziemlich weich aus. Und ihre braunen Augen waren einfach der Wahnsinn, auch wenn sie so reserviert guckte. Die übrige Jane war ziemlich schwer einzuschätzen. Ihr schwarzer Blazer war so geschnitten, dass er ihre Figur verbarg, und ihr glänzendes braunes Haar hatte sie zu einem festen Knoten hochgesteckt. Der einzige Schmuck, den sie trug, war ein Paar kleine Perlenohrringe.

Sie vermittelte rundum den Eindruck der superkorrekten Sekretärin, die nicht viel davon hielt, sich einfach mal gehen zu lassen.

Ohne mit dem Tippen aufzuhören, warf sie Chase einen

kurzen Blick zu. Er schaute schnell weg und studierte das Namensschild auf ihrem Schreibtisch. Jane Morgan.

Irgendetwas an ihrem steifen Erscheinungsbild machte ihn ganz hibbelig.

Er wagte einen weiteren Blick nach oben und ertappte Jane dabei, wie sie sich mit der Zunge über die Lippen leckte. Ihre Zungenspitze hob sich rosafarben von ihren blassen Lippen ab. Falls sie Lippenstift trug, war er mehr als dezent. An dieser glänzenden kleinen Zunge war allerdings rein gar nichts dezent.

Chase verlagerte sein Gewicht und zog damit erneut Janes Aufmerksamkeit auf sich. Diesmal sah sie aber ganz schnell wieder weg. Ihre Wangen liefen ein kleines bisschen rot an, und Chases Puls beschleunigte sich. Normalerweise wäre ihm so ein Hauch von Farbe nicht einmal aufgefallen, aber in Janes Fall schien ihm diese Reaktion ziemlich aussagekräftig. Sie verriet, dass sie sich seiner Anwesenheit bewusst war. Er musterte sie genauer und ließ seinen Blick ihren eleganten Hals hinabgleiten.

Ihre Haut sah verdammt weich aus, was ihn vor die Frage stellte, wie so eine Lady wie Jane wohl darauf reagieren würde, wenn man ein bisschen an ihr herumknabberte. Aber warum zum Teufel dachte er überhaupt darüber nach, an einer wildfremden Frau herumzuknabbern?

Er hatte gerade erst nachdenklich die Stirn gerunzelt, da fiel ihm auch schon ein, was mit ihm los war: die Explosion! Nach einem richtig guten Knall war er immer ziemlich aufgedreht. Aufgedreht und spitz wie Lumpi. Allerdings bezweifelte er, dass die brave Jane diese Enthüllung sonderlich positiv aufgenommen hätte.

Das Klingeln seines Handys verhinderte, dass das Lachen, das in seiner Kehle aufstieg, sich den Weg nach draußen bahnte.

Jane wirkte überrascht, als er ein leises „Entschuldigen Sie bitte“ murmelte und vor die Tür trat. Ob es sie wohl aus dem Konzept brachte, dass er Manieren hatte, obwohl er tätowiert war? Chase lächelte, als er den Anruf annahm. Doch als ihm sein Versicherungsmakler mitteilte, um wie viel der Beitrag für die Berufshaftpflicht gestiegen war, versiegte sein Lächeln ziemlich schnell.

Ein paar Minuten lang tigerte Chase vor der Bürotür auf und ab und brachte seine Gegenargumente vor, aber es war zwecklos. Der Makler schwor, dass Chase kein Einzelfall sei; alle Beiträge seien angehoben worden und die Erhöhung habe nichts mit der Erfolgsquote von Extreme Excavations zu tun. „Aber unsere Sicherheitsbilanz ist makellos“, protestierte Chase ein letztes Mal. Währenddessen warf er einen Blick durch die Glasscheibe der Tür, um sicherzugehen, dass ihn die Sekretärin nicht belauschte.

Ihr Blick ruhte auf ihm. Sie beobachtete ihn, aber in ihren Augen lag keinerlei Missbilligung. Nein, Jane, die Eisblocksekretärin, starrte auf seine *Brust*!

Chase hielt wie gebannt inne und starrte zurück. Plötzlich drang das Geplapper seines Maklers nur noch wie durch Watte an seine Ohren. Dann hob Jane den Blick, sah ihm ganz kurz in die Augen, zwinkerte mehrfach und guckte hastig wieder auf ihren Bildschirm.

Okay …

Er drehte ihr den Rücken zu, beendete das Telefonat und prüfte danach mit einem raschen Schulterblick, ob sie ihn wieder ansah. Pech gehabt. Sie hatte sich erneut in ihre Arbeit vertieft.

Als er das Handy zurück in die Hosentasche schob, fiel ihm ein grauer Schmutzstreifen auf, der sich quer über die Vorderseite seines dunkelblauen T-Shirts zog. Vielleicht war es ja das, was ihre Aufmerksamkeit gerade so gefesselt hatte. „Scheiße“, murmelte er. Er fand es erstaunlich enttäuschend, dass diese Jane gerade wahrscheinlich eher nicht von schmutzigem Sex mit einem Handwerker geträumt hatte.

Achselzuckend ging er wieder nach drinnen, wo Quinn Jennings gerade aus seinem Büro kam.

„Hey Chase", sagte der Architekt und streckte ihm die Hand hin.

Chase schlug ein und nahm die Akte, die Quinn ihm entgegenhielt. „Danke, Mann."

„Tut mir leid, dass ich den Papierkram nicht hier vorne bei Jane gelassen habe. Nächstes Mal rufst du am besten gleich sie an."

„Genau das hat sie mir auch vorgeschlagen." Chase warf ihr einen vorsichtigen Blick zu, aber sie ignorierte die Unterhaltung völlig.

„Tja, sieht ganz so aus, als ob ich doch lernfähig bin", sagte Quinn lachend. „Du kannst das Zeug so lange behalten, wie du willst."

„Ein paar Tage müssten reichen."

Eine Hand tauchte in seinem Sichtfeld auf und pflückte ihm die Akte aus den Fingern. „Geben Sie das mal kurz her", sagte Jane. „Ich muss die Unterlagen kopieren, ehe sie dieses Büro verlassen."

„Ähm … alles klar", teilte Chase ihrem Hinterkopf mit, denn sie stand schon längst am Kopierer.

Während Quinn sich entschuldigte, weil er zu einem Begehungstermin musste, versuchte Chase, Janes Hintern zu betrachten. Leider erschwerte der gerade geschnittene graue Rock die Bestandsaufnahme. Jane war groß und entweder ziemlich kurvenreich oder sogar ein bisschen mollig. Aber Chase war ein gestandener Mann. Schöne weiche Rundungen schreckten ihn an Frauen nicht im Mindesten ab.

„Bitte schön, Mr Chase."

Er blinzelte und nahm die Akte entgegen. „Einfach nur Chase", wiederholte er, obwohl er den Verdacht hatte, dass sie ihn schon beim ersten Mal genau verstanden hatte und sich einfach nur weigerte, sein Angebot auch nur in Erwägung zu ziehen.

„Einen schönen Tag noch“, antwortete sie.

Leicht angefressen, weil diese Jane ihn einfach so abblitzen ließ, öffnete Chase die Akte und blätterte die Seiten durch. „Ihr Chef ist ein verdammt guter Architekt.“

„Allerdings.“

Er überflog Quinns Zeichnungen von den geplanten Chalets, dann sah er rasch zu Jane hinüber. Sie bemerkte seinen Blick nicht mal, weil sie so damit beschäftigt war, seinen Körper anzustarren. Diesmal war es sein Arm, der ihre Aufmerksamkeit fesselte. Ob sie sich auf seinen Bizeps oder das Tattoo konzentrierte, konnte er nicht mit Sicherheit sagen, aber er tippte eher auf die Tätowierung.

Sein Herz klopfte heftig vor Aufregung. Vielleicht hatte Miss Eisblock ja doch Lust auf einen kleinen Ausflug ins Land der Hemmungslosigkeit? Zum Glück war Chase genau in der richtigen Stimmung, um ihre Neugierde zu befriedigen.

„Jane?“, sagte er ganz leise, erschreckte sie damit aber trotzdem so sehr, dass sie zusammenzuckte.

Ein satter Rotton breitete sich auf ihren Wangen aus, und sie sah eilig wieder auf den Bildschirm. „Kann ich noch irgendetwas für Sie tun?“ Obwohl sie so viel Farbe bekommen hatte, klang ihre Stimme absolut kühl und reserviert.

„Ja, das können Sie tatsächlich.“ Er klappte die Akte zu und baute sich direkt vor ihrem Tisch auf. „Wie sieht’s aus mit einem Dinner heute Abend?“

Sie erstarrte zwar mitten in der Bewegung, blickte aber nicht auf und reagierte auch sonst nicht.

Klar, dieser Frau musste man ein bisschen formaler kommen. Kein Problem, dieses Spielchen beherrschte er ebenfalls. „Jane Morgan, würden Sie mir die Ehre erweisen, mich heute Abend in ein Restaurant zu begleiten?“ Er machte sogar eine kleine Verbeugung, um noch einen draufzusetzen.

Jane blieb trotzdem unbewegt. Buchstäblich, denn ihre Finger schwebten reglos über der Tastatur. „Bitte?“

„Möchten Sie mit mir essen gehen?“

Ihre Finger senkten sich und klackerten weiter über die Tasten. „Nein, möchte ich nicht.“

Wirklich überrascht war Chase nicht. Aber die Enttäuschung traf ihn trotzdem, und zwar schwerer als erwartet. „Sind Sie sicher?“

Wieder leckte sie sich mit der Zunge über die Lippen. Dann warf sie ihm einen kurzen Blick zu. „Danke, aber ja, ich bin sicher.“

Verdammt, mittlerweile sahen ihre Lippen richtiggehend sinnlich aus, ganz rosa und feucht glänzend. Chase neigte den Kopf zur Seite und betrachtete sie eingehender. Oh ja, ihre Lippen waren *verdammt* sexy. „Na ja, wenn Sie sich so sicher sind …“, sagte er gedehnt.

„Bin ich.“ Jane holte tief Luft, straffte die Schultern und tippte im Stakkato weiter.

„Klar“, murmelte er. „Dann noch einen schönen Tag.“ Danach blieb ihm nichts weiter übrig, als zu gehen.

Die Bürotür fiel mit einem leisen Klicken ins Schloss. Jane tippte weiter irgendwelches Kauderwelsch, bis sie in Gedanken bis zwanzig gezählt hatte. Dann nahm sie die Hände von der Tastatur und spähte vorsichtig in Richtung Glastür. Der Truck verließ gerade den Parkplatz. Sie war allein.

Jane atmete tief aus und sank in ihrem Stuhl zusammen. „Mist.“

Was war da nur gerade passiert?

Trotz der Szene beim Lunch mit Greg und dem Telefonat mit ihrer Mutter war der Tag in normalen, professionellen Bahnen weiterverlaufen. Eine Menge Anrufe von Handwerkern, die gedämpfte Geräuschkulisse eines gut durchorganisierten Büros an einem Durchschnittstag … die Trennung von Greg war nicht mehr als ein kleiner Stolperstein gewesen.

Aber dann war *er* ins Büro geplatzt.

Allein der Anblick, wie er dastand und einfach so den ganzen Türrahmen ausfüllte, hatte sie bis ins Mark erschüttert. Er war kein Bodybuildertyp, aber beeindruckend muskulöse eins neunzig groß, wenn nicht sogar mehr. Sein braunes Haar war raspelkurz geschnitten und so dicht, dass es sich bestimmt ganz weich anfühlte.

Bei dem bloßen Gedanken lief es Jane heiß und kalt den Rücken herunter.

Läppische drei Stunden Freiheit, und schon dachte sie an einen Mann, wie er unpassender nicht hätte sein können. Sie hätte sich wirklich nicht von Greg trennen sollen. Greg war gebildet, ambitioniert und wohlerzogen. Und vor allem war er nicht riesengroß und breit und tätowiert. Er fuhr auch keinen verbeulten, staubigen Truck. Er arbeitete nicht gegen Stundenlohn in einer perspektivlosen Branche und trug auch keine Stiefel mit Stahlkappen oder schmuddelige T-Shirts, die sich an seine Muskeln schmiegten, während er den Vorschlaghammer schwang und Berge in die Luft sprengte.

Ihre Haut begann zu prickeln. „Mist", wiederholte Jane. Dieser Chase war genau der Typ Mann, den sie absolut nicht gebrauchen konnte. Der Typ Mann, der ihre Haut zum Prickeln brachte – ganz zu schweigen von ein paar anderen Körperregionen, an die sie gerade gar nicht denken mochte. Nein, er war absolut nicht das, was sie brauchte. Aber das, was sie *wollte*. Rau und maskulin und *groß*.

„Ich will nicht werden wie meine Mutter", versicherte sie dem Bildschirm. „Ich will *nicht* werden wie meine Mutter." Der Bildschirm erwiderte ihren Blick so streng, dass sie wegsehen musste. „Ach, leck mich doch", fauchte sie den Monitor an, dann sah sie sich schuldbewusst um. Derart unflätige Ausdrücke gehörten nun wirklich nicht zu ihrem Wortschatz.

Und sie ging auch nicht mit Männern aus, um deren Oberarme sich dicke schwarze Tätowierungen schlängelten wie bei einem grausamen Krieger aus archaischen Zeiten.

Jane ließ ihre Schultern kreisen und dehnte ihren Nacken. „Ich will nicht werden wie meine Mutter", wiederholte sie ein letztes Mal. „Und das Mädchen von früher werde ich auch nicht wieder." Dann löschte sie das Buchstabenchaos, das sie auf ihrem Excel-Sheet hinterlassen hatte, und zwang sich mit Gewalt dazu, sich wieder auf die Arbeit zu konzentrieren.

Susan Andersen
Vor Schmetterlingen wird gewarnt
Band-Nr. 25598
8,99 € (D)
ISBN: 978-3-86278-329-8
eBook: 978-3-86278-418-9
304 Seiten

Kristan Higgins
Ich habe mich verträumt
Band-Nr. 25668
8,99 € (D)
ISBN: 978-3-86278-724-1
eBook: 978-3-86278-774-6
400 Seiten

Shannon Stacey
Ein bisschen Kowalski gibt es nicht
Band-Nr. 25670
8,99 € (D)
ISBN: 978-3-86278-726-5
eBook: 978-3-86278-800-2
304 Seiten

Susan Mallery
Nur die Küsse zählen
Band-Nr. 25676
8,99 € (D)
ISBN: 978-3-86278-736-4
eBook: 978-3-86278-782-1
336 Seiten

Claire Garber
Die Liebe ist ein Dieb und der Pirat der Träume
Band-Nr. 25658
8,99 € (D)
ISBN: 978-3-86278-707-4
eBook: 978-3-95576-212-4
416 Seiten

Sheila Roberts
Schokolade für dich
Band-Nr. 25653
8,99 € (D)
ISBN: 978-3-86278-509-4
eBook: 978-3-86278-594-0
400 Seiten

„... ein heißes Märchen darüber, was alles innerhalb eines Augenblickes passieren kann und was wir selber tun können, um unser Leben zu verändern.“

Romantic Times Book Reviews

Band-Nr. 25645
7,99 € (D)
ISBN: 978-3-86278-500-1
eBook: 978-3-86278-575-5
336 Seiten

Victoria Dahl
... dann klappt's auch mit der Liebe

Erotische Lektüre macht Lori Appetit – auf den knackigen Architekten Quinn Jennings. Aber der hat nur seine Baupläne im Kopf …

Lori Love hat viele Autos, aber nur ein Laster: erotische Romane, die die Automechanikerin geradezu verschlingt. So viel Liebe, Lust und Leidenschaft macht auf Dauer Appetit. Zum Beispiel auf Quinn Jennings, ein Architekt mit Leib und Seele. Aber was für ein Leib! Unglaublich knackig und sexy. Genau der richtige Mann – leider nur für heiße Nächte. Denn mit Liebe hat Quinn nichts im Sinn. Erst als Lori Drohanrufe bekommt und um ihr Leben fürchtet, entwickelt er ungeahnte Beschützerinstinkte. Der coole Architekt zeigt plötzlich erstaunlich viel Gefühl …